Georgia Bockoven

Momente des Glücks

Deutsch von Christine Roth

Weltbild

Originaltitel: *Moments*

Besuchen Sie uns im Internet:
www.weltbild.de

Genehmigte Lizenzausgabe 2006 für
Verlagsgruppe Weltbild GmbH
Steinerne Furt 67, 86167 Augsburg

Projektleitung: Gerald Fiebig
Übersetzung: Christine Roth
Umschlag: Hauptmann & Kompanie Werbeagentur GmbH,
München–Zürich
Umschlagabbildung: Stuart O'Sullivan/getty images
Satz: Uhl + Massopust, Aalen
Druck und Bindung: Oldenbourg Taschenbuch GmbH,
Hürderstraße 4, 85551 Kirchheim

Gedruckt auf chlorfrei gebleichtem Papier

ISBN 3-89897-305-0

Für
Sidney Grace Bockoven
und
Steve Stephens …
ein Anfang und ein Ende.
Ich liebe euch

Prolog

Farmingham, Kansas – 12. April 1975

In der Ferne läuteten die Kirchenglocken – ein Schlag für jedes der siebzehn Jahre, die Elizabeth Preston gelebt hatte.

Jennifer Cavanaugh zählte nach einer Weile nicht mehr mit, sondern hing ihren Gedanken nach, die seit drei Tagen die Bewohner der Stadt erfüllte. Warum nur schien der Tod des hübschesten Mädchens der Schule, das bei einem Autounfall ums Leben gekommen war, soviel tragischer zu sein als der eines übergewichtigen und pickeligen Jungen, der auf einem Ladekran verunglückt war? Machte Schönheit einen Menschen denn wertvoller als andere? Oder lag es daran, daß Elizabeth die Tochter der wohlhabendsten Familie im Umkreis war, Tom dagegen nur der Sohn eines Mechanikers?

Beim Frühstück hatte Jennys Großmutter bemerkt, es sei ein wahrer Segen, daß auch Elizabeth' Eltern bei dem Unfall umgekommen waren. Ohne ihre Tochter hätten sie in ihrem Leben keinen Sinn mehr gesehen. Toms Eltern freilich mußten weiterleben. Sie konnten sich den Luxus, ewig um ihren Sohn zu trauern, nicht leisten; da waren Rechnungen zu bezahlen, und die anderen Kinder brauchten sie.

Jenny und Elizabeth hatten, abgesehen davon, daß sie am gleichen Tag Geburtstag hatten, nichts gemeinsam – und diesen hatten sie nie zusammen gefeiert. Selbst der legendäre Koloß von Rhodos hätte die soziale Kluft nicht überbrükken können, die Jenny von dem beliebtesten Mädchen der Schule trennte.

Gemäß Mr. Moore, dem Leiter der Schule, war dies auch

der Grund, weshalb man sie im Büro zurückgelassen hatte, um eventuelle Telefonate entgegenzunehmen, während der Rest der Schule am Begräbnis teilnahm. Er hatte ihr erklärt, daß dies ohnehin ihre übliche Bürozeit sei, und da man sie – anders als die übrigen Schüler – nicht vermissen werde, sei es doch nur verständlich, wenn sie zurückbliebe und im Büro die Stellung hielte.

Sie nahm ihm nicht weiter übel, daß er betont hatte, sie und Elizabeth seien ohnehin nicht befreundet gewesen, verletzend fand sie jedoch die Art und Weise, wie er ihr das beigebracht hatte, so als sei sie es nicht wert, an dieser Beerdigung teilzunehmen. Wie bedeutend mußte man denn sein, um in der Kirche sitzen und einer Verstorbenen das letzte Geleit geben zu dürfen? Und wer war diese mysteriöse Person, die alle Teilnehmer registrierte und später die anderen strafte, die ferngeblieben waren?

Der letzte Glockenschlag war in der Ferne verhallt. Schuldbewußt stellte Jenny fest, daß sie sich von ihren Gedanken hatte forttragen lassen, anstatt die Schläge bis zum Ende mitzuzählen. Dies war ihre einzige Möglichkeit gewesen, der Verstorbenen ihren Respekt zu erweisen, und selbst dabei hatte sie versagt. Vielleicht war Mr. Moores Entscheidung doch richtig gewesen.

Ihr Blick fiel auf den Stapel Briefe, die sie noch öffnen und sortieren mußte, und sie machte sich wieder an die Arbeit. Einer der letzten Briefe war an George Benson, den Beratungslehrer der Oberstufe, adressiert. Anfangs hatte sie manchmal die eingegangene Post überflogen, was allerdings streng verboten war. Doch bald schon hatte sie gemerkt, wie langweilig diese Korrespondenz im Grunde genommen war. Heute jedoch erregte etwas in dem Schreiben an Mr. Benson ihre Aufmerksamkeit. Sie las es ganz durch, bereute aber ihre Neugier noch im selben Moment. Die beißende Ironie dieser Botschaft versetzte ihrer ohnehin schon traurigen Stimmung noch einen weiterer Dämpfer.

Dem Schreiben war zu entnehmen, daß Elizabeth Mary Preston das Haddie-Stephens-Stipendium erhalten hatte – vier voll bezahlte Studienjahre an der Safford Hill University. Elizabeth' Eltern hätten der halben Abschlußklasse ein Universitätsstudium finanzieren können, ohne dabei am Hungertuch nagen zu müssen, und ausgerechnet ihre Tochter hatte dieses begehrte Stipendium erhalten. Natürlich ging es in erster Linie nicht um die finanzielle Unterstützung, wie in dem Schreiben zum Ausdruck kam, sondern um die Ehre, einer so hohen Auszeichnung für würdig gehalten zu werden. Jenny hatte nicht einmal gewußt, daß es dieses Stipendium überhaupt gab. Sonst hätte sie sich selbstverständlich auch darum beworben und keine Mühe gescheut, um es zu erhalten – einschließlich der Demütigung, ihre Lehrer und die Freunde ihrer Großmutter um möglichst lobende Empfehlungsschreiben zu bitten, damit sie eine Chance bekam.

In ihrem ersten Highschool-Jahr hatte sie insgeheim davon geträumt, selbst einmal Post zu bekommen – allerdings von ihren Eltern. Einen Brief von ihrem Vater, in dem er schrieb, wie leid es ihm tue, daß er nicht miterleben könne, wie seine kleine Tochter zu einem hübschen jungen Mädchen heranwuchs; und einen von ihrer Mutter, daß sie jeden Tag an sie denke und hoffe, der beigefügte Scheck für ihre College-Ausbildung möge sie dafür entschädigen, daß sie sie damals bei ihrer Großmutter zurückgelassen hatten.

Dieser Traum war zusammen mit ihren Eltern gestorben und später noch einmal aufgelebt, als ihr der Gedanke gekommen war, das Geld für ihr Studium könne möglicherweise bei einem Anwalt hinterlegt worden sein, der es ihr, sowie sie es brauchte, aushändigen würde. In der letzten Highschool-Klasse dann nahm sie endgültig Abschied von ihrem Traum – die Realität hatte ihn langsam, aber beständig ausgelöscht. Statt dessen begann sie sich nach einem Ganztagsjob umzusehen, bei dem sie so viel verdienen würde, daß sie sich selbst das Geld für ihr Studium zusammensparen konnte. Den Vorsatz, auf ein College zu gehen, hatte sie nie aufgegeben, wohl aber hatte sie es sich aus dem Kopf geschlagen, gleich nach ihrem Highschool-Examen damit beginnen zu können.

»Ich bin wieder da«, hörte sie eine bekannte Stimme rufen und legte den Brief rasch oben auf den Stapel mit der übrigen Post. Im selben Augenblick erschien George Benson in der Tür.

»Ist die Beerdigung schon vorüber?« fragte sie. Sie mochte Mr. Benson und fühlte sich besonders schuldig, da sie ausgerechnet in seiner Post herumgeschnüffelt hatte. Er erinnerte sie an einen Freund ihrer Eltern, bei dem sie zuletzt Unterschlupf gefunden hatte, bevor ihre Eltern sie bei ihrer Großmutter abgeliefert hatten. Dieser Mann war auch so groß und blond gewesen, hatte jedoch einen Bart getragen und ständig Zigaretten geraucht. Und obwohl er nur in Jeans und alten T-Shirts herumlief, während Mr. Benson immer einen korrekten Anzug trug, hatten sie doch etwas Entscheidendes gemein: Beide sahen Jenny immer aufmerksam an, wenn sie mit ihr sprachen, und das gefiel ihr.

»Nein, nur der Gottesdienst in der Kirche. Die eigentliche Beerdigung findet jetzt anschließend statt«, erklärte er. »Ich dachte, ich löse dich hier ab, damit du wenigstens auf den Friedhof gehen kannst, wenn du möchtest.«

»Danke, das ist nett von Ihnen. Aber ich weiß gar nicht, wie ich dort hinkommen soll.«

»Ist deine Großmutter nicht auch in der Kirche?«

Jenny schüttelte den Kopf. »Nein. Sie hat im Restaurant eine Zusatzschicht eingelegt, damit die anderen am Begräbnis teilnehmen können.«

»Wenn du dich gleich auf den Weg machst, kannst du bestimmt bei einem der anderen Schüler im Auto mitfahren.«

Er wußte ebensogut wie sie, daß sie niemanden um diesen Gefallen gebeten hätte, aber es tat ihr gut, daß er ihr den Vorschlag gemacht hatte. »Das ist nett von Ihnen, aber ich sollte wohl besser hierbleiben. Mr. Moore möchte, daß die Ablage erledigt ist, bevor ich gehe.«

»Falls du es dir noch anders überlegen solltest, ich bin in meinem Büro.«

Jennys Blick fiel auf den Brief, der oben auf dem Stapel lag. »Ach, hier ist Post für Sie, Mr. Benson.«

Er konnte ein amüsiertes Lächeln nicht unterdrücken. »Die hast du vorhin wohl gerade durchgesehen, als ich hereingekommen bin.«

Sie schluckte nervös. Leugnen hatte keinen Zweck. »Es tut mir leid. Es ist nur so, daß...«, stotterte sie und hielt ihm den Brief hin. »Lesen Sie selbst.«

Er überflog die Zeilen, runzelte die Stirn und las das Ganze noch mal genau durch. »Gütiger Himmel«, entfuhr es ihm. »Und das ausgerechnet heute. Das braucht sie nun auch nicht mehr.«

»Was werden Sie jetzt tun?« fragte Jenny.

»Dem Ausschuß einen Brief schreiben und eine Kopie von Elizabeth' Sterbeurkunde beilegen, denke ich.«

»Wenigstens ist es noch nicht zu spät, um einem anderen Schüler das Stipendium zukommen zu lassen.«

George Benson schüttelte verneinend den Kopf. »Es würde mich nicht wundern, wenn das Herbstsemester, bis die den Papierkram erledigt haben, schon zur Hälfte gelaufen wäre.«

»Sie meinen, das Studiengeld bleibt jetzt einfach liegen?« Bei diesem Gedanken wurde Jenny ganz übel.

»Ja, so sieht es aus.«

»Wenn ich wüßte, wer als nächster auf der Liste steht, würde ich sie oder ihn anrufen und über die Umstände informieren.« Jenny nahm einen Stapel Papiere und ging zum Aktenschrank. »Was, wenn es so jemand wie ich wäre?« Sie zog eine Schublade heraus und fügte leise hinzu: »Ich wünschte, ich wäre die nächste.«

»Ich auch, Jenny, das kannst du mir glauben.« George

Benson faltete den Brief zusammen und steckte ihn wieder in den Umschlag. »Wenn ich nur halbwegs meine fünf Sinne benutzt hätte, die Gott mir gegeben hat, dann hätte ich dir vorgeschlagen, dich für alle Stipendien zu bewerben, die wir ausfindig machen können.«

Sein bedauernder Tonfall überraschte Jenny, und ihr wurde richtig warm ums Herz. Es tat so gut, daß sich jemand darüber Gedanken machte, daß sie übersehen worden war. »Nein, ich bin selber schuld. Ich hätte Ihnen sagen sollen, daß ich finanzielle Hilfe nötig habe.«

»Du hast doch hoffentlich den Wunsch zu studieren noch nicht aufgegeben?«

»Selbst wenn, hätte meine Großmutter das nicht zugelassen. Einer ihrer Lieblingssprüche lautet: ›Wo ein Wille ist, da ist auch ein Weg.‹«

Eine Viertelstunde später, als sich Jenny gerade über eine Schublade des Aktenschranks beugte, kam George Benson wieder aus seinem Büro. »Jenny, ich habe etwas mit dir zu besprechen.«

Sie schob ihre Hand zwischen die Hängeregister, wo sie gerade Papiere einreihen wollte, und sah zu ihm hoch. Sein Gesichtsausdruck verwirrte sie. »Es dauert nur noch ein paar Minuten, dann bin ich hier fertig«, erwiderte sie.

»Ich glaube, wir erledigen das lieber gleich, bevor die anderen zurückkommen.«

»Habe ich etwas falsch gemacht?« Diese Frage hätte ihre Großmutter wieder auf die Palme gebracht. Sie predigte Jenny dauernd, daß sie nicht immer die Schuld bei sich suchen solle, wenn irgendwo in der Welt etwas schiefging.

»Keine Sorge, du hast nichts getan«, sagte er und fügte geheimnisvoll hinzu: »Aber mit ein bißchen Glück und der richtigen Zeitplanung läßt sich das vielleicht ändern.«

1

San Francisco, Kalifornien – 17. Dezember 1986

»Verzeihen Sie«, sagte eine Männerstimme.

Elizabeth Preston spürte, wie jemand ihren Arm berührte. Sie wandte sich um ...

»Kenne ich Sie nicht?«

... und erstarrte. Nach elf Jahren war das Unvermeidliche, das Undenkbare geschehen. Sie hatte es fast nicht mehr erwartet, aber die Angst vor diesem Moment hatte sie nie verlassen.

Eine endlose Sekunde verstrich, dann noch eine, und dann endlich regte sich ihr Überlebensinstinkt wieder. Ohne sich die Panik, die in ihrem Inneren tobte, anmerken zu lassen, bat sie den zigarrenrauchenden Vorsitzenden von Packard Industries, sie zu entschuldigen, und richtete ihre Aufmerksamkeit auf den Mann, der sie eben angesprochen hatte.

Von den sechshundert Gästen, die Smith & Noble zu ihrer jährlichen Weihnachtsfeier geladen hatte, kannte – oder wenigstens erkannte – sie mindestens die Hälfte, weil sie mit ihnen schon geschäftlich zu tun gehabt hatte oder ihnen bei früheren gesellschaftlichen Anlässen begegnet war. Der Mann, der jetzt vor ihr stand, gehörte ganz sicher nicht dazu. Ebensowenig konnte sie ihn irgendwo in ihrer Vergangenheit unterbringen. »Haben Sie mit mir gesprochen?«

Ihr kühler Blick verunsicherte ihn. Sichtlich verlegen antwortete er: »Ich weiß, es klingt wie ein plumper Annäherungsversuch, aber ich bin mir ziemlich sicher, daß wir uns schon irgendwo einmal begegnet sind.«

Sie musterte ihn betont eindringlich, bevor sie langsam

den Kopf schüttelte. »Tut mir leid, ich erinnere mich nicht an Sie.« Das entsprach zwar der Wahrheit, bedeutete jedoch nicht, daß er sie nicht vielleicht doch kannte. In ihrer Vergangenheit gab es zu viele Menschen, als daß sie sich an jeden hätte erinnern können. Bevor er irgend etwas antworten konnte, verabschiedete sie ihn mit einem knappen Lächeln. »Ich werde sehr oft verwechselt.«

»Das kann ich mir kaum vorstellen.«

Er hatte es als Kompliment gedacht, doch für Elizabeth klang es eher wie eine Drohung. Abgesehen von einer Gesichtsoperation hatte sie, als sie Farmingham vor elf Jahren verlassen hatte, alles Erdenkliche getan, um ihr Äußeres zu verändern. Statt des jugendhaften Bobs, den sie in der Highschool getragen hatte, fiel ihr Haar, das im Laufe der Jahre auch erheblich dunkler geworden war, nun bis auf die Schultern. Ihre Brille hatte sie durch Kontaktlinsen ersetzt, bei einer Körpergröße von eins dreiundsiebzig um fünfzehn Pfund abgenommen, und die Lücke zwischen ihren oberen Schneidezähnen war durch eine Brücke geschlossen worden. Auch die Zeit hatte für sie gearbeitet. Aus dem Schulmädchen von damals war inzwischen eine achtundzwanzigjährige Frau geworden.

Das zwischen ihnen entstandene Schweigen wurde immer unangenehmer, bis Elizabeth' praktische Seite die Oberhand gewann. Obwohl sie wußte, daß ihre Vermutung nicht stimmte, wollte sie ihm damit einen eleganten Ausweg anbieten. »Vielleicht sind wir uns bei Smith & Noble begegnet.«

»Nein, das kann nicht sein. Einer ihrer Kunden hat mich als Gast hierher mitgenommen. Ich selbst wohne in New Jersey.«

Nachdem die Gefahr, demaskiert zu werden, im Augenblick gebannt schien, schlug Elizabeth einen weniger direkten Weg ein, um sich aus der Konversation zu befreien. »Oder möglicherweise auf dem College?«

Seine Miene erhellte sich. »Cornell?« – »Ich fürchte, nein«, erwiderte sie mit einem angemessenen Bedauern in der Stimme. »Safford Hill.«

»Nun, ich sollte Sie jetzt nicht länger aufhalten.«

»Fröhliche Weihnachten.«

»Danke, das wünsche ich Ihnen auch.«

So lächerlich es war, sie konnte sich des Eindrucks nicht erwehren, daß ihr dieser Mann gerade ein Geschenk gemacht hatte. Durch ihn hatte sie – völlig gefahrlos und ohne drohende Konsequenzen – erfahren, wie es sein würde, wenn sie plötzlich einem Menschen aus ihrer Vergangenheit gegenüberstünde. Vielleicht würde der Teil ihres Verstandes, der ihr bisher nur erlaubt hatte, die Vergangenheit ruhen zu lassen, seinen Einfluß auf ihre Psyche nun verlieren.

Und vielleicht konnte sie sich, wenn sie nur schnell genug die Arme auf und ab bewegte, vom Boden erheben und quer durch den Raum fliegen.

Aber warum dem zu entfliehen versuchen? Ihre vertraute Paranoia vor einer Entdeckung würde sie niemals loslassen, solange es Menschen gab, die unter ihrer Entlarvung zu leiden hätten. Sie würde alles in ihrer Macht Stehende tun, um ihre Großmutter und George Benson davor zu bewahren. Das war sie ihnen schuldig. Und noch vieles mehr.

Der Rauch einer Zigarre, der an ihr vorbeizog, erinnerte sie daran, daß sie etliche Gäste noch nicht begrüßt hatte. Sie ließ ihren Blick durch den Festsaal schweifen und sah, daß Joyce Broderick, ihre Assistentin, ihr zuwinkte. Rasch bahnte sie sich durch die Menge der Partygäste einen Weg zu der großen, rothaarigen Frau.

»Jeremy sucht Sie.« Joyce nahm ein Glas Wein vom Tablett eines vorbeieilenden Kellners und reichte es Elizabeth. »Wie es scheint, hat sich Amado Montoya doch noch entschlossen, uns mit seiner Aufmerksamkeit zu beehren. Ich denke, Sie sollten sich wappnen, bevor Sie mit ihm zusammentreffen.«

Es hatte zahlreiche Spekulationen gegeben, ob Smith & Nobles neuester Kunde dieser Einladung folgen würde. Er war für seine zurückgezogene Lebensweise ebenso bekannt wie für seine hervorragenden Weine und hatte sich für diese Agentur entschieden, ohne sie, wie sonst in diesem Geschäft üblich, gegen andere auszuspielen, um den Preis zu drücken. Wie nicht anders zu erwarten, hatte der Agenturchef nur seine besten Leute mit der Aufgabe betraut, für Montoya eine Werbekampagne zu gestalten. Weder sie noch eine ihrer Kolleginnen waren in diesen erlesenen Kreis gewählt worden.

Elizabeth nahm einen Schluck von dem Wein. »Er schmeckt phantastisch.«

»Die Preisrichter der wichtigsten drei Wettbewerbe des letzten Jahres waren derselben Ansicht. Dieser Wein erhielt zwei Goldmedaillen und eine silberne.«

»Ich bin beeindruckt – und überrascht. Ihn heute abend zu servieren war ein genialer Einfall.«

»Herzlichen Dank.«

»War das Ihre Idee?«

Joyce hielt eine Hand hoch, um etwaige Lobeshymnen abzuwehren. »Ach, das ist doch nicht der Rede wert – ein kleiner Tip an die richtige Adresse, das war alles.«

»Weiter so, dann arbeiten Sie bald für einen dieser erlauchten Herren in der Chefetage.«

»Soll das eine Drohung sein?«

»Nur eine Feststellung.« Elizabeth nahm noch einen Schluck Wein und behielt ihn einen Moment lang auf der Zunge, um die Besonderheiten herauszuschmecken, die ihr sonst immer entgingen. Ihr einziger Vorstoß in die Welt der Weinproben hatte in einem Desaster geendet – nach drei Monaten hatte ihr der Kursleiter zu verstehen gegeben, daß sie den unsensibelsten Gaumen habe, der ihm je untergekommen sei. Sie hatte den starken Verdacht, daß es ihr einfach egal war, ob ein Wein ein fruchtiges Aroma besaß oder eher herb schmeckte. Wenn sie einen Wein mochte, trank sie ihn; wenn nicht, kippte sie das Glas in den Ausguß.

Elizabeth nickte Joyce kurz zu, stellte ihr Glas auf einem Tisch ab und ging lächelnd auf Jeremy Noble zu.

Dieser empfing sie mit ausgebreiteten Armen. »Elizabeth, hier ist jemand, dem ich Sie gerne vorstellen möchte«, sagte er und wandte sich dem Mann zu, der neben ihm stand. »Mr. Montoya, darf ich Sie mit Elizabeth Preston bekannt machen, einer der vielversprechendsten Mitarbeiterinnen unserer Agentur.« Die Begeisterung, die aus seiner Stimme sprach, hätte einem Zirkusdirektor, der gerade den Star des Abends ankündigte, alle Ehre gemacht.

Sie streckte ihre Hand aus. »Mr. Montoya, ich habe schon so viel Interessantes über Sie gehört. Wie schön, daß ich nun auch die Gelegenheit habe, Sie persönlich kennenzulernen.«

»Nennen Sie mich doch bitte Amado.«

»Gerne. Ich heiße Elizabeth.« Sie war erstaunt, wie wenig das Bild, das sie sich von ihm gemacht hatte, dem wirklichen entsprach. Aus irgendeinem Grund hatte sie sich einen etwas grobschlächtigen Mann vorgestellt, der sein ganzes Leben in den Weinbergen zubrachte und in düsteren Kellern voller Eichenfässer hantierte. Tatsächlich aber war Amado Montoya ein ausgesprochen gutaussehender Herr, der seinen Frack mit der gleichen Selbstverständlichkeit trug wie ein Farmer seinen Overall. Dem Büroklatsch hatte sie schon entnommen, daß er achtundfünfzig Jahre alt war, doch er wäre ohne weiteres auch für vierzig durchgegangen.

Jeremy schenkte den beiden ein Eine-Million-Dollar-Lächeln – das jedoch noch etliche Millionen von dem Gewinn entfernt lag, den der Montoya-Auftrag seiner Agentur in den kommenden fünf Jahren bescheren würde. »Amado bleibt übers Wochenende. Er hat eine Wohnung in der Stadt.«

Elizabeth suchte nach einigen passenden Worten, um Jeremys tölpelhafte Einleitung etwas abzuschwächen. »Das ist bestimmt viel bequemer, als im Hotel zu wohnen, wenn Sie geschäftlich hier zu tun haben.«

»Ach, wissen Sie, eigentlich verbringe ich sowenig Zeit wie möglich außerhalb meiner Winzerei«, antwortete Amado Montoya. »Aber wenn ich mir die vielen Termine ansehe, die Mr. Noble für mich arrangiert hat, dann wird sich das wohl zukünftig ändern.«

»Den Kunden in die Planung der Kampagne miteinzubeziehen kann sich sehr... vorteilhaft auswirken«, sagte Elizabeth. Tatsächlich war es meistens der reinste Horror. Die wenigsten Geschäftsleute verstanden etwas von Werbung. Nur zu oft versuchten sie, ihre eigenen Vorschläge durchzusetzen, und wenn die Kampagne dann ein Flop wurde, gaben sie ausnahmslos der Agentur die Schuld. Selbst wenn sie ihren Fehler einsahen, hieß es meist: »Sie hätten mich davon abbringen müssen. Sie sind doch die Werbeprofis.« Gott sei Dank hatte man sie gar nicht erst gebeten, an diesem Auftrag mitzuarbeiten. Montoya galt nicht gerade als unkomplizierter Kunde, und Jeremy würde nicht zögern, die entsprechenden Köpfe rollen zu lassen, wenn mit dem Auftrag etwas schiefging.

Der Mann, der die Weihnachtsfeier organisiert hatte, kam auf Jeremy zu und berührte ihn diskret am Ellbogen. Sie sprachen kurz miteinander, dann runzelte Jeremy die Stirn und wandte sich an die anderen beiden. »Entschuldigen Sie mich einen Augenblick. Ich bin gleich wieder zurück.«

»Ist er immer so... wie soll ich sagen... aufgedreht bei Partys?« fragte Amado, als Jeremy gegangen war.

»Ich habe ihn so noch nie erlebt. Gewöhnlich steht er da wie ein Fels in der Brandung.« Sie schaute Jeremy nach. »Ihn bringt sonst nichts aus der Fassung...« Und dickköpfig ist er wie ein Muli, hätte sie noch hinzufügen können.

»Da bin ich aber froh. Ich habe mir schon Gedanken gemacht, ob meine Entscheidung für Smith & Noble richtig war.«

Lächelnd erwiderte Elizabeth seinen Blick. »Sie haben sich doch ganz sicher eingehend über Smith & Noble informiert, bevor Sie überhaupt den Telefonhörer in die Hand genommen haben.«

Auch er lächelte nun und zeigte sich nicht im mindesten erstaunt über ihre Antwort. »Touché.«

»Verbringen Sie die Weihnachtstage in der Stadt?« fragte sie.

Er nickte. »Ja, meine jüngste Tochter ist mit ihren Kindern gekommen. Und Sie?«

»Ich bleibe auch hier.«

»Dann haben Sie also auch Familie in San Francisco?«

Sie schüttelte den Kopf. »Meine Eltern kamen bei einem Autounfall ums Leben, als ich noch klein war.« Diese Notlüge hatte sie schon so oft erzählt, daß sie ihr mittlerweile vertrauter erschien als die Wahrheit.

»Das tut mir leid.«

Sie wußte nie so recht, was sie darauf antworten sollte. »Mir auch« klang ein wenig zu gefühlsduselig. Und für die Beileidsbekundung zu danken wäre nicht nur unangemessen, sondern eine arglistige Täuschung. Ihre Eltern waren dank einiger gut ausgebildeter Scharfschützen der kalifornischen Polizei genauso gestorben, wie sie gelebt hatten. Und falls sie beerdigt worden waren, mußte bei dieser Feier mehr Freude als Trauer geherrscht haben. »Wie schön, daß Sie Weihnachten im Kreise Ihrer Enkelkinder verbringen. Wie alt sind sie denn?«

»Sechs und zehn. Zwei Mädchen – sie sind ihrer Mutter wie aus dem Gesicht geschnitten. Bedauerlicherweise sehe ich sie nicht so oft, wie ich mir das wünschen würde. Sie gehen ja beide schon zur Schule.«

»Das ist ein wunderbares Alter.«

»Welches meinen Sie?«

»Wie bitte?« Sie hatte der Unterhaltung nicht ihre volle Aufmerksamkeit geschenkt, was bei einem Mann wie Amado

Montoya gefährlich war, der sich mit der auf Partys üblichen seichten Konversation nicht zufriedenzugeben schien.

»Von welchem Alter sprachen Sie? Sechs oder zehn?«

»Das war nur eine allgemeine Feststellung«, sagte sie. Und dann fügte sie, ungewohnt offen für ein Gespräch über ihre Vergangenheit, hinzu: »Für mich persönlich war damals weder das eine noch das andere Alter besonders aufregend.«

»Und wenn Sie jetzt zurückblicken?«

Ihr sechstes Weihnachten hatte sie in einem VW-Bus irgendwo in Mississippi verbracht. Ihr zehntes in einer konspirativen Wohnung im Schwarzenviertel von Philadelphia. Da sie weiß war und auf der Straße unter den anderen Kindern sofort aufgefallen wäre, mußte sie über drei Monate in ihrem Kinderzimmer und der Küche zubringen. »Ich fürchte, auch rückblickend kann ich nicht viel anderes darüber sagen.«

»Das ist sehr schade. Die Kindheit ist so wertvoll. Sie sollte voller Erinnerungen sein.«

»Oh, das ist sie.«

»Die Weihnachtszeit muß wohl recht betrüblich für Sie sein.«

Was war nur in sie gefahren? Sie war gefährlich nahe daran, ihm Hinweise auf ihre Vergangenheit zu geben, die sich mit der Elizabeth Preston, die sie darstellte, nicht vereinbaren ließen. »Überhaupt nicht«, erklärte sie ein wenig zu fröhlich. »Ich habe genug schöne Weihnachten erlebt, die mich für diese ein oder zwei nicht so fröhlichen weiß Gott entschädigt haben.«

»Ich habe in Ihnen unangenehme Erinnerungen geweckt. Verzeihen Sie mir. Es ist nur so, daß ich es sehr lehrreich empfinde, etwas über andere Familiensituationen zu erfahren. Zuweilen hilft es mir sogar.«

Glücklicherweise kehrte in diesem Augenblick Jeremy zu ihnen zurück, so daß ihr eine Antwort erspart blieb. Er war in Begleitung eines ihrer Kollegen gekommen, der mit der Leitung des Montoya-Auftrags betraut war.

»Entschuldigen Sie die Unterbrechung, Amado«, sagte Jeremy. »Sie und Frank kennen sich schon?«

»Ja«, erwiderte Amado und schüttelte seinem Gegenüber die Hand. »Freut mich, Sie zu sehen, Frank.«

Jeremy legte seinen Arm um Elizabeth' Schultern und drückte sie vertraulich. »Wie ich sehe, versteht ihr beide euch prächtig. Aber das war mir schon klar. Unsere Elizabeth hat einen ausgezeichneten Ruf in der Werbebranche. Sie ist der ganze Stolz von Smith & Noble. Einer unserer künftigen Stars.«

Sie hatte diese Sprüche schon so oft gehört, daß sie sie unisono mit Jeremy aufsagen konnte. Er benutzte sie, genau wie ihre anderen drei Kollegen, die er ins mittlere Management hatte aufsteigen lassen, wann immer nötig, als sichtbaren Beweis für die progressive Einstellung seiner Agentur gegenüber Frauen.

Jeremy setzte ein breites Lächeln auf und drückte Elizabeth noch einmal an sich, bevor er seinen Arm wieder von ihrer Schulter nahm. »Wenn Sie beide uns bitte entschuldigen wollen, es ist Zeit für Elizabeth' und meinen Auftritt.«

Seit drei Jahren genoß Elizabeth die zweifelhafte Ehre, hinter Jeremy stehen zu dürfen, wenn er den traditionellen, aus reinem Sterlingsilber gefertigten Weihnachtsschmuck mit dem aufgeprägten S&N-Logo verteilte. Vor zwei Jahren hatte sie ihm vorgeschlagen, daß sie dieses Privileg doch mit einem der männlichen Junior-Executives der Firma teilen könnte, doch Jeremy hatte sie nur verständnislos angestarrt und ihr völlig unbefangen erklärt: »Ein Mann würde sich bei so etwas komisch vorkommen. Das ist doch nun wirklich mehr ein Job für Frauen.«

Sie reichte Amado die Hand. »Es hat mich sehr gefreut.«

»Die Freude war ganz auf meiner Seite. Ich habe unsere Unterhaltung sehr genossen, Elizabeth«, sagte er. »Aber die

Zeit war leider viel zu kurz. Vielleicht können wir das Gespräch bei Gelegenheit fortsetzen.«

»Ja, sehr gern«, antwortete sie.

Er berührte sie sacht am Arm, als sie sich anschickte zu gehen. »Dann auf bald«, versicherte er sich nochmals.

Elizabeth wurde plötzlich klar, daß er es ernst meinte. Er wollte sie wiedersehen. Sie streifte Jeremy mit einem Blick, um zu sehen, wie er darauf reagierte. Montoya Wines war sein Baby. Er würde ihre Einmischung keinesfalls wohlwollend hinnehmen. Aber offenbar war ihm Amados Interesse an ihr entgangen.

Sie trat einen Schritt zurück, um etwas Abstand von Amado zu gewinnen und ihn so zu zwingen, seine Hand von ihrem Arm zu nehmen.

»Da Sie jetzt mit Smith & Noble zusammenarbeiten, werden wir uns sicherlich demnächst wieder begegnen«, sagte sie. Das war höflich, aber bestimmt keine Ermutigung. Sie hoffte inständig, daß er den Wink verstanden hatte.

Drei Stunden später schloß Elizabeth – völlig erschöpft, mit bohrenden Kopfschmerzen und brennenden Füßen – die Tür zu ihrem Apartment auf. Nach dieser Party waren ihre winzigen Zimmer ein wahrer Hafen der Ruhe, zumindest bis zum nächsten Morgen.

Ach, wie sie Howard vermißte. Er hatte sie mindestens so oft ignoriert wie einer freundlichen Begrüßung gewürdigt, und doch hatte seine Anwesenheit die stille Wohnung belebt. Solange er da war, hatte es ihr nichts ausgemacht, daß sie in ihrem winzigen Schlafzimmer erst auf das riesige Bett steigen mußte, um den Einbauschrank zu erreichen, und sich wie ein Schlangenmensch zusammenfalten oder auf den Badewannenrand setzen mußte, um sich unter der tief angebrachten Brause die Haare waschen zu können.

Er war ihr Lebensgefährte gewesen, und er hatte sich nie beklagt, wenn sie abends im Büro Überstunden machte.

Howard hatte sie im Mai verlassen, beinahe auf den Tag genau zehn Jahre, nachdem sie sich zum erstenmal begegnet waren. An jenem Morgen hatte die Sonne sie geweckt. Verwirrt, daß er sie so lange hatte schlafen lassen, hatte sie die Hand nach Howard ausgestreckt, der zusammengerollt neben ihr auf dem Kissen lag. Zum ersten Mal bekam sie kein mißmutiges Brummen zur Antwort.

Sie hatte geschimpft und ihm erklärt, daß er kein Recht habe, sie einfach so mir nichts, dir nichts zu verlassen, ohne ihr auf Wiedersehen zu sagen, aber es war genauso zwecklos wie damals, als ihre Eltern sie als Zehnjährige bei ihrer Großmutter zurückgelassen hatten.

Wenn sie nur geahnt hätte, welch großes Loch dieses sieben Pfund schwere, struppige und meist mißgelaunte Fellbündel in ihrem Herzen einmal hinterlassen würde, dann hätte sie Howard damals, als sie ihn in einer kleinen Seitenstraße gefunden hatte, weiter in der Abfalltonne nach etwas Freßbarem wühlen lassen.

Ihre Großmutter hätte ihre Trauer um einen Kater gut verstanden. Sie war in dieser Beziehung genau wie sie. Und in vielen anderen Punkten auch. Elizabeth konnte nicht begreifen, wie sie und ihre Großmutter sich derart ähnlich sein und gleichzeitig so von ihrem Verbindungsglied – Elizabeth' Mutter – unterscheiden konnten.

Ohne das Licht anzuschalten, schlüpfte sie aus ihrem eleganten Abendkleid, das zwar länger gehalten hatte als Aschenputtels Robe, jedoch irgendwie der Aufmerksamkeit des Märchenprinzen entgangen war, warf es über die nächste Stuhllehne und kroch in ihr ungemachtes Bett. In dem Gefühl, eine gute Leistung vollbracht zu haben, schlief sie ein. Obwohl sie nicht in der Gefahr, entlarvt zu werden, geschwebt hatte und das Ganze nur ein Probelauf gewesen war, hatte sie sich wacker geschlagen, und das tat ihrem Selbstbewußtsein gut. Vielleicht würde sie nun endlich aufhören, sich ständig vor derartigen Situationen zu fürchten.

2

Elizabeth nahm sich die Weihnachtswoche frei, um die Küste hoch bis an die Grenze von Oregon zu fahren. Unterwegs übernachtete sie in einfachen Frühstückspensionen und hielt auf der Strecke immer wieder einmal an, um in den ausgedehnten Wäldern oder an den einsamen Stränden entlang der Straße einen kleinen Spaziergang zu machen.

Sie liebte diesen nördlichen Küstenstreifen von Kalifornien. Diese Gegend lag eine Ewigkeit von Farmingham in Kansas entfernt und erinnerte sie trotzdem an die einzige richtige Heimat, die sie je gekannt, und an die guten Zeiten, die sie dort mit ihrer Großmutter verlebt hatte. Zeit und räumlicher Abstand hatten dazu beigetragen, daß sie sich inzwischen an die guten Zeiten erinnern und die schlechten vergessen konnte – was ihr noch lange nach ihrem Wegzug aus Farmingham nicht möglich gewesen war. Jetzt konnte sie die Liebe spüren, mit der ihre Großmutter Schokoladenkekse für sie gebacken hatte, dabei aber die grausamen Neckereien der Kinder verdrängen, die ihr Angebot, diese Kekse mit ihr zu teilen, so rüde abgelehnt hatten.

Sie hatten nie darüber gesprochen, aber es lagen Welten zwischen ihrer Einstellung und der ihrer Großmutter zu Farmingham. Alice hatte ihr ganzes Leben dort verbracht und all die Vorteile und Annehmlichkeiten schätzen gelernt, die das Kleinstadtleben mit sich brachte. Elizabeth hingegen hatte dort nur schlechte Erfahrungen gemacht. Die ganze Stadt hatte sich um Alice gekümmert, als ihr Mann starb, und erst recht, als sie später auch noch die Farm verlor. Elizabeth jedoch hatten sie von Anfang an das Gefühl gegeben, eine Außenseiterin zu sein: die Tochter von Eltern, die den Ansichten und Idealen dieser Kleinstädter in keiner Weise entsprachen, schlimmer noch, die ihnen ebenso suspekt waren wie schafwollbewehrte Freidenker oder eingefleischte Kommunisten. Ein solches Kind mußte genau beobachtet werden, besonders wenn es mit ihren Kindern zusammen war. Man konnte nicht vorsichtig genug sein, wenn es galt, zarte Kinderseelen vor negativen Einflüssen zu schützen. Oberflächlich betrachtet mochte Jennifer Cavanaugh das niedlichste Geschöpf sein, das Gott je in die Welt gesetzt hatte, aber man konnte nicht wissen, unter welchen Umständen sie ihre ersten zehn Lebensjahre verbracht hatte, mit welchen Menschen sie Kontakt gehabt und was alles sie gesehen und erlebt hatte. Ihr früheres Leben mußte sie geprägt haben, und es ließ sich nicht abschätzen, wann und auf welche Weise sich diese Erfahrungen bemerkbar machen würden. Alles in allem war es klüger, auf der Hut zu sein, als sich hinterher Vorwürfe machen zu müssen.

Als Elizabeth am anderen Morgen wieder im Auto saß und der Küstenstraße weiter nach Norden folgte, beanspruchten die Haarnadelkurven ihre volle Aufmerksamkeit, so daß ihre Gedanken an die Kindheit in den Hintergrund gedrängt wurden. In dem Augenblick, als die Straße wieder gerade verlief und sie sich entspannen konnte, beschloß sie, sich im SPCA-Tierheim nach einem jungen Kätzchen umzusehen. Sie würde zwar niemals wieder einen Kater wie Howard finden, aber das war nicht so wichtig – wenigstens würde sie damit mal was Gutes tun. Dieser Gedanke ließ sie laut auflachen. Welcher Mensch, der halbwegs bei Verstand war, würde wieder so einen Kater wie Howard haben wollen?

Am Montag freute sich Elizabeth tatsächlich wieder richtig auf ihre Arbeit, als sie aus dem Aufzug trat und Jeremy Noble in die Arme lief. »Guten Morgen«, wünschte sie ihm. »Ich hoffe, Ihr Wochenende war genauso angenehm wie meines.«

»Ich muß mit Ihnen reden«, sagte er knapp. »In fünf Minuten in meinem Büro, okay?« Damit hastete er den Gang entlang in Richtung Treppe.

Joyce Broderick sah Elizabeth kommen und stellte sich ihr in den Weg. »Jeremy erwartet Sie schon voller Ungeduld.«

Elizabeth war die ungewöhnliche Besorgnis in der Stimme ihrer Assistentin nicht entgangen. »Haben Sie eine Ahnung, worum es geht?«

»Wie man hört, hat Montoya ihm gehörige Schwierigkeiten gemacht.«

»Und was hat das mit mir zu tun?« Sie ging zum Schreibtisch ihrer Sekretärin, um die Liste mit den Anrufen an sich zu nehmen.

Die junge Frau reichte ihr etliche Mitteilungen und fügte mit wichtiger Miene hinzu: »Mr. Noble sucht...«

»Ich weiß«, sagte Elizabeth. Rasch überflog sie die Liste mit den Namen der Anrufer. Es war nichts dabei, was nicht bis nachher warten konnte.

Joyce nahm Elizabeth den Mantel ab und hängte ihn in den Schrank. »Wie war Ihr Ausflug?«

»Phantastisch. Ich würde am liebsten gleich noch mal die ganze Strecke abfahren.«

»Wenn Sie das nächste Mal freinehmen, könnten Sie dann vielleicht dafür sorgen, daß ich ebenfalls Urlaub bekomme? Ohne Sie ist die Arbeit hier die Hölle.«

Elizabeth hob den Stapel mit ihrer Post auf, warf ihn dann aber wieder auf den Schreibtisch. »Nun gut, wenn Sie mich brauchen, ich bin in Jeremys Büro. Aber stören Sie mich nur im äußersten Notfall.«

»Sind Sie sicher?«

Ein wohlwollendes Lächeln machte sich auf ihrem Gesicht breit. »Probieren Sie es nicht aus.«

Jeremys Vorzimmerdame bedachte sie mit einem leidenden Blick. »Gehen Sie gleich hinein. Er erwartet Sie schon.«

Elizabeth klopfte leise an die Tür und trat ein. »Sie wollten mich sprechen?«

Jeremy saß hinter seinem wuchtigen Mahagonischreibtisch. Er neigte den Kopf und sah sie über seine Halbbrille hinweg einige unangenehme Sekunden lang prüfend an. »Kommen Sie schon rein«, sagte er schließlich. »Und machen Sie die Tür hinter sich zu.«

Zu Beginn ihrer Arbeit bei Smith & Noble hatten Jeremys Stimmungsschwankungen und sein Führungsstil Elizabeth schwer zu schaffen gemacht. Inzwischen jedoch hatte sie gelernt, seine Schimpftiraden wortlos über sich ergehen zu lassen und erst anschließend den Grund für seine Mißstimmung zu erforschen. Sie ging zu dem Stuhl vor seinem Schreibtisch und setzte sich.

Er warf seine Brille auf die Schreibunterlage und starrte sie an. »Was zum Teufel haben Sie Amado Montoya erzählt?«

Auf diesen Angriff war Elizabeth nicht gefaßt. »Das übliche Partygeplauder, mehr nicht.«

»Reden Sie keinen Unsinn.«

»Warum erklären Sie mir nicht einfach, was eigentlich los ist?«

»Allem Anschein nach wünscht er, Sie in die Montoya-Kampagne miteinzubeziehen. Nicht nur das, er will, daß Sie die Leitung übernehmen.«

»Das ist doch Unsinn.«

»Jetzt spielen Sie bloß nicht die Unschuldige, Elizabeth. Mit welchen Geschichten haben Sie ihn denn dermaßen beeindruckt?«

Sie versuchte, sich Einzelheiten dieses vor zwei Wochen geführten Gesprächs ins Gedächtnis zu rufen. »Wir sprachen über Familien.«

Jeremy beugte sich über seinen Schreibtisch. »Wessen?«

»Seine ... meine ... über Familien im allgemeinen. Ist das so wichtig?«

»Und während dieser Unterhaltung haben Sie ihm einen Blick in Ihren Ausschnitt gegönnt, um sich seine ungeteilte Aufmerksamkeit zu sichern?«

Elizabeth schoß aus ihrem Stuhl hoch und stemmte ihre

Fäuste auf den Tisch. »Nun machen Sie aber mal halblang. Sie wissen verdammt gut, daß so was nicht mein Stil ist. Außerdem, wenn ich an dem Montoya-Projekt hätte mitarbeiten wollen, hätte ich das gleich zu Anfang gesagt. Warum sollte ich meine Meinung inzwischen geändert haben?«

»Weil sich die Montoya-Kampagne als nette Trophäe ausnehmen würde, falls Sie vorhaben sollten, uns zu verlassen.«

»Sie wissen so gut wie ich, daß es in New York keine Agentur gibt, die mich nicht auf einen einzigen Anruf hin vom Fleck weg engagieren würde. Montoya brauche ich dafür sowenig wie ein Empfehlungsschreiben von Ihnen. Wollen Sie mich jetzt entschuldigen, oder soll ich ...«

»Dann muß er auf Sie scharf sein«, sagte er mehr zu sich selbst. »Alles andere ergibt keinen Sinn. Ihre bisherige Arbeit kann ihn nicht derart beeindruckt haben. Soweit ein Außenstehender das beurteilen kann, haben Sie bisher für keinen wichtigen Auftrag verantwortlich gezeichnet.«

Irgendwo in ihrem Inneren fiel eine Klappe. »Das war's, Jeremy. Ich gehe.«

»Ich bin noch nicht fertig mit Ihnen.«

»Nun, dann will ich mal versuchen, mich so simpel auszudrücken, daß selbst Sie mich verstehen – ich kündige!«

»Das können Sie nicht.«

»Nein? Dann passen Sie mal auf.«

Er stand auf und kam hinter seinem Schreibtisch hervor. »Falls ich etwas gesagt haben sollte ...«

»Ihre dummen, kindischen Anschuldigungen langweilen mich zu Tode!« Sie ging auf die Tür zu.

»Das ist nicht fair. Sie haben sich bislang noch nie über mich beklagt.«

Seine perverse Logik ließ sie abrupt innehalten. Sie schlug sich mit der Hand gegen die Stirn. »Das leuchtet mir ein.«

»Wenn irgend jemand etwas tut oder sagt, das Ihnen mißfällt, dann müssen Sie sich schon melden. Woher sollten es die Leute denn sonst wissen?«

Sie setzte sich wieder hin. Wollte sie sich wirklich so leicht um den Finger wickeln lassen? Wo war der gerechte Zorn geblieben, der noch vor wenigen Sekunden ihr Blut zum Kochen gebracht hatte?

»Denken Sie mal in aller Ruhe darüber nach. Mein Verdacht, daß Sie irgendwas Spezielles vorhaben könnten, entbehrt doch wirklich nicht einer gewissen Logik. Und verständlich ist er auch. Sie sind schon zu lange im Geschäft, um jetzt auf einmal die Regeln in Frage zu stellen.«

»Nach all den Jahren sollten Sie mich so gut kennen, daß Sie mich nicht derartig plumper Tricks verdächtigen.«

»Woher diese plötzliche Naivität? Verdammt, Elizabeth, ich bin Ihr Lehrmeister gewesen. Weshalb sollte ich da nicht auf die Idee kommen, daß Sie einige meiner Eigenheiten übernommen haben?«

Sie hatte bereits zuviel Boden verloren, um ihre Sache noch weiter durchzufechten. Eigentlich wollte sie auch gar nicht kündigen. Es war nur eine Trotzreaktion auf seine unüberlegten Anschuldigungen gewesen. »Können wir die Sache vielleicht irgendwie über die Bühne bringen? Es wartet nämlich noch eine Menge Arbeit auf mich.«

Jeremy ging zu seinem Schreibtisch zurück und nahm die Akte zur Hand, in der er gelesen hatte, als sie in sein Büro gekommen war. »Die gehört jetzt Ihnen. Aber ich möchte über jeden Schritt auf dem laufenden gehalten werden.«

»Ich sagte Ihnen doch bereits, daß ich mit der Montoya-Kampagne nichts zu tun haben will.«

»Das war auch ganz in meinem Sinne. Erstens steckt da eine Unmenge Arbeit dahinter, und zweitens, wenn etwas schiefgeht, müssen Sie ganz allein den Kopf dafür hinhalten.« Er spielte nervös mit den Bügeln seiner Brille. »Aber leider liegt die Sache nicht mehr in meinem Ermessen. Montoya hält jetzt die Fäden in der Hand.«

Sie nahm ihm den Ordner ab, den er ihr mit ausgestrecktem Arm entgegenhielt. »Sagen Sie mir mal eines, Jeremy.

Macht Ihnen dieses Geschäft wirklich soviel Spaß, wie es den Anschein hat?«

»Es ist mein Lebenselixier. Ich würde eher meine Familie aufgeben als meine Agentur.«

»Und Ihre Frau und die Kinder, wissen die das?«

»Wenn sie es nicht wissen, so vermuten sie es sicherlich.«

»Ich hoffe, daß ich niemals...«

»Wer im Glashaus sitzt, sollte nicht mit Steinen werfen, Elizabeth. Vielleicht wollen Sie es nicht wahrhaben, aber wir beide sind aus demselben Holz geschnitzt.«

Das war ein ernüchternder Gedanke. »Ich werde mir das zu gegebener Zeit durch den Kopf gehen lassen.«

Sie war schon auf halbem Weg zur Tür, als er ihr hinterherrief: »Wenn Sie sich das nächste Mal mißverstanden fühlen, dann denken Sie an den Spruch: ›Wer absichtlich Wellen schlägt, läuft leicht Gefahr, mit seinem Boot zu kentern und unterzugehen.‹«

»Haben Sie sich deshalb vergewissert, daß ich schwimmen kann, bevor Sie mich anheuerten?«

Ein halbes Lächeln zuckte in seinen Mundwinkeln. »Wann kapieren Sie endlich, daß ich als Chef hier das letzte Wort habe?«

Elizabeth öffnete die Tür und warf einen raschen Blick über die Schulter, bevor sie das Büro verließ. »Sobald Sie mich zur Vizechefin ernannt haben.«

Elizabeth fuhr nicht wie geplant ins Tierheim, sondern blieb über Mittag im Büro und versuchte, der Arbeit Herr zu werden, die sich während ihrer Abwesenheit auf ihrem Schreibtisch angehäuft hatte. Abgesehen von den eigenartigen Umständen und der berechtigten Angst, nun definitiv in der Sache drinzustecken, konnte sie nicht leugnen, daß sie die Aussicht, ihren ersten wichtigen Auftrag zu übernehmen, aufregend fand.

Das war die Gelegenheit zu beweisen, was in ihr steckte. Was machte es schon, wenn sie diesen Beweis in aller Öffentlichkeit antreten mußte? War das nicht ihr Ziel gewesen? Was hatte ihre Großmutter damals gesagt, als sie ihr Mr. Bensons Vorschlag, mit Elizabeth Preston die Rolle zu tauschen, unterbreitet hatte? *Nutze die Chance oder vergiß das Ganze, Jenny.*

Um vier Uhr nachmittags, nachdem sie eine frustrierende Stunde in der Werbetextabteilung und eine weitere mit dem Art Director verbracht hatte, war ihr klar, daß sie den Berg Arbeit, der noch vor ihr lag, heute nicht mehr erledigen konnte. Sie drückte auf die Sprechtaste des Intercoms. »Stellen Sie bitte fest, ob Amado Montoya in seinem Büro ist«, bat sie ihre Sekretärin. »Die Nummer finden Sie in der Akte, die ich auf Ihren Schreibtisch gelegt habe.«

Wenige Minuten später hatte sie Amado am Telefon. »Elizabeth, wie schön, von Ihnen zu hören.«

Angesichts der Möglichkeiten, daß er es sich inzwischen anders überlegt haben könnte, entschloß sie sich, ihm einen eleganten Ausweg anzubieten. »Jeremy sagte, Sie möchten mich in die Kampagne einbeziehen.«

»Mehr als das. Ich meinte ihm klargemacht zu haben, daß Sie die Leitung übernehmen sollen.«

»Ist Ihnen bewußt, daß es das Projekt um Wochen oder sogar um Monate zurückwerfen kann, wenn ich erst zu diesem späten Zeitpunkt einsteige?«

»Soll ich daraus schließen, daß Sie nicht beabsichtigen, die bisherigen Entwürfe und Ausarbeitungen zu übernehmen?«

»Ich weiß nicht recht. Ehrlich gesagt hatte ich noch keine Gelegenheit dazu, mich eingehend mit der Sache zu befassen. Ich bin jedoch der Meinung, daß kreative Arbeit etwas Persönliches ist. Unter normalen Umständen würde ich die Ideen eines anderen genauso ungern übernehmen, wie ein namhafter Künstler einen halbfertigen Van Gogh vollenden würde.«

»Das freut mich zu hören, obwohl ich glaube, daß Ihre Vorbehalte eher diplomatischer Natur sind und sich erst in zweiter Linie auf künstlerische Integrität gründen.«

Offensichtlich war er von den ersten Entwürfen, die man ihm vorgelegt hatte, nicht sonderlich begeistert. Das war die Erklärung. Jetzt begriff sie auch, warum Jeremy so bereitwillig auf Amados Vorschlag eingegangen war, anstatt ihm einfach mitzuteilen, daß Elizabeth aufgrund ihrer Position nicht die Verantwortung für einen so umfangreichen Auftrag übernehmen könne. Trotzdem beschloß sie, noch einmal zu versuchen, seine Meinung zu ändern. »Sind Sie absolut sicher, daß dies die richtige Entscheidung ist? Ich fürchte, es wird Sie eine Menge Geld kosten, die ganze Arbeit nochmals von vorne zu beginnen.«

»Das macht nichts.«

»Es schmeichelt mir, daß Sie soviel Vertrauen in mich setzen.« Den Grund dafür konnte sie sich allerdings nicht erklären. »Sobald ich meine anderen Arbeiten abgeschlossen habe, kann ich mich voll auf dieses Projekt konzentrieren.« Amado Montoya warten zu lassen war riskant, aber sie wollte ihm damit zeigen, daß sie sich allen ihren Kunden verpflichtet fühlte, gleichgültig, wie wichtig diese für die Agentur waren.

»Und wann wäre das?«

»Mitte des Monats.« Das war mehr als optimistisch gedacht.

»Aber das sind doch nur noch zwei Wochen. Ich hatte angenommen, daß Sie viel mehr Zeit benötigen würden, um Ihre laufenden Arbeiten zu Ende zu führen.«

Menschenskind, er wurde ja richtig sympathisch! »Ach, wissen Sie, hier stehen immer irgendwelche laufenden Arbeiten an – mal mehr, mal weniger.«

»Nun, dann wäre es sicherlich sinnvoll, unser erstes Meeting gleich festzusetzen.«

Sie blätterte in ihrem Terminkalender. »Wie wäre es mit dem Neunzehnten?«

»Prima. Um welche Zeit darf ich Sie erwarten?«

»Oh, ich fürchte, ich habe mich falsch ausgedrückt. Ich

habe mir eigentlich gedacht, daß wir uns hier zusammensetzen.«

»Nein, es war mein Fehler. Ich war der Meinung, Sie wollten sich die Weinkellerei erst einmal ansehen, bevor Sie mit Ihrer Arbeit beginnen.«

»Das werde ich auch, aber später.«

»Warum nicht gleich?«

Sie hätte ihm hundert Gründe nennen können, der Hauptgrund jedoch war, daß sie keine Ahnung hatte, woher sie die vier Stunden Zeit nehmen sollte, um von hier nach St. Helena und zurück zu fahren. Eine Besprechung in der Kellerei würde einen ganzen Arbeitstag in Anspruch nehmen. Sie ging nochmals ihren Kalender durch. »Dann könnte ich aber erst gegen Ende des Monats zu Ihnen kommen – so um den Fünfundzwanzigsten herum.«

»Ich habe eine bessere Idee. Warum besuchen Sie mich nicht einfach am kommenden Wochenende? Ich gebe am Samstag eine kleine Party. Dort würden Sie auch gleich einige der anderen Weinbauern kennenlernen. Möglicherweise können sich da ein paar interessante Anregungen ergeben.«

»Ich weiß nicht...« Sie unterbrach sich. Mit den Anregungen hatte er gar nicht so unrecht, und von seinen Bekannten einmal abgesehen, hinfahren mußte sie früher oder später sowieso. Je besser sie über einen Kunden und dessen Produkt Bescheid wußte, desto schneller kam sie mit ihrer Arbeit voran. Gute Ideen kamen bei ihr nicht aus heiterem Himmel, sie mußte sich Schritt für Schritt und methodisch in die Materie hineindenken.

»Danke für die Einladung«, sagte sie deshalb. »Die Party scheint wirklich ein guter Einstieg zu sein. Ja, ich würde sehr gerne kommen.«

»Um Ihre Unterbringung brauchen Sie sich nicht zu kümmern. Es gibt dort ein Cottage für Gäste. Übrigens, das steht Ihnen selbstverständlich auch jederzeit zur Verfügung, wann immer Sie geschäftlich dort oben zu tun haben.«

»Aber das ist doch nicht nötig.« – »Nötig nicht, aber es ist am einfachsten so. Mein Haus liegt an einer schmalen, kurvenreichen Bergstraße, etliche Meilen außerhalb von St. Helena. Wenn Sie sich ein Hotelzimmer in der Stadt nehmen, vergeuden Sie mit der Fahrt hin und zurück nur Ihre wertvolle Zeit.«

Dagegen gab es keinen vernünftigen Einwand, und auch sein schnelles, zielstrebiges Vorgehen konnte sie ihm nicht zum Vorwurf machen. Nach all den Jahren, in denen er um einen Platz ganz oben in der elitären Welt der Weinerzeuger gekämpft hatte, mußte ihm die Entscheidung, seine Weine im großen Stil zu verkaufen, schwergefallen sein. Mit dem Einstieg in die Massenproduktion lief er Gefahr, die Position zu verlieren, für die er so hart gearbeitet hatte. Ihre Aufgabe war es, dafür zu sorgen, daß dies nicht passierte. Aus diesem Grund glaubte sie auch keine Sekunde daran, daß er dem Beginn der Kampagne so geduldig entgegensah, wie er vorgab. »Ich werde Samstag morgen bei Ihnen sein.«

»Es freut mich, daß wir uns schon so bald wiedersehen.«

Elizabeth lächelte, als sie den Hörer auflegte. Für einen Mann, der sein ganzes Leben in Kalifornien zugebracht hatte, besaß Amado Montoya erstaunlich altmodische Umgangsformen. Zweifellos gehörte er zu den Männern, die es aus der Fassung brachte, wenn eine Frau sich die Tür selbst aufsperrte, und die es als persönliche Beleidigung betrachteten, wenn die Dame auch noch Kraftausdrücke gebrauchte.

In seiner Gegenwart mußte sie sich wirklich am Riemen reißen.

Ihren Plan, am kommenden Wochenende mit ihrem neuen Kätzchen zu spielen, konnte sie also vergessen. Vielleicht würde ja nächstes Wochenende dafür Zeit sein. Und wenn nicht, dann bestimmt die Woche darauf.

3

Amado Montoya stand mitten in seinem Weinberg zwischen den Rebstöcken, die jetzt nur noch knorrige Stümpfe mit weitausladenden Ästen waren. Die emsigen Hände erfahrener Beschneider hatten die Weinstöcke ihrer sommerlichen Pracht beraubt. Diese Männer lauschten, was ihnen die Weinstöcke zu sagen hatten, und ließen sich weder von den Habichten ablenken, die hoch oben am kristallklaren Winterhimmel ihre Kreise zogen, noch von den eisigen Nebelschwaden, die am frühen Morgen auch durch die dicksten Wolljacken krochen.

Waren die Äste dicker als ein Männerdaumen und mehr als drei Meter lang, so verlangte der Weinstock von ihnen, daß sie ihm dieses Jahr mehr Knospen lassen mußten. Hatte der Stock viele Äste, waren diese jedoch lang und dünn, dann bedeutete dies, daß man im Jahr zuvor zu viele Augen hatte stehen lassen und dieses Mal energischer beschneiden mußte. Ranken, die im Schatten wuchsen, waren flach, diejenigen, die an Sonnenplätzen wuchsen, hingegen rund.

Amado ließ seinen Blick über das Tal schweifen und registrierte, wo der Nebel noch zwischen den Weinstöcken hing und wo die Sonne ihn schon aufgelöst hatte. Solche Details bestimmten das Mikroklima, das diese Weinbaugegend so berühmt gemacht hatte. Entgegen den Ansichten ihrer europäischen Kollegen glaubten die kalifornischen Weinbauern, daß nicht der Boden, sondern das Klima einen guten Wein ausmachte. Amado konnte diese These immer wieder in seinen eigenen Weinbergen bestätigt finden. Dieselbe Rebensorte, die an ein und demselben Hang wuchs, konnte völlig unterschiedliche Trauben hervorbringen; einige davon mochten ihm eine Goldmedaille einbringen, während andere bestenfalls durchschnittliche Qualität erreichten.

Man brauchte den Weinstöcken nur aufmerksam zuzuhören.

Amado hatte diese Fähigkeit von seinem Vater Domingo Montoya gelernt, der dem alten spanischen Sprichwort vertraute, wonach der beste Dünger für einen Rebstock die Fußabdrücke des Weinbauern selbst waren. Domingo entstammte der vierten Generation von Montoyas, die an dem Hügel, wo nun Amado stand, Wein anbaute, und da ihm das Schicksal wohlgesonnen war, hatte er auch in vierter Generation aus diesen Trauben Wein keltern können.

Erst die Prohibition und anschließend die Wirtschaftskrise hätten der Weinbautradition der Familie Montoya beinahe ein Ende gesetzt. Doch Domingo hatte sich nicht unterkriegen lassen, sondern einen Teil der Ernte an italienische Familien verkauft, die das Recht behielten, sich 200 Gallonen Wein zum Eigengebrauch zu keltern, und den Rest zur Herstellung von Saft oder Meßwein abgegeben. Auf dem Höhepunkt der Depression sah er sich gezwungen, drei Weinberge in Obstplantagen umzuwandeln. Seine geliebten Rebstöcke auszureißen war eine bittere Arbeit gewesen, bei der ihm das Herz blutete, aber es war die einzige Möglichkeit gewesen, den Besitz zu retten. Denn in erster Linie hatte sein Vater ihm das Land vererbt, nicht die Rebstöcke, und er war nur der Verwalter, mehr nicht. Für die Spanne seines Lebens durfte er den Weinberg sein eigen nennen, ihn lieben und versorgen. Danach würde er an seinen Sohn übergehen.

Doch Amado hatte die seit fünf Generationen bestehende Erbfolge unterbrochen. Gott hatte ihn nicht mit einem Sohn gesegnet, sondern ihm und seiner Frau Sophia zwei Töchter geschenkt, Felicia und Elana. Sie waren außergewöhnlich hübsch und klug, und eine Zeitlang hatten sie ihren Vater jeden Tag begeistert in den Weinberg begleitet.

Hätten sie weiter bei ihm gelebt, so hätte eine jede von ihnen den Platz des Sohnes einnehmen können, der ihm versagt geblieben war. In Spanien, bei seiner Besichtigungstour durch verschiedene Weinberge, hatte er Sophia als fröhliche junge Frau kennengelernt. Doch sie hatte sich einfach nicht in ihre neue Heimat einleben können, und obwohl Amado alles versucht hatte, hatte er nicht verhindern können, daß Sophia in eine Depression versank und oft nahe daran war, ihrem Leben ein Ende zu setzen.

Die Schlaftabletten, die Sophia einnahm, um die Sehnsucht nach ihrer Heimat zu betäuben, hatten Amado schließlich zu der Überzeugung gebracht, daß er sie gehen lassen mußte. Zu dieser Zeit war er selbst so krank vor Sorge um sie, daß er bereit war, sich mit allem einverstanden zu erklären, ihr alles zu überlassen, sogar ihre Töchter, nur um sie vor sich selbst zu schützen. Damals konnte er freilich nicht ahnen, daß seine Töchter, die er großgezogen hatte und liebte, ihm für immer genommen werden sollten.

Eine Scheidung stand nicht zur Debatte, ebensowenig eine formale Trennung. Sophia und die Mädchen waren abgereist, und sie hatten wider besseres Wissen beteuert, daß es nur eine zeitweilige Trennung sei. Jeden Sommer schickte Sophia die Mädchen nach Kalifornien, doch sobald sie sich an ihren Vater und ihr altes Zuhause gewöhnt hatten, mußten sie schon wieder ihre Koffer packen. Nie war ihm genügend Zeit geblieben, seinen Töchtern etwas über das Land und ihr Erbe beizubringen.

Eines Tages – Amado kostete gerade von den Trauben, um ihre Süße zu beurteilen, und dachte darüber nach, wie er seinen Töchtern diese Fähigkeiten weitergeben könnte – versuchte er sich zu erinnern, wie alt er gewesen war, als sein Vater ihn diese Dinge gelehrt hatte. Aber er hatte sein Wissen über Weinanbau und Keltern nicht in festgesetzten Lehrstunden gelernt, sondern sich Tag um Tag, Stunde um Stunde angeeignet, und zwar durch Beobachten, Zuhören, Riechen, Schmecken und Tasten. Er hatte die Freude kennengelernt, wenn sich die Knospen, aus denen sich später die Trauben entwickelten, mit der ersten Frühlingssonne öffneten, und die Verzweiflung, wenn ein später Frosteinfall diese jungen Knospen erfrieren ließ. Er wußte um all diese Dinge, weil er sie erlebt und mitgefühlt, nicht, weil sie ihm jemand beigebracht hatte.

Schweren Herzens mußte er erkennen, daß es unmöglich war, all seine Erfahrungen und sein Wissen während des Sommers an seine Töchter weiterzugeben. Sie hätten das ganze Jahr über hier leben müssen, aber es war zu spät. Die Zeit, da seine Töchter hätten lernen können, dieses Land zu lieben, war vorbei.

Als sie alt genug waren, beschlossen beide Mädchen, in Kalifornien aufs College zu gehen. Für einen kurzen Glücksmoment glaubt Amado, eine zweite Chance zu bekommen – bis seine Töchter in Kalifornien ankamen und ihm klarmachten, daß sie nicht heimgekehrt, sondern flügge geworden waren. Sie befanden sich damals in dem Alter, da sie aus dem engen Kokon des Katholizismus, in den ihre Mutter sie eingesponnen hatte, ausbrechen wollten, und ohne es zu wollen, half ihnen Amado dabei.

Einmal den Geschmack der Freiheit gekostet, gab es für die Mädchen kein Zurück mehr. Das Tragische an der Sache war, daß Sophia Amado beschuldigte, ihr die Kinder genommen zu haben. Die Verbitterung hierüber wurde zu ihrem einzigen Lebensinhalt. Mit vierzig Jahren war sie bereits eine alte Frau, und mit fünfundvierzig begann sie an den mysteriösesten Krankheiten dahinzusiechen. Wegen dieser Leiden konnte sie später weder die Geburt ihrer Enkel erleben noch sie heranwachsen sehen und ihnen nie mehr als einen kurzen Besuch abstatten. Zwei Monate vor ihrem fünfzigsten Geburtstag hatte sie wieder einmal eine Überdosis Tabletten geschluckt, nur war diesmal niemand in ihrer Nähe gewesen, um sie rechtzeitig ins Krankenhaus zu bringen. Felicia, die gerade bei ihr auf Besuch war, war später als versprochen von einer Party zurückgekehrt, und als sie bei ihrer Mutter eintraf, kam jede Hilfe zu spät.

Nach kirchlichem Recht war Amado nun wieder ein freier Mann, aber durch Sophias Tod änderte sich sein Leben kaum.

Weiterhin verbrachte er seine Tage so, wie er während der langen Jahre seiner Ehe gelebt hatte – allein.

Amado liebte seine Töchter, aber er machte sich keine Illusionen über deren Lebensstil und ihr Ansprüche. Falls es ihm nicht gelang, die Montoya-Tafelweine so populär wie die der Gallo-Winzerei zu machen, würden die Weinberge nach seinem Tod an den meistbietenden Interessenten verkauft werden.

Schaffte er es aber in den zehn oder zwanzig Jahren, die ihm noch bleiben mochten, die Montoya-Winzerei zu einem nicht nur finanzkräftigen, sondern auch gesellschaftlich angesehenen Unternehmen zu machen, konnte er vielleicht darauf hoffen, daß Elana die Familientradition fortsetzen würde. Sie hatte sich in der San Franciscoer Gesellschaft so weit nach oben gearbeitet, wie dies bei ihrem begrenzten Wohlstand und Einfluß möglich war. Und es verdroß sie zutiefst, daß sie mehr Macht und Reichtum an der Seite ihres Gatten Sullivan, eines mittelständischen Geschäftsmannes, niemals würde erreichen können. Amado war zu der Überzeugung gelangt, daß Elana, falls er sie dazu bringen konnte, die Montoya-Winzerei um ihrer eigenen Ziele willen zu übernehmen, ihr Erbe niemals verkaufen würde. Ebenso wäre sie dann darauf bedacht, den Betrieb umsichtig weiterzuführen, der später ihren Kindern gehören würde. Wenn seine Tochter einmal die Verantwortung für die Weinberge und die Winzerei übernommen hätte, würden sich ihre Liebe zu diesem Besitz und ihr Verständnis für ihr Erbe bestimmt doch noch entwickeln. Für diese vage Möglichkeit, seine letzte Hoffnung, war Amado zu jedem Einsatz bereit.

Mit Felicia konnte er im Grunde nicht mehr rechnen. Die Verbitterung ihrer Mutter war ihr in Fleisch und Blut übergegangen. Nach ihrem Examen in Stanford hatte sie umgehend eine Stelle bei der Chase-Manhattan-Bank angenommen. Innerhalb eines Jahres war aus ihr eine hundertfünfzigprozentige New Yorkerin geworden, die mehr mit dem Leben dort verwachsen war als die meisten der gebürtigen New Yorker, die Amado auf seinen Reisen kennengelernt hatte. Alles, was aus Kalifornien kam, war in Felicias Augen nur noch zweitklassig – auch der Wein. Die wenigen Wochen, die sie in den vergangenen fünf Jahren bei Familienfeiern oder Kurzurlauben im Haus ihres Vaters verbracht hatte, waren für alle Beteiligten mehr als unerfreulich gewesen, und nach Sophias Tod hatte sich ihr Verhältnis noch mehr verschlechtert.

Amados Blick wanderte zum Horizont und blieb an dem kleinen Streifen Land hängen, der der Familie Logan gehörte. Drei Generationen lang hatten die Montoyas begehrlich nach diesem Besitz geschielt und immer wieder versucht, diese wertvollen Hektar zu kaufen, was ihnen in den Zeiten der Depression auch beinahe gelungen wäre, als es der Familie Logan noch schlechter gegangen war als zuvor. Harold Logan hatte jedoch seinen Besitz gerettet, indem er eine Option auf die Ernte der nächsten zwanzig Jahre an einen Kapitalanleger aus San Francisco verkauft hatte, der ins Weingeschäft einsteigen wollte. Dank Logans exzellenter Trauben entwickelte sich diese neue Winzerei zu einer der erfolgreichsten im ganzen Tal.

Seit zehn Jahren jedoch verkauften die Logans ihre gesamte Ernte an Montoya. Noch wichtiger als die Trauben war aber der Mann, der aus ihnen den Wein machte – Michael Logan, der Amados Einschätzung nach einer der besten Kellermeister Kaliforniens war. Amado hätte fünf Jahre seines Lebens gegeben, wenn er ihn dafür seinen Sohn hätte nennen dürfen.

In der Ferne krächzte ein Rabe, bevor er sich in die Lüfte erhob. Irgendwo im Tal antwortete ein Hund jaulend auf das Heulen einer Sirene. Und dann drang ein anderer Laut an Amados Ohr. Über ihm auf den Hügeln rief jemand seinen Namen. Amado legte eine Hand über die Augen, um sie gegen das grelle Sonnenlicht abzuschirmen. Obwohl die Gestalt im Gegenlicht stand und ihre Gesichtszüge im Schatten lagen, erkannte er an der schlanken Figur und der anmutigen Haltung, daß er eine Frau vor sich hatte.

»Ich bin etwas früh dran!« rief Elizabeth ihm im Näherkommen zu. »Hoffentlich komme ich nicht ungelegen!«

Amado war so in seine Erinnerungen vertieft gewesen, daß er ihre Verabredung für den Moment vergessen hatte. »Aber nein. Verzeihen Sie, daß ich nicht in meinem Büro war, um Sie zu empfangen. Hat Ihnen jemand den Weg zum Haus gezeigt?«

»Eine Frau, die ich in der Winzerei traf, hat mir einen Plan gezeichnet. Ich hatte mit dichtem Verkehr aus San Francisco heraus gerechnet, aber wie sich herausstellte, waren die Straßen frei.« Sie stand jetzt vor ihm, streifte ihren teuer aussehenden Lederhandschuh ab und reichte ihm die Hand. »So, hier bin ich.«

Ihr verändertes Aussehen verwirrte ihn. Wäre er ihr irgendwo auf der Straße begegnet, er hätte sie wahrscheinlich nicht wiedererkannt. Dies war nicht mehr die elegant gekleidete Dame, die sich nur in Salons und teuren Restaurants zu Hause zu fühlen schien. Die Frau, die ihm jetzt in verwaschenen Jeans und einem viel zu großen Sweatshirt gegenüberstand, machte eher den Eindruck, als sei sie nie aus einer Kleinstadt wie Santa Rosa herausgekommen. »Ich freue mich, Sie wiederzusehen.« Wieder, wie schon auf der Weihnachtsparty, erstaunte ihn ihr fester Händedruck.

Elizabeth blickte sich um. »Daß der Trank der Götter an einem Ort wie diesem heranreift, halte ich für überaus angemessen.« Dann sah sie Amado an, und in ihren Augenwinkeln blitzte ein schelmisches Lächeln auf. »Nach der Woche, die ich gerade hinter mir habe, hat mich Ihr Schild da draußen richtig neugierig gemacht.«

»Welches Schild?«

»Die Rebenschneider, die Sie suchen. Ich kann mir keinen schöneren oder friedlicheren Ort zum Arbeiten vorstellen.« Sie seufzte. »Aber ich fürchte, Sie stellen nur erfahrene Kräfte ein. Außer Enthusiasmus habe ich nichts anzubieten.«

»Das ist nicht unser Schild.« Noch immer in seine melancholischen Gedanken versunken, nahm er ihr gegen seinen Willen ihr unbeschwertes Geplapper ein wenig übel. Was ihn an Elizabeth Preston so fasziniert hatte, waren ihre genauen Vorstellungen bezüglich ihrer Karriere gewesen. Seine Erfahrung hatte ihm gesagt, daß sie eine Frau war, die alles daransetzen würde, um in dieser Männerwelt zu bestehen, und nicht jemand, der seine Ansichten und Ziele mit der Kleidung wechselte. »Die Winzerei auf der anderen Straßenseite sucht Leute. Aber ich glaube nicht, daß ihnen mit Enthusiasmus allein gedient ist. Diese Arbeit verlangt ein hohes Maß an Erfahrung und Geschicklichkeit.« Er merkte, daß sie ihm genau zuhörte. Zumindest ist sie nicht begriffsstutzig, dachte er. »Sind Sie immer so… so tatendurstig am frühen Morgen?«

Elizabeth reagierte auf seine unterkühlte Antwort, indem sie einen Schritt zurücktrat und ihm ein ebenso professionelles wie unpersönliches Lächeln schenkte. »Verzeihen Sie. Ich neige dazu, mich zu Beginn eines neuen Projekts etwas zu sehr von meinem Schaffensdrang mitreißen zu lassen, besonders, wenn es sich um ein so herausforderndes und aufregendes handelt, wie dieses zu werden verspricht.«

Es war, als wäre der Nebel zurückgekehrt und hätte sich wieder vor die Sonne geschoben. Amado fühlte einen unangenehmen Stich in der Magengrube. Er war verwirrt und ärgerlich. Welcher Teufel hatte ihn geritten, ihr eine derart grobe Antwort hinzuwerfen? Seit wann schlossen sich Enthusiasmus und Kompetenz gegenseitig aus? »Nein, ich muß mich entschuldigen. Ich habe leider die schlechte Angewohnheit, hin und wieder meine mürrischen Stimmungen auszuleben und dann allen, die guter Dinge sind, zu grollen. Bitte verzeihen Sie meine…«

»Ich mache Ihnen einen Vorschlag. Warum vergessen wir

nicht das Ganze und gehen einfach an die Arbeit, anstatt uns weiterhin mit großartigen Entschuldigungen zu überbieten?«

Er hätte alles getan, damit das listige Blinzeln wieder in ihre Augen zurückkehrte. »Einverstanden. Ich möchte Ihrem Tatendrang nicht weiter im Wege stehen. Sie können schon mal mit den Stöcken da drüben neben der Straße anfangen. Im Schuppen liegt noch eine Schere.« Als sie überrascht auflachte, überlief ihn ein Freudenschauer, der so intensiv wie unerwartet war.

»Ich würde es ja gerne versuchen, aber da unsere Zeit knapp bemessen ist, sollten wir uns lieber auf den eigentlichen Grund meines Hierseins konzentrieren.«

»Sie bleiben nicht übers Wochenende?«

»Für das, was an Arbeit vor mir liegt, würden auch zehn Wochenenden nicht ausreichen. Doch bevor ich mit der eigentlichen Konzeption der Kampagne beginne, möchte ich soviel wie möglich über den Weinbau und das Weingeschäft von Ihnen lernen.«

»Da haben Sie sich aber viel vorgenommen, Ms. Preston.« Diesmal gab er sich mehr Mühe, seine Ungehaltenheit zu verbergen. Er kannte Männer, die ihr ganzes Leben damit zugebracht hatten, das zu lernen, was sie an zehn Wochenenden lernen wollte, aber darauf genauer einzugehen wäre im Augenblick wenig hilfreich gewesen. »Ich werde sehen, was ich tun kann«, sagte er statt dessen. »Ich habe auch viele Bücher, die ich Ihnen leihen kann.«

»Ich weiß Ihr Angebot zu schätzen, aber was ich von Ihnen lernen möchte, steht bestimmt nicht in Büchern. Ich bin hier, um in Erfahrung zu bringen, was die Montoya-Winzerei von allen anderen Weinkellereien im Napa-Tal unterscheidet, möchte aber auch wissen, was sie mit ihnen gemeinsam hat. Ich muß herausfinden, was Sie sich wirklich von dieser Kampagne versprechen und ob Sie ein gewisses Grundverständnis für Marketing haben oder ob ich Ihnen in dieser Beziehung etwas beibringen muß.«

Er deutete eine Verbeugung an. »Dann lassen Sie uns hinauf ins Haus gehen und mit der Arbeit beginnen. Ich werde Consuela bitten, uns Kaffee zu kochen.«

»Wenn es Ihnen nichts ausmacht, würde ich den Kaffee lieber später trinken und mich statt dessen gleich an Ihre Fersen heften und Ihnen bei der Arbeit zusehen. Tun Sie einfach so, als ob ich nicht hier wäre.« Sie blickte sich um. »Was haben Sie denn gemacht, bevor ich kam?«

Amado fragte sich, was sie wohl sagen würde, wenn er ihr erklärte, daß diese Morgenstunden, die er allein auf seinem Weinberg verbrachte, die einzigen waren, in denen er sich wirklich am Leben fühlte. Die Weinstöcke vermittelten ihm ein beruhigendes Gefühl von Beständigkeit, von sich immer wieder erneuerndem Leben und den Glauben daran, daß die Weinanbautradition der Montoyas zu stark war, um einfach abzubrechen. Er beschloß, Elizabeth nur einen Teil der Wahrheit zu gestehen, den Teil, den auszusprechen ihm leichtfiel. »Ich war gerade dabei nachzusehen, ob der Mann, den ich letzte Woche eingestellt habe, um die Weinstöcke zu beschneiden, seine Arbeit auch richtig beherrscht.«

»Und?«

»Er besitzt ein gutes Gehör.«

»Er hört den Weinstöcken zu, bevor er sie beschneidet.«

Einige Sekunden verstrichen, bevor Amado antwortete. »Ich sehe, Sie haben sich gut vorbereitet.«

»Die Recherchenabteilung von Smith & Noble ist die beste im ganzen Land. Ich recherchiere für sie und sie für mich. Und wie geht es jetzt weiter?«

»Die Kellerei. Gestern bekamen wir eine Ladung Eichenfässer von einem neuen Lieferanten, und die möchte ich mir ansehen, bevor wir mit dem Füllen beginnen.« Er machte eine auffordernde Bewegung in Richtung Haus. »Wir nehmen den Lastwagen«, sagte er und schickte sich an, den Hügel hochzugehen. Da sie reglos stehenblieb, fragte er: »Stimmt was nicht?«

»Ich fürchte, ich bin steckengeblieben.« – »Oh, ich hätte Sie warnen sollen. Wenn es geregnet hat, ist der Boden hier manchmal wie ein Sumpf.«

Bei dem Versuch, ihren Fuß zu befreien, verlor sie das Gleichgewicht und konnte sich gerade noch an einem knorrigen Rebenstumpf festhalten. »Warum bin nur ich in dieser mißlichen Lage?«

»Ich kenne natürlich den Boden.« Er ging vor ihr in die Hocke und zog erst ihren einen, dann den anderen Fuß aus dem Schlamm. »So, und nun immer in Bewegung bleiben. Das ist der ganze Trick dabei.«

»Das müßte zu machen sein.« Mit großen Schritten begann sie, den Hügel hochzustapfen.

Amado wartete einen Augenblick, bevor er ihr folgte. Ihr beim Gehen zuzusehen, bereitete ihm mehr Vergnügen, als er sich eingestanden hätte. Ein stilles Lächeln huschte über seine Lippen. Wie lange war es schon her, daß er sich die simple Freude gegönnt hatte, eine schöne Frau zu betrachten.

Es war kurz vor Mitternacht, als Elizabeth und Amado sich an diesem Abend trennten. Er hatte sie bis zum Cottage begleitet, ihr eine gute Nacht gewünscht und sich mit den Worten »Bis morgen früh« von ihr verabschiedet. Als sie die kunstvoll geschnitzte Eingangstür hinter sich geschlossen hatte, lehnte Elizabeth sich erst einmal mit dem Rücken dagegen, atmete tief durch und dankte Gott, daß dieser anstrengende Tag nun endlich vorüber und sie allein war. Ihre Füße brannten wie Feuer. Mit einem wohligen Seufzer stieg sie aus ihren hochhackigen schwarzen Pumps.

Amado Montoya hatte die unbändige Energie eines Bären an den Tag gelegt, der gerade eben aus seinem Winterschlaf erwacht war. Wann immer sie die Führung kurz unterbrochen hatte, um sich einige Notizen zu machen, mußte sie feststellen, daß er eine Ecke weiter schon wieder mit etwas Neuem beschäftigt war. Die räumlichen Ausmaße der Winzerei waren erheblich größer, als sie sich vorgestellt hatte, und am Abend war sie allein von den langen Fußmärschen schon restlos erledigt gewesen.

Der Ausstellungsraum war das Herzstück des Unternehmens, und als Amado ihn zwei Jahre zuvor renovieren und vergrößern ließ, hatte er sorgsam darauf geachtet, daß der Charme und die Atmosphäre dieser alten spanischen Villa erhalten blieben. Selbst mitten im Winter standen die Leute hier Schlange, um an einer Führung durch die Winzerei teilzunehmen.

Nachdem sie der schier endlosen Reihe von Mitarbeitern vorgestellt worden war, hatte sie deren Anzahl im Kopf überschlagen und war zu dem Ergebnis gekommen, daß Montoyas Lohnliste mindestens ebenso lang sein mußte wie die von Smith & Noble, wenn nicht sogar länger.

Abends dann, im kleinen Kreis seiner Freunde, hatte Amado den Geschäftsmann wie eine zweite Haut abgelegt und sich wieder in den charmanten, weltgewandten Gentleman verwandelt, als den ihn Elizabeth auf der Weihnachtsfeier kennengelernt hatte. Welcher Amado würde ihre Arbeit letztlich beurteilen? Den Geschmack beider Herren zugleich zu treffen, damit durfte sie wohl nicht rechnen.

Schon im ersten Augenblick, als sie Amado Montoya mitten zwischen den Rebstöcken hatte stehen sehen, waren ihr etliche Ideen für die Gestaltung der Kampagne gekommen. Im Laufe des Tages hatten einige davon eine derart konkrete Gestalt angenommen, daß es ihr schwerfiel, sich auf die Geschehnisse ringsum zu konzentrieren. An jeder Ecke hatte ihre Phantasie versucht, sich selbständig zu machen und in eine andere Richtung zu flüchten.

Das war der aufregendste Abschnitt einer Arbeit, wenn die Ideen so ungehemmt flossen, daß sie permanent »high« war. Mit ein wenig Glück durfte sie darauf hoffen, daß davon noch ein Nachglühen übrig blieb, das ihr über die langen Wochen harter, anstrengender Kopfarbeit hinweghelfen würde.

Elizabeth warf einen Blick auf ihre Armbanduhr, während sie barfuß über den dicken Perserteppich ging, der beinahe den gesamten Wohnzimmerboden bedeckte. Zwanzig Stunden war es her, seit sie in aller Frühe aus dem Bett gekrochen war, und obwohl sie so müde war, daß sie hätte im Stehen einschlafen können, beschloß sie, noch ein wenig das Kaminfeuer zu genießen, das in ihrer Abwesenheit entfacht worden war. Sie öffnete die Glastüren, setzte sich neben dem Kamin in einen Ohrensessel, streckte die Beine aus und sah sich in dem viktorianisch eingerichteten Raum um, den die Flammen in ein weiches, behagliches Licht tauchten.

Das »Cottage«, wie Amado das Gästehaus bescheiden genannt hatte, war in Wirklichkeit sein Elternhaus, in dem die Familie früher gewohnt hatte. Es war immer sorgfältig instand gehalten und später ausschließlich zur Unterbringung von Gästen benutzt worden, ein Luxus, den Elizabeth sich nur schwer vorstellen konnte.

Als sie Amado gegenüber bemerkt hatte, wie schön sie es finde, daß er das alte Haus erhalten habe, anstatt es abzureißen, hatte er gelacht und gemeint, dies sei in seiner Familie nun mal Tradition. Es gab noch ein drittes Haus auf dem Grundstück – das seiner Urgroßeltern. Gegenwärtig bewohnte es Amados Kellermeister, ein Mann, den er mehr als Freund der Familie denn als seinen Angestellten betrachtete.

Durch ihren Beruf hatte Elizabeth etliche sehr wohlhabende Leute kennengelernt, doch nie jemanden, der so reich war wie Amado Montoya. Dennoch behandelte er die Frau, die den Boden des Verkaufsraumes gescheuert hatte, genauso respektvoll wie die Freunde, die an diesem Abend bei ihm zu Gast gewesen waren.

Elizabeth starrte ins Feuer, nahm ihre Ohrclips ab und rieb ihre Ohrläppchen zwischen Daumen und Zeigefinger. Alles, wonach sie jetzt noch verlangte, war ein heißes Bad, ein Bett und das Buch, das sie mitgebracht hatte und in dem sie noch zwei, drei Kapitel lesen wollte, um sich von den tausend Eindrücken dieses langen Tages abzulenken. Manchmal funktionierte dieser Ablenkungstrick ja, meistens jedoch nicht. Rechtschaffen müde kämpfte sie sich aus dem Ohrensessel hoch und ging auf die Treppe zu.

Eine halbe Stunde später saß Elizabeth wieder vor dem Kamin, und das Buch lag aufgeklappt in ihrem Schoß. Als es leise an der Tür klopfte, blickte sie auf, froh, daß sie nicht gerade eine Geschichte von Edgar Allan Poe las. Das Klopfen klang bewußt unaufdringlich und ließ ihr die Wahl, darauf zu antworten oder es zu ignorieren.

Es war Amado. Er trug noch immer sein Dinnerjackett; als einziges Zugeständnis an die späte Stunde hatte er seine Krawatte abgenommen. »Ist etwas nicht in Ordnung?« fragte sie.

»Ich sah das Licht bei Ihnen und nahm an, daß Sie noch arbeiten. Doch wie ich sehe, habe ich mich geirrt. Dann nochmals gute Nacht, wir können uns morgen früh weiter unterhalten.«

»Ich arbeite oft im Bademantel, weil das bequemer ist.« Diese Notlüge, so redete sie sich ein, hatte sie nur benutzt, um ihm Peinlichkeiten zu ersparen, aber keinesfalls, weil sie nicht wollte, daß er gleich wieder ginge. »Was wollten Sie mir denn sagen?«

»Daß wir morgen früh ein Meeting ...«

»Bitte, kommen Sie doch herein«, forderte sie ihn auf und zog den flauschigen Stoff des Bademantels fester um sich. »Draußen ist es so kalt, da friert man sich ja den ... ach, nun kommen Sie schon.« Er trat ein, aber nur so weit, daß sie die Tür hinter ihm schließen konnte. »Sie sagten etwas von einem Meeting?«

»Es ist eher ein Frühstück. Ich hatte eigentlich nicht vor, daran teilzunehmen, aber Consuela meinte, daß es für Sie ganz informativ sein könnte. Gewöhnlich kommt Michael auch immer, aber er ist heute nicht hier.«

»Michael?«

»Verzeihung. Michael Logan ist mein erster Kellermeister. Außenstehende glauben zwar, ich hätte die Montoya-Weine zu dem gemacht, was sie heute sind, aber in Wirklichkeit gebührt der Ruhm allein Michael. Im Augenblick ist er leider mit anderen Dingen beschäftigt, sonst hätten Sie ihn bereits kennengelernt.«

Elizabeth war der Stolz, der in seiner Stimme mitschwang, keineswegs entgangen. »Wann soll ich denn morgen früh fertig sein?«

»Wenn es Ihnen paßt, möchte ich um sieben Uhr dreißig aufbrechen – die Fahrt dorthin dauert eine halbe Stunde«, antwortete er und schickte sich an zu gehen.

Einem inneren Impuls folgend, hielt sie ihn zurück. »Eine Frage wollte ich Ihnen schon die ganze Zeit stellen, seit ich erfahren habe, daß ich die Leitung der Kampagne übernehmen soll. Und ich habe das Gefühl, daß Ihre Antwort die Richtung der Kampagne erheblich beeinflussen kann.«

»Jetzt haben Sie mich neugierig gemacht. Aber das tun Sie ja eigentlich schon den ganzen Tag.« Er schob seine Hände in die Jackentaschen. »Möchten Sie eine Tasse Kaffee? Ich lasse uns welchen bringen.«

»Das ist nicht nötig. Meine Soufflés fallen zwar immer in sich zusammen, aber Kaffee kochen kann ich.«

Er folgte ihr in die kleine Einbauküche, stellte Tassen, Zucker und Milch auf den Tisch, während sie Kaffeepulver und Wasser abmaß und die Maschine anstellte. Als sie damit fertig war, setzte sie sich zu ihm an den Tisch.

»Nun«, begann er. »Sie wollten mich etwas fragen?«

Es gab viele Wege, um sich dem Thema zu nähern. Sie entschied sich für den direktesten. »Warum ausgerechnet ich?«

Amado lehnte sich bequem zurück und öffnete das Jackett. Er war ein feingliedriger Mann mit schmalen Hüften und ohne die Spur eines Bauchansatzes. »Ich habe diese Frage bereits erwartet.«

»Und?«

»Und mich ebenfalls gefragt, wie ich sie zu gegebener Zeit beantworten soll.« Wieder verschwanden seine Hände in den Jackentaschen. »Mir fällt es nicht leicht, Gefühle in Worte zu fassen, aber ich will es versuchen. Als ich Sie auf der Weihnachtsfeier kennenlernte, habe ich den Eindruck gewonnen, daß sie genau verstehen, was ich mit der Montoya-Winzerei vorhabe und warum. Das ist für mich ein wichtiger Punkt.«

»So wichtig, daß Sie das Risiko eingehen, mit einer Frau wie mir zu arbeiten, die noch nie ein Projekt dieser Größenordnung geleitet hat?«

»Man hätte Ihnen schon viel früher derartige Aufträge anvertrauen sollen. Dann wüßten Smith & Noble, daß Sie die beste Texterin sind, die sie je hatten.«

Elizabeth stand auf, um den Kaffee einzuschenken. »Wenn Sie alles glauben, was meine Assistentin über mich erzählt...«

»Bitte, sprechen Sie nicht so.« Er nahm seine Tasse und hielt sie ihr hin. »Bescheidenheit ist eine überschätzte und zeitraubende Tugend.«

»Gut, dann haben Sie sich also auch gründlich vorbereitet, was mich betrifft. Das beantwortet aber noch nicht meine Frage.« Sie lehnte sich mit ihrem Kaffee zurück und sah ihn über den Tassenrand hinweg erwartungsvoll an.

»Die Expansion, die die Montoya-Winzerei im Augenblick erlebt, hat nichts mit Profiten oder dem Run nach Marktanteilen zu tun. Mir geht es dabei nur um Bestand und Tradition. Die Montoyas leben seit fünf Generationen auf diesem Land im Napa Valley. Und ich möchte nicht der letzte in dieser Reihe sein.«

Einem Mann wie Amado fiel es sicher nicht leicht, über so private Dinge zu sprechen. »Wenn ich Sie recht verstehe, zeigen Ihre Töchter kein Interesse daran, die Winzerei so zu übernehmen, wie sie sich im Augenblick darstellt.«

»Sie haben sich ihr eigenes Leben aufgebaut. Das Geschäft

und das Land bedeuten ihnen nicht viel. Ich habe es versäumt, ihnen das richtige Verständnis dafür nahezubringen. Aber ich hoffe, durch diese Kampagne doch noch ihr Interesse zu wecken.«

Elizabeth versuchte sich vorzustellen, was es hieß, aus einer traditionsreichen Familie zu stammen. Die einzige Person, für die sie so etwas wie Familiengefühl entwickelt hatte, war ihre Großmutter. Die Eltern ihres Vaters hatte sie nie kennengelernt. Sie wußte nicht einmal, ob er noch Geschwister hatte, wo er aufgewachsen war und warum er nie über seine Kindheit gesprochen hatte. Sicher wußte sie nur, daß sich nach seinem Tod niemand von seiner Familie gemeldet hatte. Alice hatte die Entscheidung der Staatsanwaltschaft von Kalifornien, was mit den Leichen ihrer Tochter und ihres Schwiegersohns geschehen sollte, so lange wie möglich hinausgezögert, in der Hoffnung, einer seiner Verwandten werde sich schließlich doch noch melden und einen Teil der Kosten für die Überführung nach Kansas übernehmen. Am Ende kam Alice dann zu dem Schluß, daß es falsch wäre, die beiden zu trennen, und erklärte sich schweren Herzens damit einverstanden, ihre Tochter so fern der Heimat beisetzen zu lassen – wissend, daß niemand ihr Grab pflegen und mit frischen Blumen versorgen würde.

»Doch zurück zu Ihrer Frage.« Amado hielt seine Tasse schräg und starrte auf die dampfende schwarze Flüssigkeit. »Jeremy Noble war bereit, für diese Kampagne sein ganzes Wissen einzusetzen.« Er sah hoch, und ihre Blicke trafen sich. »Aber Sie, das wußte ich, würden auch mit dem Herzen dabeisein.«

4

Michael Logan ging langsam durch die kühlen, dunklen Gewölbe, in denen die Weine reiften, und prüfte zerstreut die Gärspunde der Fässer, um festzustellen, ob die Zapfen ordnungsgemäß saßen. Es war an der Zeit, den Wein zu klären und die festen Schwebeteilchen herauszufiltern, die speziell die Rotweine trübten, damit diese dann Farbe und Brillanz entwickeln konnten. Um diese Zeit wurden auch die ersten Weinproben vorgenommen, um die optimale Dosis der Zusatzstoffe zu bestimmen; dieser Läuterungsprozeß konnte einige Tage, unter Umständen aber auch Wochen dauern. In diesem Gewölbe reiften die besten Prädikatsweine heran, die der Montoya-Winzerei auch dieses Jahr wieder die begehrten Goldmedaillen einbringen sollten. Michaels Aufgabe war es, alle Vorgänge hier aufmerksam zu überwachen.

Die Weißweine lagerten in einem anderen Gewölbe weiter oben auf dem Hügel. Dorthin würde sich Michael anschließend begeben, um eine Lage Chardonnay zu prüfen, deren Entwicklung er schon seit etlichen Tagen aufmerksam verfolgte, insbesondere den Geruch, der einigen Fässern entströmte.

Er warf noch einen letzten Blick über die Schulter, bevor er mit schnellen Schritten zur Treppe ging, wo er gleich zwei Stufen auf einmal nahm. In letzter Zeit hatte er permanent das Gefühl, vor Energie zu platzen; sein Körper fühlte sich an wie eine zusammengepreßte Sprungfeder. Er hatte seinen morgendlichen Dauerlauf um eine weitere Meile verlängert, in der Hoffnung, so vielleicht die Rastlosigkeit ein wenig zu mildern, die ihn neuerdings immer überfiel, wenn er seine Runden durch die Weinkeller machte. Doch nur während der Stunden, die er in seinem Labor verbrachte und über den anstehenden Problemen brütete, war er frei von diesem quälenden Gefühl.

Als er aus dem Keller hinaustrat und einen Moment innehielt, um seine Augen an das grelle Sonnenlicht zu gewöhnen, sah er Tony, den Verwalter des Weingutes, auf sich zukommen.

»Hast du Amado heute morgen schon gesehen?« erkundigte sich dieser. »Ich muß dringend mit ihm über den neuen Traktorenvertreter sprechen, den er zu mir geschickt hat.«

Michael antwortete nicht gleich, sondern fuhr sich mit der Hand über das Kinn, wo es ihn unter dem Sieben-Tage-Bart entsetzlich juckte. Er konnte sich beim besten Willen nicht erinnern, wann er Amado versprochen haben sollte, sich einen Monat lang nicht zu rasieren, wenn die 49er bei der Prämierung nicht als beste abschnitten. »Er ist mit dieser Frau von der Werbeagentur bei irgendeinem Arbeitsfrühstück. Consuela sagte, er wollte gegen elf Uhr zurück sein.«

Tony vergrub seine Hände in den Taschen und zog die Schultern hoch, damit sich der Kragen der Jacke enger um seinen Hals schloß und ihn besser gegen den kalten Wind schützte. »Rosa erzählte mir, sie hätte dich gestern früh oben auf der Bergstraße gesehen, als sie zur Arbeit fuhr. Ich sagte ihr zwar, daß sie sich getäuscht haben muß, weil du gestern in Petaluma warst, aber sie bestand darauf, daß ich dich trotzdem danach frage.«

»Das kann schon möglich sein. Ich habe den anderen Weg aus der Stadt genommen.« Er hoffte, Tony würde es dabei bewenden lassen.

»Verdammt, da habe ich mich aber blamiert. Die Frau hat wirklich Augen, um die sie jeder Adler beneiden würde.« Damit wandte er sich zum Gehen. Michael folgte ihm. »Rosa erzählte mir auch, daß der ehemalige Taylor-Grund jetzt endlich doch verkauft worden ist – aber wenn du gestern dort warst, weißt du das wahrscheinlich schon.«

Michael nickte. Er war sich immer noch nicht darüber im klaren, warum er so enttäuscht gewesen war, als er das Schild *Verkauft* am Gartenzaun hatte hängen sehen. Erst da war ihm bewußt geworden, wie sehr der Wunschtraum, dieses Grundstück zu erwerben, seine Phantasie beherrscht hatte. Eines Tages würde er schon noch herausfinden, warum er immer erst dann begriff, wie sehr ihm etwas am Herzen lag, wenn es bereits zu spät war. Seinen eigenen Gefühlen gegenüber taub zu sein war schon ein verdammt hartes Los.

Tony bückte sich, um ein weggeworfenes Bonbonpapier aufzuheben, und ließ es abwesend in seiner Jackentasche verschwinden. »So intensiv, wie Amado in letzter Zeit nach Grund Ausschau gehalten hat, würde es mich nicht wundern, wenn er …«

Michael hörte ihm nicht mehr zu. Der Gedanke, daß Amado das Taylor-Land gekauft haben könnte, war ihm auch schon durch den Kopf gegangen. Verflucht, die halbe Nacht hatte er wachgelegen und zerfressen von Bitterkeit darüber nachgegrübelt. Mittlerweile war seine Bitterkeit in Wut auf Amado umgeschlagen, was so logisch wie letztlich unvernünftig war. Woher hätte Amado wissen sollen, daß er es auf genau dieses Stück Land abgesehen hatte – und daß er aus den Trauben, die dort wuchsen, nicht Montoya-Wein machen wollte, sondern seinen eigenen?

Mit der Bemerkung, daß er noch mit den neuen Beschneidern reden wolle, die er gerade eingestellt hatte, verabschiedete sich der Verwalter von Michael und versprach, Rosa von ihm zu grüßen. Anstatt sofort den Weg zu den oberen Weinkellern einzuschlagen, wo der Chardonnay auf ihn wartete, blieb Michael noch eine Weile stehen und beobachtete den Habicht, der über ihm am Himmel seine Kreise zog. Es war einer dieser klaren Wintertage, die allen Dingen schärfere Konturen verliehen, als betrachtete man sie durch eine starke Brille.

Schade nur, daß ihm das mit seinen eigenen Angelegenheiten noch nicht gelungen war. Amado hatte ja keine Ahnung, daß er begonnen hatte, seine Loyalität ihm gegenüber in Frage zu stellen, die ihm gebot, seine eigenen Ambitionen zum Wohle Amados hintanzustellen. Diese innerliche Abkehr hatte in ihm ein so starkes Schuldgefühl hervorgerufen, daß er unmöglich offen über dieses Problem sprechen und gemeinsam mit seinem Freund einen Ausweg suchen konnte.

Sosehr er sich wünschte, es in einem anderen Licht sehen zu können, verdankte er unleugbar alles, was er erreicht hatte oder noch erreichen würde, ausschließlich Amado. Ohne die Unterstützung und Ermutigung des älteren Mannes hätte er niemals seine heutige Position erreicht.

Nachdem Harold Logan an Lungenkrebs erkrankt war, hatten die Arztrechnungen alle Ersparnisse, die er für Michaels Ausbildung zurückgelegt hatte, verschlungen. Bereits etliche Monate vor seinem Tod war der letzte Dollar davon verbraucht, und es grämte Harold entsetzlich, daß er die Abmachung, die er mit seinem jüngeren Sohn getroffen hatte – eine solide Ausbildung als Ausgleich für die Farm, die traditionsgemäß an den Erstgeborenen ging –, nicht würde einhalten können. Michael hatte immer gewußt, daß sein älterer Bruder Paul eines Tages den Besitz übernehmen würde.

Als Amado zu Ohren kam, daß Michael nach einem Job Ausschau hielt, anstatt weiterhin das College zu besuchen, hatte er sich mit ihm zusammengesetzt und ihm angeboten, seine Ausbildung zu finanzieren, wenn er nach dem Examen für die Montoya-Winzerei arbeiten würde. Michael war mit einem Diplom für Enologie von der University of California in Davis abgegangen und hatte gerade ein Jahr in St. Helena gearbeitet, als Amado ihm die Verantwortung für die gesamte Produktion übertrug und damit sein ganzes Vertrauen in die Fähigkeiten eines fünfundzwanzigjährigen Anfängers setzte.

Wieviel einfacher wäre es gewesen, wenn sich das Blatt inzwischen nicht gewendet hätte, wenn er weiterhin bedürftig und abhängig geblieben wäre, wie zu Beginn ihrer Beziehung. Doch in den neun Jahren, die er nun schon für Montoya arbeitete, war er unentbehrlich geworden und hatte den Betrieb geführt, als sei es sein eigener. Auch Amado bestand auf der Feststellung, daß jeder Preis, jede Medaille, die sie in den letzten fünf Jahren gewonnen hatten, das direkte Resultat von Michaels einsatzfreudiger und innovativer Betriebsführung sei.

Doch es war nicht Michaels Winzerei, und sie würde ihm nie gehören.

Dabei spielte es keine Rolle, daß Amado Michael heute ebenso brauchte, wie er ihn damals gebraucht hatte, und daß er das Land und den Beruf des Weinbauern inzwischen ebenso liebte wie Amado. Und obwohl Amado ihn behandelte wie den Sohn, den er nie hatte, obwohl er in Amados Augen den Kummer darüber erkannte, daß er nicht sein Sohn war, änderte das alles nichts. Letztendlich zählten nur die Familie, die Blutsbande. Felicia und Elana. Und dabei spielte es keine Rolle, daß Amados Töchter sich weder um ihn noch um sein Lebenswerk einen Deut scherten.

Früher, in den Anfangsjahren ihrer Beziehung, als Michael noch heimlich davon träumte, eines Tages seinen eigenen Wein zu produzieren, hatte er Amado einmal direkt auf die Möglichkeit angesprochen, sich in die Montoya-Winzerei einzukaufen. Schließlich hegte Amado, wie er selbst zugegeben hatte, keine großen Hoffnungen mehr, Felicia oder Elana zum Einstieg in seinen Betrieb überreden zu können. Michael hatte angenommen, Amado würde sich darüber freuen, daß es außer ihm noch einen Menschen gab, dem die Winzerei am Herzen lag und der ein ernsthaftes Interesse daran zeigte, die Weinkellerei vor der Übernahme durch eine Genossenschaft zu bewahren – zumindest für eine weitere Generation. Doch sein Vorschlag und Amados negative und beinahe beleidigte Reaktion hatten zu der einzigen Mißstimmung geführt, die es je zwischen ihnen gab. In späteren Zeiten hatte es für Michael zuweilen den Anschein, daß Amado ihn zu ermutigen versuchte, jene Frage nochmals zu stellen, aber Michael hatte nie wieder ein Wort über dieses Thema verloren.

Das durchdringende Gekrächze aus einem der Lautsprecher, die überall auf dem Gelände installiert waren, durchbrach die Stille. »Michael Logan – bitte dringend bei der Zentrale melden.«

Er überlegte kurz, ob er die Meldung einfach überhören sollte, entschied sich dann jedoch, in das Gebäude zurückzukehren, aus dem er gerade gekommen war. Ohne zu warten, bis seine Augen sich an die Dunkelheit gewöhnt hatten, tastete er nach dem Telefonapparat neben der Tür, drückte einige Tasten und sagte: »Christine – Logan hier. Was gibt's?«

»Ein Privatgespräch auf Leitung vier.« Sie unterbrach sich. »Ich weiß, ich weiß, ich hätte nur Namen und Telefonnummer aufnehmen sollen, aber sie klang so ... ach, ich weiß nicht, *nervös*, würde ich sagen, daß ich es nicht übers Herz brachte, sie auf deinen Rückruf zu vertrösten.«

»Du läßt dich aber auch wirklich leicht um den Finger wickeln. Im Weißen Haus würdest du es keinen Tag machen.«

Sie lachte. »Die würden mich schon am Haupteingang abwimmeln.« Bevor er noch etwas darauf erwidern konnte, hatte sie ihn weiterverbunden.

»Michael Logan«, meldete er sich, als er das Knacken in der Leitung vernahm.

»Hallo ... Mike«, antwortete eine aufgeregte, piepsende Stimme. »Hier ist Diane Amberdine.«

Er versuchte krampfhaft, sich an den Namen oder die Stimme zu erinnern.

»Wir haben uns letztes Wochenende auf Lindas Party kennengelernt«, half sie ihm auf die Sprünge. »Ich trug einen blaugemusterten Pullover, und du hast gesagt, die Farbe erinnert dich an den Fluß, in dem du als kleiner Junge immer gefischt hast.«

Langsam tauchte in seiner Erinnerung ein Bild auf. »Oh, ja, natürlich. Du hast lange blonde Haare, stimmt's?«

»Richtig.« Sie klang sehr geschmeichelt. »Entschuldige,

daß ich dich bei der Arbeit störe, aber deine Privatnummer steht nicht im Telefonbuch ...«

»Ist schon okay. Was kann ich für dich tun?«

»Ich weiß, es ist etwas kurzfristig, aber ich wollte nur mal hören, ob du heute abend schon etwas vorhast. Nein, so macht man das nicht.« Sie unterbrach sich, und er hörte, wie sie tief Luft holte. »Was ich eigentlich sagen wollte ... In Napa zeigen sie einen Film, den ich mir schon seit Wochen anschauen will, und ich fürchte, wenn ich es nicht bald tue, dann läuft er nicht mehr, und deshalb wollte ich dich fragen, ob du vielleicht Lust hast, mit mir heute abend ins Kino zu gehen.«

Sein erster Gedanke war, sich mit einer freundlichen Ausrede und ohne sie zu verletzen aus der Affäre zu ziehen. Doch er hatte solche Situationen schon zu oft erlebt und wußte daher, daß derartige Ausreden immer wie eine Abfuhr klangen. »Kino? Hört sich nicht schlecht an. Wann soll ich dich abholen ... und wo?«

Es folgte eine längere Pause, als hätte seine Zusage sie völlig aus dem Konzept gebracht. »Äh, halb sieben? Nein, warte, wie wär's mit halb sechs – dann mach' ich uns noch rasch was zu essen.«

»Nein, laß nur. Wir können unterwegs irgendwo einen Happen essen. In Yountville hat eine neue Pizzeria aufgemacht, die wollte ich ohnehin einmal ausprobieren.« Nicht, daß er ein selbstgekochtes Mahl nicht schätzte, doch er hatte leider schon viel zu oft mißglückte Versuche mit dem Gourmet-Kochbuch über sich ergehen lassen müssen, um derartigen Einladungen zu vertrauen. Außerdem, ein Dinner zu zweit in Dianes Apartment würde mehr aus dem Abend machen, als er vorhatte. Den Eindruck, daß er gegen eine intensivere Beziehung nichts einzuwenden hätte, wollte er auf keinen Fall erwecken.

»Na, dann ist ja soweit alles klar.«

»Abgesehen davon, daß du mir noch nicht gesagt hast, wo du wohnst.«

»Ach ja, richtig.« Sie nannte ihm ihre Adresse und beschrieb ihm den Weg. »Dann bis halb sechs, ja?«

»Ich werde pünktlich sein.« Wenn er aus Versehen an die falsche Tür klopfen sollte, fiel ihm plötzlich ein, und ihm eine nette junge Blondine öffnete, könnte es passieren, daß er mit der falschen Frau ausginge. Trotzdem verkniff er sich die Frage, was sie heute abend anziehen würde.

Eine Stunde später, als Michael gerade auf dem Weg ins Labor war, sah er, wie Amados Wagen in den Parkplatz einbog. Er wollte ihm schon entgegengehen und ihm die freudige Nachricht überbringen, daß der Chardonnay ausgezeichnet zu werden versprach, als die Beifahrertür aufschwang und eine Frau ausstieg. Er beobachtete, wie sie um den Wagen herum zu Amado ging. Diese Frau hatte etwas beunruhigend Vertrautes an sich, das ihn bis ins Mark traf. Er versuchte, sie irgendwo einzuordnen, aber es gelang ihm nicht.

Sie konnte alles Mögliche sein, eine neue Vertreterin, die der Winzerei einen informellen Besuch abstattete, oder auch eine Bekannte Amados, die er auf einer seiner alljährlichen Europareisen kennengelernt hatte. Wie auch immer, Michael wollte es gar nicht so genau wissen. Er hatte keine Zeit für eine artige Konversation, und seine Neuigkeiten waren auch nicht so wichtig, daß sie nicht noch ein paar Stunden warten konnten.

Gerade als er weitergehen wollte, hörte er Amado seinen Namen rufen. Er unterdrückte ein mißmutiges Knurren, drehte sich um und erwiderte Amados Gruß. Der erwartungsvolle Blick, den Amado ihm zuwarf, machte seine stille Hoffnung zunichte, den beiden doch noch zu entkommen. Michael zwang sich zu einem freundlichen Lächeln und kam den Weinberg herunter.

Mit jedem Schritt nahm sein Unbehagen zu, und ein weiterer Blick auf die Frau sagte ihm auch, warum. Ihre Ähnlichkeit mit Susan war verblüffend. Nicht mit jener Susan von heute, der Frau seines Bruders, der erschöpften Mutter von vier Kindern – sondern mit der Susan, die seine Schuluniformjacke getragen, die er in einem Schlafsack auf der Ladefläche seines Pick-ups geliebt und die sich stolz den Brillantring angesteckt hatte – Michaels Geschenk zum bestandenen Examen – und die dann ihren Freundinnen erklärt hatte, sie und Michael seien offiziell verlobt.

Amado kam ihm mit einem breiten Lächeln entgegen. »Ich habe dich nicht vor morgen zurückerwartet.«

»Es gab dort weniger zu tun, als ich dachte.«

Er legte Michael die Hand auf die Schulter und führte ihn zum Wagen. »Da ist jemand, den ich dir vorstellen möchte.«

Anfangs versuchte Michael, nicht in ihre Richtung zu sehen, bis er feststellte, daß es ihn geradezu danach verlangte, sie eingehender zu mustern. Er konzentrierte sich auf die Äußerlichkeiten, die sie von Susan unterschieden, und registrierte jedes Detail mit beinahe erleichtertem Seufzen. Diese Frau war ein wenig größer und schlanker als Susan, ihre Brüste waren nicht ganz so üppig und ihre Hüften schmaler. Das volle Haar, das ihr markant geschnittenes Gesicht umrahmte, war eine Nuance dunkler und ihr offenes Lächeln nicht vergleichbar mit dem koketten Grinsen, das Susan Fremden gegenüber aufzusetzen pflegte. Ihr fragender Blick verriet ihm, daß ihr seine eindringliche Musterung nicht entgangen war.

»Michael Logan«, sagte Amado, »Elizabeth Preston.«

Michael ergriff ihre ausgestreckte Hand, und als er sie wieder loslassen wollte – den Bruchteil einer Sekunde zu früh –, verstärkte sie ihren Griff. Offenbar gehörte sie nicht zu den Menschen, die sich schnell abspeisen ließen.

»Elizabeth arbeitet für Smith & Noble«, fuhr Amado fort. »Sie nutzt dieses Wochenende, um sich mit dem ganzen Betrieb vertraut zu machen.«

Michael hätte beinahe laut aufgelacht. Diese Elizabeth Preston hatte ihm zwar ob ihrer fatalen Ähnlichkeit mit Susan eine Gänsehaut über den Rücken gejagt, aber er mußte dennoch zugeben, daß sie ein absolut steiler Zahn war. »Ich wußte gar nicht, daß Werbung so ein praxisbezogenes Geschäft ist.«

»Das ist es auch nicht immer«, entgegnete Elizabeth.

»Hast du Zeit, heute abend mit uns zu essen?« fragte Amado. »Ich bin sicher, Ms. Preston wird deine Ausführungen über die täglichen Arbeitsabläufe hier sehr zu schätzen wissen.«

Michael versuchte eine bedauernde Miene aufzusetzen. »Es tut mir schrecklich leid, aber ich habe bereits eine Verabredung für heute abend getroffen.«

»Vielleicht klappt es ja, wenn ich das nächste Mal komme.«

»Wissen Sie schon ungefähr, wann das sein wird?«

»Ich fürchte, das wird sich wahrscheinlich ganz spontan ergeben.«

Darauf hatte Michael keine Antwort parat.

5

Elizabeth hatte schon die Klinke in der Hand, um ihr Apartment zu verlassen, da klingelte das Telefon. Einen Moment lang überlegte sie, ob sie drangehen sollte, warf dann aber ihren Aktenkoffer und die Handtasche aufs Sofa und hob den Hörer ab.

Es war Amado.

»Ich fürchtete schon, ich hätte Sie verpaßt«, sagte er.

Er hatte sie bisher noch nie zu Hause angerufen. Einen Augenblick lang überlegte sie, wie er wohl an ihre Nummer gekommen war, doch dann fiel ihr ein, daß er häufig Dinge zuwege brachte, die unmöglich schienen. Er konnte auf mehr Informationsquellen zurückgreifen als ein Zeitungsreporter. »Eine Minute später, und Sie hätten mich tatsächlich verpaßt.«

»Es hat sich gerade ergeben, daß ich heute einen Termin in der Stadt habe, und da wollte ich fragen... ich dachte, vielleicht haben Sie Lust, heute abend mit mir essen zu gehen. Falls Sie nicht schon etwas anderes vorhaben, selbstverständlich.«

Diese Einladung überraschte sie ein wenig. »Hatten wir etwa eine Besprechung anberaumt, die ich vergessen habe?«

»Nein, nein«, beeilte er sich, sie zu beruhigen. »Mein Termin betrifft jemand anderen. Ich dachte nur, falls Sie frei wären, könnten wir vielleicht gemeinsam die Unterlagen durchgehen, die ich Ihnen letzte Woche geschickt habe.«

Die »Unterlagen«, die Amado ansprach, waren Analyseberichte von der Universität in Davis, an die Michael Logan diverse Weinproben zur Untersuchung geschickt hatte. Ohne Amados Begleitschreiben hätte sie überhaupt nicht begriffen, was diese Analyse aussagte. Das Material war zwar interessant, doch ob es sich für die Kampagne verwenden ließ, schien ihr fraglich. Für den Fall, daß sie etwas Wichtiges überlesen haben sollte, hatte sie sich notiert, ihn bei ihrem nächsten Treffen daraufhin anzusprechen.

Sie warf einen Blick auf ihre Armbanduhr. Zwanzig Minuten brauchte sie, um ins Büro zu kommen, und den ersten Termin hatte sie schon in einer Viertelstunde. »Um wieviel Uhr?«

»Paßt Ihnen sieben?«

»Fein. Dann bis heute abend.« Sie wollte schon auflegen, als ihr einfiel, daß er noch nie bei ihr war. »Amado?«

»Ja?«

»Sie wissen ja gar nicht, wo ich wohne.«

Er lachte. »Ach ja, das wäre ganz interessant zu wissen.«

Sie nannte ihm ihre Adresse, wartete, bis er sie wiederholt hatte, legte dann rasch auf und eilte aus der Wohnung.

Um halb sieben balancierte Elizabeth in ihrem winzigen Schlafzimmer auf der Bettkante, kramte in ihrem Kleiderschrank und überlegte verzweifelt, was sie anziehen sollte. Sie besaß einige Abendkleider, diverse Kostüme und etliche Jeans, die teilweise noch aus ihrer Collegezeit stammten, aber damit hatte es sich auch. An einem der nächsten Tage mußte sie sich unbedingt einmal freinehmen, egal, was ihr Terminkalender dazu sagte, und sich etwas zum Anziehen kaufen.

Sie nahm ein grünes Strickkleid vom Bügel und betrachtete es prüfend, doch dann fiel ihr ein, daß sie es an den Wochenenden auf Amados Weingut schon zweimal getragen hatte.

Verdammt, sie haßte es, sich über derartige Nichtigkeiten den Kopf zu zerbrechen. Sie zog sich das Kleid über den Kopf. Amado war es gleichgültig, was sie trug; er würde es nicht einmal bemerken.

Punkt sieben Uhr klingelte es an ihrer Haustür. Nachdem sie Amado über die Sprechanlage gebeten hatte heraufzukommen, warf sie das Tuch, mit dem sie eben noch schnell etwas Staub gewischt hatte, in den Küchenschrank, klopfte die Sofakissen glatt und warf im Vorbeigehen einen raschen Blick auf ihr Spiegelbild in der Fensterscheibe. Die Frau, die ihr da entgegenstarrte, ließ sie überrascht innehalten. Aus einer plötzlichen Laune heraus hatte sie beschlossen, ihr Haar heute offen – und nicht wie gewöhnlich zu einem strengen Knoten gebunden – zu tragen. Das Ergebnis war jedoch nicht so salopp ausgefallen, wie sie beabsichtigt hatte.

Auf Amados Klopfen hin versuchte sie, dieses unerwünschte Bild aus ihren Gedanken zu verscheuchen, und ging zur Tür.

»Elizabeth ...« Er schien erstaunt, sie zu sehen – oder zumindest ihr neues Erscheinungsbild. »Wie verändert Sie aussehen.«

Beinahe hätte sie laut aufgelacht. »Bitte, kommen Sie herein. Wenn Sie sich noch einen Moment gedulden wollen, ich möchte noch schnell mein Haar hochstecken, und dann können wir gehen.« Erst jetzt bemerkte sie die Rose, die er halb hinter seinem Rücken verborgen in der Hand hielt. Eine einzelne Rose hatte in ihren Augen immer etwas beunruhigend Intimes an sich. Es wäre ihr lieber gewesen, er hätte ein ganzes Dutzend mitgebracht.

»Meinetwegen brauchen Sie Ihr Haar nicht hochzustecken Es gefällt mir gut, wie Sie es jetzt tragen – sehr gut sogar.«

»Vielen Dank.« Verlegen strich sie sich eine Strähne hinters Ohr. »War Ihre Besprechung erfolgreich?«

Die Frage schien ihn zu verwirren.

»Sie sagten doch, Sie kämen wegen einer Besprechung in die Stadt. Daher nahm ich an, es sei geschäftlich.«

»Ja.«

Irgend etwas Seltsames ging hier vor. Bislang hatten sie und Amado nie Schwierigkeiten gehabt, miteinander zu reden. Das Gespräch heute morgen mit einem deutschen Kunden war weitaus problemloser verlaufen, trotz des Dolmetschers, den sie hatten hinzuziehen müssen. Sie unternahm noch einen Versuch. »War es schwierig, so kurzfristig einen Tisch zu reservieren?«

Jetzt lächelte er. »Derartige Dinge sind nie ein Problem, wenn man sich in der glücklichen Lage befindet, denselben Namen zu tragen wie ein Weingut.« Und dann, als fiele ihm erst in diesem Augenblick wieder die Rose ein, die er mitgebracht hatte, streckte er seine Hand aus. »Als ich die Rose sah, mußte ich an Sie denken.«

Sie hielt sich die dunkelrote Knospe an die Nase und warf ihm einen schelmischen Blick zu, während sie den süßlichen Duft einatmete. »Aber sie hat keine Dornen.«

»Und so schätzen Sie sich selbst ein?«

»Bei Smith & Noble werden Sie sicherlich ein oder zwei Leute finden, die mich ebenso einschätzen.«

»Aber nur deshalb, weil sie eifersüchtig auf Ihr Talent sind und Ihren Ehrgeiz fürchten.«

Sie lachte. Das tat gut. »Wenn ich es nicht besser wüßte,

würde ich denken, Sie hätten sich zuvor mit meiner Großmutter unterhalten.«

»Irgendwann einmal müssen Sie mir von ihr erzählen.«

Sie hatte das eben eigentlich nur so dahingesagt. Doch zum ersten Mal, seit sie aus Kansas weggegangen war, hatte Elizabeth das Gefühl, einen Menschen gefunden zu haben, dem sie von der Frau erzählen konnte, die für sie eher Mutter als Großmutter war. Sie trat in die kleine Küchennische, holte eine schlanke Vase aus dem Schrank, füllte sie mit Wasser und stellte die Rose hinein.

Amado noch immer den Rücken zugewandt, sagte sie: »Als ich in der sechsten Klasse war, mußten wir einen Aufsatz über die Ziele schreiben, die wir uns für unser Leben gesteckt hatten. Ich schrieb irgend etwas hin, von dem ich sicher war, daß es mir eine gute Note einbringen würde, das jedoch nichts mit mir oder meinen Träumen zu tun hatte. Nachdem meine Großmutter den Aufsatz gelesen hatte, meinte sie, er sei recht gut und ich bekäme sicherlich eine Eins dafür. Dann gab sie mir ein Blatt Papier und ließ mich noch einmal einen Aufsatz zum selben Thema schreiben, diesmal jedoch die Wahrheit. Am nächsten Tag gab ich dann den zweiten Aufsatz ab.«

»Und haben Sie Ihre Eins bekommen?«

Elizabeth brachte die Vase mit ins Wohnzimmer und stellte sie auf den Couchtisch. »Weit davon entfernt. Die Lehrerin meinte, wenn ich meine Erwartungen nicht drastisch herunterschraubte, würde ich bittere Enttäuschungen erleben.«

»Solche Menschen sollte man nicht in die Nähe von Kindern lassen.«

»So unrecht hatte sie gar nicht – wie viele weibliche Präsidenten hatten wir denn bislang in unserem Land?«

»Ich nehme an, das hat eher damit zu tun, wie viele kleine Mädchen zu dem Glauben erzogen werden, sie hätten das Zeug dazu.«

»Jetzt klingen Sie aber wirklich wie meine Großmutter. Sie war so wütend, als sie den Kommentar las, den meine

Lehrerin unter den Aufsatz geschrieben hatte. Zwei Wochen später, als ich aus der Schule kam, hatte sie den Aufsatz eingerahmt und im Wohnzimmer neben den Orden meines Großvaters aus dem Zweiten Weltkrieg aufgehängt.«

»Jeder sollte eine solche Großmutter haben wie die Ihre.«

»Sie war ganz bestimmt die große Ausnahme in unserer Stadt. Eine Träumerin unter lauter Pragmatikern.«

»Das alles hätten Sie mir eigentlich gar nicht zu erzählen brauchen.«

»Wie meinen Sie das?«

»Ich kann Ihre Träume in Ihnen wiedererkennen.« Er unterbrach sich kurz. »Irgend etwas sagt mir, daß Sie einen weiten Weg gegangen sind, um dorthin zu gelangen, wo Sie sich jetzt befinden.«

Ihre Unterhaltung war sehr persönlich geworden, und das behagte ihr gar nicht. »Oh, jetzt merke ich erst, wie hungrig ich bin.«

Der abrupte Themenwechsel schien ihm zu mißfallen, aber er ging darauf ein. »Ich hoffe, Sie mögen die chinesische Küche. Ich habe uns einen Tisch im Dong Lai Shun reservieren lassen.«

Dieses Restaurant war eines der exquisitesten und teuersten in der Stadt. »Als ich mich bei Smith & Noble bewarb, warnte mich Jeremy, daß es gesetzwidrig sei, in San Francisco zu leben und die chinesische Küche nicht zu mögen.«

»Da pflichte ich ihm bei. Falls das nicht im Gesetz stehen sollte, dann muß es unbedingt hinein.« Er nahm ihren Mantel, der über der Stuhllehne hing, und hielt ihn ihr hin.

Sie schlüpfte hinein. Seine Hände hatten einen Augenblick länger als nötig auf ihren Schultern verweilt, wie ihr schien, doch vielleicht bildete sie sich das nur ein.

Elizabeth legte ihre Eßstäbchen quer über den Teller und lehnte sich bequem in ihren Sessel zurück. »Jetzt bin ich aber satt«, stöhnte sie.

»Das glaube ich Ihnen aufs Wort«, entgegnete Amado lachend.

»Schämen Sie sich. Solche Dinge sollten Sie gar nicht bemerken.«

»Mir entgeht nichts an Ihnen.«

Während der zwei Monate, die sie nun schon zusammenarbeiteten, hatte ihre Unterhaltung nur ganz selten einmal persönliche Themen berührt. An diesem Abend jedoch hatten sie kaum über etwas anderes gesprochen. Es war, als tanzten sie gemeinsam einen seltsamen, sehr emotionalen Tanz, wobei jeder versuchte, die Kadenz der Musik, nach der sie sich bewegten, herauszufinden. Elizabeth beschloß, den nächsten Tanz auszulassen. »Möchten Sie etwas über die Kampagne erfahren?«

»Ja, sehr gern. Aber hatten Sie nicht erst neulich darauf bestanden, daß ich bis zur Präsentation warten sollte?«

»Ich habe es mir inzwischen anders überlegt.« Sie war zu dem Schluß gekommen, daß Amado einige Zeit benötigen würde, um die Idee zu verdauen, die sie ihm vorschlagen wollte. Sollte er ihren Vorschlag rundheraus ablehnen, wollte sie dies so bald wie möglich wissen.

Er bedeutete dem Kellner, den Tisch abzuräumen, und bestellte nochmals Tee. »Ich bin so gespannt, das können Sie sich gar nicht vorstellen«, entgegnete er und füllte ihre Teetasse mit der dampfenden, amberfarbenen Flüssigkeit. »In Gedanken bin ich schon hundertmal die Fragen durchgegangen, die Sie mir gestellt haben, um herauszufinden, was Sie vorhaben, aber ich mußte feststellen, daß mich meine Phantasie auf diesem Gebiet total im Stich läßt.«

»Nun, wenn Sie nicht Gedanken lesen können, Amado, dann ist es auch sehr schwierig, das muß ich zugeben.« In kleinen Schlucken trank sie ihren Tee und überlegte dabei, wie sie ihre Idee am besten verpacken sollte, um ihn zu überzeugen.

»Von Anfang an war mir klar, daß ich einen Weg finden

mußte, um Ihren Enthusiasmus und Ihre Liebe zum Wein in die Kampagne einzubringen«, begann sie. »Gleichzeitig aber muß das Geheimnisvolle und Wunderbare der Entstehung des Weines gewahrt blieben, denn dafür zahlen die Leute ja. Und da wird es knifflig. Außerdem muß der Kunde das Gefühl bekommen, als gleichwertiger Partner angesprochen zu werden, auch wenn er nicht genau weiß, was alles dazugehört, um einen guten Wein herzustellen.«

»Und Sie meinen, einen Weg gefunden zu haben, um all diese Forderungen zu verwirklichen?«

»Ja, habe ich – oder zumindest glaube ich das. Am allerwichtigsten ist, daß wir eine Person haben, der die Kunden absolut vertrauen können. Jemanden, den sie als Fachmann und als privaten Ratgeber akzeptieren, gleichgültig, ob sie Prädikatsweine oder nur einfache Tafelweine kaufen. Kurz gesagt« – sie holte tief Luft – »ich möchte, daß Sie in den Fernsehspots als Sprecher für die Montoya-Winzerei auftreten.«

Sie war sich sehr wohl bewußt, wie gering die Aussicht war, ihn von ihrer Idee zu überzeugen. Daher sprach sie gleich weiter, damit er gar nicht erst die Gelegenheit bekam, nein zu sagen. »Auf den ersten Blick scheint dieses Konzept ein alter Hut zu sein, das weiß ich sehr wohl. Die Idee, den Firmenchef persönlich für sein Produkt werben zu lassen, ist so alt wie die Werbung selbst. Aber, verdammt noch mal, die Leute über Vierzig reden heute noch vom Schweppes-Mann. Das ist vielleicht auch der Haken an meinem Vorschlag – das Konzept ist so bekannt, daß man leicht geneigt ist, es abzulehnen. Ehrlich gesagt, als mir der Gedanke zum erstenmal kam, habe ich auch sofort den Kopf geschüttelt. Zumal es in letzter Zeit etliche nicht sehr erfolgreiche Werbekampagnen für Wein gab, die vom Konzept her dem entsprachen, was ich Ihnen vorschlagen möchte. Doch je mehr ich versucht habe, die Idee zu verwerfen, desto schwerer fiel es mir, das Bild von Ihnen als Sprecher für Ihre Weine aus meiner

Vorstellung zu verbannen. Nachdem dieses Bild erst einmal Gestalt angenommen hatte, waren alle unsere alternativen Ideen nur noch zweite Wahl.«

Elizabeth verschränkte ihre Hände und legte sie in den Schoß, damit sie nicht vor lauter Begeisterung ständig damit in der Luft herumfuchtelte. »Das wird einschlagen, Amado. Davon bin ich hundertprozentig überzeugt. Nichts und niemand kann die Montoya-Weine so verkaufen wie Sie.«

Eine ganze Weile blieb er regungslos sitzen, dann lehnte er sich zurück und verschränkte die Arme vor der Brust. »Gehe ich recht in der Annahme, daß Sie mir Ihre Idee deshalb heute abend unterbreitet haben, weil Sie sich meiner Zustimmung versichern wollten, bevor Sie sie weiter ausarbeiten?«

»Das ist ein Grund.«

»Und der andere?«

»Ich wollte Sie nicht in Gegenwart Dritter mit einem Vorschlag wie diesem konfrontieren. Natürlich, wir könnten auch einen Schauspieler dafür nehmen – das wird immer so gemacht. Aber wie gut dieser Mensch auch sein mag, er kann keinesfalls so über Weine sprechen wie Sie. Niemand kann dem Kunden diese Integrität und die Liebe zum Wein so vermitteln wie Sie.«

»Zugegeben, einem interessierten Zuhörer Vorträge über Wein zu halten, fällt mir nicht schwer. Aber ich käme mir lächerlich vor, wenn ich das alles vor einer Kamera erzählen sollte.«

»Keine Sorge, da gibt es Mittel und Wege, daß Sie die Kamera gar nicht mehr bemerken.«

»Und worüber soll ich Ihrer Meinung nach sprechen? Glauben Sie, es interessiert jemanden, welchen Einfluß die Sommersonne bei der Ernte auf den Zuckergehalt der Trauben hat?«

»Nein«, antwortete sie ehrlich. »Aber es wird die Leute in ihrem Vertrauen in die Montoya-Weine bestärken, wenn sie wissen, daß nur die besten Trauben zur Herstellung Ihres Weines verwendet werden. Sie wollen wissen, welchen Wein man als Kenner zu einem exquisiten Dinner serviert und welchen bei einem Picknick. Welcher zum Thanksgiving-Truthahn paßt, zu Spaghetti oder zu einem Mittagessen im Kreis der Familie. Sie werden erfahren wollen, nach welchen Kriterien man einen guten Tischwein auswählt und welcher Wein die besten Erfolgschancen bei einem intimen Candlelight-Dinner mit der Verlobten garantiert.«

»Das ist doch wirklich ganz einfach«, sagte Amado.

Elizabeth lehnte sich vor; ihre Begeisterung spiegelte sich in ihrer Körpersprache. »Aber nicht für Menschen wie mich. Die Mehrheit der Bevölkerung dieses Landes weiß gerade einmal, daß es Rotwein und Weißwein gibt und daß er in Karaffen serviert wird. Das ist alles. Ich möchte, daß Sie den Kunden gewisse Grundkenntnisse und Regeln vermitteln, nach denen sie sich richten können. Wenn die Kampagne so einschlägt, wie ich es erwarte, werden sich die Leute in Zukunft bei der Auswahl ihrer Weine ebenso sicher fühlen wie heute bei der Auswahl ihres Biers.«

»Und wie soll ich das Ihrer Meinung nach anstellen?«

»Unsere Fernsehspots und Zeitungsanzeigen werden sich nach den Jahreszeiten richten. Im Sommer zeigen wir zum Beispiel ein Picknick, eine Hochzeit oder vielleicht ein Grillfest im Garten. Im Winter dann ein festliches Weihnachtsessen oder eine kleine Dinnerparty mit Freunden. Gelegentlich werden wir auch über die Weinlese berichten oder Szenen aus dem Weinberg einbauen, wenn die Rebstöcke im Frühling unter einer gelben Decke von Senfkorn verborgen liegen. Wir werden dokumentieren, daß Sie der Herstellung einfacher Tafelweine genausoviel Aufmerksamkeit widmen wie dem Keltern Ihrer exquisiten Spitzenweine.

Die Art der Darstellung möchte ich eher konventionell halten. Keine spektakulären Szenen. Nur Menschen wie du und ich, die Freude am geselligen Zusammensein haben und den Augenblick genießen. Wenn sie dann die Gläser erheben, werden Sie die Szene betreten, ohne sich in die Aktion einzumischen, und den Lesern beziehungsweise den Zuschauern in wenigen Worten erklären, welchen Wein Sie für diese Gelegenheit ausgesucht haben und warum. Ich beabsichtige, Sie den Kunden so zu präsentieren, daß sie den Eindruck haben, Sie würden ihnen lieber den Wein einer anderen Firma empfehlen, als ihnen zu einem für diese Gelegenheit unpassenden Wein zu raten.«

Er musterte sie eine ganze Zeit lang, bevor er sagte: »Wissen Sie, was mir am besten gefällt?«

Die Verkrampfung ihrer Rückenmuskeln ließ nach, und sie konnte sich ein wenig entspannen. Noch hatte er nicht ja gesagt. »Nein, aber ich könnte raten.«

Amado lächelte. »Warten Sie – ich werde es Ihnen erzählen.«

»Na gut.«

»Ich weiß noch nicht genau, wie ich es erklären soll. Der Gedanke ist noch so neu für mich, ich muß mich erst daran gewöhnen.« Er unterbrach sich. »Mir ist erst heute abend klargeworden, was mich bislang gehemmt hat, weshalb ich stundenlang in meinen Weinbergen umhergegangen bin und mich gefragt habe, was ich überhaupt tue. Es war meine Angst, die Menschen könnten denken, ich wollte ihnen meinen Wein nur deshalb verkaufen, damit sie mehr trinken und ich dadurch noch reicher werde.« Er schüttelte den Kopf. »Ich fürchte, ich drücke mich ein wenig unklar aus.«

»O nein, ganz und gar nicht«, beruhigte sie ihn. Er erschien ihr plötzlich in einem ganz neuen Licht, und das gefiel ihr sehr.

»Doch da gibt es ein Problem. Ich verstehe zwar Ihre Gründe, warum ich selbst zu den Leuten über meine Weine sprechen soll, aber ich habe Schwierigkeiten, mich in dieser Rolle zu sehen.«

Sie hatte sich keine Illusionen darüber gemacht, daß sie

einen harten Kampf würde ausfechten müssen, um ihn vor die Kamera zu bringen. Aber sie hatte nicht mit ihrem plötzlichen Widerwillen gerechnet, ihn dazu zu überreden. Fest stand, daß sich sein Leben mit dem Verlust seiner Anonymität drastisch verändern würde. Wenn der Werbefeldzug nur halb so erfolgreich verlaufen würde, wie sie erwartete, dann gab es künftig nur wenige Orte, wo Amado sich würde aufhalten können, ohne sofort erkannt zu werden. »Wollen Sie mir den Gefallen tun und sich die Sache noch einmal in aller Ruhe durch den Kopf gehen lassen?«

»Was ist mit Michael Logan?«

»Was soll mit ihm sein?« fragte sie stirnrunzelnd.

»Er versteht vom Wein mindestens soviel wie ich, wenn nicht sogar mehr. Und er ist vom Alter her der Zielgruppe, die Sie ansprechen, weitaus näher als ich.«

»Und er besitzt ein angenehmes Äußeres, ist sympathisch und redegewandt – aber er ist nicht Amado Montoya. Stellen Sie sich vor, er bekäme eines Tages von der Konkurrenz ein besseres Angebot. Was dann? Unsere Glaubwürdigkeit wäre ein für allemal ruiniert.«

»Das wird nicht geschehen, aber ich verstehe, was Sie mir damit sagen wollen. Und wenn wir doch einen Schauspieler nehmen?«

»Den man wegen Trunkenheit am Steuer festnehmen könnte?«

Er langte nach dem Lederetui, das die Rechnung enthielt, und legte seine Kreditkarte hinein. »Ich werde darüber nachdenken«, sagte er schließlich. »Mehr kann ich Ihnen im Augenblick nicht versprechen.«

»Amado, es ist mir sehr wichtig, daß Sie mir eines glauben: Ich wäre niemals mit einer Idee wie dieser an Sie herangetreten, wenn ich nicht absolut davon überzeugt wäre, daß Sie Ihnen genau das einbringen wird, was Sie erwarteten, als Sie sich entschlossen, die Montoya-Weine in großem Stil zu vermarkten.« Sosehr sie auch von ihrer Idee überzeugt war, sie mußte ihm einen Ausweg offenlassen. »Es gibt auch noch andere Konzeptionen für diese Werbekampagne«, gab sie ein wenig widerwillig zu. »Wir können gerne die eine oder andere heute abend noch durchsprechen – obwohl ich nicht glaube, daß wir eine Alternative finden werden, die so sicher zum Erfolg führen wird wie diese.«

»Wann brauchen Sie meine Antwort?«

Wenn diese ein Nein sein sollte, dann war es ohnehin schon zu spät. »Ich möchte Sie keinesfalls drängen, doch die Präsentation soll bereits in zwei Wochen stattfinden.«

»Würden Sie schlecht dastehen, wenn ich den Vorschlag ablehne?«

»Nein, keineswegs.« In der Werbung war es an der Tagesordnung, Ideen auszuarbeiten und anschließend wieder zu verwerfen. Schließlich konnte man von niemandem erwarten, daß er gleich auf Anhieb die zündende Idee parat hatte. Und schon gar nicht von einer Frau wie ihr, einer von nur vier Mitarbeiterinnen in einer Agentur, in der die Hälfte der männlichen Kollegen vermutete, daß sie nur durch das Schlafzimmer des Chefs zu ihrer Position gelangt war, und die andere Hälfte sich dessen absolut sicher war.

»Das nehme ich Ihnen nicht ganz ab.«

Sie schenkte ihm ein dankbares Lächeln, beugte sich vor und legte ihre Hand auf die seine. »Ich weiß, es entspricht nicht Ihrer Natur, aber Ritterlichkeit ist in diesem Fall fehl am Platz. Sie haben eine geschäftliche Entscheidung zu fällen.« Er drehte seine Hand um und umfaßte die ihre. Elizabeth empfand die Wärme, die von ihr ausging, nicht als unangenehm. »Nein, es ist mehr als das. Ich will Ihnen da nichts vormachen, Amado. Wenn alles so läuft, wie ich mir das vorstelle, wird sich Ihr Leben verändern.«

Als Kavalier alter Schule führte Amado ihre Hand an seine Lippen und deutete einen Handkuß an, bevor er sie freigab. »Ich danke Ihnen, Elizabeth. Ihre Aufrichtigkeit hat mir von Anfang an gefallen.«

Die zwanzigminütige Taxifahrt zurück zu Elizabeth' Apartment verbrachten sie in nachdenklichem Schweigen. Das enthob Amado zumindest der Notwendigkeit, sie ständig anzusehen. Er wußte nicht recht, ob es an ihrem grünen Kleid lag, daß ihre dunklen Augen seine Blicke so unwiderstehlich anzogen, oder an ihrer Begeisterung über die Kampagne. Im Grunde war es gleichgültig, warum sie ihm auf einmal so wunderschön erschien, solange es ihm gelang, sich nicht darum zu kümmern.

Er hätte wissen müssen, was mit ihm los war. Viele, viele Jahre waren vergangen, seit er sich so nach einer Frau gesehnt hatte wie jetzt nach Elizabeth. Seine Gedanken waren ständig bei ihr, intime Gedanken, die ihn fortwährend ablenkten. Wenn Michael mit ihm über den Säuregehalt der Weine sprach, die in den neuen Fässern lagerten, stellte er sich plötzlich vor, wie die Sonne Elizabeth' Haar zum Leuchten brachte. Er konnte nicht in seinem Haus umhergehen, ohne ständig daran denken zu müssen, wie lebendig es ihm in Elizabeth' Gegenwart erschienen war.

Seine Gedanken waren ihm peinlich. Diese Frau, die ihn bezauberte und faszinierte wie keine andere, hätte seine Tochter sein können. Seine eigenen Töchter waren älter als sie. Und dennoch ging sie ihm nicht aus dem Kopf.

Das Taxi hielt vor Elizabeth' Apartment. »Bleiben Sie nur sitzen«, sagte sie zu ihm gewandt. »Ich komme schon allein zurecht.«

»Bitte – es wäre mir angenehmer, wenn ich Sie bis zur Tür bringen dürfte.«

Sie lächelte ihn an. »Ja, das sollte ich mittlerweile wissen.«

Amado stieg ebenfalls aus und bedeutete dem Fahrer zu warten. »Ich bin in einer Minute zurück.«

Vor ihrem Apartment angekommen, überraschte ihn Elizabeth, indem sie ihm den Türschlüssel reichte und einen Schritt zurücktrat, damit er die Tür für sie aufsperrte. Als er ihr den Schlüssel zurückgab, dankte sie ihm mit einem Lächeln. »Sie sehen, ich lerne dazu«, sagte sie lachend. »Obwohl ich einräumen muß, daß ich keinen anderen Mann kenne, von dem ich mir meine Tür aufsperren ließe.«

Er runzelte die Stirn. »Ich verstehe nicht recht.«

»Wir sprechen ein andermal darüber. Das würde heute abend zu weit führen.« Sie trat ein und wandte sich zu ihm um, die Hand immer noch auf dem Türgriff. »Falls Sie noch Fragen haben oder sich noch mal über die Kampagne unterhalten möchten, ich werde das Wochenende über zu Hause sein.«

»Vielen Dank für das Angebot.« Er schickte sich an zu gehen. »Elizabeth?«

»Ja?«

»Bis heute waren wir immer aufrichtig zueinander.« Das Eingeständnis, das er zu machen gedachte, schnürte ihm die Kehle zu, und doch konnte er nicht anders – er mußte es ihr sagen. »Ich hatte gar keine Besprechung in der Stadt. Ich bin nur deshalb gekommen, um Sie zu sehen.«

Ihre Kinnlade klappte unmerklich nach unten. »Äh, ich weiß nicht, was ich sagen soll«, brachte sie mühsam heraus.

Ihr verwirrtes Blinzeln sagte ihm, daß sie mit so was nicht gerechnet hatte. »Sie brauchen dazu auch nichts zu sagen. Ich wollte ei fach nur meine Notlüge von heute morgen richtigstellen.« Damit war er schon bei der Treppe, ohne auf eine Antwort zu warten.

6

Elizabeth schwang sich mit ihrem Schreibtischstuhl seitlich herum und sah aus dem Fenster. Langsam wanderte ihr Blick von der Insel Alcatraz zur Golden Gate Bridge, die allerdings nur teilweise zu erkennen waren. Die eine Hälfte der Stadt glitzerte noch im hellen Sonnenlicht, während rasch heranziehende Nebelschwaden die andere Hälfte schon verschluckt hatten. Ob die Menschen auf der Sonnenseite wohl glücklicher waren als die anderen?

Wofür lohnte es sich im Leben zu kämpfen, welche Gelegenheiten waren es wert, daß man einen bereits gebuchten Flug absagte oder persönliche Sicherheiten aufgab? Wenn es stimmte, daß die meisten Menschen in ihrem Leben mehr unglückliche als glückliche Tage erlebten, sollte man dann nicht die Arme ausbreiten und das Glück willkommen heißen, wenn es sich einem so unverhofft anbot?

Was in Gottes Namen war nur in sie gefahren? Dies war nun gewiß nicht der richtige Tag, um aus dem Fenster zu starren und sich in unsinnigen Lebensbetrachtungen zu ergehen. Die Präsentation der Montoya-Kampagne sollte in weniger als fünf Stunden stattfinden, und Amado würde zweifellos bald schon hier eintreffen.

Elizabeth öffnete die Schreibtischschublade und holte einen Ordner heraus. Er enthielt zahlreiche handgeschriebene Notizen, Tabellen und Fotos, die sich seit ihrer Übernahme der Montoya-Kampagne angesammelt hatten. Der größte Teil der Aufzeichnungen war wertlos, unzusammenhängende Gedanken und spontane Ideen, die ihr während der Arbeit so gekommen waren. In regelmäßigen Abständen pflegte sie dieses Sammelsurium nochmals durchzugehen und fand stets ein oder zwei Ideen darunter, die sie verwenden konnte. Doch heute suchte sie eine Bestätigung dafür, daß sie auf dem richtigen Weg war.

Sie war der festen Überzeugung, daß die Kampagne, die sie für Amado entworfen hatte, alle seine Erwartungen erfüllen würde. Dennoch spürte sie manchmal Gewissensbisse wegen der dramatischen Veränderungen, die die Kampagne in seinem Leben hervorrufen konnte.

Seit ihrem gemeinsamen Abendessen verhielt sich Amado ihr gegenüber äußerst zurückhaltend. Er hatte sie nur zweimal in geschäftlichen Angelegenheiten angerufen, und seinem Tonfall bei diesen Telefonaten konnte sie entnehmen, daß er offenbar nicht mehr bereit war, sich mit ihr auf eine persönlichere Ebene einzulassen. Elizabeth wußte nicht, wie sie sein verändertes Verhalten auffassen sollte oder was es zu bedeuten hatte. Seine Entscheidung, sich als Sprecher für die Montoya-Winzerei zur Verfügung zu stellen, war ihm allem Anschein nach nicht leichtgefallen. Falls er ihr vorwarf, ihn in diese Rolle gedrängt zu haben, wußte er dies gut zu verbergen.

Um ihn darin zu bestärken, die richtige Entscheidung getroffen zu haben, hatte sie ihm von den zahlreichen psychologischen Untersuchungen über die Bedeutung des Images berichtet. Die Art und Weise, wie man ein Produkt in der Öffentlichkeit präsentierte, war für den Verkaufserfolg viel wichtiger als das Produkt selbst.

Die Werbeaktion, die sie für Montoya kreiert hatte, würde seine Weine zu den begehrtesten Tropfen weit und breit machen, ungeachtet der Tatsache, daß sie in einer für jedermann erschwinglichen Preisklasse lagen. Eine unschlagbare Kombination – Snobismus für jeden Geldbeutel.

Die Sprechanlage summte. Elizabeth beugte sich vor und drückte auf die Sprechtaste. »Ja?«

»Mr. Noble möchte Sie sprechen.«

»Danke.« Sie griff nach dem Hörer. »Was kann ich für Sie tun, Jeremy?«

»Wir müssen uns dringend unterhalten.«

»Jetzt? Ich habe ein Dutzend Dinge …«

»Es ist wichtig. Und dauert auch nicht lange.«

»Okay, ich komme rauf.«

Wie besprochen hatte Elizabeth Jeremy über den weiteren Konzeptionsverlauf regelmäßig unterrichtet und ihm wöchentlich eine Zusammenfassung zukommen lassen, wobei sie die Sturmflut an Details aus der Recherchenabteilung auf ein überschaubares Infopaket beschränkt und zudem versucht hatte, als Puffer zwischen Jeremy und den Werbetextern zu fungieren. Eigentlich hatte sie mehr Mitarbeit beziehungsweise Einmischung von Jeremys Seite erwartet, doch dieser hatte sich während der dreimonatigen Arbeit an der Kampagne mehr als zurückhaltend gezeigt.

Jeremys Sekretärin war gerade bei der Kaffeepause, als Elizabeth eintrat. Sie ging gleich weiter in sein Büro, wo er an seinem Schreibtisch saß und über einem Wust von Papieren brütete. »Na, bereiten Sie sich schon auf heute nachmittag vor?« fragte sie und versuchte, dieselbe Nonchalance an den Tag zu legen wie er. Doch es kostete sie erhebliche Anstrengung, ihre Aufregung und gespannte Erwartung zu verbergen. Sie fieberte diesem Nachmittag regelrecht entgegen, was sie aber weder Jeremy noch sich selbst eingestehen wollte.

Mit versteinerter Miene blickte er auf. »Kommen Sie rein«, sagte er, »und schließen Sie die Tür hinter sich.«

»Stimmt was nicht?«

Er deutete auf den Stuhl vor seinem Schreibtisch. »Setzen Sie sich.«

Nachdem sie Platz genommen hatte und er sich immer noch nicht dazu herabgelassen hatte, ihr mitzuteilen, warum er sie zu sich gerufen hatte, wiederholte sie nervös: »Nun sagen Sie schon – stimmt irgend etwas nicht?«

»Ich habe mir die Präsentation genauer angesehen.«

Sein emotionsloser Tonfall schnürte ihr die Kehle zusammen. »Und?«

»Ich fürchte, so wird das nichts, Elizabeth.«

»Was meinen Sie damit, das wird nichts?« erkundigte sie sich vorsichtig.

Er warf seinen Kugelschreiber auf den Schreibtisch und ließ sich in seinen Sessel zurückfallen. »Mit diesem populären Kram, den Sie sich da ausgedacht haben, können Sie heutzutage doch keinen Alkohol mehr verkaufen. Das ist doch ein alter Hut. Die Leute wollen sich als etwas ganz Besonderes fühlen, wenn sie Wein trinken, selbst wenn sie einen Plastikbecher mit dem billigsten Fusel in der Hand halten. Kein Mensch nimmt Ihnen diesen sentimentalen Mist ab. Wenn wir die Kampagne so aufziehen, blamieren wir uns nicht nur vor Montoya, sondern machen uns auch zum Gespött der ganzen Branche. Außerdem glauben Sie doch nicht im Ernst, daß Sie Amado so weit kriegen, den Sprecher zu spielen, oder?«

Jeremy hatte sie kalt erwischt. Ihr fiel nicht ein Wort zu ihrer Verteidigung ein. »Warum haben Sie denn nicht schon früher was gesagt? Für Kritik ist es jetzt reichlich spät.«

Er fühlte sich sichtlich unbehaglich. »Ich hatte immer noch gehofft, Sie würden selber draufkommen, daß es so nicht geht.«

Angestrengt versuchte sie zu begreifen, was hier gespielt wurde. Nach und nach fügten sich die Puzzleteile zu einem Bild zusammen: Ganz gleich, wie sie die Kampagne gestaltet hätte, Jeremy hatte von Anfang an nie vorgehabt, ihr Konzept zu akzeptieren. »Weiß Montoya, daß Sie die Präsentation für heute nachmittag abgesagt haben?«

Jeremy beugte sich wieder vor und starrte angestrengt auf die vor ihm liegenden Akten. »Absagen war nicht nötig. Zum Glück habe ich rechtzeitig ein Alternativkonzept ausarbeiten lassen.«

Daß sich ihre Vermutung damit bestätigt hatte, nahm dem Schlag ins Gesicht, den sie soeben erhalten hatte, keineswegs die Wucht. »Oh«, hauchte sie nur. »Und wie sieht das aus?«

»Als Sie den Auftrag übernahmen, entschloß ich mich, das alte Team an dem Projekt weiterarbeiten zu lassen, für den Fall, daß Ihnen die Sache über den Kopf wachsen sollte. Immerhin, Montoya hat Ihnen mit der Leitung der Kampagne eine riesige Verantwortung aufgebürdet, zumal Sie bis dahin noch nie ...«

»Sie Bastard! Diese Mauschelei hinter meinem Rücken ist unfair! Sie hätten mir gleich reinen Wein einschenken sollen!« Das konspirative Stillschweigen, mit dem die ganze Sache verheimlicht worden war, schmerzte sie ebensosehr wie der Vertrauensbruch.

»Es ist nicht so schlimm, wie es sich anhört, Elizabeth. Wenn Ihnen ein interessantes Konzept eingefallen wäre, hätten wir unter Umständen ...«

»Wie konnte ich nur so dumm sein. Die ganze Arbeit für nichts und wieder nichts. Und dann die Vorstellung, daß Sie mich die ganze Zeit über hingehalten und mich zum Trottel der Agentur gemacht haben!«

»Kein Mensch lacht über Sie, Elizabeth. Sie alle verstehen Ihre Situation sehr gut.«

»Na prima.« Sie stand auf. »Und was ist der wahre Grund dafür, daß Sie mich in dem Glauben gelassen haben, die Kampagne eigenverantwortlich zu leiten, Jeremy?«

Offensichtlich erregt, rutschte er auf seinem Sessel hin und her. »Wir mußten Montoya davon überzeugen, daß er von uns genau das bekommt, was er verlangt. Hätten wir Sie eingeweiht, so hätten Sie die Sache möglicherweise schleifen lassen. Aber der Hauptgrund war, daß wir einfach kein Risiko eingehen konnten. Die Agentur braucht diesen Auftrag.«

Am liebsten hätte sie laut herausgelacht, aber sie beherrschte sich. »Und wenn ich richtig kombiniert habe, wollen Sie ihm heute nachmittag bei der Präsentation Ihre Kampagne als mein Werk unterjubeln?«

»Deshalb wollte ich Sie ja auch gleich heute morgen sehen, um mit Ihnen die Präsentation durchzusprechen. Sie haben noch vier Stunden Zeit, um sich vorzubereiten.«

Sie sah kurz die Entwürfe auf seinem Schreibtisch durch. Auf den ersten Blick konnte sie an den Layouts nichts Neues entdecken, das ihr ins Auge gestochen hätte; das Konzept unterschied sich nicht von einem Dutzend anderer, die die Agentur bislang ausgearbeitet hatte. Ihre Kollegen waren auf Nummer Sicher gegangen, hatten sich an bewährte Schemata gehalten, mit denen sie nirgends anecken, aber todsicher auch keine Begeisterung hervorrufen würden. »Und

Sie erwarten von mir, daß ich dieses Zeug als mein Werk ausgebe?«

Jeremy versuchte, sie mit einem seiner berüchtigten Blicke zu verunsichern. »Heißt das, Sie brauchen mehr Zeit?«

»Nein, es heißt: Nicht mit mir.«

Seine Stimme war jetzt nur noch ein drohendes Flüstern. »Kommen Sie ja nicht auf die Idee, Sie seien unentbehrlich, Elizabeth.«

»Aber wie sollte ich? Sie haben mir doch unmißverständlich bewiesen, daß ich austauschbar bin«, konterte sie. »Bis heute abend habe ich mein Büro geräumt.«

»Das wird Ihnen noch leid tun. Ich werde persönlich dafür sorgen, daß jede Agentur in der Stadt davon erfährt, verlassen Sie sich drauf!«

Das war ihr nur noch ein verächtliches Lächeln wert. »Dann sollten Sie aber darauf achten, daß Sie meinen Namen richtig buchstabieren.«

Am Nachmittag, als Elizabeth ihre persönlichen Sachen zusammenpackte, klopfte es an ihrer Bürotür. Nachdem sie den ganzen Vormittag über ihren Kollegen geduldig Rede und Antwort gestanden hatte, hatte sie Joyce schließlich gebeten, für zwanzig Minuten alle Leute abzuwimmeln, damit sie ihren Schreibtisch ausräumen konnte. Seither waren noch keine zehn Minuten vergangen. Während sie überlegte, ob sie auf das Klopfen antworten sollte, ging die Tür auf.

Amado kam herein, zog die Tür hinter sich zu und lehnte sich mit dem Rücken dagegen. »Würden Sie mir bitte erklären, was hier vor sich geht?« Sein Gesichtsausdruck verriet nichts über seine Stimmung.

»Es gab Meinungsverschiedenheiten bezüglich Ihres Auftrags.« Sie warf ein Paket Strumpfhosen, das sie für den Notfall immer in ihrer Schreibtischschublade aufbewahrt hatte, in einen Karton. Zumindest war sie immer für alle Eventualitäten gerüstet gewesen. Gott bewahre, niemals wäre sie mit einer Laufmasche zu einer Besprechung gegangen, geschweige denn ganz ohne Strümpfe. »Aber ich bin sicher, das haben Sie inzwischen selbst gemerkt.«

»Wann hat Jeremy denn entschieden, daß ihm Ihr Konzept nicht gefällt?«

»Versuchen Sie herauszufinden, wieviel ich über sein Vorhaben gewußt habe und seit wann?«

»Ja, ganz recht.«

»Und warum?«

»Weil ich das Gefühl nicht loswerde, daß man Sie die ganze Zeit über genauso hingehalten und belogen hat wie mich.«

»Es tut mir leid, Amado. Wenn ich auch nur die geringste Ahnung gehabt hätte, daß so etwas passiert, dann hätte ich niemals ...«

Er hob die Hand, um sie zu unterbrechen. »Was haben Sie jetzt vor?«

Elizabeth ging um ihren Schreibtisch herum und setzte sich vorne auf die Kante. »Nach dem Zusammenstoß mit Jeremy habe ich gleich ein paar andere Agenturen angerufen. Jetzt muß ich mich nur noch entscheiden, welches der Angebote ich annehme.«

»Es freut mich zu hören, daß es in dieser Branche noch klügere Männer als Jeremy Noble gibt. Nach dieser Erfahrung muß es eine Wohltat sein, mit Menschen zusammenzuarbeiten, die Ihr Talent anerkennen.«

»Aus welchem Grund sie mich anstellen, ist mir eigentlich gar nicht so wichtig«, entgegnete sie. »Aber auf den Ortswechsel freue ich mich. Ich bin bisher nur zweimal in New York gewesen, aber ich glaube, die Stadt wird mir gefallen.«

Er starrte sie an, als hätte sie ihn geohrfeigt. »Sie verlassen San Francisco?«

»Hier hält mich nichts mehr. Ich bin nur wegen Smith & Noble nach San Francisco gezogen. Und ich habe auch so gut wie keine Bekannten hier, da ich meist bis spätabends im Büro gearbeitet habe. Der Mietvertrag für mein Apartment läuft nächste Woche auch aus, und deshalb gibt es wirklich keinen Grund mehr für mich, länger hierzubleiben.« Sie zuckte mit den Schultern. »Genau betrachtet könnte das Timing gar nicht besser sein. Es tut mir nur für Sie leid.«

»Aber Sie haben daran doch keinerlei Schuld.«

Elizabeth rutschte von der Tischkante und kehrte hinter ihren Schreibtisch zurück, um weiter zu packen. »Was werden Sie jetzt tun?«

Er wirkte erregt und verwirrt. »Wie meinen Sie das?«

»Nun, mit der Kampagne?«

»Ich weiß es nicht«, winkte er ab. »Darüber muß ich erst einmal in Ruhe nachdenken.«

»Hat Ihnen das Konzept nicht gefallen?«

Ärger blitzte in seinen Augen auf. »Mittelmäßig wäre noch ein sehr mildes Urteil.«

»Nun, Sie hatten sich natürlich auch schon in gewisser Weise festgelegt ...«

»Haben Sie gesehen, was die mir vorgelegt haben?«

»Nur flüchtig«, gab sie zu.

»Statt Montoya Wines hätte man auch den Namen einer x-beliebigen Winzerei in die Anzeigen setzen können, und es wäre niemandem aufgefallen. An der ganzen Sache ist kein geistreicher Funke, nichts, was im Gedächtnis haftenbliebe. Ich habe Jeremy von Anfang an klargemacht, daß ich an einer aggressiven Verkaufstaktik nicht interessiert bin, und trotzdem ...« Amado fuhr sich mit einer Hand durchs Haar. »Es tut mir leid. Dieser Disput betrifft nur Jeremy und mich. Mit Ihnen hat das gar nichts zu tun.«

»Vielleicht könnten Sie ...«

»Ich möchte jetzt nicht mehr darüber sprechen, Elizabeth.« Er griff nach der Türklinke. »Ich sollte mich langsam auf den Weg machen, es gibt noch einiges, worüber ich nachdenken muß.«

Sie nickte. »Ich werde noch ein oder zwei Wochen in der Stadt sein, falls Sie mich noch brauchen sollten.«

»Sie verlassen San Francisco schon so bald?«

»Die Leute in den New Yorker Agenturen sagen, wenn ich im Zentrum wohnen will, anstatt zu pendeln, werde ich einige Zeit brauchen, um ein Apartment zu finden.«

Amado öffnete die Tür einen Spalt, schloß sie dann aber wieder. Etliche Sekunden betrachtete er sie mit ausdrucksloser Miene, dann ging er zu ihrem Schreibtisch und reichte ihr die Hand. »Ich habe unsere gemeinsame Arbeit sehr genossen«, sagte er.

Seine Finger schlossen sich um ihre Hand, und einen Augenblick lang hatte sie das Gefühl, als teilten sie bei diesem Händedruck hundert unausgesprochene Gedanken. »Danke«, sagte sie. »Ich werde von nun an bei jedem Glas Wein, das ich trinke, an Sie denken.«

Ein Lächeln huschte über sein Gesicht. »Hoffentlich gibt es auch immer ein Montoya.«

Sie erwiderte sein Lächeln. »Gibt es denn noch andere Marken?«

Als Amado ihr Büro verlassen hatte, konnte sie sich nicht mehr vorstellen, daß sie sich noch vor wenigen Minuten so richtig auf ihren neuen Job und das Leben in New York gefreut hatte. Jetzt kam es ihr vor, als habe sie mehr verloren, als sie zu gewinnen hoffen konnte.

Voller guter Vorsätze schloß Elizabeth am späten Nachmittag ihre Wohnungstür auf. Während der Taxifahrt hatte sie genau geplant, was sie zu Hause tun würde. Sobald sie ihre Bürokleidung aus- und ihre Jeans angezogen hätte, wollte sie alle Schränke und Schubladen durchgehen und aussortieren, was sie nach New York mitnehmen und was sie in die Kleidersammlung geben würde.

Doch kaum war die Tür hinter ihr ins Schloß gefallen, da verflüchtigten sich ihre guten Vorsätze, und eine bleierne

Müdigkeit überfiel sie. Sie zog ein Fertigmenü aus dem Tiefkühlfach und schob es in den Ofen, ohne sich dafür zu interessieren, was es überhaupt war.

Sie war völlig ausgelaugt – geistig, körperlich und seelisch.

Seltsamerweise gewann die Person, die hinter sich zu lassen sie so sehr versucht hatte, für sie immer mehr an Bedeutung, je älter sie wurde. Ihre Erziehung, die Ausbildung und ihr Erfolg konnten nichts an der Tatsache ändern, daß sie immer noch Jennifer Cavanaugh und nicht Elizabeth Preston war.

Manchmal sehnte sie sich so sehr nach dem einsamen kleinen Mädchen, daß sie am liebsten die Arme nach ihm ausgestreckt, es an sich gedrückt und ihm zugeflüstert hätte, daß sie es nicht vergessen habe.

Aber es gab kein Zurück. Sie und Jenny waren so fest in ein Gespinst aus Lügen verstrickt, daß die seidenen Fäden sie bei jedem Fluchtversuch nur noch enger aneinander fesseln würden.

Im College hatte sie ihre falsche Identität aus Angst vor Entdeckung und Bestrafung aufrechterhalten. Und sie hatte nie versucht, sich selbst etwas vorzumachen. Wie unwiderstehlich und vorteilhaft die Idee, die sie in diese Position gebracht hatte, für sie auch gewesen sein mochte – was sie getan hatte, war schlicht und einfach Betrug. Die Schule wäre damals gezwungen gewesen, in aller Strenge gegen sie vorzugehen, schon allein aus dem Grund, um zukünftige Spenden für dieses Stipendium zu sichern.

Seit sie zum erstenmal einen Fuß auf das Campusgelände gesetzt hatte, war ihr keine andere Wahl mehr geblieben, als ihre Rolle weiterzuspielen. Hätte sie das Stipendium vorzeitig aufgegeben, wäre ihre ehemalige Highschool informiert worden, und die nachfolgenden Ermittlungen hätten unweigerlich zu George Benson geführt. Damit wären sein Job, sein Ruf und sein Leben in Farmingham dahingewesen.

Die einzige Chance, die Rolle der Elizabeth Preston abzulegen, hatte sich nach ihrem Examen geboten. Doch das hätte bedeutet, auf den akademischen Titel zu verzichten, für den sie so hart gearbeitet hatte, und gleichzeitig ihrer Großmutter in den Rücken zu fallen, die so viele Entbehrungen auf sich genommen hatte, um ihr diese Ausbildung zu ermöglichen. Und natürlich George Benson, der alles für sie riskiert hatte.

Darüber hinaus hatten ihr die Herren von Smith & Noble beim Einstellungsgespräch zu verstehen gegeben, daß sie sich in erster Linie aufgrund ihrer hervorragenden Examensnoten für sie entschieden hatten. Und sie hatte diesen Job gebraucht, durch den sie ihre Großmutter endlich hatte finanziell entlasten können.

Elizabeth holte sich eine Flasche Wein aus dem Schrank – die letzte in dem Karton, den Amado ihr geschickt hatte, nachdem sie seinen Auftrag übernommen hatte. Damit ging sie ins Wohnzimmer, zog die Schuhe aus und machte es sich auf ihrem Sofa bequem. Die Flasche in der linken, ein edles Kristallglas in der rechten Hand, begann sie zu trinken.

7

Mit aufgestützten Ellbogen saß Elizabeth am Küchentisch und preßte beide Hände gegen ihre Schläfen. Welcher Idiot hatte ihr nur weisgemacht, daß man von einem guten Wein keinen Kater bekam? Und wie konnte sie so dumm sein, solchen Unsinn auch noch zu glauben? Etliche Minuten lang rieb sie ihre Schläfen und angelte dann mit halb geschlossenen Augen nach ihrer Kaffeetasse. Ihr Magen krampfte sich gluckernd zusammen, und sie stöhnte leise auf. Irgendwie mußte sie wieder einen klaren Kopf bekommen, denn sie hatte wichtige Entscheidungen zu treffen. Mit ihren Überlegungen, welchen der Jobs sie annehmen sollte, war sie noch keinen Schritt weitergekommen. Dabei hatte sie versprochen, noch am selben Tag bis spätestens fünf Uhr nachmittags – New Yorker Zeit – Bescheid zu geben.

Vorsichtig drehte sie ihren Kopf zur Seite und schielte nach der Küchenuhr. Es war halb elf. Somit blieben ihr noch ganze zweieinhalb Stunden Zeit, um einen Entschluß zu fassen, der ihr Leben völlig umkrempeln würde. Und das mit einem Kopf, der sich ebenso taub anfühlte wie ihre Zunge. Mein Gott, war ihr schlecht.

Allein der Gedanke, irgend etwas in den Mund zu stecken, und sei es auch nur die Zahnbürste, verursachte ihr schon einen Brechreiz; und die Vorstellung, sich unter die Dusche stellen zu müssen, ließ sie erschaudern. Trotzdem raffte sie sich schließlich auf und schleppte sich ins Badezimmer. Sie hatte genau zwei Möglichkeiten: Entweder riß sie sich jetzt zusammen, oder sie kroch wieder ins Bett, zog sich die Decke über den Kopf und ließ sich eine gute Ausrede einfallen, warum sie sich nicht wie versprochen gemeldet hatte – nicht gerade ein vielversprechender Anfang für einen neuen Lebensabschnitt.

Zu ihrem Erstaunen wirkte die Dusche Wunder. Das eiskalte Wasser und heftiges Schrubben hatten sie tatsächlich in die Lage versetzt, daß sie wenigstens an ein Frühstück denken konnte. Mit ein wenig Glück würde sie es vielleicht auch bei sich behalten. Danach wollte sie gleich in New York anrufen, ihren Vermieter informieren, daß sie den Vertrag nicht verlängern wolle, und anschließend versuchen, eine Umzugsfirma ausfindig zu machen, die für den Transport ihrer Habseligkeiten quer durch die Staaten nicht mehr verlangte, als der ganze Krempel wert war.

Sie goß sich gerade die zweite Tasse Kaffee ein, als es klingelte. Seufzend ging sie zur Sprechanlage neben der Tür und lehnte sich mit der Stirn gegen die Wand. »Ja?«

»Elizabeth, ich bin's, Amado. Kann ich auf einen Sprung raufkommen?«

Ihre Hand tastete nach dem Badetuch, das sie zu einem

Turban um ihre nassen Haare gebunden hatte, und gleichzeitig fiel ihr Blick auf ihre nackten Füße, die unten aus dem abgetragenen Bademantel herausschauten. »Amado, ich... ja, sicher«, sagte sie und drückte auf den Türöffner.

In Windeseile stieg sie in ihre Jeans, zog sich ein T-Shirt über und empfing ihn auf dem Treppenabsatz.

»Ich kann gerne ein andermal wiederkommen, wenn es Ihnen angenehmer ist«, meinte er mit einem Blick auf ihren Handtuch-Turban, den sie in der Eile vergessen hatte.

»Unsinn«, wiegelte sie ab und bat ihn herein. »Möchten Sie eine Tasse Kaffee?«

Er legte eine Hand auf ihren Arm. »Nein, bitte bleiben Sie hier. Ich fürchte nämlich, wenn ich nicht gleich erkläre, warum ich gekommen bin, fällt mir vielleicht noch eine Ausrede ein, es gar nicht zu tun.«

Ein seltsames Gefühl beschlich sie, als sie den eigenartigen Ausdruck in seinen Augen bemerkte. Es schien, als sei die unsichtbare Mauer zwischen ihnen, die ihre Beziehung während der gemeinsamen Arbeit bestimmt hatte, plötzlich verschwunden und als befänden sie sich wieder auf der gleichen Ebene wie damals, als er eigens in die Stadt gekommen war, um mit ihr essen zu gehen.

Amado gab ihren Arm frei. »Ich habe lange über Ihren neuen Job in New York nachgedacht«, begann er. »Haben Sie schon länger mit dem Gedanken gespielt, Smith & Noble zu verlassen und in einer anderen Stadt zu arbeiten, oder ist das, was gestern vorgefallen ist, der einzig ausschlaggebende Grund für Ihre Entscheidung?«

»Daß Jeremy und ich eines Tages aneinandergeraten würden, war unvermeidlich. Ob bei Ihrem Projekt oder einem...«

»Bitte, Elizabeth. Beantworten Sie einfach meine Frage.«

Sie war es von Amado nicht gewöhnt, daß er ihr so persönliche Fragen stellte und dann noch derart vehement auf einer Antwort bestand. Das wenige, was er über sie wußte, hatte sie ihm freiwillig erzählt. »Früher einmal war New

York meine Traumstadt. Heute geht es mir in erster Linie um den Job. Ich verlasse San Francisco, denn hierzubleiben wäre sehr schwierig« – warum mußte sie nur immer alles beschönigen? – »wenn nicht gar unmöglich. Jeremy würde schon dafür sorgen, daß ich hier nichts mehr zu lachen hätte.« Joyce hatte sie am Morgen angerufen, um ihr zu erzählen, daß Jeremy vor Wut beinahe geplatzt war, als er erfahren hatte, daß Amado seinen Auftrag zurückzuziehen gedachte.

»Aber wenn Sie könnten, würden Sie dann in San Francisco bleiben, oder zumindest in Kalifornien?«

»Ich verstehe den Sinn Ihrer Frage nicht ganz.«

Er schob die Hände in die Jackentaschen. »Ich stelle mich auch nicht besonders geschickt an.« Seine Lippen zuckten unter einem nervösen Lächeln. »Obwohl ich mich wirklich sehr intensiv auf dieses Gespräch vorbereitet habe. Auf der Fahrt von St. Helena bis hierher habe ich die passenden Worte immer wieder laut vor mich hin gesagt. Und nun stehen Sie vor mir, haben mir bereits die Antwort gegeben, die ich zu hören hoffte, und ich kann mich Ihnen trotzdem nicht verständlich machen.«

Amado konnte sehr verschlossen sein, wenn er sich über etwas Gedanken machte, das mit seiner Winzerei zu tun hatte, aber abgesehen davon war er einer der redegewandtesten Männer, die ihr je begegnet waren. »Sehen Sie, falls Sie glauben, daß Sie an meinem Streit mit Jeremy in irgendeiner Weise mitschuldig seien, und hierhergekommen sind, um sich zu entschuldigen, dann liegen Sie absolut falsch.«

»Darum geht es mir gar nicht. Ich habe Sie aufgesucht, um Ihnen einen Vorschlag zu machen, ein Angebot – nein, das ist auch nicht das richtige Wort. Ich möchte, daß Sie für mich arbeiten.« Um ihr gar nicht erst Gelegenheit zu einer vorschnellen Antwort zu geben, fuhr er rasch fort: »Die Kampagne, die Sie entworfen haben, ist brillant! Zugegeben, ich brauchte einige Wochen, um zu begreifen, worauf Sie hinauswollten, aber inzwischen habe ich Ihre Intention verstanden. Außerdem haben Sie mich mit Ihrer Begeisterung so angesteckt, daß ich an einem anderen Konzept gar nicht mehr interessiert bin.«

Elizabeth fühlte sich zwar sehr geschmeichelt, aber so viel Lob auf einmal verschlug ihr glatt die Sprache. »Es freut mich, daß …«

»Warten Sie, das ist noch nicht alles.« Er hielt kurz inne, schluckte, holte tief Luft und schluckte noch einmal. »Sosehr ich mir wünsche, daß Sie für mich arbeiten, sosehr wünsche ich mir auch, daß Sie meine Frau werden. Nein, das stimmt so nicht. Daß Sie meine Frau werden, ist mein größter Wunsch.«

Elizabeth blinzelte. Seltsam, dachte sie, sie hatte die Worte genau gehört und auch deren Bedeutung verstanden, aber sie konnte trotzdem nicht begreifen, daß sie damit angesprochen war. Am liebsten hätte sie einen kurzen Blick über die Schulter geworfen, ob da nicht noch jemand hinter ihr stand. Ihr war, als hätte sich der Boden unter ihren Füßen plötzlich gesenkt, nicht so weit, um sie zu Fall zu bringen, aber doch so, daß sie um ihr Gleichgewicht kämpfen mußte.

»Verzeihen Sie mir, ich sehe, ich habe Sie völlig überrumpelt. Das lag nicht in meiner Absicht«, entschuldigte er sich sogleich. »Sie denken jetzt wahrscheinlich, der hat schon einige Weinproben hinter sich, und das kann ich Ihnen nicht einmal verdenken.«

Plötzlich fiel es ihr wie Schuppen von den Augen. All die versteckten und weniger versteckten Hinweise – die rote Rose, das Abendessen, seine Besorgtheit, die Art und Weise, wie er sie berührt hatte – so als sei sie etwas ganz Besonderes –, die über das höfliche Benehmen eines Gentleman gegenüber einer Dame hinausgegangen waren. Herr im Himmel, wie konnte sie nur so blind gewesen sein! »Ich weiß nicht, was ich dazu sagen soll, Amado.«

»Das wundert mich nicht. Auf so was waren Sie wohl

auch gar nicht vorbereitet. Und das ist meine Schuld.« Er griff nach ihrer Hand. Diese Worte endlich ausgesprochen zu haben war für ihn eine Erlösung. »Vielleicht glauben Sie mir das nicht, aber ich versichere Ihnen, daß mich meine Gefühle ebenso überrascht haben wie Sie. Die Aussicht, Sie als Freundin zu verlieren, öffnete mir die Augen, und plötzlich wurde mir klar, daß Sie mir sehr viel mehr bedeuten. Der Gedanke, daß ich Sie vielleicht nicht mehr wiedersehen werde, läßt mich seit gestern abend nicht mehr los; er hat sich in meinem Kopf und in meinem Herzen eingenistet und hallt dort wie ein Echo wider.«

Mit zitternden Händen steckte Elizabeth ihren Handtuch-Turban fest, der herunterzurutschen drohte. »Ich brauche etwas Zeit, um über all das nachzudenken.«

»Wann haben Sie mit den Agenturen vereinbart, sich wieder zu melden?«

Sie hatte bereits festgestellt, daß Amado zur Höchstform auflief, wenn er mit scheinbar unüberwindlichen Problemen konfrontiert wurde. Diese Aura von Zuversicht, die ihn jetzt gerade umgab, wirkte auf sie sehr anziehend. »Heute«, antwortete sie.

»Die Herren dort werden es sicherlich verstehen, wenn Sie sich für eine derart wichtige Entscheidung noch ein oder zwei Tage Bedenkzeit nehmen.« Er ließ ihre Hand los und berührte sie sacht an der Wange.

Diese Geste war so intim wie ein Kuß. Ein warmes Gefühl breitete sich in Elizabeth' Brust aus und stieg langsam höher. »Vergessen Sie nicht, ich habe mich bei denen um einen Job beworben, nicht umgekehrt.«

»Wenn eine Agentur soviel Wert auf Ihre Mitarbeit legt, daß man Sie auf einen Telefonanruf hin engagiert, dann können Sie die Herrschaften getrost bis Montag warten lassen. Warum sollten sie ihre Meinung bis dahin ändern?« Amados Berührungen wurden beherzter; seine Fingerkuppen wanderten von ihrem Kinn hinunter zu ihrem Halsansatz.

Daß sie seinen Antrag nicht spontan abgelehnt hatte, wertete er offenbar als Zeichen dafür, daß eine Zustimmung von ihrer Seite aus nicht nur möglich, sondern sogar sehr wahrscheinlich war. »Kommen Sie übers Wochenende zu mir, Elizabeth«, schlug er mit leiser Stimme vor. »Ich möchte Ihnen die Aufgabe genauer erklären, die Sie bei Montoya Wines erwartet. Räumen Sie mir die gleichen Chancen ein, Sie für mich zu gewinnen, wie den anderen Agenturen, bitte.«

Wenn sie sein Angebot annehmen würde und es ging schief, was dann? Wo würde sie dann Arbeit finden? Und was hatte sein Heiratsantrag mit der ganzen Sache zu tun? Glaubte er denn, daß er sie nur auf diesem Wege dazu bringen konnte, für ihn zu arbeiten? »Ich habe das Gefühl, jeder von uns beiden braucht erst einmal etwas Zeit für sich allein, um in Ruhe über alles nachzudenken. Sie sind nicht der Typ Mann, der übereilte Entscheidungen trifft, Amado. Was ist, wenn Sie in ein paar Tagen feststellen, daß Sie einen Fehler gemacht haben? Was dann? Wir brauchen eine... Abkühlungsphase, bevor wir weiter...«

Er sah ihr tief in die Augen. Seine Finger setzten dabei entschlossen ihren Weg fort, wanderten weiter zu ihrem Nakken. Er ließ sie nicht los; sein Blick fesselte sie ebenso wie seine zarte Berührung. Mit einer Selbstverständlichkeit, der sie sich nicht entziehen konnte, hauchte er ihr einen Kuß auf die Lippen. Dann beugte er sich ein wenig zurück und sagte, ohne seinen Blick von ihr zu lösen: »Was wir brauchen, ist bestimmt keine Abkühlungsphase, Elizabeth.«

Sie biß sich auf die Lippen, um die Gefühle, die in ihr aufwallten, in Schach zu halten. Die Hitze, die von ihrer Brust ausging, erstreckte ihre züngelnden Flammen mittlerweile bis in ihre Leisten. Wie lange war es schon her, daß sie auf einen Mann mit einer solchen Intensität, einem derart starken Verlangen und Begehren reagiert hatte? Hatte sie tatsächlich vergessen, wie ungeheuer aufregend diese Gefühle waren?

»Einverstanden«, hörte sie sich sagen. »Aber ich bestehe auf einer geschäftlichen Basis.« Beinahe hätte sie über ihre gekünstelte Prüderie laut gelacht.

Anstelle einer Antwort zog Amado sie an sich und küßte sie wieder. Diesmal jedoch mit geöffneten Lippen und einem unmißverständlichen Drängen. Elizabeth taumelte ihm entgegen. Ohne es zu wollen, glitten ihre Hände über seine Brust und schlossen sich in seinem Nacken. Ihre Zunge suchte die seine. Sie schmeckte noch den Kaffee, den er eben getrunken hatte, nahm den Duft seines Eau de Cologne wahr und spürte seinen muskulösen Körper, den die harte Arbeit im Weinberg gestählt hatte und der ein Verlangen signalisierte, das dem ihren in nichts nachstand.

»Nun, soviel zum Thema geschäftliche Basis«, sagte sie und schob ihn von sich weg. »Das geht mir alles ein bißchen zu schnell. Ich begreife überhaupt nicht, was hier eigentlich los ist.« Hilflos warf sie ihre Arme in die Luft. »Verdammt, Amado, hättest du vielleicht die Güte, mir das Ganze einmal zu erklären?«

Er lachte. »Wenn ich in den achtundfünfzig Jahren, die ich nun schon hier auf Erden wandle, etwas gelernt habe, dann, daß es zuweilen Dinge gibt, die sich nicht erklären lassen. Sie passieren einfach.«

Wenn sie ihr eigenes Leben betrachtete, sah sie nur verschlungene Wege, Verstrickungen und bizarre Zufälle. Vielleicht war jetzt die Zeit für ein bißchen Glück gekommen, das nicht geplant war, für das sie nicht hatte kämpfen müssen – das ihr einfach in den Schoß fiel.

An einem Sonntagmorgen, zwei Tage später, stand Elizabeth auf einem grünen Hügel oberhalb von Amados Weinbergen und versuchte angestrengt, ihre Gefühle irgendwie in Worte zu fassen. Die Traktoren hatten das leuchtend gelbe Senfkraut, den Klee und das Dallasgras untergepflügt und schnurgerade Reihen frischer dunkler Erde hinter sich gelassen, die nun die zartgrünen Rebstöcke umrahmten wie ein Gemälde.

Amado hatte sie schon gestern an diese Stelle geführt, um mit ihr von hier aus den Sonnenaufgang zu beobachten. Als der rote Ball hinter den Bergen emporgeklettert war, hatte er ihr erklärt, daß nun die Zeit angebrochen sei, da die Weinstöcke ihre Blätter und Läufer austrieben und sie diese jetzt wirklich wachsen hören könne, wenn sie bereit sei, mit Herz und Seele zu lauschen.

Im stillen hatte sie zwar über diese abstruse Vorstellung gelächelt, sich dann aber ihm zuliebe trotzdem zwischen zwei Reihen junger Weinstöcke gestellt und die Augen zugemacht, um sich möglichst durch nichts ablenken zu lassen.

Sie hatte Grillen zirpen gehört, den Ruf der Krähen und der Stare und weit unten im Tal das dumpfe Brummen der Autos. Und sie hatte ihren eigenen Atem gehört und sogar die Kakophonie ihrer wirren Gedanken. Dann aber, als es ihr gelungen war, alle realen Geräusche ihrer Umgebung wegzudrängen, da vernahm sie andere, weniger geläufige Laute wie leises Rascheln, Knacken und Wispern. In der Annahme, dies sei der Wind, der durch die zarten Triebe streiche, öffnete sie die Augen und mußte feststellen, daß sich kein Lüftchen regte und die Blätter an den Weinstöcken sich nicht bewegten.

Amado hatte sie nichts davon gesagt, doch an ihrem erstaunten Gesichtsausdruck konnte er ablesen, daß sie es tatsächlich gehört hatte. Mit einem zufriedenen Lächeln hatte er daraufhin seinen Arm um ihre Schultern gelegt, und sie waren zurück zum Haus gegangen, um auf der Terrasse zu frühstücken.

In seinem Bemühen, sie für sich zu gewinnen, hatte er sich als meisterhafter Verführer erwiesen; er wußte genau, an welcher Stelle sie verletzbar war und wie weit er gehen konnte, bevor sie ihm Einhalt gebot. Niemals wäre er auf die Idee verfallen, ihr vorzuschlagen, ihre Karriere aufzugeben.

Statt dessen hatte er sie wissen lassen, daß er ohne ihre Mitarbeit seine Marketingpläne niemals würde verwirklichen können.

Hin und wieder hatte er sie körperlich berührt, aber stets auf freundliche, unaufdringliche Weise, er hatte beim Spazierengehen ab und zu ihre Hand genommen oder ihr auch einmal eine Locke aus der Stirn gestrichen. Doch es gab auch Momente, in denen sie in seinen Augen nichts als pures Verlangen sah. Er versuchte dann auch nicht, dieses Gefühl zu verbergen, sondern lächelte sie nur an, und sie ließ sich von der wohltuenden Wärme, die von seinem Lächeln ausging, einhüllen und genoß es schweigend.

Er hatte es perfekt verstanden, sie an seiner Liebe zu diesem Stück Land teilhaben zu lassen, indem er ihr von den alten Montoyas erzählte, die schon Generationen vor ihm durch diese Weinberge spaziert waren, und von seiner Befürchtung, daß mit ihm dieses traditionsreiche Erbe sterben könnte. Er hatte ihre verborgene Sehnsucht nach Wurzeln, nach Kontinuität und nach einer Familie gespürt, und das hatte ihn noch mehr für sie eingenommen. Wenn sie sich bereit erklärte, ihn zu heiraten, würde es möglich, die Familientradition weiterzuführen, zumindest solange sie lebte. Dann hätte sie endlich einen Platz gefunden, wo sie hingehörte; mehr noch: wo sie gebraucht wurde.

Mit Elizabeth an seiner Seite müßte er sich nicht mehr an die vage Hoffnung klammern, daß er Elana doch noch an den Ort ihrer Kindheit zurücklocken könnte, wenn es ihm gelungen war, die Montoya-Winzerei für sie zu einem attraktiven Sprungbrett in den Kreis der oberen Zehntausend zu machen.

Amado legte Elizabeth all das zu Füßen, was zu besitzen sie niemals für möglich gehalten hätte. Daß er dreißig Jahre älter war als sie, bedeutete im Grunde nur, daß ihr gemeinsames Leben zwar kürzer, aber keinesfalls weniger erfüllt sein würde. Er mochte wahrscheinlich die Geburt seiner

Enkelkinder nicht mehr erleben, doch vielleicht noch einmal die Gelegenheit haben, ihrem gemeinsamen Kind seine Leidenschaft und Liebe zu diesem Land zu vermitteln.

Elizabeth war sich sehr wohl darüber im klaren, daß man sie trotz ihrer Geschäftstüchtigkeit, die sie in diese Beziehung einbrachte, in erster Linie als die Frau eines erfolgreichen Mannes ansehen würde und nicht als Frau, die es selbst zu etwas gebracht hatte. Andererseits hätte dann aber auch niemand mehr einen Grund, in ihren Collegepapieren und ihrer Highschool-Vergangenheit herumzuschnüffeln. Als Amados Frau würde sie nicht nur an Vertrauenswürdigkeit gewinnen, dieser Status würde ihr auch zu der Anonymität verhelfen, die sie sich damals, als sie in Elizabeth Prestons Rolle geschlüpft war, erhofft hatte.

Ihren Kindern würde es nie an etwas mangeln. Sie würden niemals diese Isolation kennenlernen, unter der sie damals so gelitten hatte, als sie mit ihren Eltern ständig auf der Flucht gewesen war. Und sie würden nie dieses schreckliche Gefühl der Einsamkeit erfahren, das sie erleben mußte, als ihre Eltern sie eines Tages einfach zurückließen. Als Söhne und Töchter von Amado Montoya würden sie nie das Stigma der Ausgestoßenen tragen. Keine Mutter würde ihren Kindern verbieten, mit ihnen zu spielen. Ihre Kinder würden mit einem Gefühl von Stärke und Selbstvertrauen aufwachsen und stolz auf ihre Herkunft sein; sie würden niemals lügen, betrügen oder stehlen müssen, um ihr Leben zu meistern.

Und sie würden nie herausfinden, wer ihre Mutter wirklich war oder was sie getan hatte, um ihrer Vergangenheit zu entfliehen.

Angesichts der Richtung, die ihre Gedanken eingeschlagen hatten, hielt sie erstaunt inne. Wann hatte sie begonnen, sich mit Amados Antrag anzufreunden?

Sie drehte sich um und betrachtete das weitläufige spanische Herrenhaus, das majestätisch auf einer Anhöhe thronte, von der aus man das ganze Tal überblicken konnte. Es schien ihr, als hätte ein Teil ihres Unterbewußtseins bereits die Entscheidung für sie gefällt. Wenn sie an den sensiblen, zurückhaltenden Amado dachte, so wie er sich ihr darstellte, dann vergaß sie darüber leicht den Reichtum und die Macht des Mannes, der dieses Haus dort oben auf dem Hügel sein eigen nannte. Wenn alles nach Plan lief, würde die Montoya-Winzerei bald zu den bekanntesten und erfolgreichsten Großkellereien Kaliforniens zählen.

Sie hielt sich die Hand vor die Augen, um sie gegen die grelle Morgensonne abzuschirmen, und blickte zu dem Haus hinauf. Ein Gefühl tiefer Zufriedenheit erfüllte sie, und plötzlich war sie sich sicher, daß Amado und sie sich eines Tages lieben würden und es völlig unwichtig war, welche Umstände sie zu dieser Ehe veranlaßt hatten.

Ein Lächeln erstrahlte auf ihrem Gesicht. Wenn Liebe tatsächlich eine Reise war, so würde sie in ihr eine erwartungsvolle Reisende finden.

Amado und Elizabeth fuhren zum Brunch nach St. Helena. Es war ein ungewöhnlich warmer Märztag, und vor den Restaurants waren in Erwartung eines frühen Frühlingseinbruchs bereits die Tische im Freien aufgestellt worden.

Die Kellnerin brachte eine Flasche Champagner und hielt sie Elizabeth zur Begutachtung hin. Sie warf Amado einen fragenden Blick zu.

»Der ist ausgezeichnet«, befand er. »Aber ich habe ihn nicht bestellt.«

»Aber ich«, entgegnete Elizabeth.

»Gibt es etwas zu feiern?« fragte er vorsichtig.

Sie lächelte. »Das hoffe ich.«

Ohne seinen Blick von ihr zu wenden, bedeutete er der Kellnerin, die Flasche zu öffnen und einzuschenken. »Sag mir bitte, womit ich dich überzeugt habe. Was waren die ausschlaggebenden Worte? Ich möchte mich an sie erinnern können.«

»Das brauchst du nicht. Ich werde meine Meinung nicht ändern.«

»Du kennst mich nach drei Monaten besser, als Sophie mich nach zwanzig Jahren kannte. Das ist eines der Dinge, die ich an dir so liebe.«

Seine emotionale Offenheit erstaunte sie. Bis zu diesem Augenblick hatte er nie von Liebe gesprochen. Hatte er bislang geglaubt, es sei noch zu früh dafür und sie könne sich überfahren fühlen? »Gibt es noch andere?«

Er prostete ihr zu. »Soll ich sie dir alle aufzählen?«

»So habe ich das nicht gemeint.«

»Ich schon.«

Darauf wußte sie keine Antwort.

»Ich liebe deine Lebensfreude, sie erinnert mich an meine Jugend und gibt mir die Hoffnung, daß ich sie durch dich noch einmal spüren kann. Und ich liebe so ganz simple Dinge wie dich anzusehen, zu beobachten, wie dein Haar in der Sonne glänzt, die Art, wie du dich bewegst, wie du lächelst und wie du meinen Namen aussprichst. Aber am allermeisten liebe ich an dir deine Aufrichtigkeit und deine Offenheit, Tugenden, die in der heutigen Zeit so selten geworden und deshalb so wertvoll sind.«

Ein stechender Schmerz durchfuhr sie. Ihr war, als hätte ihr jemand ein Messer in die Brust gestoßen. Elizabeth richtete sich in ihrem Stuhl auf, drückte den Rücken durch und atmete nur ganz oberflächlich, bis der Schmerz etwas nachließ. Gerade eben hatte sie erwogen, ihm von ihrer Vergangenheit zu erzählen, und hatte sich dabei vorgestellt, wie wundervoll es wäre, wenn sie ihr gemeinsames Leben ohne Heimlichkeiten beginnen könnten. Doch jetzt wußte sie, daß das eine Illusion war und ein schöner Traum bleiben würde. Amado liebte die Frau, die er in ihr sah, und nicht diejenige, die sie wirklich war.

»Du hast mir meine Lebenslust zurückgegeben, Elizabeth. Um dir dafür zu danken, fehlen mir die Worte.«

Sie mochte vielleicht nicht in der Lage sein, ihm die ganze Wahrheit über sich zu erzählen, aber in einem Punkt durfte sie ihm nichts vormachen: »Jetzt, in diesem Augenblick kann ich... kann ich dir nicht sagen, daß ich dich liebe.«

Amado beugte sich vor und nahm ihre Hand. »Ich bin mir sicher, daß du meinen Heiratsantrag nicht annehmen würdest, wenn du nicht daran glaubtest, daß du mich, wenn die Zeit dafür gekommen ist, doch lieben wirst. Ich kann warten, Elizabeth.«

In seinem Blick lag soviel Zärtlichkeit und Sehnsucht, daß sie an das, was er eben gesagt hatte, einfach glauben mußte. Warum sollte sie diesen Mann nicht eines Tages lieben?

8

Amado stand neben Michael Logan und sah ihm über die Schulter, als dieser die Ergebnisse der Versuchsreihe durchging, mit der er herausfinden wollte, was eine Temperaturveränderung während der Gärungsphase bewirkte. »Was meinst du?« fragte er ihn, als Michael schließlich von den Unterlagen aufblickte.

»Sieht gut aus. Auch die anderen sind davon überzeugt, daß wir auf diese Weise mehr Aroma aus dem Most herausholen.«

»Also, dann machen wir es so.«

Michael grinste. »Ich wußte, daß du zustimmen würdest, deshalb habe ich schon alles Nötige veranlaßt.« Er streckte sich, dann rieb er sich die Augen, ohne seine Brille abzunehmen. »Das war ein langer Vormittag. Wenn du nichts dagegen hast, würde ich mir gerne den Nachmittag freinehmen.«

»Was davon noch übrig ist. Nur zu, meinen Segen hast du.« Es war typisch für Michael, sich so in die Arbeit zu vertiefen, daß er um sich herum nichts mehr wahrnahm, schon gar nicht das Verstreichen der Zeit. »Aber es wäre mir lieb, wenn du dich nicht ganz absetzen würdest. Ich habe für heute abend eine kleine Dinnerparty arrangiert und wollte dich dazu einladen – es kommen ein paar Freunde und Elizabeth.«

»Ich dachte, die Sache mit der Agentur sollte Ende der Woche abgewickelt sein.« Er begann die Unterlagen einzusammeln, die auf dem Schreibtisch verstreut waren.

»O ja, die Sache ist abgeschlossen – in gewisser Weise zumindest.«

Michael warf ihm einen fragenden Blick zu. »Großer Gott, sag bloß nicht, dir gefällt das Konzept nicht, das sie ausgearbeitet hat. Jetzt, nach all den Wochen.«

»Elizabeth' Idee finde ich ausgezeichnet, aber es hat sich da eine kleine Änderung ergeben. Alles weitere heute abend beim Dinner. Wie sieht's aus, hast du Zeit?«

Er lachte. »Was für eine Frage, du kennst mich doch. Für ein von Consuela zubereitetes Abendessen lasse ich sogar ein Rendezvous mit den Robinson-Zwillingen sausen.«

Am frühen Abend standen Elizabeth und Amado auf der Veranda, die um die ganze Rückseite des Hauses herumführte, und genossen noch einen Moment der Ruhe, bevor die Gäste eintreffen würden. Sie lächelte ihm ein Dankeschön entgegen, als Amado ihr einen mit Brie belegten Cracker reichte. Die dichte Blätterkrone der uralten Eiche, deren ausladende Äste sich weit über das Haus erstreckten, spendete angenehmen Schatten. Eine Windböe fuhr unter Elizabeth' Kleidersaum. Sie drückte den leichten Stoff gegen ihre Schenkel, um zu verhindern, daß er noch weiter nach oben flatterte.

»Du siehst heute abend besonders bezaubernd aus«, bemerkte Amado.

»Vielen Dank für das Kompliment.« Zum Glück hatte sie außer ihren Jeans noch ein elegantes Kleid eingepackt. Sie strich sich die Haare aus dem Gesicht und wünschte, sie hätte es zu einem Knoten frisiert. Wenn sie nervös war, konnte sie es nicht lassen, fortwährend an ihren Haaren herumzufummeln, was jedem, der auf solche Dinge achtete, ihren Zustand verriet.

»Von allen Leuten, die heute abend kommen, wird Michael die Neuigkeit wohl am meisten überraschen.«

»Befürchtest du, er könnte komisch darauf reagieren?«

»Nein, keineswegs.«

Das nahm sie ihm nicht so ohne weiteres ab. Sie hatte die beiden zwar nicht oft zusammen gesehen, wußte jedoch, daß ihre Beziehung weit über das übliche Chef-Angestellter-Verhältnis hinausging. »Erzähl mir von ihm. Wie kommt es, daß er für dich arbeitet?«

Amado stellte sein Glas auf der gemauerten Brüstung ab und ließ seinen Blick über den Horizont wandern. »Die Logans und die Montoyas sind schon seit Generationen Nachbarn. Schau«, sagte er und deutete auf eine Hügelkette, »ihr Weinberg liegt dort drüben.«

Sie hatte nicht die geringste Ahnung, welchen der vielen tausend Weingärten er genau meinte, aber das war auch nicht wichtig. Amado bereitete sie ja nicht auf ein Geographie-Quiz vor, sondern war dabei, ein weiteres Stück seines Lebens mit ihr zu teilen.

»Glücklicherweise«, fuhr er fort, »oder unglücklicherweise, je nachdem, von welcher Seite aus man es betrachtet, wurden den Logans in dieser Generation zwei Söhne geboren. Und beide hatten Interesse am Weinanbau. Wie du sehen kannst, ist ihr Land gerade groß genug, um eine Familie zu ernähren. Traditionsgemäß erbt immer der ältere Sohn den Weinberg, in diesem Fall war es Paul.« Er unterbrach sich. »Ich habe nie mit jemandem darüber gesprochen, aber tief in meinem Inneren hegte ich jahrelang die Hoffnung, daß einer der Logan-Söhne und eine meiner Töchter ein Paar würden. Aber das sollte wohl nicht sein.«

»Michael ging demnach leer aus.«

»Das kann man so nicht sagen. Um ehrlich zu sein, wenn ich an der Stelle von Michaels Vater gewesen wäre, ich wüßte nicht, ob ich eine so gerechte Entscheidung getroffen hätte. Obwohl er kaum genug Land besaß, um seine Familie damit durchzubringen, hat Harold es doch irgendwie geschafft, genug Geld beiseite zu legen, um Michael aufs College schicken zu können.«

»Aha, Paul hat den Weinberg bekommen und Michael dafür eine gute Ausbildung.« Überrascht stellte Elizabeth fest, daß sie und Michael dasselbe Schicksal teilten: Auch er hatte sehr viel für seine Ausbildung aufgeben müssen.

»Ganz ohne Probleme ist es nicht abgegangen, aber letztlich hat es Michael doch geschafft. Und er hat eine sehr gute Wahl getroffen – die University of California in Davis, die größte Weinakademie der Welt. Das Wissen, das Michael sich dort erarbeitet hat, und sein angeborenes Talent haben ihn zu einem der besten Kellermeister Kaliforniens gemacht. Ich übertreibe nicht, wenn ich behaupte, daß er das Herz von Montoya Wines ist.«

Elizabeth legte ihre Hand auf seinen Arm. »Wenn Michael das Herz ist, Amado, dann bist du die Seele.« Amado hätte nicht mit mehr Stolz über Michael sprechen können, wenn dieser sein eigener Sohn gewesen wäre. Es war ihr auch nicht entgangen, wieviel Wert Amado darauf gelegt hatte, daß Michael an diesem für ihn so wichtigen Abend anwesend war, während er seine in San Francisco lebende Tochter Elana nicht eingeladen hatte. »Wie lange arbeitet er schon für dich?«

»Zehn Jahre. Er hat einen Tag nach der Examensfeier hier angefangen.«

Die Frau, die Consuela bei den Vorbereitungen für das Abendessen half, erschien in der Verandatür. »Verzeihung, daß ich Sie störe, aber Consuela möchte, daß Sie einen Augenblick zu ihr in die Küche schauen, Mr. Montoya.«

»Sagen Sie ihr, ich komme sofort.« Er wandte sich an Elizabeth. »Kann ich noch etwas für dich tun, bevor ich gehe?«

»Amado, du mußt mich nicht dauernd bedienen. Ich bin sehr wohl in der Lage, für mich selbst zu sorgen.«

»Selbstverständlich, das weiß ich doch.« Er hauchte ihr einen Kuß auf die Wange. »Aber ich möchte mich nicht um das Vergnügen bringen lassen, dich zu verwöhnen.«

Ihre Blicke folgten ihm, als er über die Veranda ging und in der Tür verschwand. Sah so die wahre Liebe aus? Kreisten dann alle Gedanken und Handlungen nur noch um die Person des anderen? Sie beneidete Amado. Sie hätte so gerne genauso gefühlt wie er. Und wenn es stimmte, daß jemanden zu mögen die Vorstufe zur Liebe war, war auch sie nur noch einen Herzschlag davon entfernt.

Sie setzte sich in einen der bequemen Korbstühle, die auf der Veranda standen, und bemerkte erst dann, daß Michael im Wohnzimmer stand und sie beobachtete. Obwohl Amado ihr erzählt hatte, daß Michael und er viele gemeinsame Freunde hatten und oft zusammen ausgingen, war dies erst die zweite Gelegenheit, bei der sie ihn statt in Jeans und kariertem Flanellhemd im Anzug sah. Er sah verdammt gut darin aus. »Es gibt Leute, die wirken auch in einem Sack perfekt angezogen«, pflegte ihre Großmutter zu sagen. Sie entschied, daß jede Kleidung seinen ganz persönlichen Stil signalisierte, das lag an der Art, wie Michael sich gab – ruhig, unauffällig und souverän –, aber auch daran, daß er einfach ein gutaussehender Mann war.

»Ist Amado nicht hier?« fragte er.

»Er muß jeden Augenblick wiederkommen.«

Michael kam auf die Veranda, nahm sich einen Cracker und ein Stück Käse vom Tisch. »Ich bin ein wenig überrascht, Sie hier zu sehen«, gab er zu. »Das Konzept für die Kampagne ist doch, soweit ich weiß, unter Dach und Fach.«

Sie glaubte einen eigenartigen Unterton in seiner Stimme vernommen zu haben, der den Verdacht nahelegte, daß er sie nicht mochte. Doch im selben Augenblick verwarf sie diesen Gedanken wieder, denn sie wußte aus Erfahrung, daß sich solche Eindrücke allzu leicht festsetzten und das Verhältnis einem anderen gegenüber von vornherein trübten.

Sie beschloß daher, seine Reserviertheit dem Umstand zuzuschreiben, daß es manchmal nicht einfach war, mit jemandem, den man nicht kannte, ein Gespräch zu beginnen. »Da gibt es noch einige Details, die abgeklärt werden müssen, bevor wir mit der Arbeit anfangen können.«

»Ich weiß, daß Amado von Ihrer Idee sehr eingenommen ist.«

»Das freut mich zu hören.« Besonders nachdem er Jeremy eine recht erkleckliche Summe dafür bezahlt hatte, daß er keine Ansprüche auf das Konzept geltend machte, das sie während ihrer Tätigkeit bei Smith & Noble für die Montoya-Kampagne ausgearbeitet hatte.

»Und wann geht es los?«

Wenn sie ihm jetzt erklärte, daß sie die Kampagne in eigener Regie starten wollte, dann würde er sie mit Sicherheit nach den Gründen ihres Ausscheidens bei Smith & Noble fragen, was unweigerlich zu dem Anlaß dieser Party führen würde. Und damit wäre Amados Überraschung geplatzt. Also blieb ihr nichts anderes übrig, als entweder zu einer Notlüge zu greifen oder dem Thema auszuweichen. »Ich möchte bis zum Herbst soweit alles fertig haben.«

»Oh, ich wußte nicht, daß solche Dinge soviel Zeit in Anspruch nehmen.«

»Nun, an einem solchen Projekt sind ja auch eine ganze Reihe von Leuten beteiligt, besonders wenn man eine Kampagne medienübergreifend konzipiert. Die Fernseh- und Rundfunkspots und die Zeitungsanzeigen werden gleichzeitig gestartet und müssen daher genau koordiniert werden.«

»Und Sie sind davon überzeugt, daß Sie Amados Vorstellungen gerecht werden, wenn alles so läuft, wie Sie es sich ausgedacht haben?«

Seine Frage vermittelte ihr den Eindruck, daß er da seine Zweifel hatte.

»Eine absolute Garantie gibt es nie. Aber ich war vom Erfolg einer Kampagne noch nie so überzeugt wie in diesem Fall.«

»Gut, nehmen wir an, Sie behalten recht und die Kampagne schlägt wirklich so ein, wie Sie glauben. Was passiert, wenn die Nachfrage plötzlich das Angebot übersteigt?«

»Es gibt zwei Möglichkeiten: Entweder ist der Käufer dann so verunsichert, daß er Montoya-Weine auch nicht zum halben Listenpreis kauft, oder aber er bezahlt jeden Preis, den die Großhändler verlangen. Das kann man vorher nie wissen.«

»Könnte es sein, daß die Vorbereitungen für die Kampagne bis Anfang nächsten Jahres dauern?«

»Worauf wollen Sie hinaus, Michael?«

»Auf gar nichts.«

»Ich dachte, es gebe Verträge mit anderen Winzereien, die für Montoya Tafelweine produzieren, falls die Nachfrage es erfordern sollte.«

»Selbst wenn wir alle unsere Vertragswinzer in die Kalkulation miteinbeziehen, sind wir noch Meilen davon entfernt, das zu bewerkstelligen, was Sie mit uns vorhaben.«

Was sie mit ihnen vorhatte? Angesichts dieser Anschuldigung sträubte sich Elizabeth das Gefieder. Michael stellte es so hin, als ob sie hier das Sagen hatte, als ob die Idee zu expandieren auf ihrem Mist gewachsen wäre, als ob sie …

Eine dritte Stimme mischte sich in die Unterhaltung, als Amado in der Tür erschien, durch die Michael gerade gekommen war. »Falls nötig, werden wir die Ivanski-Brüder beauftragen, etwaige Nachschubprobleme abzudecken.«

»Und Quantität und Qualität dabei völlig außer acht lassen.«

Elizabeth' Blicke wanderten zwischen den beiden Männern hin und her. Das war nicht das erste Mal, daß sie darüber debattierten. Aber warum zogen sie sie in diese Diskussion mit hinein? Michael konnte doch nicht im Ernst annehmen, daß sie etwas mit den Expansionsplänen zu tun hatte, die Amado so hartnäckig verfolgte.

»Wir werden uns doch vor dem Erfolg nicht fürchten«, sagte Amado.

»Du weißt verdammt gut, daß nicht der Erfolg mir Kopfzerbrechen macht – sondern die Tatsache, daß wir dabei leicht die Kontrolle verlieren können.«

Aus dem Haus hörte man das Klingeln der Türglocke. Amado holte tief Luft, strich sein Hemd glatt und überprüfte den Sitz seiner Krawatte. »Offenbar sind unsere Gäste gekommen, Elizabeth.«

Unsere Gäste. Elizabeth spürte, wie sie blaß wurde. Der erste Schritt in ihr gemeinsames Leben stand unmittelbar bevor. Ein rascher Blick auf Michael genügte, um ihre Vermutung zu bestätigen. Seine Augen waren nur noch schmale Schlitze und starrten sie fragend an.

Amado reichte ihr seine Hand. Ein breites Lächeln erschien auf seinem Gesicht. »Bist du bereit?«

In ihrer Kehle formte sich ein spitzer Schrei – nein! –, aber den schluckte sie hinunter. Statt dessen nahm sie seine Hand und erwiderte sein Lächeln. Wenn Amados Freunde etwas gegen die Hochzeit einzuwenden hatten, dann war es am besten, wenn sie es gleich jetzt erfuhr.

Um Elizabeth bei ihrem ersten Auftritt als zukünftige Mrs. Montoya nicht zu überfordern, hatte er die Gästeliste bewußt klein gehalten – obwohl er die Neuigkeit am liebsten laut durch alle Straßen von St. Helena geschrien hätte. An der festlich gedeckten Tafel saßen die Besitzer der anderen drei Weingüter von Napa Valley, alte Freunde von Amado, die ihn während seines ganzen Lebens in guten und schlechten Zeiten begleitet hatten, und natürlich Michael.

Die Teller waren abgetragen worden, und Consuela legte gerade letzte Hand an die Desserts. Amado entschied, daß nun der Zeitpunkt gekommen war, um seinen Freunden die freudige Neuigkeit mitzuteilen und mit ihnen auf ihre Zukunft anzustoßen. Er erhob sich und füllte persönlich die Lalique-Gläser, die für den Toast schon bereitstanden. Der Cabernet Sauvignon, den er für diesen Anlaß ausgewählt hatte, hatte gerade in einem Blindversuch gegen den besten Burgunder gewonnen, den Frankreich derzeit anzubieten hatte. Der Wein war noch jung und daher sehr passend für diese Gelegenheit, wie Amado fand, denn er spiegelte genau seine Empfindungen und Gefühle wider.

Nachdem alle Gläser gefüllt waren, kehrte er an seinen Platz am Kopfende der Tafel zurück. »Es ist nicht ungewöhnlich, daß wir hier zusammenkommen, wenn es etwas zu feiern gibt.« Dabei sah er seine Gäste nacheinander an und ließ seinen Blick schließlich auf Elizabeth ruhen, die zu seiner Rechten saß. »Dieser Abend ist für mich jedoch ein ganz besonderer. Wie ihr alle wißt, glaubte ich, es sei mir vom Schicksal bestimmt, den Rest meines Lebens allein zu verbringen. Heute habe ich euch zu mir gebeten, um euch mitzuteilen, daß dies nicht länger so ist. Elizabeth und ich« – er zog ein Samtetui aus der Jackentasche, klappte es auf und brachte einen Ring zum Vorschein – »werden im August heiraten.«

Dieser Ankündigung folgte ein allgemeines, gut hörbares Luftschnappen, bevor die verblüfften Gäste in der Lage waren, ihre Glückwünsche zu formulieren. Der silberne Klang der Kristallgläser besiegelte Amados Worte. Er nahm Elizabeth' linke Hand und steckte ihr den dreikarätigen Diamantring an.

Elizabeth hielt ihre Hand unbeweglich von sich gestreckt und starrte fassungslos auf den funkelnden Stein. »Amado«, stammelte sie. »Ist der ... groß.«

Aus den Augenwinkeln heraus beobachtete Amado Michaels Reaktion. Sein Gesichtsausdruck verhieß erst Ungläubigkeit, und dann, als sein Blick sich auf Elizabeth heftete, unverhohlene Wut. Amado betete im stillen, daß Elizabeth nichts davon bemerkte, doch als er sie zusammenzucken sah, erinnerte er sich, daß ihrer Aufmerksamkeit nur selten etwas entging.

Das Schweigen, das dem obligatorischen Zuprosten folgte, fing schon an, unangenehm zu werden, als Connie Robertson ihre Stimme erhob. »Elizabeth, lassen Sie mich die erste sein, die Sie in unserer – zugegebenermaßen manchmal etwas anstrengenden – Großfamilie von Weinhändlern und Weinbauern willkommen heißt.« Sie lachte fröhlich. »Diese Neuigkeit wird sich in unserem Tal wie ein Lauffeuer verbreiten. Ich hoffe, Sie sind darauf vorbereitet, daß Ihnen von nun an die Gratulanten von früh bis spät die Tür einrennen. Glauben Sie mir, die Leute hier werden nicht eher ruhen, als bis jeder einzelne Sie höchstpersönlich in Augenschein genommen hat.«

»Amado hat mich bereits gewarnt, daß seine Freunde wahrscheinlich ein wenig überrascht sein würden«, sagte Elizabeth.

»Gelinde ausgedrückt«, ließ sich Michael leise vernehmen.

»Ein so gut gehütetes Geheimnis hat es in unserem Tal schon seit Jahren nicht mehr gegeben«, stellte Davis Robertson fest. »Wie lange kennt ihr euch denn schon?«

Michael legte unauffällig seine Serviette neben den Teller, als wollte er sich zum Gehen anschicken.

»Wir sind uns bei der Weihnachtsfeier von Smith & Noble begegnet.«

»Letzte Weihnachten?« fragte die Frau, die Elizabeth gegenübersaß.

Elizabeth konnte es förmlich in den Köpfen der Anwesenden rechnen hören. Das bedeutet, sie kennen sich erst... Donnerwetter ... *vier* Monate!

»Wenn Amado sich etwas in den Kopf setzt, dann gibt es für ihn kein Halten«, sagte Michael und stand auf.

»Ganz bestimmt nicht, wenn ich mir einer Sache so sicher bin wie bei Elizabeth.«

Nachdem sie den ersten Schock verdaut hatten, entspann sich zwischen den anwesenden Paaren wieder eine angeregte Unterhaltung. Michael ging um den Tisch herum und sagte zu Amado: »Es tut mir leid, daß ich so kurz nach deiner Ankündigung aufbrechen muß. Aber ich habe Tony versprochen, nach dem Essen noch bei ihm vorbeizuschauen. Er hat ein paar Probleme mit den Aufgaben für seine Abendschule.«

So wie der Nebel, der sich morgens an die Berghänge klammert, von der Sonne langsam aufgelöst wurde, so fühlte Amado jetzt, wie ein Teil seiner Freude, die ihn eben noch durchflutet hatte, durch Michaels Reaktion vertrieben wurde. »Ich bringe dich zur Tür.«

Michael hob abwehrend die Hand. »Das ist nicht nötig«, sagte er und wandte sich mit einer leichten Verbeugung an Elizabeth. »Herzlichen Glückwunsch.«

»Danke«, antwortete sie.

Als Michael die Tafel verlassen hatte, tauschten Amado und sie einige rasche Blicke. Er wußte keine Antwort auf die Frage, die er in ihren Augen las. Es war ihm unbegreiflich, daß zwei Menschen, die er von ganzem Herzen liebte, einander nicht leiden konnten. Ihm blieb nur die Hoffnung, daß Michael im Laufe der Zeit seine Meinung über Elizabeth ändern und erkennen würde, daß sie ein Geschenk des Himmels war und nicht die entzweiende Kraft, die er momentan in ihr zu sehen schien.

9

Amado hielt nichts von langen Verlobungszeiten, zumindest erzählte er das jedem, ob er es hören wollte oder nicht. Zuweilen fragte sich Elizabeth, ob er es mit der Hochzeit so eilig hatte, weil er befürchtete, er könne am Ende doch noch kalte Füße bekommen, oder weil er Angst hatte, sie könne ihre Meinung ändern. An manchen Tagen brachte er vorsichtig das Gespräch darauf, daß er es sehr wohl verstehen könnte, wenn sie sich ihren Entschluß nochmals in Ruhe überlegen wollte. Schon tags darauf erklärte er ihr dann mit wild entschlossener Miene, daß er sie auf der Stelle kidnappen und auf eine einsame Insel entführen würde, wenn sie nur das geringste Anzeichen eines Zweifels zu erkennen gäbe.

Die viereinhalb Monate, seit Amado ihr den Verlobungsring angesteckt hatte, waren wie im Flug vergangen. Zwischen der anstrengenden Arbeit an der Kampagne und den nicht weniger anstrengenden Hochzeitsvorbereitungen fand sie kaum noch halb soviel Schlaf wie früher. Sie befand sich in einem Zustand permanenter Erschöpfung und genoß jede Sekunde davon.

Elizabeth stellte sich auf Zehenspitzen vor die große Anzeigentafel, um die voraussichtliche Ankunftszeit von Alice' Bus besser erkennen zu können. Ihre Großmutter mußte jeden Augenblick eintreffen. Sie hatte Alice das Geld für ein Flugticket geschickt, doch diese hatte wie immer den preiswerteren Bus vorgezogen. Aus dem Zwang der früheren Jahre, da sie jeden Penny zweimal hatte umdrehen müssen, war eine Gewohnheit geworden, die sie nicht mehr ablegen konnte oder wollte. Wie hätte sie außerdem, so Alice' Worte, ihren neugierigen Freundinnen diese plötzliche Verschwendungssucht erklären sollen.

In den zwölf Jahren, seit Elizabeth aus Farmingham weggezogen war, hatten sie und ihre Großmutter sich nie länger als zwei Wochen im Jahr sehen können. Nach ihrem College-Abschluß verbrachten sie die Ferien entweder irgendwo anders, oder Alice kam nach San Francisco, wenn Elizabeth keinen Urlaub nehmen konnte. Um eine längere Abwesenheit von Farmingham zu erklären, hätte Alice komplizierte Lügengeschichten erfinden müssen, wohin sie fuhr und wen sie besuchte, und dann hätte man sie natürlich auch gefragt, woher sie das Geld für die Fahrkarte nahm. Ein Geheimnis in einer Kleinstadt wie Farmingham zu hüten war ungefähr so aussichtslos, wie einer Frau in den Preßwehen zu sagen, sie solle mit der Geburt warten, bis der Arzt kommt.

Elizabeth war nur ein einziges Mal nach Farmingham zurückgekommen, und als es an der Zeit war, wieder abzureisen, hatten beide beschlossen, daß es zu gefährlich sei, dieses Risiko nochmals einzugehen. Es wurden viel zu viele Fragen gestellt, und die Gefahr, entdeckt zu werden, war einfach zu groß. Sie hatte nicht einmal gewagt, ihr eigenes Auto zu benutzen. Was wäre gewesen, wenn sie in einen Unfall verwickelt oder bei einer Verkehrskontrolle ihr Führerschein überprüft worden wäre?

Wenn Elizabeth damals gewußt hätte, daß sie sich durch das Verlassen der Stadt den Weg zu der einzigen Person abschnitt, die sie von ganzem Herzen liebte, dann wäre sie niemals weggegangen, wie verlockend die Aussicht auf eine gute Ausbildung und ein besseres Leben auch gewesen sein mochte. Doch damals konnten weder sie noch ihre Großmutter oder George Benson absehen, welche Schwierigkeiten das Verbergen ihrer wahren Identität mit sich bringen würde.

Sie alle hatten sich von der einmaligen, unverhofften Gelegenheit blenden lassen.

Elizabeth verließ die Ankunftshalle, stellte sich draußen an die Bordsteinkante und starrte gespannt auf die Kurve am Ende der Straße, als ob der Bus dadurch früher eintreffen würde. Sie konnte es kaum noch erwarten, ihre Großmutter endlich wieder in die Arme zu schließen. Doch nach einer Weile trieben sie die Auspuffwolken der ankommenden und abfahrenden Busse wieder hinein.

Jenny war zehn Jahre alt gewesen, als sie damals auf der untersten Treppenstufe vor der Veranda ihrer Großmutter gestanden und zu der Frau mit den schwarzen Haaren und den blauen Augen hinaufgeblickt hatte, die so groß wie ihr Vater war. Ohne die hellrosa Kellnerinnenuniform mit der weißen Schürze und den klobigen weißen Schnürschuhen hätte sie vielleicht noch bedrohlicher ausgesehen. »Zehn Minuten später«, waren die ersten Worte ihrer Großmutter gewesen, »wäre ich schon auf dem Weg zur Arbeit gewesen, und ihr hättet mich verpaßt.«

Es gab keine Umarmungen, keinen Begrüßungskuß oder freundliche Willkommenswünsche, als Jenny und ihre Eltern das Haus betraten. Erst später am Abend erfuhr Jenny, daß sie ihr Kommen nicht angekündigt hatten, es war sozusagen ein Überraschungsbesuch, doch die eigentliche, die größte Überraschung – das war Jenny selbst. Alice hatte keine Ahnung gehabt, daß sie mittlerweile Großmutter geworden war. Nachdem sie zwölf Jahre kein Sterbenswörtchen von ihrer Tochter gehört hatte, stand diese plötzlich als verheiratete Frau mit einem Kind an der Hand vor ihrer Tür.

Sobald sie das Haus betreten hatten, deutete Jennys Mutter auf einen Lehnstuhl im Wohnzimmer und wies sie an, sich dort hinzusetzen und sitzen zu bleiben. Sie und Großmutter hätten etwas Wichtiges zu besprechen. Damit verschwand sie in der Küche. Eine Weile blieb Ihr Vater bei ihr im Wohnzimmer sitzen, ging dann jedoch auf die Veranda hinaus, um einen Joint zu rauchen.

Jenny saß kerzengerade auf ihrem Stuhl, die Hände auf die Armlehnen gestützt, und blickte sich schüchtern in dem Zimmer um. Noch nie war sie in einem so hübschen Haus gewesen. Auf den Arm- und Rückenlehnen des braunen Sofas lagen weiße Häkeldeckchen. Doch es sah nicht so aus, als lägen sie dort, um Löcher im Bezug zu kaschieren; jedenfalls sah sie nirgends die Füllung herausquellen. In einer Ecke stand ein Fernsehapparat, dahinter ein hohes Bücherregal, an der gegenüberliegenden Wand ein Klavier, auf dem Fotografien aufgestellt waren. Jennys Blick fiel auf eines der Bilder, das eine junge Frau mit langen Haaren und einem breiten Lächeln zeigte. Es dauerte eine Weile, bis Jenny erkannte, daß das ihre Mutter war.

Doch sie sah so ganz anders aus – genau wie die Leute, über die sie immer schimpfte und die sie »Establishment-Schweine« nannte. Das Foto verwirrte Jenny. Sie drehte sich zur Seite, um durch das Fenster nach ihrem Vater zu sehen, wobei sie aber aufpaßte, daß sie den Kontakt mit dem Stuhl nicht verlor. Sie mußte immer damit rechnen, daß ihre Mutter so wütend wurde, daß es eine Tracht Prügel setzte, wenn sie ihren Anweisungen nicht gehorchte. Außer es gab einen wichtigen Grund – wenn sie etwa auf die Toilette mußte –, blieb Jenny so lange auf dem angewiesenen Platz sitzen, bis man ihr erlaubte aufzustehen. Wie ihre Mutter zu sagen pflegte, konnte ihrer aller Leben davon abhängen, daß Jenny ein braves Mädchen war. Falls man ihre Eltern verhaften und einsperren sollte oder Männer das Haus stürmten und sie alle umbrachten, dann unter Umständen nur deshalb, weil sie nicht aufmerksam zugehört oder etwas getan hatte, das ihr verboten war.

Ihr kam es vor, als habe sie gar nicht so lange auf dem Stuhl gesessen, als die beiden Frauen aus der Küche zurückkehrten. Ihre Mutter sah sie nicht an, doch Jenny konnte an ihrem fröhlichen Gesichtsausdruck ablesen, daß alles nach ihren Wünschen gelaufen war.

Da ihr niemand erlaubte aufzustehen, blieb Jenny auch weiterhin brav sitzen, als ihre Mutter an ihr vorbei nach draußen ging. Durchs Fenster konnte sie beobachten, wie sie mit ihrem Vater sprach und dieser zustimmend nickte. Als sie fertiggesprochen hatte, stieß ihr Vater einen Jubelschrei aus, packte ihre Mutter und wirbelte sie ein paarmal lachend im Kreis herum. Kaum stand sie wieder auf ihren Füßen, da gingen beide zum Auto, stiegen ein und fuhren davon.

Jenny wartete und ließ den Wagen nicht aus den Augen, aber weder ihr Vater noch ihre Mutter drehten sich noch einmal nach ihr um. Später dann redete sie sich ein, daß ihre Mutter ihr doch zugewunken hatte, sie es aber nicht genau hatte sehen können, weil sich die Sonne im Rückfenster des Wagens spiegelte.

»Jenny?«

Der vertraute Klang dieser Stimme ließ sie herumfahren.

Mit einem leisen Freudenschrei breitete sie die Arme aus. »Großmama!«

Alice ließ ihren Koffer fallen und drückte Elizabeth an sich. Unbeweglich, wie eine Insel im Strom der aussteigenden Passagiere, verharrten die beiden Frauen in ihrer innigen Umarmung.

Alice machte sich als erste frei. »Laß dich anschauen«, sagte sie und trat einen Schritt zurück, um ihre Enkeltochter ausgiebig zu mustern. »Donnerwetter, was für eine Augenweide. Man sollte es nicht glauben, aber du wirst von Mal zu Mal hübscher.«

Elizabeth grinste. »Auf dein unparteiisches Urteil kann ich wohl immer zählen.«

Alice' Blick bleib weiter auf ihr haften. »Ist das wirklich wahr, daß wir uns unter solch glücklichen Umständen wiedersehen? Ich kann es einfach nicht fassen.«

»Es ist wahr.«

Alice legte ihren Arm um Elizabeth' Hüfte. »Mein Gott, wie ich dich vermißt habe, Jenny… oh, Verzeihung – *Elizabeth*. Die ganze Fahrt über habe ich ›Elizabeth‹ geübt, und jetzt, wo ich dich sehe, kommt mir doch wieder ›Jenny‹ über die Lippen.«

»Das macht nichts. Ich habe Amado erzählt, daß Jenny dein Kosename für mich war.«

»Du denkst aber auch wirklich an alles.«

»Wir haben es bald überstanden, Großmama. In zweieinhalb Wochen gibt es keine Elizabeth Preston mehr. Dann kannst du nach Kalifornien kommen, sooft du willst. Gleich neben Amados Haus steht ein Gäste-Cottage, wo du jederzeit wohnen kannst, umgeben von alten Eichen, ganz abgeschieden.«

»Und hast du dir auch überlegt, wie ich den Leuten in Farmingham diese Ausflüge erklären soll?«

»Wir werden uns gemeinsam schon eine schöne Geschichte ausdenken.« Sie hatten bisher so viele Hürden genommen, um dorthin zu gelangen, wo sie jetzt waren, daß Elizabeth überzeugt war, auch diese Kleinigkeit meistern zu können.

Als die beiden in dem Mercedes-Cabriolet saßen, das Amado Elizabeth zur Verlobung geschenkt hatte, und in Richtung Golden Gate Bridge fuhren, beugte sich Alice zu ihrer Enkeltochter hinüber. »Ich habe George noch kurz vor der Abreise getroffen. Er läßt dich herzlich grüßen und wünscht euch alles Gute.«

»Wie geht es Mr. Benson?« Obwohl sie längst eine erwachsene Frau war, kam es ihr komisch vor, ihn beim Vornamen zu nennen.

»Man erzählt sich, daß er zum neuen Schulleiter ernannt werden soll, wenn Mr. Moore nächstes Jahr in Pension geht.«

»Das freut mich. Diesen Posten hat er wirklich verdient.«

»Er ist mächtig stolz auf dich.«

»Manchmal frage ich mich, ob er es nie bereut hat, daß er damals für mich Kopf und Kragen riskiert hat.«

»Nicht eine Sekunde. Das hat er mir mehrmals versichert.«

»Weißt du, ich habe manchmal ein schlechtes Gewissen, weil ich mit meinem Leben nichts Sinnvolleres anfange – etwas, das Mr. Bensons Einsatz für mich wirklich rechtfertigt. Wie oft habe ich mir überlegt, daß ich in die Politik hätte gehen sollen. Vielleicht hätte ich dort etwas bewegen können.«

Alice rümpfte die Nase. »Politik?«

»Na schön, zugegeben, das ist etwas an den Haaren herbeigezogen.«

»So wie die Sensationsblätter heutzutage hinter Politikern her sind, hätten sie dich verfolgt wie ein Schwarm ausgehungerter Moskitos.«

Sie hatten das Presidio hinter sich gelassen und fuhren gerade über die Golden Gate Bridge. »Tatsache ist, daß die

Arbeit in einer Werbeagentur im allgemeinen nicht als besonders verdienstvolle und soziale Tätigkeit angesehen wird.«

»Was ist denn plötzlich in dich gefahren? Wieso zerbrichst du dir ausgerechnet jetzt über so was den Kopf?«

Bis heute war sie immer sehr darauf bedacht gewesen, daß ihre Großmutter nichts von den Zweifeln bemerkte, die sie plagten, seit sie Farmingham verlassen hatte. »Vielleicht bin ich einfach nervös wegen der Hochzeit.«

»Sobald du Mrs. Amado Montoya bist, kannst du Elizabeth Preston ein für allemal hinter dir lassen.«

»Ja, manchmal kann ich an nichts anderes denken.«

»Ich möchte doch sehr hoffen, daß dies nicht der einzige Grund für deine Heirat ist.«

Elizabeth lächelte. »Diese Frage habe ich mir anfangs tatsächlich gestellt. Doch als ich Amado dann besser kennenlernte, wußte ich auf einmal, daß ich Amado auch heiraten würde, wenn ich meinen Namen behalten müßte.«

Sie aßen in einem Restaurant in Sausalito zu Mittag. Von der Terrasse aus bot sich ein phantastischer Blick über die Bucht von San Francisco, doch sie waren beide so in ihr Gespräch vertieft, daß sie das Panorama nicht beachteten.

Alice wartete, bis sie wieder im Auto saßen, bevor sie erklärte: »Elizabeth, ich habe übrigens meine Meinung bezüglich deiner Entscheidung, Amado nichts von deiner Vergangenheit zu erzählen, geändert. Du hast recht, wenn du sagst, daß die Wahrheit eurer Beziehung mehr schaden als nützen würde. Nach allem, was du mir von ihm berichtet hast, kann ich mir gut vorstellen, daß es ihm sehr schwerfiele zu begreifen, warum du tun mußtest, was du getan hast. Sein Leben ist einfach ganz anders verlaufen als deines.«

Elizabeth hatte Alice nicht die ganze Geschichte erzählt. Sie hatte zum Beispiel Amados Geständnis ausgelassen, daß er an ihr besonders ihre Charakterstärke und Integrität liebe. »Wer weiß, vielleicht kommt eines Tages der passende

Zeitpunkt, und ich kann ihm die ganze Wahrheit über mich erzählen.«

»Bevor du das tust, erinnere dich bitte daran, was damals passierte, als du Bobbie Sue dein Geheimnis anvertraut hast.«

Das würde sie in ihrem ganzen Leben nicht vergessen. Sie waren vom ersten Schultag an unzertrennliche Freundinnen gewesen und hatten sich gegenseitig alles erzählt, was sie bewegte. Und dennoch hatte Jenny über ein Jahr verstreichen lassen, bevor sie es wagte, ihrer besten Freundin auch ihr größtes Geheimnis – wer ihre Eltern wirklich waren – anzuvertrauen.

Sie hatte allerdings nicht bedacht, daß ihr privater, intimer Zirkel auch Bobbie Sues Mutter mit einschloß. Es dauerte keinen Tag, da wußte die ganze Stadt, daß Jenny Cavanaugh die Tochter von Revoluzzern war, die im Land umherzogen und Bomben legten.

Im Laufe eines einzigen Tages war, indem sie ihrer vermeintlich besten Freundin ein Geheimnis anvertraut hatte, aus Alice Taylors reizender Enkelin ein Schmuddelkind geworden, vor dessen schlechtem Einfluß man die anderen Kinder bewahren mußte.

Als Jenny zwei Monate später die sechste Klasse beendete, durfte nicht einmal mehr die Tochter des stadtbekannten Trunkenboldes mit ihr spielen. Niemand konnte oder wollte einsehen, daß sie immer noch dasselbe freundliche Mädchen war wie damals – bevor sie ihr Geheimnis preisgegeben hatte.

Wie konnte sie auch nur einen winzigen Augenblick diese Lektion vergessen, die sie damals hatte lernen müssen?

Mehr noch, warum verschwendete sie ihre Zeit und zerbrach sich über solche Dinge den Kopf, da sie doch beinahe ihr ganzes Arbeitsleben damit zugebracht hatte, den Kunden darzulegen, daß für die meisten Menschen nicht der Inhalt, sondern das Image zählte? Wenn sie ihr Geheimnis nur diese wenigen Tage noch bewahrte und Amado und alle anderen Leute in Napa Valley in ihr weiterhin nur die adrette, unbescholtene Ms. Elizabeth Preston sahen, dann würde sie das für immer bleiben. Nach der Hochzeit konnte sie dieses Kapitel ihres Lebens endgültig vergessen und ein neues Leben beginnen.

10

Eine Fliege flog summend um Elizabeth' Stirn. Sie verscheuchte sie mit einer Handbewegung und blätterte eine Seite des Fachbuches über den Weinanbau in Australien um, in dem sie gerade las. Der Schnellkurs, den sie sich selbst als Vorbereitung auf ihre zweiwöchigen Flitterwochen in Australien verordnet hatte, würde zwar niemanden über ihre lückenhaften Kenntnisse hinwegtäuschen, doch er erlaubte ihr hoffentlich, ab und an einige Brocken in die Unterhaltung einzustreuen.

Amado hatte lange gezögert, bevor er ihr vorschlug, ihre Flitterwochen mit einigen Geschäftsbesuchen zu verbinden, da er befürchtete, sie zu kränken. Elizabeth jedoch freute sich auf diesen Vorgeschmack auf ihr künftiges Leben. Da ihre eigene Arbeit für die Montoya-Winzerei ständig an Bedeutung zunahm, war es gut zu wissen, daß Amado ein pragmatisch veranlagter Mensch war und sich deshalb nicht abgeschoben fühlen würde, wenn sie einmal keine Zeit haben sollte, ihn auf einer seiner zahlreichen Geschäftsreisen zu begleiten.

Sie warf einen Blick hinüber zu Alice, die sich auf einem der Liegestühle ausgestreckt hatte. Die Seiten der Zeitschrift auf ihrem Schoß flatterten im Wind, sie hatte den Kopf zur Seite gedreht und die Augen geschlossen. Nachdem sie in den letzten zwei Wochen von morgens bis abends fieberhaft mitgeholfen hatte, die in zwei Tagen stattfindende Hochzeit vorzubereiten, hatte Elizabeth mit Nachdruck darauf bestanden, daß sich Alice endlich einmal ausruhte. Diese hatte nur unter der Bedingung eingewilligt, daß sich auch Elizabeth ein paar Stunden freinahm. Nach dem Lunch hatten sie es sich dann im Schatten der großen Eiche bequem gemacht, die zwischen dem Gäste-Cottage und dem Haupthaus stand.

Elizabeth hatte nicht den blassesten Schimmer gehabt, wie viele unerwartete Probleme noch in letzter Minute vor einer Hochzeit gelöst werden mußten. Allein, ohne die Mithilfe von Alice und Consuela, die mit gelassener Umsicht die Vorbereitungen in die Hand nahmen, hätte sie das niemals bewerkstelligen können. Besonders jetzt, da die Dreharbeiten für die Fernsehspots, die im Herbst gesendet werden sollten, in vollem Gange waren und ihre ganze Aufmerksamkeit beanspruchten.

Wie von ihrer Seite aus nicht anders erwartet, hatte sich zwischen Amado und Alice ein freundschaftliches Verhältnis entwickelt, das genauso schnell reifte wie die Trauben in der heißen Augustsonne. Falls Alice irgendwelche Zweifel oder Bedenken bezüglich der Wahl ihrer Enkelin hegen sollte, so behielt sie diese für sich. Elizabeth gegenüber äußerte sie ausschließlich Freude darüber, daß diese einen Mann heiratete, der ihr so offensichtlich und bedingungslos ergeben war.

Als sie einen Wagen die Auffahrt hochkommen hörte, sah Elizabeth von ihrem Buch auf. Durch die dichte Hecke, die die beiden Häuser voneinander abgrenzte, erkannte sie Elanas roten BMW. Dem Knallen zuschlagender Autotüren folgte das knirschende Geräusch von Schritten auf dem Kiesweg. Doch anstatt sich Richtung Haupthaus zu entfernen, wurde das Geräusch lauter. Ob Elana sie und Alice gesehen hatte und ihnen guten Tag sagen wollte?

Um Elizabeth auf die unvermeidliche Begegnung mit seinen Töchtern vorzubereiten, hatte Amado sie vorgewarnt, daß Elana und Felicia nicht eben begeistert auf seine Heiratsabsichten reagiert hatten. Auf ihre Frage, ob sie wohl

Bedenken wegen ihres Altersunterschieds oder ihres unterschiedlichen finanziellen Backgrounds hegten, hatte er nur erwidert, daß sie gute Mädchen seien und ihre Meinung sicherlich bald ändern würden, sobald sie sie näher kennengelernt und gesehen hatten, wie glücklich ihr Vater war.

Derart gewappnet, hatte sich Elizabeth mit Elana eines Vormittags in San Francisco zum Frühstück verabredet, als sie dort geschäftlich zu tun hatte. Obwohl diese erste Begegnung nur kurz und eher formell denn freundschaftlich war, hatte Elizabeth doch den Eindruck gewonnen, daß Elana zumindest willens war, ihr eine Chance zu geben.

Felicia hingegen blieb ihr ein Rätsel. Elana und ihr Mann Edgar hatten sie an diesem Morgen vom Flughafen abgeholt, doch nach einer mehr als flüchtigen Begrüßung war Felicia gleich wieder aufgebrochen, um Freunde zu besuchen.

Elizabeth klappte ihr Buch zu und wollte gerade aufstehen, als sie Elana sagen hörte: »... nicht ins Haus gehen. Ich schwöre, Consuela kann durch zehn eiserne Türen hören ... Daddy alles brühwarm erzählen.«

»Mach dir keine Sorgen, Elana ... wir können die Hochzeit zwar nicht verhindern ... wird sowieso nicht lange halten. Es ist doch offensichtlich, daß sie nur hinter seinem ...«

Bald wurden ihre Stimmen so laut, daß Elizabeth jedes einzelne Wort verstehen konnte.

»Wenn ich nur daran denke, dreht sich mir schon der Magen um. Verflucht noch mal, wie kann man sich nur so lächerlich machen. Was er bloß an ihr findet?«

Elana lachte. »Willst du Edgars Kommentar dazu hören? Er meinte, wenn ein Mann so lange keine Frau im Bett hatte wie Daddy, dann kann auch ein Astloch im Zaun seine Reize haben.«

»Das ist vulgär. Außerdem, wer sagt denn, daß er keine Frauen gehabt hat?«

»Hast du je eine zu Gesicht bekommen?«

»Wie sollte ich?« erwiderte Felicia. »Bei dem bloßen Gedanken daran, daß er es mit einer Frau treibt, kriege ich schon eine Gänsehaut. Ich finde, er hat überhaupt kein Recht auf irgendeine Form von Vergnügen oder Glück. Nicht einmal auf eines, das so offensichtlich unecht ist wie dieses. Nicht nach alledem, was er Mutter…«

Die Schritte kamen näher. Elizabeth ließ sich in ihren Stuhl zurücksinken und versuchte, sich so klein und unauffällig wie möglich zu machen. Normalerweise betrachtete sie Lauschen als eine der widerwärtigsten Unarten, doch in diesem Fall war es eher ein Akt der Selbstverteidigung. Felicia und Elana blieben beinahe direkt hinter Elizabeth stehen. Wenn sie ihrer Umgebung nur ein bißchen mehr Aufmerksamkeit geschenkt hätten, hätten sie die beiden Frauen bemerken müssen, die auf der anderen Seite der Hecke in ihren Liegestühlen lagen.

»Von dem Frühstück mit ihr hab' ich dir ja erzählt«, fuhr Elana fort. »Ein glatter Witz. Ich hätte ihr ja vielleicht diese rührende ›Amado und ich lieben uns und wollen dich in unser Leben miteinbeziehen‹-Geschichte abgekauft, wenn sie meine Frage nach einem Ehevertrag beantwortet hätte.«

Es folgte eine Pause, dann erkundigte sich Felicia: »Wer ist denn überhaupt diese Frau, die ich heute morgen durchs Haus habe schleichen sehen?«

»Alice Soundso.«

»Na komm, stell dich nicht so dumm.«

»Ich weiß nicht mehr genau, in welcher Beziehung sie zu Elizabeth steht. Daddy hat es mir gesagt, aber ich habe nicht richtig zugehört.«

»Jedenfalls stammt sie nicht aus den Kreisen, in denen wir uns bewegen, das ist schon mal klar. Und diese Elizabeth übrigens auch nicht, wenn du mal genauer hinter ihre Fassade schaust.«

»Was hast du denn erwartet? Wenn Daddy nur einen Funken Gespür für solche Dinge hätte, glaubst du, dann hätte er sich Michael als Trauzeugen ausgesucht? Ich bitte dich! Mich wundert nur, daß er Tony nicht als Zeremonienmeister engagiert hat.«

Dieser Bemerkung folgte schallendes Gelächter.

Gleich darauf hörte Elizabeth einen zweiten Wagen den Kiesweg hochfahren, wagte aber nicht aufzustehen und nachzusehen, wer das sein konnte.

»Verdammt, da kommt Daddy«, fluchte Elana.

»Übrigens, hat er mit dir schon einmal über sein Testament gesprochen?«

»Bei unseren Telefonaten habe ich ein paarmal versucht, das Gespräch darauf zu bringen. Aber dieses Thema scheint ihm nicht sonderlich zu behagen.«

»Mag sein, aber wir dürfen die Sache auf keinen Fall schleifen lassen«, beharrte Felicia. »Dafür steht einfach zuviel auf dem Spiel.«

»Ich habe mich mit Edgars Anwalt darüber unterhalten, und der meinte, ohne Ehevertrag brauche Elizabeth nichts weiter zu tun, als Daddy zu überleben, dann ist ihr der Großteil seines Vermögens sicher.«

»So einfach lasse ich mich nicht um mein Erbe bringen«, stellte Felicia fest. Sie gingen weiter.

Zunächst konnte Elizabeth nicht genau ausmachen, welchen Weg sie einschlugen, doch dann war sie sich sicher, daß sie zum Haus hinübergingen.

»Es ist immerhin...« Der Rest von Felicias Bemerkung ging im Geräusch einer zuschlagenden Wagentür unter.

»Mein Gott, Felicia. Er würde auf der Stelle tot umfallen, wenn er gehört hätte, was du da eben gesagt hast.«

»Aber nicht doch.«

Obwohl nun nicht mehr die Gefahr bestand, entdeckt zu werden, blieb Elizabeth bewegungslos sitzen. Sie war entsetzt über das, was sie gerade gehört hatte, aber keineswegs überrascht.

»Ein reizendes Paar, die beiden«, murmelte Alice, während sie die Augen öffnete. »Da sieht man mal wieder, daß nicht nur die Kleinstädte solch schlichte Gemüter hervorbringen.«

Elizabeth legte ihr Buch auf den Rasen und rieb sich mit den Händen das Gesicht, so als wollte sie die Abscheulichkeiten abwischen, die sie hatte mitanhören müssen. »Ich hatte gehofft, du würdest tief und fest schlafen.«

»Tut mir leid, den Gefallen konnte ich dir leider nicht tun.«

»Ich begreife nicht, wie ich so naiv und blind sein konnte anzunehmen, die beiden wären froh, daß ihr Vater nach all den Jahren des Alleinseins endlich wieder eine Frau gefunden hat, die er liebt.«

»Ich hätte dich auch für klüger gehalten, Jenny... verdammt noch mal, *Elizabeth*.«

»Ja, aber du weißt doch, daß ich manchmal ganz gerne die rosarote Brille aufsetze.«

Alice schwang ihre Beine seitlich vom Liegestuhl und setzte sich auf. »Mit Elana, glaube ich, wirst du schon irgendwie zurechtkommen, doch was Felicia angeht, da sehe ich schwarz. Was meinte sie damit – nach all dem, was ihr Vater ihrer Mutter angetan hat?«

»Sophia hat Selbstmord begangen. Felicia war gerade bei ihr zu Besuch. Amado sagt, daß sie einen langen Abschiedsbrief hinterlassen hat, in dem sie ihn allein für ihr Unglück verantwortlich macht. Felicia hat ihrem Vater bis heute nicht verziehen.«

»Das ist wirklich das Schlimmste, was man seinem Kind antun kann.«

»Felicia hat Amado diesen Brief niemals gezeigt, wirft ihm aber immer wieder die eine oder andere von Sophias Anschuldigungen vor. Und natürlich gibt sie ihm nie Gelegenheit, sich zu verteidigen.«

Alice zuckte mit den Schultern. »Das einzig Gute an Felicia ist, daß sie dreitausend Meilen von hier entfernt lebt. Wenn man sich vorstellt, wie die beiden über ihren Vater herziehen – die sollten sich in Grund und Boden schämen.«

»Amado wäre am Boden zerstört, wenn er das wüßte.«

»Bist du sicher, daß er nicht doch etwas ahnt? Er mag ja vielleicht auch ein Mensch sein, der sich die Dinge manchmal etwas schöndenkt. Aber blind ist er bestimmt nicht, was seine beiden Töchter anbelangt.«

Elizabeth bückte sich, um ein Eichenblatt aus ihrer Sandale zu schütteln. »Er hätte mit mir bestimmt darüber gesprochen.«

»Ach ja? Glaubst du, er hätte zu dir gesagt: ›Hüte dich vor meinen Töchtern, das sind ganz gemeine Schlangen, die dir das Leben zur Hölle machen werden, wenn du ihnen den geringsten Anlaß dazu gibst‹? Amado liebt dich, Elizabeth, aber Elana und Felicia sind nun mal seine Töchter. Und wenn ich ihn richtig einschätze, dann ist Amado der Typ Mann, der auf sein eigen Fleisch und Blut nichts kommen läßt.« Alice erhob sich und strich sich den Rock glatt. »Wenn ihr beide ein gemeinsames Kind hättet, würde das die Situation erheblich verändern«, meinte sie nachdenklich und fügte hinzu: »Besonders, wenn es ein Sohn wäre.«

Der Gedanke, ein Kind als Faustpfand zu gebrauchen, empörte Elizabeth. »Ich möchte nicht *einen* Sohn«, erklärte sie bestimmt, »ich möchte mindestens fünf. Und fünf Töchter dazu. Eines schönen Tages wird durch dieses große, leere Haus fröhliches Kindergeschrei hallen.«

Elizabeth schlug das Herz bis zum Hals, als sie im Foyer der Weinkellerei auf das Erklingen des »Hochzeitsmarsches« wartete. Sie atmete tief durch, dann noch einmal und noch einmal.

»Mach nur so weiter, dann kippst du gleich aus den Pantinen«, flüsterte Alice ihr zu. »Das wird ein lustiges Bild abgeben, wenn ich dich den Gang entlangschleifen muß.«

»Ich begreife selbst nicht, warum ich so aufgeregt bin«, gab Elizabeth kleinlaut zu.

»Das ist dein gutes Recht – auch wenn es keinen Grund dafür gibt.«

»Consuela ist ein wahrer Engel. Ich wüßte nicht, was ich ohne sie getan hätte.«

Alice kicherte.

»Warum lachst du?«

»Ich mußte gerade daran denken, wie geschockt deine Eltern wären, wenn sie dich hier sehen würden.«

»Du meinst wegen des bourgeoisen Lebensstils, für den sich ihre Kleine entschieden hat?« Nur wenige Minuten vor dem Beginn eines neuen, sicheren Lebensabschnitts spürte Elizabeth noch immer die gewohnte Angst, was wohl die Leute von ihr denken würden, wenn sie wüßten, wer ihre Eltern waren. Würden Amados Freunde sie als seiner unwürdig betrachten? Würden sie ihr unredliche Absichten bezüglich ihrer Ehe mit Amado unterstellen?

Ließen sie diese quälenden Fragen denn nie los?

»Habe ich dir erzählt, daß Amados Freunde mir von Anfang an das Gefühl gegeben haben, als gehörte ich schon immer zu ihnen?« fragte sie Alice. Die Möglichkeit, etwas so Wunderbares zu verlieren, verstärkte nur noch ihre Angst.

»Ja, hast du«, sagte Alice sanft.

Consuela öffnete die Tür und gab Elizabeth das Zeichen vorzutreten. »Sie sehen aus wie eine Märchenprinzessin«, wisperte sie ihr zu. »Amado ist wirklich ein Glückspilz.«

Diese Worte waren wie ein Geschenk. »Ich danke Ihnen, Consuela. Sie sind ein Schatz.«

Consuelas Blick wanderte von Elizabeth zu Alice und wieder zurück. »Sie können immer auf mich zählen.«

Die ersten Takte des »Hochzeitsmarsches« erklangen. Elizabeth legte ihre Hand auf Alice' Arm. »Ich liebe dich, Großmama«, sagte sie.

»Bitte verschone mich mit weiteren Rührseligkeiten und Sentimentalitäten«, gab sie flüsternd zurück und blinzelte sich ein paar Tränen aus den Augenwinkeln. »Sonst überlege ich es mir im letzten Moment noch anders und gebe dich einfach nicht her.«

11

In die Rolle der Mrs. Amado Montoya zu schlüpfen fiel Elizabeth leichter, als sie erwartet hatte. Die zwei Wochen, die sie zusammen mit Amado in Australien verbracht hatte, waren wie im Flug vergangen. Tagsüber knüpften sie neue Bekanntschaften und Geschäftskontakte, und in den Nächten entdeckten sie das Abenteuer der Liebe. Amado war ein zärtlicher Liebhaber, dem es ebensoviel Vergnügen bereitete, sie zu verwöhnen, wie sich von ihr verwöhnen zu lassen. So hatte sie ihn eigentlich auch eingeschätzt. Was sie jedoch überraschte, war seine ungeheure Ausdauer und Phantasie.

Die Wochen nach ihrer Rückkehr waren ausgefüllt mit den Vorbereitungen für die bevorstehende Ernte und mit gesellschaftlichen Verpflichtungen, die für Elizabeth' Geschmack fast ein wenig zu zahlreich waren. Wenn nicht das Ende der Reifezeit gefeiert wurde, dann gab man bestimmt ihnen zu Ehren eine Party. Obwohl die Weinbauern und Weinhändler in Napa Valley Konkurrenten waren, verstanden sie sich allesamt als eine große Familie.

Elizabeth verbrachte jetzt zwei, drei Tage die Woche in San Francisco, wo sie die Produktion der Fernsehspots überwachte – den Teil der Werbekampagne, der am 1. November starten sollte – und thematisch mit den Anzeigen koordinierte, die im kommenden Frühjahr in allen großen Zeitschriften geschaltet werden sollten.

Mit einer Ausnahme hatten sie alle Freunde von Amado begeistert in ihren Kreis aufgenommen und ihr das Gefühl vermittelt, als gehöre sie schon immer dazu: Nur Michael Logan unterband jeden ihrer Versuche, ein freundschaftliches Verhältnis zu ihm aufzubauen. Wenn sie einen Raum betrat, so verließ er ihn. Wenn er mit Amado in der Kellerei beschäftigt war und sie sich zu ihnen gesellte, fiel ihm augenblicklich irgend etwas ein, das er noch dringend erledigen mußte. Da er wie sie auf dem Grundstück lebte und sein Büro im selben Gebäude lag wie das ihre, war es beinahe unmöglich, ihm nicht zu begegnen. Etliche Male am Tag kreuzten sich ihre Wege, und jedes Zusammentreffen war so unangenehm wie das vorangegangene.

Am frühen Vormittag hatte Amado sie gefragt, ob sie nicht Lust und Zeit habe, ihn nach Modesto zu begleiten, das einige Autostunden von St. Helena entfernt lag. Elizabeth hatte abgelehnt. Dies war ihr erster freier Tag seit über einem Monat, und sie mußte dringend einmal ausspannen. Als sie an diesem Morgen erwacht war, hatte sie sich vorgenommen, den ganzen Tag über nichts anderes zu tun, als ein wenig spazierenzugehen oder es sich mit einem Buch vor dem Kamin gemütlich zu machen.

Jetzt war es bereits Mittag, und sie hatte weder das eine noch das andere getan. Statt dessen stand sie auf der Terrasse, die Ellbogen auf die Brüstung gestützt, und hielt Alice' Brief in der Hand, der soeben angekommen war. Nachdem sie ihn zu Ende gelesen hatte, blieb sie einfach stehen und ließ ihren Blick gedankenverloren über das Tal schweifen, bis er an einem Feld von Rebstöcken haftenblieb, deren Blätter in allen Rotschattierungen leuchteten. Ein Jahr zuvor wäre ihr nur die Schönheit dieses Farbenspiels ins Auge gestochen, heute jedoch registrierte sie, daß die Zinfadel-Reben, die solches Laub hervorbrachten, krank sein mußten.

Eine Bewegung in dem Weingarten zu ihrer Rechten lenkte ihre Aufmerksamkeit von den Zinfadel-Blättern ab. Ein Mann in grünkariertem Flanellhemd und Jeans schlenderte an einer Reihe neu angepflanzter Weinstöcke vorbei, blieb gelegentlich stehen, um einen Stock genauer zu betrachten, und ging dann weiter. Es dauerte eine Weile, bis Elizabeth erkannte, daß es Michael Logan war.

Nur selten gelang es ihr, ihn anzusehen, ohne daß sich ein Schleier von Wut und Ärger über ihre Augen senkte. Er war so unglaublich stur und um nichts in der Welt bereit, ihr einen einzigen Schritt auf dem langen Weg, den sie Amado zuliebe auf sich genommen hatte, entgegenzugehen. Um Michael besser verstehen zu können, hatte sie es sich zur Gewohnheit gemacht, ihn bei den Partys, zu denen er meist auch eingeladen war, aufmerksam zu beobachten. Und soweit sie es beurteilen konnte, war sie die einzige Person, die er nicht leiden konnte.

Wenn Amado sich nicht ständig Gedanken über Michaels Verhältnis zu ihr gemacht hätte, würde sie ihn schon längst nicht mehr beachten. Mehr noch, sie hätte ihm bei passender Gelegenheit zu verstehen gegeben, daß er sich zum Teufel scheren könne. Aber da Amado so viel an ihnen beiden lag, fühlte sie sich auch weiterhin bemüßigt, sich um eine einigermaßen freundliche Beziehung zu Michael zu bemühen.

Eingedenk des Entschlusses, den sie soeben gefaßt hatte, seufzte sie resigniert, ehe sie ins Haus zurückging. Sie legte Alice' Brief in eine Schublade und holte sich eine Jacke aus dem Garderobenschrank.

Zweihundert Meter unterhalb des Hauses stand Michael und sah zu, wie Elizabeth im Haus verschwand, was ihm einen Seufzer der Erleichterung entlockte. Es war ihm nicht entgangen, daß Elizabeth ihn von der Terrasse aus beobachtet hatte, und es ärgerte ihn, daß sie es durch ihre pure Anwesenheit geschafft hatte, ihm die Freude an diesem wunderschönen Herbstmorgen zu verderben.

Nachdem er nicht mehr von morgens bis abends damit beschäftigt war, das Pressen der Trauben zu überwachen, ließ es sich nicht vermeiden, daß sie sich wieder mehrmals täglich über den Weg liefen. Also blieb ihm nichts anderes übrig, als sich entweder mit seinen Gefühlen zu arrangieren oder zu kündigen.

Er ging langsam weiter hügelabwärts und blieb kurz darauf stehen, um eine Traube abzupflücken, die man bei der Lese absichtlich hatte hängen lassen. Sie war am Weinstock eingetrocknet und hatte mittlerweile die Konsistenz und Farbe von Rosinen angenommen. Im Frühjahr wurden diese Trauben dann zusammen mit dem verfaulten Weinlaub untergepflügt, als Nahrung für die nächste Traubengeneration – ein Kreislauf, der Kontinuität und Sinn beinhaltete, die beide in der heutigen Welt abhanden gekommen schienen.

Michael spürte die Anwesenheit einer zweiten Person, lange bevor das Rascheln der Blätter ihr Näherkommen ankündigte. Er ließ die Traube auf den Boden fallen, drehte sich um und sah Elizabeth geradewegs auf sich zusteuern.

»Verdammt«, knurrte er und gab sich keine Mühe, seinen Unmut zu verbergen.

Elizabeth blieb vor ihm stehen und bedachte ihn mit einem herausfordernden Blick. »Ich möchte mit Ihnen reden.«

»Kann das nicht warten? Ich habe noch etliches in der Kellerei zu erledigen.«

»Gut, dann begleite ich Sie. Wir können uns ja auf dem Weg unterhalten.«

Michael trat unbehaglich von einem Fuß auf den anderen. Das letzte, was er im Moment ertragen konnte, war, mit dieser Frau zusammen in einem Wagen zu sitzen. »Nicht nötig, ein paar Minuten habe ich Zeit.«

Elizabeth machte noch einige Schritte auf ihn zu, um keinen räumlichen Abstand mehr zwischen ihnen zu lassen, und fuhr dann fort: »Ich glaube, es ist langsam an der Zeit, daß Sie mir offen und ehrlich sagen, was Sie gegen mich haben.«

»Eine Lehrstunde in Diplomatie scheint das nicht zu werden, sehe ich das richtig?«

»Über dieses Stadium sind wir schon längst hinaus, würde ich sagen. Außerdem, wenn es mir nicht um Amado ginge, stünde ich jetzt bestimmt nicht hier. Er klammert sich an diese absurde Idee, daß wir Freunde werden sollten.«

Michael schob die Hände in seine hinteren Jeanstaschen. »Ich fürchte, er hat seine Erwartungen etwas hoch angesetzt. Ich sehe keine Möglichkeit …«

»Mir ist auch nicht sonderlich viel an Ihrer Freundschaft gelegen, aber könnten Sie mir vielleicht trotzdem erklären, was ich getan habe, das Sie derartig gegen mich aufgebracht hat?«

Michael hatte eigentlich wenig Lust, sich mit ihr über dieses Thema zu unterhalten, andererseits reizte es ihn, ihre Herausforderung anzunehmen. »Ich habe grundsätzlich etwas gegen Abstauberinnen. Allein beim Gedanken an solche Frauen dreht sich mir der Magen um. Und ganz besonders, wenn es sich bei dem Opfer um meinen besten Freund handelt.«

»Verstehe. Sie glauben also, ich hätte Amado nur seines Geldes wegen geheiratet.«

»Wollen Sie das vielleicht abstreiten?«

»Wie kommt es, daß Sie und seine reizenden Töchter die einzigen sind, die mir solche Absichten unterstellen?« Sie schob die Vorderteile ihrer Jacke auseinander und stützte die Hände in die Hüften. »Sagen Sie schon. Glauben Sie wirklich, Amado hätte als Mann so wenig zu bieten, daß eine Frau ihn nur seines Vermögens wegen heiraten könnte?«

»Amado kennt eine Menge Frauen, die besser zu ihm …«

»Aha, das ist es also. Es geht gar nicht ums Abstauben, sondern um meine Person. Ist es mein Aussehen?« bohrte sie weiter. »Mal sehen, vielleicht liegt es an meiner Haarlänge? Oder etwa an der Augenfarbe? Nein, warten Sie, jetzt hab' ich's. Wahrscheinlich kann ich Amado deshalb nicht wirklich lieben, weil er viel älter ist als ich. Hab' ich richtig geraten?«

»Er könnte Ihr Vater sein.«

»*Mein* Vater gewiß nicht«, stellte sie klar. »Die beiden haben nicht das Mindeste gemein.«

Bei dieser Antwort horchte er auf. Das Funkeln in ihren Augen verriet ihm, daß in ihr sehr viel mehr aufgestaute Wut schlummerte, als sie zeigte. »Schauen Sie, auf mich wartet noch jede Menge Arbeit, und diese Unterhaltung führt zu rein gar nichts.«

»Sie sollten nur wissen, daß ich vorhabe, mein restliches Leben hier zu verbringen. Und das kann eine lange Zeit für zwei Menschen werden, die sich nicht riechen können.«

»Da haben Sie recht«, stimmte er zu, zog die Hände aus den Taschen und schickte sich an zu gehen.

Sie stellte sich ihm in den Weg. Als er versuchte, an ihr vorbeizugehen, hielt sie ihn am Arm fest. »Das hier soll kein Machtkampf sein, Michael. Es muß nicht auf ›Sie oder ich‹ hinauslaufen.«

»Was erwarten Sie denn von mir, Elizabeth?«

»Aufgeschlossenheit und Unvoreingenommenheit.«

Er dachte über diese Forderungen nach. »Das ist fair. Aber was ist, wenn sich herausstellt, daß ich doch recht habe?«

»Das wird nicht passieren.«

»Können Sie wirklich und wahrhaftig behaupten, daß Amados Vermögen nichts mit Ihrer Entscheidung, ihn zu heiraten, zu tun hatte?«

»Ja.«

Eine andere Antwort hatte er von ihr nicht erwartet. Mehr überraschte ihn, daß er es gerne glauben wollte. Und trotzdem ließ er es sich nicht nehmen, daß Elizabeth irgend etwas verbarg. Er liebte Amado, aber er war nicht blauäugig. Kein Mann, der zwanzig Jahre wie ein Mönch gelebt hatte, konnte noch über soviel Libido verfügen, um eine Frau wie Elizabeth zu befriedigen.

Sie war so gottverdammt schön – genau die Art von Frau, die einen Mann am Abend alle Mühen des Tages und unbezahlte Rechnungen vergessen lassen konnte. Er wußte genau, wie weit eine schöne Frau wie Elizabeth einen Mann in seine Träume hinein verfolgen konnte. Sie brauchte nur mit dem kleinen Finger zu winken, und die halbe männliche Einwohnerschaft von San Francisco würde ihr zu Füßen liegen. Warum aber ausgerechnet Amado?

»Nun, könnten Sie sich damit arrangieren?«

»Im Augenblick, ja.«

Sie gab seinen Arm frei und streckte ihm ihre Hand entgegen. »Zumindest sind wir jetzt einen kleinen Schritt weiter als vor einer Stunde.«

Als Amado an diesem Abend nach Hause kam, fand er Elizabeth im Schlafzimmer vor dem Frisiertisch, wo sie sich gerade das Haar bürstete. Als sie ihn in der Tür stehen sah, stand sie auf, ging ihm entgegen und begrüßte ihn mit einem Kuß. »Ich dachte schon, du würdest über Nacht in Modesto bleiben.«

»Ich habe tatsächlich mit dem Gedanken gespielt, doch als ich mir dann vorstellte, wie du hier vor dem Spiegel sitzt und dein Haar kämmst, saß ich auch schon im Auto.« Er legte ihr die Hände auf die Schultern und küßte ihren Hals.

»War dein Meeting erfolgreich?«

»Das erzähle ich dir morgen früh.«

»Du mußte ganz erschöpft sein.«

»Ja, das war ich, aber nur so lange, bis ich dich hier sitzen sah.« Er fuhr mit dem Daumen unter die Träger ihres seidenen Nachthemds, streifte sie über die Schulter und preßte seine Lippen auf den Ansatz ihrer Brüste.

»Mmm.« Sie drückte ihren Rücken durch und hielt den Atem an, als seine Lippen weiter nach unten wanderten und seine Zunge ihre Brustwarzen umkreiste. »Ich glaube fast, du hast mich vermißt.«

»Was habe ich nur für eine kluge Frau.« Er zog sein Sakko aus, führte Elizabeth hinüber zum Bett und legte sich neben sie.

»Ich habe auch eine Neuigkeit für dich, aber das kann warten.«

Amado stützte sich augenblicklich auf die Ellbogen und sah sie erwartungsvoll an. »Bist du sicher?«

Die Aufregung, die in seiner Stimme mitschwang, ließ keinen Zweifel darüber offen, woran er dachte. Sein Wunsch, ihr das ersehnte Kind zu schenken, setzte manchmal sein logisches Denkvermögen außer Kraft. Sie zog ihn an seiner Krawatte zu sich heran und gab ihm einen Kuß. »Nein, das ist es nicht.«

Der enttäuschte Gesichtsausdruck verschwand genauso schnell, wie er gekommen war. Sein Blick verschleierte sich und verhieß jetzt nur noch leidenschaftliche Begierde. »Dann ist es wohl unsere Pflicht, es weiter zu probieren. Ich möchte mir nicht den Vorwurf machen müssen, nicht jede Gelegenheit genutzt zu haben.«

Beim Frühstück am nächsten Morgen berichtete Amado, was er in Modesto zu erledigen hatte. »So, das wäre also das versprochene Hochzeitsgeschenk.« Er wirkte überaus zufrieden mit sich, als er ihr nochmals Kaffee nachschenkte. »Sag mir, wie fühlst du dich als Besitzerin eines eigenen Weinbergs und einer eigenen Winzerei?«

Sie war zu überrascht, um überhaupt irgend etwas zu fühlen, geschweige denn die Konsequenzen und Bedeutung dessen, was er ihr gerade eröffnet hatte, zu beurteilen. »Ich weiß es nicht«, antwortete sie wahrheitsgetreu. »Außerdem, ich dachte, der Mercedes war …«

Ohne auf ihre Verwirrung Rücksicht zu nehmen, fuhr er fort: »Modesto wird das Rückgrat der Tafelweine sein. Die Rebstöcke dort sind kräftig und gesund, und die Winzerei selbst ist nach Michaels Ansicht erstklassig in Schuß. Wir werden sofort mit der Expansion beginnen, was natürlich bedeutet, daß wir die bestehenden ...«

»Michael weiß Bescheid?«

»Eine so wichtige Entscheidung würde ich niemals treffen, ohne mich vorher mit ihm zu besprechen.« Er brach ein Stück Toast ab und bestrich es dick mit Consuelas selbstgemachter Erdbeermarmelade.

»Wird er an diesem Projekt beteiligt sein?«

Amado hob fragend eine Braue. »Selbstverständlich. Seitdem er für mich arbeitet, wartete er auf die Gelegenheit, mit der Herstellung qualitativ hochwertiger Tafelweine zu experimentieren. Macht es dir etwas aus, wenn er sich diesen Traum mit Hilfe deiner Rebstöcke und deiner Winzerei erfüllt?«

»Natürlich nicht... nun ja, in gewisser Weise doch. Hast du ihm auch erzählt, daß du mich an diesem Projekt aktiv beteiligen willst?«

»Ich bin sicher, daß er das schon selbst herausgefunden hat. Er weiß doch, wieviel mir daran gelegen ist, daß ihr beide einen Weg findet, um zusammenzuarbeiten. Und was würde sich da Besseres anbieten?«

»Es gibt Dinge, Amado, die lassen sich nicht einfach so übers Knie brechen.«

»Dieses Projekt ist eine Ausnahme, glaube mir. Du und Michael, ihr seid dazu bestimmt, Freunde zu werden.« Er kicherte. »Ihr habt eine Menge gemeinsam. Erstens mich – und zweitens die Sturheit, die jeden Esel vor Neid erblassen ließe.«

»Ich hoffe, du behältst recht.«

»Und nun zu deinen Neuigkeiten.«

Sie dachte an den halbherzigen Waffenstillstand, den sie am Tag zuvor mit Michael geschlossen hatte, und wie belanglos ihr dieser jetzt schien. »Ach, das war nichts von Bedeutung«, wiegelte sie ab und hoffte insgeheim, daß sich diese Prophezeiung nicht bewahrheiten würde.

12

Das schrille Klingeln des Telefons schreckte Elizabeth aus dem Tiefschlaf. Sie tastete nach dem Hörer, blinzelte ein paarmal und versuchte, die Uhrzeit auf ihrem Digitalwecker zu erkennen. »Hallo?«

»Liebling, verzeih mir, ich hab' dich aufgeweckt, nicht wahr?« hörte sie Alice sagen.

Es war halb sieben. »Macht nichts«, antwortete Elizabeth, »ich muß sowieso gleich aufstehen.«

»Soll ich später noch mal anrufen? Eigentlich gibt es nichts Wichtiges.«

Elizabeth lehnte ihr Kissen gegen das Kopfende und setzte sich auf. »Ich vergebe dir – solange du angerufen hast, um mir zu sagen, daß du uns schon früher besuchen kommst.«

»Mein Besuch ist einer der Gründe meines Anrufs.« Sie machte eine kurze Pause. »Aber bitte geh jetzt nicht in die Luft. Ich habe mir meinen Entschluß reiflich überlegt.«

»Das hört sich schon mal gar nicht gut an. Wozu hast du dich denn entschlossen?«

»Arnie hat schon wieder eine Kellnerin verloren …«

»Das darf doch nicht wahr sein«, murmelte Elizabeth.

»Es ist doch nur stundenweise. Ich habe ihm erklärt, daß ich meinen Bridge-Nachmittag und meine Chorproben auf keinen Fall versäumen möchte, also hat er mich dienstags und donnerstags nicht eingeteilt. Und er hat sich einverstanden erklärt, die Stundenzahl so niedrig zu halten, daß ich meine Sozialhilfe nicht verliere.«

»Wenn du Geld brauchst, dann werde …«

»Wehe, du schickst mir wieder einen Scheck. Ich habe dir doch gesagt, daß ich prima zurechtkomme. Daß ich wieder zu arbeiten anfange, hat mit Geld überhaupt nichts zu tun. Es tut mir einfach gut, mal wieder etwas Beschäftigung zu haben.«

Amado stöhnte verschlafen, drehte sich um und legte seinen Kopf in Elizabeth' Schoß.

Elizabeth war zutiefst enttäuscht. Nicht nur, weil sie sich so sehr darauf gefreut hatte, Alice das Napa Valley im Frühlingskleid zu zeigen, sondern weil sie schon seit Monaten das dringende Bedürfnis verspürte, ihre Großmutter zu sehen. Sie hatte sich sogar überlegt, ob sie nicht noch einmal versuchen sollte, sie zu überreden, ganz zu ihr nach Kalifornien zu ziehen. »Ich nehme an, du kannst so bald noch keinen Urlaub nehmen, stimmt's?«

»Gibt es einen bestimmten Grund, warum ich schon jetzt kommen soll statt im Sommer?«

Oberflächlich betrachtet war dies eine ganz einfache Frage. Doch das, was ungefragt blieb, versetzte Elizabeth einen Stich in die Herzgegend. »Nein, eigentlich nicht...« Nun war es heraus. Sie war nicht schwanger. Sieben Monate schon probierten sie vergebens. Sie hätte Alice gern von dem Spezialisten für Unfruchtbarkeit erzählt, bei dem sie in zwei Wochen einen Untersuchungstermin hatte, aber das sollte Amado nicht wissen.

Mit ihrer freien Hand strich sie Amado eine Haarsträhne aus der Stirn. Er seufzte wohlig und kuschelte sich noch tiefer in ihren Schoß. »Nach den letzten Kampagnen rennen uns die Großhändler die Türen ein. Einige von ihnen wollen mit Amado sogar Exklusivverträge abschließen.« Sie lächelte bei dem Gedanken daran. »Aber er war so klug abzulehnen.«

»Dank dir und Michael«, murmelte Amado.

»Den Valentinstag-Spot fand ich wirklich toll«, sagte Alice. »Eine gute Idee zu zeigen, daß man im Haus ein Picknick veranstalten kann und welcher Wein am besten dazu paßt. Einfach genial. Besonders gelungen fand ich die Schlußszene mit dem Pärchen in der Badewanne.«

»Wir waren nicht sicher, ob wir damit nicht bei der Zensur anecken, aber die Szene ging glatt durch. Ich vermute, die Herren waren an dem Tag so mit Vorabendkomödien beschäftigt, daß sie für uns keine Zeit mehr hatten.«

»Und wie geht's mit dir und Michael?«

»Besser. Aber das liegt wahrscheinlich daran, daß er neuerdings viel Zeit in der neuen Winzerei in Modesto verbringt und wir uns nur selten sehen.«

»Quatsch. Ich wußte doch, wenn er erst mal seine Scheuklappen abgenommen hat, wird er dich genauso mögen wie wir anderen auch.«

»Du ziehst da offenbar voreilige Schlüsse, meine Liebe.« Nur weil sie und Michael sich nicht mehr in aller Öffentlichkeit bekriegten, hieß das noch lange nicht, daß sie Freunde geworden waren. Ihre Beziehung glich eher der von Bürgern verfeindeter Staaten, die kürzlich das Kriegsbeil begraben hatten, sich aber weiterhin argwöhnisch beobachteten.

»Ich sollte mich wohl besser auf meine Arbeit konzentrieren.«

Die Begeisterung in ihrer Stimme war nicht zu überhören. »Übernimm dich nicht, Großmama. Ich liebe dich.«

»Ich dich auch, mein Herzblatt.«

Elizabeth legte den Hörer auf. Im selben Moment zog Amado sie in seine Arme. »Du konntest Alice also nicht zu einem Besuch überreden?«

»Allmählich habe ich das Gefühl, ich sehe sie überhaupt nicht mehr wieder.«

»Was hält dich denn davon ab, dich einfach ins nächste Flugzeug zu setzen und sie zu besuchen?«

Sie merkte, daß sie Amado gegenüber unvorsichtig zu werden begann. »Nun, vielleicht nehme ich dich wirklich beim Wort, sobald das Konzept für die Herbstkampagne steht.«

Sie und Alice hatten bereits ausführlich besprochen, wie sie ihre angeblichen Besuche in Farmingham handhaben würden. Solange sie die Besuche zeitlich so legte, daß Amado sie aus geschäftlichen Gründen nicht begleiten konnte, brauchte sie sich nur in ein Flugzeug zu setzen und für eine Woche von der Bildfläche zu verschwinden. Alice würde in

Farmingham bleiben und etwaige Telefonanrufe entgegennehmen. Nach einigen dieser Besuche wollte sie Amado dann erklären, wie wenig Freude es ihr mache, ohne ihn zu verreisen. Und mit ein bißchen Glück wäre das Thema Heimatbesuche damit erledigt.

Amado rutschte unruhig hin und her, zog dann eine Grimasse, als habe er Schmerzen, und legte sich stöhnend auf den Rücken. Elizabeth setzte sich auf und betrachtete ihn besorgt. »Was hast du denn?«

»Nichts Schlimmes.« Er fuhr sich mit der Hand über die Brust. »Muß mir gestern, als ich mit Tony im Weinberg war, einen Muskel gezerrt haben.«

»Soll ich dich massieren?«

Er antwortete ihr mit einem lüsternen Grinsen. »Nur ein Idiot würde so ein Angebot ausschlagen.«

Sie knuffte ihn liebevoll in den Oberarm. »Dreh dich um.«

»Es ist nicht der Rücken«, erklärte er und zog mit dem Finger eine imaginäre Linie über seine Brust. »Hier tut es weh.«

Elizabeth setzte sich bequem zurecht und begann, die Muskeln entlang seines Brustkorbes zu massieren.«

»Ah, das tut gut«, seufzte er. Und ein wenig später: »Ein bißchen tiefer, bitte.« Ihre Hände glitten hinab zu seinen Hüften. Nach einer weiteren Minute meinte er: »Du hast wahre Zauberhände. Geht es noch ein bißchen tiefer?«

Sie lachte. »Und ich wollte dir gerade einen Vortrag darüber halten, daß du dich nicht überanstrengen solltest.«

Amado zog sie zu sich heran, bis sie rittlings auf ihm saß. »Ganz im Gegenteil. Ich werde mich ab jetzt noch viel mehr anstrengen. Ich hatte ja keine Ahnung, daß du so eine gute Krankenschwester bist.«

Er war kurz vor dem Höhepunkt. Elizabeth schloß die Augen und sprach ein stilles, inbrünstiges Gebet, daß dies der Tag sein möge, an dem sie das ersehnte Kind zeugten – das Kind, das sie zu einer richtigen Familie machen würde. Offensichtlich wurde ihr Gebet erhört.

Einen Monat später saß Elizabeth im Sprechzimmer des Gynäkologen und wartete bereits seit einer halben Stunde auf dessen Erscheinen, nachdem die Sprechstundenhilfe sie mit dem üblichen Versprechen »Der Doktor kommt gleich« dort hatte Platz nehmen lassen.

Sie holte die Broschüre *Unfruchtbarkeit und ihre Behandlung* aus der Handtasche und studierte sie nochmals eingehend. Sie hatte keine Vorstellung davon gehabt, daß es im Körper einer Frau so viele Dinge gab, die nicht richtig funktionieren konnten. Aus ihrer Zeit in Farmingham konnte sie sich an keinen einzigen Fall von ungewollter Kinderlosigkeit erinnern. Aber andererseits war das auch kein Thema, über das man mit seinem Nachbarn am Gartenzaun sprach.

Als Dr. Steele dann endlich erschien, sah er nicht von der Akte auf, die er im Gehen durchlas, sondern stellte nur die obligatorische Frage: »Und wie fühlen Sie sich, Mrs. Montoya?«

Elizabeth war zwar etwas verwundert über diese Frage, besonders in Anbetracht des Grundes, warum sie ihn aufgesucht hatte, antwortete jedoch freundlich: »Danke, gut.«

Auf dem Weg zu seinem Schreibtisch tätschelte er ihr aufmunternd die Schulter, bevor er sich ihr gegenüber niederließ. Er hatte sie immer noch nicht richtig angesehen. »Wie Ihnen meine Assistentin sicherlich bereits mitgeteilt hat, liegen die Röntgenergebnisse jetzt vor.«

Ihr war, als warte sie schon eine Ewigkeit auf diesen entscheidenden Augenblick. Ihre Hände umklammerten die Armlehnen, und ihre Finger gruben sich in den flauschigen Bezugsstoff, als hinge ihr Leben daran. Wenn Dr. Steele sich nicht zu einem spontanen Kurzurlaub entschlossen hätte, hätte sie die Ergebnisse bereits vor einer Woche erfahren können. Doch weder der Röntgenarzt noch die Laboranten waren bereit gewesen, ihr irgendwelche Auskünfte zu erteilen. Sie bestanden darauf, daß nur der Doktor selbst befugt sei, ihr die Ergebnisse mitzuteilen.

»Ich befürchte, es ist sogar noch komplizierter, als ich zunächst vermutet hatte.« Er blätterte weiter in ihrer Akte. »Beide Eileiter sind verklebt und absolut undurchlässig. Natürlich kann ich erst nach einer Laparoskopie genauere Einzelheiten feststellen, doch ich fürchte, daß das Ergebnis nicht sonderlich positiv ausfallen wird.«

Elizabeth schluckte ein paarmal kräftig gegen den Kloß in ihrem Hals an. »Lassen Sie uns mal vom schlimmsten Fall ausgehen. Angenommen, meine Eileiter ließen sich nicht mehr instand setzen – welche Möglichkeit gäbe es dann noch für mich?«

Er warf ihre Akte auf den Schreibtisch. »Ich halte nichts von derartigen Spekulationen, solange nicht alle Details abgeklärt sind. Für meinen Teil sehe ich lieber optimistisch in die Zukunft und versuche, das Problem Schritt für Schritt zu lösen.«

Elizabeth spürte kalte Wut in sich aufsteigen. Wenn dieser Dr. Steele für diese Klischees genauso viel berechnet wie für seine ärztliche Kunst, dann war es um seine Finanzen sicher nicht schlecht bestellt. Wie konnte ein Mann, der quasi von der Not der Frauen lebte, sich ihnen gegenüber so gottverdammt herablassend benehmen? »Vergessen Sie Ihren Optimismus, Dr. Steele. Ich will jetzt von Ihnen wissen, welche realistischen Chancen ich habe, jemals ein Kind zu bekommen.«

Jetzt sah er sie an. »Soweit ich sehe, müßte ein medizinisches Wunder geschehen, damit Sie schwanger werden. Und selbst dann würde es mich sehr wundern, wenn Sie das Kind auch bis zum Ende austragen könnten.«

»Und warum?«

»Ihre Gebärmutter ist extrem...« – »Und was sollen dann noch weitere Tests bringen?« Die Fakten waren deutlich genug, auf Einzelheiten konnte sie gut verzichten. »Was soll ich darauf antworten? Wunder geschehen immer wieder.«

Es kostete sie ungeheuer viel Anstrengung, ihre Handtasche zu nehmen und sich zu erheben, ohne ihn merken zu lassen, daß sie total am Boden zerstört war. »Ich glaube nicht an Wunder, Dr. Steele.«

»Mit der Zeit werden Sie anders darüber denken. Und dann wissen Sie ja, wo Sie mich finden.«

Sie stutzte und erinnerte sich an das japanische Sprichwort, das einer ihrer Professoren einmal zitiert hatte: ›Wer bei einem Streit zuerst die Stimme erhebt, hat schon verloren.‹

»Ich hoffe, Sie besitzen Schlittschuhe«, sagte sie mit zuckersüßer Stimme.

»Wie bitte?«

Sie wunderte sich, daß er als Kenner der Wunder nicht selbst auf die Pointe kam. »Nun, die werden Sie brauchen … wenn es in der Hölle gefriert.«

Als Elizabeth an diesem Nachmittag nach Hause kam, erfuhr sie von Consuela, daß Amado nach Modesto gefahren war und wahrscheinlich über Nacht dort bleiben würde, weil es Probleme mit dem Aufstellen der neuen Edelstahlfässer gegeben habe. Eine Stunde lang wanderte sie unruhig im Haus umher, dann entschloß sie sich zu einem Spaziergang durch die Weinberge, in der Hoffnung, der Anblick der gerade aufgeblühten Senfblumen und des jungen Grüns würde sie ablenken. Aber das half auch nichts. Ihre Gedanken kreisten unaufhörlich um das Kind, das sie niemals in ihren Armen halten würde.

Wenn doch Amado nur nicht seine ganzen Zukunftsperspektiven auf dieses Kind konzentrieren würde.

Sie zwang sich, an etwas anderes zu denken. Dieser hoffnungslose Traum schwebte wie ein schwerer dunkler Schatten über ihr und raubte ihr alle Lebenskraft. Wenn sie nicht bald etwas gegen diese trüben Gedanken unternahm, würde ihre Traurigkeit sie wieder erdrücken. Es gab nur einen Ausweg: ihre Arbeit, das hatte bisher immer gewirkt. Nur wenn sie sich jetzt auf irgendein kompliziertes Problem stürzte, konnte sie den Rest des Tages überstehen, ohne zusammenzuklappen. Nachdem sie Consuela gesagt hatte, wo sie zu erreichen sei, falls Amado anrief, machte sie sich auf den Weg in ihr Büro.

Elizabeth hatte jegliches Zeitgefühl verloren, als es an ihrer Tür klopfte. Sie sah auf und stellte fest, daß es draußen schon dunkel war. »Herein.«

Michael steckte den Kopf zur Tür hinein. »Oh, ich dachte, Amado sei hier.«

»Er ist in Modesto.«

»Ich weiß, aber als ich das Licht sah, dachte ich, er sei vielleicht doch schon heute zurückgekommen.« Er wandte sich zum Gehen. »Verzeihen Sie die Störung.«

»Moment noch!«, rief sie, erstaunt über ihr Ansinnen. Sie verstand ihr Bedürfnis nach Gesellschaft, nur die Wahl derselben erstaunte sie. »Ich würde gerne mit Ihnen reden, wenn Sie ein paar Minuten Zeit haben.«

»Worüber denn?«

Gute Frage. »Über die Winzerei.«

Er warf einen Blick auf die Wanduhr hinter ihrem Schreibtisch. »Können Sie sich kurzfassen? Ich habe um halb acht einen Termin.«

Das hätte sie wissen müssen. Erzählte man sich doch, daß Michael selten ein Wochenende allein verbrachte. Sie drehte sich mit ihrem Stuhl herum, um zu sehen, wieviel Zeit ihr noch blieb. Sieben Uhr war bereits vorbei. »Wir können es auch gerne verschieben.«

Er runzelte die Stirn.

»Wenn es sehr wichtig ist ...«

»Nein ... ist schon in Ordnung. Das hat Zeit.«

Michael kam nun ganz zur Tür herein. Ungewohnt freundlich sagte er: »Lassen Sie mich das nur selbst entscheiden, ja?«

O Gott, sah sie wirklich so elend aus? »Ich brauche Ihr Mitgefühl nicht«, schnappte sie. »Warum gehen Sie nicht einfach und kommen Ihren Verpflichtungen nach?«

Er zog sich einen Stuhl an ihren Schreibtisch, drehte ihn um und setzte sich, die Ellbogen auf die Lehne gestützt, rittlings darauf. »Ich Sie bemitleiden?« Er schüttelte den Kopf. »Niemals. Und wenn man Sie in Honig getunkt und an einen Ameisenhügel festgebunden hätte.«

»Vergessen Sie meine Frage, okay? Was ich wissen will, kann mir Amado auch sagen.« Damit schwang sie ihren Drehstuhl herum.

Michael packte die Lehne und drehte den Stuhl wieder zurück, so daß sie ihn ansehen mußte.

»Schauen Sie, wie wir beide wissen, hat sich unser Verhältnis nicht so brillant entwickelt, daß Sie mich um ein Gespräch bitten würden, wenn es nicht absolut notwendig wäre. Also, warum sagen Sie mir nicht einfach, was Sie auf dem Herzen haben?«

»Ich spreche doch andauernd mit Ihnen.«

»O ja, ab und zu ringen Sie sich ein ›Guten Morgen, Michael‹ ab, oder ›Haben Sie Amado gesehen?‹ Ein- oder zweimal haben Sie mir sogar eine gute Nacht gewünscht, als ich das Büro verließ. Aber als Gespräch würde ich das nicht bezeichnen.«

»Soll das heißen, Sie haben sich mir gegenüber soviel Mühe gegeben, daß Sie mehr von mir erwarten könnten?«

»Warum sollte ich? *Sie* glauben doch, wir müßten Freunde werden.«

»Bitte gehen Sie. Ich habe wirklich Besseres zu tun, als meine Zeit mit solchen kindischen Spielereien zu vertrödeln.«

»Jetzt haben Sie mich aber wirklich neugierig gemacht.« Er verschränkte die Arme auf der Stuhllehne und stützte sein Kinn auf. »Haben Sie Probleme mit einem der Großhändler?«

Vor einigen Wochen, als es bei ihrer Arbeit an der Kampagne einen kurzen Leerlauf gab, hatte Amado ihr vorgeschlagen, sich in der Zwischenzeit mit dem Vertriebssystem der Winzerei vertraut zu machen. Es war ein kleiner Wink mit dem Zaunpfahl, wodurch er seiner Erwartung Ausdruck gab, daß sie in absehbarer Zeit diesen Teilbereich des Unternehmens leiten sollte.

Er hatte ihr auch gesagt, daß sie sich mit Fragen jederzeit an Michael wenden könne, der bereits Bescheid wisse. Aber dafür war es noch zu früh. Sie hatte sich noch nicht weit genug in die Materie eingearbeitet, um halbwegs intelligente Fragen stellen zu können.

Aber irgend etwas mußte sie sagen, deshalb meinte sie: »Ich habe mir gerade überlegt, was Sie von Amados Plan halten, den Weinberg in Healdsburg zu kaufen, den er sich letzte Woche angeschaut hat.«

»Glauben Sie, ich könnte ihn da irgendwie beeinflussen?«

»Er hört doch auf Sie.«

»Verstehe.« Er neigte den Kopf ein wenig zur Seite und musterte sie eingehend. »Könnte Ihre Frage bedeuten, daß Sie diese Idee nicht so gut finden und hoffen, ich könnte Amado von diesem Kauf abhalten, falls ich ebenso darüber dächte?«

»Ich mache mir Sorgen um ihn.« Es war das erste Mal, daß sie dieses Gefühl offen aussprach. »Er ist wie ein Kind, das mitten in einem Haufen Bauklötze sitzt und einen Stein auf den anderen setzt, ohne daran zu denken, daß der Turm umkippen wird, wenn er das Fundament nicht ausbaut.«

»Und ich soll nun glauben, daß Ihnen das wirklich Kopfzerbrechen macht, obwohl Amado Ihnen bereits das Modesto-Unternehmen überschrieben hat?«

Sie warf ihm einen angeekelten Blick zu. »Werden Sie es denn niemals leid, immer nur das Schlechteste von mir anzunehmen?«

»Keineswegs. Das bereitet mir nicht die geringste Mühe.«

»Es tut mir leid, daß ich Ihre kostbare Zeit verschwendet habe.«

Er machte keine Anstalten zu gehen. »Würden Sie mir jetzt verraten, was Sie wirklich bedrückt?«

Seine scharfe Beobachtungsgabe brachte sie etwas aus der Fassung. »Nein.«

»Und warum nicht? Einen objektiveren Zuhörer können Sie sich gar nicht wünschen.«

Plötzlich stieg eine unendliche Traurigkeit in ihr auf, und sie hatte das Gefühl zu platzen, wenn sie nicht bald offen mit jemandem über ihre Probleme sprechen konnte. Aber nicht mit Michael. Mit jedem anderen, nur nicht mit ihm. »Es sind private Dinge.«

Die Verzweiflung, die in ihrer Stimme mitschwang, vertrieb das kampflustige Blitzen aus seinen Augen. »Ich habe den Eindruck, daß ich Sie um Verzeihung bitten muß. Sie haben offensichtlich an einem schwerwiegenden Problem zu knabbern, und es war unfair von mir, Sie so zu piesakken.«

Seine Feindseligkeit konnte sie ertragen, seine Freundschaft nicht. Sie spürte, wie ihre Augen feucht wurden. »Wenn Sie jetzt nicht gehen, kommen Sie zu spät zu Ihrer Verabredung.«

»Das wäre nicht das erste Mal.«

Ihre Kehle brannte vor Anstrengung, die Tränen zurückzuhalten. »Ich möchte das nicht. Bitte … gehen Sie jetzt.«

»In Ordnung. Wenn Sie das wirklich wollen.« Er stand auf und ging zur Tür. Mit dem Rücken zu ihr sagte er: »Ihnen ist doch klar, daß Sie es uns jetzt verdammt unmöglich gemacht haben, so weiterzumachen wie bisher.«

»Warum?«

Er drehte sich zu ihr um. »Ich glaube, ich könnte tatsächlich anfangen, Sie zu mögen.«

»Das legt sich wieder. Warten Sie nur ein paar Tage ab.«

Ein Blick auf die Uhr auf seinem Armaturenbrett sagte Michael, als er den Laster vor seinem Haus parkte, daß er nie und nimmer rechtzeitig zu dieser Party kommen würde. Normalerweise machte es nichts, wenn er sich ein wenig verspätete, doch dies war eine dieser Detektiv-Partys, wo jeder in einer Maskierung erscheinen mußte und es darum ging, im Laufe des Abends herauszufinden, wer der Mörder war.

Irgendwann während der letzten Stunde hatte er die Lust auf derartige Spielchen verloren, aber wenn er nicht hingehen würde, wäre den anderen Gästen der Abend verdorben. Was nun, wenn ausgerechnet er der Mörder war?

Eine Viertelstunde später saß er wieder in seinem Laster, als wettergegerbter Kapitän verkleidet, und sah dem Abend nicht erwartungsvoller entgegen als vorher.

Auf dem Weg nach St. Helena kam ihm Elizabeth' Mercedes entgegen. Er winkte, doch er war sich nicht sicher, ob sie ihn erkannt hatte. Im selben Moment überwältigte ihn das unerwartete Bedürfnis, auf der Stelle umzudrehen und ihr hinterherzufahren, um das begonnene Gespräch zu beenden.

Plötzlich wurde ihm klar, daß sich seine Gefühle ihr gegenüber in den letzten Monaten drastisch verändert hatten. Seine Stirn legte sich in Falten, als er herauszufinden versuchte, wann und warum er seine Meinung über sie geändert hatte.

Und plötzlich wußte er es. Das Bild von Susan war verschwunden, wenn er Elizabeth ansah. Jetzt, im nachhinein, konnte er sich kaum noch vorstellen, wie er in ihr hatte Susan sehen können. Sie hatten nichts gemein, zumindest nichts Wesentliches. Michael stellte fest, daß er, wann immer er jemanden näher kennenlernte, die äußere Erscheinung dieser Person mit der Zeit nicht mehr wahrnahm. Auch wenn Elizabeth' Augen, ihr Haar und ihre Figur ihn immer noch an Susan erinnerten, waren dies nur oberflächliche Ähnlichkeiten. Es bedrückte ihn, wie schnell er ein Urteil über Elizabeth gefällt hatte.

Und das nur, weil sie ihn an Susan erinnerte. Würde Susan ihn denn ewig verfolgen?

13

Es verging eine Woche, bis Elizabeth eine passende Gelegenheit fand, um Amado mit der Tatsache vertraut zu machen, daß sie nie eigene Kinder haben würden. Er hörte ihr ruhig zu und nahm sie, als sie geendet hatte, zärtlich in den Arm und streichelte sie, bis ihre Tränen versiegt waren.

Obwohl sie nicht wußte, welches Gefühl ihr Geständnis bei ihm hinterlassen hatte, sprachen sie nie wieder darüber. Es war, als sei das Thema Kind nur ein Schlagloch auf dem Pfad ihres gemeinsamen Lebens gewesen; einmal darüber hinweg, ging es scheinbar ohne weitere Hindernisse voran. Nur Elizabeth merkte, wie oft sie sich neuerdings zu einem Lächeln zwingen mußte und wie empfindlich sie auf die Ausdrücke reagierte, die jetzt in der Blütezeit der Weinstöcke in aller Munde waren: fruchtbar, Keime, Reifung, neue Generation – Worte, die leichthin in die tägliche Unterhaltung eingestreut wurden und deren Stachel nur sie zu empfinden schien.

Als Elizabeth entdeckte, daß sich ein Finkenpärchen unter der Dachrinne ein Nest gebaut hatte, konnte sie es kaum erwarten, bis sie Eier gelegt hatten und die Jungen schlüpfen würden. Eines Nachmittags fand Michael sie auf den Stufen vor dem Eingang sitzend und wunderte sich, warum sie so selbstvergessen nach oben starrte. »Was gibt's denn da so Interessantes zu sehen?« erkundigte er sich.

Sie reichte ihm ihr Fernglas und deutete in die entsprechende Richtung. »Sie sind erst gestern geschlüpft. Häßlich, nicht wahr?« Sie lächelte.

»Finde ich gar nicht.« Er setzte sich neben sie. »Haben Sie schon mal ein Adlerjunges gesehen?«

»Nein, nicht in Wirklichkeit.«

Er sah sie fragend an.

»Nur in den Natursendungen auf PBS.«

»Eines Tages schaffe ich mir doch noch einen Fernseher an. Ich höre immer wieder, welch großartige Sendungen ich verpasse.«

»Dann haben Sie also schon ein Adlerjunges in natura gesehen?«

»Ja, ich habe früher etliche Sommer lang in Alaska in einer Konservenfabrik gejobbt.«

Elizabeth betrachtete ihn verstohlen von der Seite. War das der echte Michael Logan? Konnte es wahr sein, daß sie eine ganz normale Unterhaltung führten? »Das überrascht mich aber. Ich hätte eher gedacht, daß Sie ein strebsamer Student waren, der die Schule so schnell wie möglich beenden wollte.«

Er kicherte. »Nach Alaska abzuhauen war für mich der Inbegriff von Rebellion.«

Sie hatte schon weitere Fragen auf der Zunge, als sie sich erinnerte, wie eng Amado mit Michaels Studienzeit verflochten war. Hatte Michael gegen Amado rebelliert, als er nach Alaska ging? Konnte es sein, daß ihre Beziehung nicht immer so harmonisch verlaufen war, wie es den Anschein hatte?

Als hätte er ihre Gedanken gelesen, stand Michael plötzlich auf und erklärte, er müsse wieder an die Arbeit. Bevor Elizabeth richtig begriff, war er schon weg.

Sie sah ihm nach, wie er durch den Garten ging und in seinen Laster stieg, und war glücklich darüber, daß ein weiterer, wenn auch zaghafter Schritt in Richtung Freundschaft getan war.

Eine Woche später kam Michael an ihrem Büro vorbei und blieb in der Tür stehen, bis sie ihre Arbeit unterbrach und zu ihm aufsah. »Na, schwer beschäftigt?«

»Einen Moment noch, dann hab' ich Zeit.« Sie tippte den Satz zu Ende und drehte sich dann mit ihrem Stuhl vom Computer weg. »Was kann ich für Sie tun?«

»Amado sagte mir, Sie hätten Interesse daran, mich heute zu begleiten.«

»Hat er?« Seltsam, dachte sie. »Wohin denn?«

»Ich fahre nach Davis. Dort treffe ich mich mit Charles Pinkley, um mit ihm über die Ergebnisse der Gärungsexperimente zu sprechen.«

»Amado hat Ihnen wohl nicht zufällig mitgeteilt, *wie* er auf die Idee gekommen ist, daß ich daran Interesse haben könnte?«

Sie hatte sich im College nur mit Müh und Not durch die Chemievorlesungen gekämpft und am Ende des Semesters nach den Prüfungen alles wieder vergessen.

»Er hat nur gemeint, Sie wollten alle Teilbereiche des Weingeschäfts kennenlernen.«

Hinter Michael erschien Amado in der Tür. »Ich sehe, du hast bereits mit Elizabeth über das Meeting gesprochen.« Ein schuldbewußtes Lächeln huschte plötzlich über sein Gesicht. »Eigentlich wollte ich sie noch ein wenig darauf vorbereiten.«

»Entschuldige, aber ich hatte vor, ein bißchen eher loszufahren und unterwegs nach einem Geburtstagsgeschenk für Patty zu schauen«, sagte Michael.

»Wer ist denn Patty nun wieder?« erkundigte sich Amado. »Hast du mir nicht letzte Woche erzählt, du triffst dich mit Faith?«

»Patty ist Faith' Tochter. Und ich treffe mich mit Faith auch nicht so, wie du das meinst. Wir sind schon seit der Highschool miteinander befreundet.«

Amado wandte sich Elizabeth zu. »Ich werde Consuela anrufen und ihr sagen, sie soll mit dem Abendessen auf dich warten.«

Sie war nahe daran, ihm zu erklären, daß sie gar nicht mitfahren werde, weil sie noch einen ganzen Stapel Post beantworten müsse, doch als sie das entschlossene Zucken seiner Kiefermuskeln sah, wußte sie, daß es klüger war nachzugeben, als eine große Diskussion vom Zaun zu brechen. Sosehr sie ihre stetig zunehmende Arbeit im Büro liebte, so hilflos war sie, wenn es um die eigentliche Weinherstellung ging. »Das ist nicht nötig«, antwortete Elizabeth. »Wenn ich hungrig sein sollte, kann ich mir später auch selbst was zu essen machen.«

Michael warf einen Blick auf seine Armbanduhr. »Wenn wir nicht in den dicksten Verkehr kommen wollen, dann sollten wir bald aufbrechen.«

Elizabeth nahm ihre Handtasche, hängte sie sich über die Schulter und hakte sich bei Amado unter. »Bringst du mich zum Wagen?«

Sanft entzog er ihr seinen Arm. »Das geht leider nicht. Ich erwarte jede Minute einen Anruf.«

Die subtile Zurückweisung verunsicherte sie. Sie warf Amado einen fragenden Blick zu, aber er schien ihn nicht zu verstehen oder ignorierte ihn absichtlich.

»Bestell Charles einen schönen Gruß von mir«, trug er Michael auf. »Und sag ihm, daß ich mich auf seinen Besuch nächsten Monat freue.« Und als sei es ihm gerade noch eingefallen, drückte er Elizabeth einen flüchtigen Kuß auf die Wange.

Eine knappe Stunde später steuerte Michael seinen Wagen auf den Kundenparkplatz vor dem Nut Tree, einem großen Geschenkeladen mit dazugehörigem Restaurant östlich von Fairfield.

Er legte hier immer gerne eine Pause ein, wenn er auf diesem Abschnitt der Interstate 80 unterwegs war, denn er hatte eine Schwäche für die Spezialität des Hauses – Ingwerplätzchen, besonders wenn sie gerade frisch aus dem Ofen kamen. Sie schmeckten fast so gut wie bei seiner Mutter. »Es dauert nur ein paar Minuten«, sagte er zu Elizabeth.

Hinter dem Geschenkeladen gab es noch einen Extrashop für Kinder. »Möchten Sie mir nicht helfen, etwas Passendes auszusuchen?« fragte er, während er den Motor abstellte.

»Ich glaube nicht.«

»Und wenn ich Sie dafür hinterher auf einen Bananenmilkshake einlade?«

»Was veranlaßt Sie zu der Annahme, daß ich auf Bananenmilch stehen könnte? Und selbst wenn, glauben Sie, ich gehöre zu den Frauen, die sich mit so etwas bestechen lassen? Sparen Sie sich die Antwort. Ich kann sie mir schon vorstellen.«

Er drehte sich zu ihr um. »Bin ich so leicht zu durchschauen?«

»Manchmal ja.«

»Kommen Sie«, drängte er. »Ich habe nicht den leisesten Schimmer, worüber sich ein dreijähriges Mädchen freut.«

»Und woher sollte ich das wissen?« erwiderte sie kühl.

»Schließlich waren Sie ja selbst einmal ein kleines Mädchen, oder?«

Elizabeth klatschte in die Hände. »Bravo, eine wahre Meisterleistung an Logik. Jetzt weiß ich, warum Amado Sie für ein solches Genie hält.«

Michael grinste. »Na endlich, da ist sie wieder, die alte Elizabeth. Ich dachte schon, man hätte Sie gekidnappt und durch einen netten, friedfertigen Klon ersetzt.« Er stieg aus und ging um den Wagen herum, um ihr die Tür zu öffnen.

»Ich habe wirklich keine Lust, in einen Spielzeugladen zu gehen«, wiederholte sie.

Weniger ihre Worte als ihr Tonfall veranlaßten Michael, nicht weiter auf ihrer Hilfe zu bestehen. »Okay«, gab er nach. »Aber während ich mich zwischen die Puppenkleider stürze und etwas völlig Unpassendes aussuche, könnten Sie vielleicht die Milkshakes besorgen.«

»Auf meine Rechnung, nehme ich an?«

Eines mußte er ihr lassen – was immer sie auch bedrükken mochte, sie verstand es, Haltung zu bewahren. Er holte seinen Geldbeutel aus der Jackentasche und drückte ihr zwei Dollar in die Hand.

»Das reicht aber nicht«, protestierte sie.

»Für meinen schon. Daß ich Ihren mitbezahlen soll, davon war nicht die Rede.«

Als er sie lächeln sah, wurde ihm plötzlich bewußt, wie lange er sie nicht mehr von Herzen hatte lachen hören. Seltsam, wie konnte diese Fröhlichkeit, die sie immer ausgestrahlt und die er als selbstverständlich hingenommen hatte, so plötzlich verstummen? Was zum Teufel ging zwischen ihr und Amado vor?

Es war schon dunkel, als sie sich wieder auf den Heimweg nach St. Helena machten. Die ersten Meilen hatten sie in angenehmem Schweigen zurückgelegt, und Michael war schon geneigt zu glauben, daß Elizabeth nach dem anstrengenden Meeting mit Charles endlich die Fragen ausgegangen waren. Aber er hätte es besser wissen müssen.

»Wie ich hörte, haben Sie zu Charles gesagt, daß Sie Amado zum Anbau neuer Rebsorten überreden wollen. Warum?«

»Nun, ich bin der Meinung, daß es ein Fehler ist, sich ausschließlich auf Zinfadel, Chardonnay und Cabernet Sauvignon zu konzentrieren. Die Geschmäcker ändern sich. Wir müssen zukunftsorientiert planen, anstatt nur auf die momentane Marktlage zu reagieren.«

»Sie reden wie ein Dozent, den ich im College hatte. Er war einer von den Lehrern, die einem wirklich etwas beibringen konnten. Bevor ich an seinem Seminar teilnahm, dachte ich immer, Werbung sei ein schmutziges Gewerbe.«

»Auf welchem College waren Sie denn?«

»Safford Hill.«

»Oh, ich kenne ein paar Leute, die auch dort studiert haben.«

Sie musterte ihn schelmisch von der Seite. »Frauen, nehme ich an.«

»Wie ich sehe, sind Sie für Gerüchte nicht unempfänglich.« Bisweilen amüsierte ihn sein weitreichender Ruf als Frauenheld. Doch es gab auch Zeiten, besonders wenn es darum ging, Freundschaften zu entwickeln, da ihm dieser Ruf eher lästig war.

»Amado sagt, Sie könnten jede alleinstehende Frau im Tal haben, und ein paar von den verheirateten auch.«

»Von letzteren lasse ich hübsch die Finger.«

»Alle diese Frauenbekanntschaften – wovor laufen Sie eigentlich davon?«

Auf diese Frage hin schoß sein Kopf herum, und seine Augen maßen sie mit einem angewiderten Blick. »So ein Quatsch. Ich müßte entweder total minderbemittelt sein oder Selbstmordgedanken hegen, wenn ich in der heutigen Zeit das täte, was mir gemeinhin nachgesagt wird.« Er konzentrierte sich wieder auf die Straße. »Warum haben die Leute nur so große Probleme damit zu akzeptieren, daß ein Mann auch ganz normal mit einer Frau befreundet sein kann?« Er schwieg einen Moment, bevor er hinzufügte: »Und übrigens, wie kommen Sie darauf, daß ich vor etwas davonlaufe?«

Sie fuhr sich mit der Hand durchs Haar und lehnte ihren Kopf dann gegen die Nackenstütze. »Das war eine dumme Frage. Vergessen Sie sie.«

»Erst tun Sie so, als gehörte ich umgehend auf die Couch eines Therapeuten, und dann soll ich mein Problem ganz schnell vergessen.« Er nahm eine Hand vom Lenkrad und schnippte mit den Fingern. »Einfach so.« Er haßte diese Hobby-Psychologen beinahe genauso wie die Leute, die den Wert eines Mannes an seinem Bankkonto maßen.

»Es war ein so friedlicher Tag heute. Wir sollten ihn nicht mit einem Streit beenden.«

Seine wütende Reaktion war völlig unangemessen gewesen. Warum kümmerte es ihn auf einmal, was sie von ihm dachte? Sollte sie doch glauben, was sie wollte.

»Ich habe nur gefragt, weil so vieles an Ihnen mich an mich selbst erinnert«, sagte sie eine ganze Weile später.

»Mein halbes Leben lang bin ich Verpflichtungen aus dem Weg gegangen.«

»Sie vielleicht.«

»Ja, richtig. Das gibt mir natürlich kein Recht anzunehmen...«

»Wovor haben *Sie* sich denn gefürchtet?«

»Vor Nähe. Davor, daß ein anderer mein wahres Ich erkennt, vor Abschieden. Es gab eine Menge Gründe dafür.«

In Michaels Kopf begann eine Alarmglocke zu läuten, aber er verstand nicht, weshalb. »So ist es bei mir nicht.«

»Dann habe ich mich wohl geirrt. Wahrscheinlich haben Sie bisher einfach noch nicht die richtige Frau getroffen. Wenn es soweit ist, werden Sie schon zur Ruhe kommen.«

»Bedeutet das, daß ich sie als solche erkenne, wenn ich ihr begegne?«

»Aber ja. Da bin ich ganz sicher.«

»Und wie?«

Sie schenkte ihm ein Lächeln. »Da werden bei Ihnen plötzlich alle Glocken läuten, glauben Sie mir.«

»War das bei Ihnen auch so, als Sie Amado begegneten?«

Sie schüttelte den Kopf. »Nein, da haben Zeitpunkt und Umstände die ausschlaggebende Rolle gespielt.«

»Das klingt aber nicht sehr romantisch.«

»Das kam erst später, als mir klar wurde, wie sehr ich ihn liebe.« Sie lockerte ihren Sicherheitsgurt, der sie plötzlich beengte. »Manchmal bin ich wie der sprichwörtliche Esel. Da muß mir jemand erst einen kräftigen Tritt geben, bis ich reagiere.«

Michael verließ die Interstate und wechselte auf den Highway 12, eine schmale, zweispurige Schnellstraße, die sie über den Highway 29 weiter nach St. Helena führte. »Amado hat sich sehr verändert, seit er Sie kennt. Zu seinem Vorteil, muß ich hinzufügen«, räumte er etwas zögerlich ein. »Ich habe ihn noch nie so glücklich gesehen.«

»Das klingt ja fast wie ein Kompliment.«

»Besonders aus meinem Munde, wollten Sie wohl sagen.«

»Soll ich daraus schließen, daß Sie Ihre Meinung über meine Motive, Amado zu heiraten, geändert haben?«

»Ich mag ja stur sein, ich kann sogar ein ausgesprochener Dickschädel sein, wenn es die Umstände erfordern, aber dumm bin ich nicht. Amado ist verrückt nach Ihnen. Und Sie sind...«

»Ja?«

»Nun, Sie sind auch verrückt nach ihm, das sieht doch ein Blinder.«

»Herzlichen Dank für die aufmerksame Beobachtung.«

»Und was ist mit Ihnen? Hat Sie die Ehe auch verändert?«

»Ich weiß nicht. Darüber habe ich mir, ehrlich gesagt, noch keine Gedanken gemacht.«

Langsam, aber unaufhaltsam war die Mauer, die zwischen ihren gestanden und sie daran gehindert hatte, Freunde zu werden, Stein für Stein abgebröckelt. Jetzt war sie nur noch als Ruine erkennbar.

»Warum haben Sie sich denn heute vormittag so standhaft geweigert, mit mir in diesen Spielzeugladen zu gehen?« Er hatte sich eigentlich vorgenommen, dieses Thema nicht wieder anzuschneiden. Wenn sie ihm eine Erklärung dafür hätte geben wollen, hätte sie es schon getan. Doch eine innere Stimme drängte ihn jetzt wieder zu dieser Frage; nicht, weil ihn die Antwort so brennend interessierte, sondern weil er spürte, daß mehr dahintersteckte, ein Problem, das sie offenbar bedrückte und das sie jemandem anvertrauen sollte. Und dieser Jemand wollte er sein.

Elizabeth drehte ihren Kopf von ihm weg und starrte aus dem Fenster, obwohl es draußen dunkel war und man absolut nichts sehen konnte. Es verstrichen etliche Minuten, ehe sie seine Frage beantwortete. »Ich habe erst vor kurzem erfahren, daß ich keine Kinder bekommen kann, und deshalb, glaube ich, habe ich so komisch reagiert.«

Der Kummer in ihrer Stimme ließ ihn daran zweifeln, daß es richtig gewesen war, sie noch mal mit diesem Thema zu konfrontieren. Es gab Wunden, die nur die Zeit heilen konnte. Und manche wurde man nie mehr los. »Ich wußte nicht, daß Amado und Sie …«

Jetzt wandte sie sich ihm wieder zu. »Ich hätte nicht darüber sprechen sollen.«

»Warum nicht?«

»Weil es eine private Angelegenheit ist, die Sie eigentlich nichts angeht.«

Diese Erklärung kaufte er ihr nicht so ohne weiteres ab. Das hatte sie auch schon gewußt, bevor sie den Mund aufmachte, aber es hatte sie trotzdem nicht davon abgehalten, darüber zu sprechen. »Wenn Sie befürchten, daß ich das überall herumerzähle, dann kann ich Sie beruhigen. Alles, worüber wir miteinander reden, bleibt unter uns.«

»Gewöhnlich bin ich vorsichtiger.«

»Jeder Mensch braucht hie und da einmal ein offenes Ohr.« Als er neulich in ihr Büro gekommen war, mußte sie es gerade erfahren haben. Das erklärte auch ihr seltsames Verhalten – die Tränen, den traurigen Ausdruck in ihren Augen, Amados schroffe Art ihr gegenüber. Na klar, wenn er und Elizabeth einen Sohn gehabt hätten, dann hätte er Elana und Felicia den Rücken zukehren und all den Kummer vergessen können. Er mußte am Boden zerstört sein.

»Und Sie sprechen wirklich mit niemandem darüber?«

»Ehrenwort.« Spontan griff er nach ihrer Hand. Ihre Finger erwiderten seinen Druck. Einen Augenblick lang – bevor ihnen die Intimität dieser Berührung bewußt wurde – hatten beide das Gefühl, als seien sie schon immer Freunde gewesen.

Elizabeth ließ als erste los. »Wie lange dauert es noch, bis wir zu Hause sind?« fragte sie.

»Eine halbe Stunde ungefähr – kommt darauf an, wieviel Verkehr in Napa Valley ist.«

»Ich habe plötzlich wahnsinnigen Hunger.«

»Auf dem Rücksitz liegen ein paar Äpfel. Nehmen Sie sich einen. Wir können aber auch gerne irgendwo zum Abendessen anhalten, wenn Sie möchten.« Er war ihr dankbar für den Themenwechsel. Ihr Verhältnis zueinander hatte sich in den letzten Stunden um 180 Grad gewandelt. Noch nie war es ihm passiert, daß er einen Menschen zu Anfang so falsch eingeschätzt hatte. Elizabeth bildete da eine Ausnahme, und er wußte noch nicht genau, was er davon halten sollte.

»Äpfel, das klingt gut.« Sie drehte sich um, kniete sich auf den Sitz und beugte sich nach hinten. »Möchten Sie auch einen?«

»Ich esse Äpfel nur entkernt und in Scheiben geschnitten.« Sie angelte trotzdem die ganze Tüte vom Rücksitz und stellte sie auf ihren Schoß. »Aha, der Herr ist wohl verwöhnt?«

»Das hat mit verwöhnt nichts zu tun. Es ist eher eine Sache der Notwendigkeit. Ich habe meine Schneidezähne bei einem Footballspiel eingebüßt.«

»Aber Ihre Mannschaft hat doch hoffentlich gewonnen, oder?«

»Darauf können Sie Gift nehmen.«

»Nun, die meinen sind meiner Eitelkeit zum Opfer gefallen, aber behindern lasse ich mich dadurch nicht.« Damit biß sie kräftig in den Apfel, brach ein großes Stück davon ab und reichte es ihm. Diese spontane und natürliche Geste vermittelte ihm dasselbe Gefühl von Zusammengehörigkeit, das er damals bei dem gewonnenen Spiel empfunden hatte.

»Schälen Sie Trauben auch?« fragte er.

»Da, wo ich herkomme, haben wir ein Sprichwort für Leute wie Sie.«

»Da frage ich besser nicht genauer nach.«

»Hüte dich vor dem Nachbarn, der erst seinen Teller Bohnen ißt und dann auf einen Plausch vorbeischauen will.«

Michael mußte so laut lachen, daß er sich beinahe an dem Apfelstück verschluckt hätte.

»Mensch, Sie sind ja wirklich leicht zu erheitern.«

Die restliche halbe Stunde versuchten sie, sich mit den dümmsten Witzen, die ihnen einfielen, gegenseitig zu übertrumpfen.

Elizabeth trug fraglos den Sieg davon.

Amado mußte den Wagen gehört haben, denn er wartete schon auf der Treppe, um Elizabeth zu begrüßen. Nach einer kurzen Zusammenfassung des Meetings und dem Versprechen, am nächsten Morgen weiter ins Detail zu gehen, verabschiedete sich Michael und fuhr zu Faith' Geburtstagsparty.

»Hattet ihr einen schönen Tag?« erkundigte sich Amado, als sie ins Haus gingen.

»Ja, doch, das muß ich sagen.«

»Das klingt so überrascht.«

»Ich freue mich, dir mitteilen zu können, daß dein Plan, uns so lange zusammenzustecken, bis wir entweder Freunde geworden sind oder uns gegenseitig die Köpfe eingeschlagen haben, funktioniert hat.«

»Welcher Plan denn?«

»Ach, spiel jetzt nicht den Unschuldigen«, neckte sie und stellte ihre Handtasche ab, um ihn zu umarmen. »Wann begreifst du endlich, daß ich mich nicht so leicht hinters Licht führen lasse? Ich durchschaue deine krummen Touren schon, da hast du sie noch gar nicht richtig ausgeheckt.«

Er drückte seine Lippen auf ihre Stirn. »In diesem Fall erzähl mir doch bitte, welchen verwegenen Gedanken ich in diesem Moment gerade hege.«

Sie warf den Kopf in den Nacken und schenkte ihm ein laszives Lächeln. »Daß du im Augenblick nur an das eine denkst, sieht doch ein Blinder.«

»Bemerkenswert. In Zukunft muß ich mich wohl etwas mehr vorsehen.«

»Das wird dir auch nichts nützen.« Sie schmiegte sich enger an ihn. »Ich besitze nämlich einen Zaubertrank, mit dem ich durch zehn eiserne Türen blicken kann.«

»Die Magie, die du besitzt, hat mit Zaubertränken überhaupt nichts zu tun.«

»Der Worte sind genug gewechselt.« Sie nahm ihn bei der Hand und zog ihn Richtung Schlafzimmer. »Jetzt müssen Taten folgen.«

Eine halbe Stunde später lagen Amado und Elizabeth nebeneinander auf dem Bett, ein Laken achtlos über ihre nackten Körper geworfen. Sie lagen schon eine ganze Weile so da und lauschten schweigend dem leisen Ticken des Weckers.

»Es tut mir leid«, brach Amado schließlich das lastende Schweigen.

»Nein, bitte nicht.« Elizabeth drehte sich zu ihm hin und legte ihren Kopf auf seine Brust. »Ich bin manchmal auch nicht so richtig in Stimmung. Das macht doch nichts.«

»Du wolltest aber doch gerne mit mir schlafen.«

»Ich wollte dich spüren. Und das tue ich.«

»Das ist nicht das gleiche.«

»Für einen Mann vielleicht nicht. Aber für eine Frau sind es in erster Linie die Berührungen und die Zärtlichkeiten, die sie braucht.«

»Ich verspreche dir, daß das nie wieder vorkommen wird.«

»So was kann man nicht versprechen, Amado. Du bist doch keine Maschine. Niemand kann auf Kommando Liebe machen.«

»Vielleicht ist es das …«

Sie wartete. Als er den Satz nicht beendete, setzte sie sich auf und sah ihn besorgt an. »Das was?«

»Ach, nichts.«

»Bitte, lenk nicht ab. Nicht jetzt.«

Er drehte seinen Kopf weg. »Im Frühjahr gibt es immer soviel zu tun. Ich wünschte, ich hätte noch ein zweites Paar Hände.«

Er sagte nicht die Wahrheit, das wußte sie, aber sie konnte ihn ja nicht dazu zwingen. Als ihr bewußt wurde, daß sie ihn wie ein Inquisitor von oben musterte, legte sie sich wieder hin. »Würde es dir helfen, wenn ich dir sage, wie sehr ich dich liebe?«

Er küßte sie auf den Scheitel. »Für diese Worte aus deinem Munde lebe ich.«

»Dann werde ich sie von nun an jede Stunde wiederholen.«

»Ja, das wäre schön«, sagte er. »Nun, über das Thema haben wir, glaube ich, genug geredet. Jetzt würde ich gerne mal was über meinen Freund Charles hören. Wie findest du ihn?«

Elizabeth hatte das Gefühl, es entgleite ihr gerade etwas sehr Wesentliches, aber sie konnte nicht sagen, was es war. »Klein, glatzköpfig und extrem kurzsichtig.«

»Charles Pinkley? Bist du sicher...« Er kicherte und zog sie dicht an sich. »Ich weiß nicht, was ich ohne dich täte.«

»Das ist gut so, denn ich habe nicht vor, von hier wegzugehen.«

Er küßte sie. »Wirst du mir jetzt etwas von Charles erzählen?«

Es gelang ihr, sich ein wenig zu entspannen. Damit würden sie schon fertig werden. »Er ist ein erstaunlich großer Mann. Und diese Koteletten...«

14

Elizabeth starrte auf das Titelblatt der Zeitung, die ihr den Blick auf Amado versperrte. Er saß am anderen Ende des Eßtisches, und seit neuestem verschanzte er sich beim Frühstück lieber hinter seiner Morgenlektüre, als sich mit ihr zu unterhalten. Etliche Male schon hatte sie vergeblich versucht, für einen Augenblick seine Aufmerksamkeit zu erringen. Jetzt probierte sie es noch einmal.

»Ich vergaß, dir zu sagen, daß das Kamerateam morgen früh schon um fünf Uhr hier sein wird statt wie besprochen um sieben«, begann sie. »Sie wollen ein paar Gegenlichteinstellungen im Weinberg drehen, und deshalb müssen sie schon so zeitig mit dem Aufbau beginnen.«

»Und wann brauchen sie mich dann?« fragte Amado, ohne seine Zeitung auch nur einen Millimeter zu bewegen.

»Jerry meinte, wenn du bis sechs Uhr mit der Maske fertig sein könntest, wäre das prima.«

Jetzt senkte sich die Barriere aus Papier. »Das sollte kein Problem sein.« Mit penibler Umständlichkeit sortierte er die Seiten, die er bereits gelesen hatte, wieder in die restliche Zeitung ein. Sein Blick streifte die halb aufgegessene Grapefruit, huschte an Elizabeth vorbei und blieb an der Wand hinter ihr hängen. Er schien sich in seiner Haut nicht recht wohl zu fühlen und wirkte nervös. »Wir müssen miteinander reden«, preßte er heraus und machte dann wieder eine Pause. »Ich habe dir bis jetzt etwas verschwiegen, Elizabeth, weil ich dir keine unnötigen Sorgen bereiten wollte.«

Elizabeth straffte sich. Sie wußte nicht, was jetzt kommen würde, spürte aber, daß es nichts Angenehmes sein würde.

»Ich habe Consuela gebeten, meine Sachen ins Gästezimmer zu bringen, nachdem wir das Haus verlassen haben.«

Jetzt erst sah er sie richtig an. »Bitte, Elizabeth, versuche zu verstehen... Es ist doch nur vorübergehend. Du weißt, ich habe in letzter Zeit nicht gut geschlafen und möchte dich mit meiner Unruhe nachts nicht stören. Sobald alles wieder normal ist, wird Consuela meine Sachen wieder zu dir in dein Schlafzimmer zurückbringen.«

Was ›normal‹ bedeutete, brauchte sie ihn nicht zu fragen. Es war der Tag, an dem er seine Enttäuschung darüber, daß sie keine Kinder bekommen konnte, so weit überwunden haben würde, daß er wieder mit ihr schlafen konnte. »Mein Schlafzimmer?« Sie bemühte sich, ganz ruhig zu sprechen. »Seit wann ist es denn nicht mehr *unser* Schlafzimmer, Amado?«

»Das war nur eine unglückliche Wortwahl, mehr nicht.«

Elizabeth stand auf und ging um den Tisch herum. Dann ließ sie sich vor Amado auf die Knie fallen und legte ihre Hände auf seine Unterarme. »Wenn du unser gemeinsames Schlafzimmer verläßt, wird die Distanz, die zwischen uns entstanden ist, nur noch größer. Und so ein Bruch läßt sich nur schwer wieder kitten.«

Mit unendlicher Zärtlichkeit streichelte er ihre Wange. »Du mißt dem Ganzen viel zuviel Bedeutung bei.«

»So wie ich mich im Moment fühle, könnte ich mich schreiend auf den Boden werfen und mit den Beinen strampeln, und selbst das wäre noch viel zuwenig, um dir zu zeigen, wieviel Angst ich habe. Ich liebe dich, Amado. Und ich weiß, wie enttäuscht du bist...«

Sein Zeigefinger legte sich sacht über ihre Lippen und brachte sie so zum Schweigen. »Meine Liebe zu dir hat nichts damit zu tun, ob wir Kinder haben oder nicht. Ich sagte dir doch, daß wir nie wieder darüber sprechen würden. Das ist vorbei und vergessen.«

Wenn sie ihm doch nur glauben könnte. »Und warum tust du das dann?«

»Ich habe einige Entscheidungen zu treffen und brauche Zeit und Ruhe zum Nachdenken.«

Elizabeth lief es kalt den Rücken runter. »Welche Art von Entscheidungen?«

»Das erkläre ich dir zu einem späteren Zeitpunkt.«

Etwas hatte sie in der zehnmonatigen Ehe mit Amado gelernt – er ließ sich von nichts und niemandem drängen. »Braucht man für dein neues Reich eine Besuchserlaubnis?«

»Ich glaube, es ist am besten, wenn du ein Weilchen abwartest.«

»Verstehe«, murmelte sie. Ihr Herz fühlte sich an, als zerbreche es langsam, aber unerbittlich in tausend Stücke.

Er nahm ihre Hand und hielt sie fest. »Die Traurigkeit in deinen Augen tut mir so weh, als steckte ein Messer in meiner Brust. Du mußt mir glauben, daß ich dich liebe, meine wunderschöne Elizabeth. Du bist mein ein und alles. Du bist die Luft, die ich zum Atmen brauche.«

»Dann bleib. Ich verspreche dir, gemeinsam werden wir unser Problem schon meistern.«

»Ich bin doch nicht aus der Welt. Ich schlafe nur ein paar Türen weiter.«

Sein Entschluß stand fest. Nichts konnte ihn umstimmen. Sie nickte niedergeschlagen.

»Jetzt muß ich aber los. Ich treffe mich gleich mit Michael in der Winzerei.«

Elizabeth trat zur Seite, um ihn vorbeizulassen. Amado machte einige Schritte auf die Tür zu und kam dann, als hätte er etwas vergessen, zu ihr zurück, um ihr einen Abschiedskuß zu geben. Die Berührung ihrer Lippen war mechanisch, ohne Leidenschaft und selbst ohne Hoffnung.

»Essen wir mittags zusammen?« fragte sie.

Er zog die Stirn in Falten. »Ich dachte, ich hätte dir erzählt, daß ich mich heute mit Elana zum Lunch verabredet habe. Wir treffen uns in Santa Rosa.«

Er hatte nichts dergleichen erwähnt. »Dann vergiß bitte nicht, sie von mir zu grüßen.«

»Möchtest du mitkommen?«

Diese Frage klang so halbherzig, daß es eigentlich zum Lachen war. »Nein, ich glaube nicht.«

Erleichterung spiegelte sich in seinem Gesicht. »Ich habe Consuela schon gesagt, daß sie mit dem Dinner nicht auf mich warten soll.«

Hätte Elizabeth Consuela nicht so in ihr Herz geschlossen, sie hätte sie manchmal hassen können. »Du rechnest also damit, daß es spät wird?«

»Ich weiß nicht, wie lange meine Besprechung mit Elana dauert.«

»Ach, ich dachte, du wolltest nur mit ihr zu Mittag essen? Und jetzt ist daraus plötzlich eine Besprechung geworden.«

Die Situation schien ihm unbehaglich zu werden. »Bei Elana kann man nie voraussagen, wie lange es dauert. Wir sehen uns ohnehin so selten, und ich habe keine Lust, mir ein Zeitlimit setzen zu lassen.«

Das war deutlich. Jetzt nahm auch Elizabeth kein Blatt mehr vor den Mund. »Ein Wort von dir, und ich hätte mich sofort verkrümelt – heute oder auch das ganze Wochenende über. Schließlich ist das hier immer noch dein Haus. Du brauchst dich nicht nach Santa Rosa zu flüchten, um deine Tochter zu sehen. Der Teufel soll mich holen, wenn ich deinem Familienleben im Wege stehen wollte. Wie heißt es doch in diesem alten Sprichwort? Irgend etwas mit Blut, das dikker ist als ...«

Amado packte sie an beiden Armen und konnte sich gerade noch beherrschen, sie nicht durchzuschütteln. »Sei jetzt bitte still, ich will so was nicht hören. Elana hat am Telefon erwähnt, daß sie heute nach Portland fährt, um sich dort mit Edgar zu treffen. Und ich habe sie gefragt, ob ich sie zum Mittagessen einladen dürfte. Nicht mehr und nicht weniger. Warum mußt du daraus ein Drama machen?«

Sie entzog sich seinem Griff und schnaubte wütend: »Michael wartet auf dich.«

»Der kann warten. Was sich hier abspielt, ist wichtiger.«

»Aha, das siehst du also auch so. Aber warum tust du nichts, um die Situation zu ändern? Amado, wir können unsere Probleme nicht einfach ignorieren und hoffen, daß sie sich von alleine lösen.« Ihre Zukunft schien ihr in diesem Augenblick genauso gefährdet wie ein antikes Kristallglas in der Hand eines Zweijährigen. »Geh doch mal zum Arzt.« Sie hatte sich geschworen, ihm das nicht anzutun. »Vielleicht ist ja organisch was nicht in Ordnung bei dir.«

Er schien unter ihrem wütenden Blick zu schrumpfen. »Ich war letzte Woche bei Dr. Murdock«, entgegnete er scheinbar ungerührt. »Er kann nichts tun.«

Also war sie der Grund für Amados Impotenz. Oder genauer gesagt, seine Gefühle ihr gegenüber. Ihr Magen revoltierte. Sie glaubte, sich jeden Moment übergeben zu müssen. »Und er war sich dessen ganz sicher?«

»Ja.«

»Vielleicht wird es mit der Zeit...«

»Möglich ist alles.«

Sie mußte weg von hier, allein sein und nachdenken. »Angenommen, ich fahre für ein paar Tage nach Modesto, könntest du die Dreharbeiten auch ohne mich abwickeln?«

»Falls es Probleme gibt, rufe ich dich an.«

»Dann hast du nichts dagegen, wenn ich fahre?«

»Nein, überhaupt nicht. Michael wird sich über deine Gesellschaft bestimmt freuen.«

Verdammt. Michaels Gesellschaft war das allerletzte, was sie jetzt ertragen konnte. »Ich dachte, du hättest jetzt mit ihm eine Besprechung?«

»Ja, weil er heute nach Modesto fährt. Er wird einige Tage dort bleiben, und deshalb gibt es noch etliches zu besprechen.«

»Sag ihm aber noch nichts davon, daß ich vielleicht mitkomme. Mir fällt gerade ein, daß ich unbedingt noch ein paar Berichte fertigmachen muß, bevor ich fahre, und wie lange das dauern wird, kann ich noch nicht abschätzen. Außerdem, wenn wir zusammen in einem Wagen fahren, hänge ich in Modesto fest, bis er seine Sachen erledigt hat, und ich glaube nicht, daß ich so lange fortbleiben möchte.«

Amado nickte. »Wie du willst.«

»Noch etwas. Vielleicht fahre ich auch überhaupt nicht nach Modesto«, überlegte sie. »Es kommt mir vor, als wäre es schon wieder eine Ewigkeit her, seit ich das letzte Mal in der Stadt war und Joyce besucht habe.«

Amado sagte eine Weile gar nichts und meinte dann: »Was dir vielleicht wirklich guttun würde, das wären ein paar Tage mit Alice.«

»Damit ich meine Probleme bei ihr abladen kann?«

»Ich weiß, daß das alles nicht leicht ist für dich...«

»*Nicht leicht?* Mein Gemahl ist so enttäuscht von mir, daß er...«

Amado zog sie in seine Arme und hielt sie so fest, als befürchte er, sie würde weglaufen und nie mehr zurückkommen wollen. »So etwas darfst du nie wieder sagen. Nicht einmal denken.« Er vergrub sein Gesicht in ihrem Haar und flüsterte: »Wenn ich enttäuscht bin, dann nur von mir selbst. Ich habe als Ehemann versagt, und zwar in einer Art und Weise, für die es keine Entschuldigung gibt.«

Elizabeth lehnte ihre Stirn an seine Schulter. »Bitte, verlaß mich nicht«, beschwor sie ihn.

»Hab Vertrauen zu mir«, bat er sie. »Was ich tue, ist nur zu unserem Besten.«

Elizabeth verharrte in Amados Umarmung, bis ihre Tränen versiegt waren. »Ich bleibe wahrscheinlich übers Wochenende in der Stadt«, sagte sie.

Sein Gesicht war starr wie eine Maske. Doch seine Hände verrieten ihn – sie zitterten, als er sie freigab. »Elana hat erzählt, im Curran sei gerade ein phantastisches Stück angelaufen.«

»Prima.« Mit jeder anderen Bemerkung hätte sie Elanas neu erwachtes Interesse an ihrem Vater in Frage gestellt. Hatte er ihr etwa auch erzählt, daß es keine weiteren Montoya-Nachkommen geben würde? Wie konnte sie Amado nur vor seiner Tochter warnen, ohne wie ein keifendes, eifersüchtiges Eheweib zu wirken? »Soll ich Karten für uns besorgen?«

»Ich dachte eher, du möchtest vielleicht gerne mit Joyce...«

»Natürlich. Das hätte ich mir denken können.«

»In ein paar Wochen könnten wir ...« Mit einer hilflosen Geste brach er den Satz ab.

»Was könnten wir dann?«

»Ach, nichts. Michael wartet. Und du mußt packen.«

Sie brachte ihn zur Tür. Ihr gemeinsames Leben hatte sie total verändert, aber diese Veränderung war ganz leise vonstatten gegangen, fast ohne Tränen, ohne böse Worte oder Wutanfälle.

War es der Schmerz in ihrem blutenden Herzen, der sie das Ganze so gelassen hinnehmen ließ?

Oder war es ihr Überlebenstrieb?

Kurz vor ein Uhr lenkte Elizabeth ihren Wagen auf den Parkplatz vor dem Apartmenthaus, in dem Amado eine kleine Stadtwohnung unterhielt. Sie ärgerte sich, daß ein anderer Wagen auf ihrem reservierten Parkplatz stand, aber es erstaunte sie nicht. Die anderen Bewohner des Hauses hatten zweifellos bemerkt, wie selten die Parkbucht benutzt wurde, und dafür Sorge getragen, da so kostbarer Raum nicht unnötig verschwendet wurde.

Elizabeth mußte eine halbe Stunde lang um den Block fahren, bis sie endlich eine winzige Parklücke fand. Jetzt war sie nicht mehr ärgerlich, jetzt kochte sie vor Wut. Und sie nährte diese Wut bewußt, steigerte sich so lange in sie hinein, bis der Zorn ihren Kummer verdrängt hatte. Daß der Hausmeister nicht da war und sie so nicht herausfinden konnte, wem dieser Wagen auf ihrem Parkplatz gehörte, war ihr nur recht, da es ihre Wut noch stärker anfachte.

Im Fahrstuhl war sie so damit beschäftigt, sich die Worte zurechtzulegen, mit denen sie sich später beim Hausmeister beschweren wollte, daß sie aus Versehen ein Stockwerk zu früh ausstieg. Auch das noch. Sie schüttelte den Kopf über ihre eigene Dummheit und ging den Rest zu Fuß. Als sie endlich vor der richtigen Wohnung stand, schloß sie die Tür auf, trat ein und blieb wie angewurzelt stehen.

Auf dem Couchtisch stand schmutziges Geschirr, und die Vorhänge waren zugezogen. Sie erinnerte sich genau, daß sie diese offengelassen hatte, als sie das letzte Mal hier mit Amado übernachtet hatte. Es roch nach kaltem Zigarettenrauch und schwach nach Parfüm.

Elizabeth ging zuerst einmal in die Küche. Dort fand sie noch mehr benutzte Teller und eine leere Champagnerflasche. Verdammt noch mal, Amado hätte ihr wirklich sagen können, daß er Michael die Wohnung fürs Wochenende als Liebesnest überlassen hatte. Sie versuchte die Tatsache zu ignorieren, daß sie ebenso enttäuscht von Michael wie auf Amado wütend war.

Wenn im Wohnzimmer und in der Küche schon so eine Unordnung herrschte, wie mochte es dann erst im Schlafzimmer aussehen? Überhaupt, wie konnte Amado von ihr erwarten, daß sie in demselben Bett schlief, in dem Michael seine Freundinnen verwöhnt hatte?

Mit entschlossenen Schritten ging sie auf die Schlafzimmertür zu. Was sie dahinter vorfand, beraubte sie ihrer Wut, die sie eben noch so stark gemacht hatte, und lieferte sie der Realität des Augenblicks genauso schutzlos aus wie die beiden Gestalten, die auf ihrem Bett lagen und sich befummelten.

»Edgar?« sagte Elizabeth.

»Scheiße.« Er schubste die Blondine weg, die sich gerade auf ihm zu schaffen gemacht hatte, und angelte nach dem Laken. »Elizabeth? Was zum Teufel machst du denn hier?«

»Ich? Und was hast du hier zu suchen? Solltest du nicht in Portland sein?«

»Ich fliege heute abend rüber.«

»Aber Elana glaubt...« Elizabeth mußte beinahe laut herauslachen, als sie sah, wie Edgar das Laken über diese Frau zog, so als sei er ein Magier und könne die Dame mit einer Handbewegung wegzaubern.

»Das hier verhält sich alles ganz anders, als es den Anschein hat, Elizabeth. Und ich will nicht, daß du jetzt in die Luft gehst und danach Gerüchte in die Welt setzt über das, was du glaubst, gesehen zu haben.«

»Ich und in die Luft gehen?« Sie lehnte sich mit der Schulter an den Türrahmen und stellte fest, daß sie sich zum ersten Mal seit Wochen wieder einmal richtig amüsierte. »Warum sollte ich denn, Edgar?«

»Ich weiß ja, daß du mich nicht magst. Und Elana ist offensichtlich auch nicht deine beste Freundin...«

Unter dem Laken versuchte sich eine wispernde Stimme bemerkbar zu machen. »Edgar, ich kriege keine Luft.«

Er legte nur nachlässig die Hand auf den Hügel, der sich neben ihm unter dem Laken erhob. »Sei still, Gloria.«

»Was machst du denn hier, Edgar?« fragte Elizabeth nochmals. Doch bevor er antworten konnte, kam ihr die Lächerlichkeit der Situation voll zu Bewußtsein. Jetzt lachte sie wirklich laut und herzhaft. »Schon gut. Das war eine reichlich dumme Frage. Eigentlich wollte ich wissen, wer dir den Schlüssel gegeben hat.«

»Ich habe einen eigenen.«

»Aha. Und seit wann?«

»Ich habe mir einen nachmachen lassen, als Amado Elana gebeten hatte nachzusehen, ob die Putzfrau ordentlich saubergemacht hat.« Dieses Geständnis wurde von einem schuldbewußten Gesichtsausdruck begleitet.

Elizabeth runzelte die Stirn. »Daran kann ich mich gar nicht erinnern.«

»Das war noch, bevor ihr euch kennengelernt habt.«

»Verstehe. Dann ist das hier also auch keine dieser Das-ist-das-allerererste-Mal-Geschichten, sehe ich das richtig?«

»Das geht dich nichts an.«

Ein dünnes Lächeln erschien auf ihrem Gesicht. »Jetzt schon.«

»Du Miststück.«

»Keine Sorge, Edgar. Ich werde schweigen wie ein Grab.«

»Und was verlangst du dafür?« Die Frau unter dem Bettuch versuchte sich wieder Gehör zu verschaffen. »Himmel noch mal, Edgar, nimm endlich dieses blöde Laken weg. Ich hab' dir doch gesagt, daß ich darunter ersticke.«

»Ich bestehe darauf, daß morgen hier ein neues Bett steht«, erklärte Elizabeth.

»Das ist alles?«

»Edgar, ich wüßte nicht, was du mir sonst noch geben könntest.«

Er zog eine verwegene Grimasse. »Und du nimmst mir nicht einmal das Versprechen ab, hier nicht mehr aufzukreuzen?«

»Solange du kein exzellenter Fassadenkletterer bist oder einen guten Schlüsseldienst zur Hand hast, wirst du dazu keine Gelegenheit mehr haben. Zumindest nicht hier.«

»Du kannst Amados Tochter doch nicht verbieten, einen Schlüssel zu der Wohnung ihres Vaters zu besitzen.«

»Wollen wir wetten?«

»Du mußt noch eine Menge darüber lernen, wieviel Amado seine Töchter bedeuten. Zuallererst kommen sie, dann kommt lange nichts. Sie gehen ihm über alles. Das war schon immer so, und das wird auch immer so bleiben.«

Elizabeth wandte sich zum Gehen, zögerte, drehte sich noch einmal um und sah Edgar direkt in die Augen. »Wenn das Verhältnis zwischen ihnen wirklich so innig ist, dann wird Amado alles daransetzen, daß sich seine Tochter nicht länger mit einem herumhurenden Ehemann belasten muß.«

»Aber du sagtest doch ...«

»Reiz mich nicht, Edgar.« Sie hatte nicht die Absicht, irgend jemandem zu erzählen, was sie gesehen hatte, aber es konnte nichts schaden, wenn er sich darin nicht zu sicher war. »Ich habe nichts gegen ein Stinktier in der Nähe, solange es nicht seinen Schwanz hebt und mich anspritzt.« Und damit machte sie auf dem Absatz kehrt.

15

Elizabeth ließ die Wagenfenster herunter, als sie Sacramento in Richtung Modesto verließ. Es war ungewöhnlich warm für Anfang Mai, und in der Luft lag ein schwerer, sinnlicher Duft, der schon den Sommer erahnen ließ. Sie zog die Klammern aus ihrem Haar und ließ ihre dichte Mähne im Fahrtwind flattern.

Es wäre schön gewesen, Joyce wieder einmal zu sehen, doch sie hatte sich entschlossen, diesen Besuch auf ein andermal zu verschieben. Sie hätte im Augenblick nicht die Kraft gehabt, vor ihrer Freundin die glückliche Ehefrau zu spielen und so zu tun, als sei zwischen ihr und Amado alles in bester Ordnung.

Obwohl es unwahrscheinlich war, daß Amado sie bei Joyce anrufen würde, benachrichtigte sie dennoch Consuela und bat sie, ihm auszurichten, daß sie ihre Pläne geändert habe und nun doch nach Modesto gefahren sei.

Ihre innere Stimme machte sie zwar darauf aufmerksam, daß sie dabei war, vor ihren Problemen davonzulaufen, doch solange aus dieser Ecke keine brauchbaren Lösungsvorschläge kamen, beschloß sie, einfach nicht hinzuhören.

Sie war bereit, alles zu tun, um diese Krise zu meistern, auch wenn dies bedeutete, zu verzichten und die eigenen Wünsche hintanzustellen.

Nachdem ihr Amado keine andere Wahl gelassen hatte, mußte sie ihm die Zeit geben, die er brauchte. Irgendwann würde er die Enttäuschung überwunden haben und feststellen, daß ihr Leben auch ohne das ersehnte Kind reich und erfüllend sein konnte.

Und mit ein bißchen Glück würde sie eines Tages auch selbst daran glauben können.

Michael Logan schwang ein Bein über den Dachbalken, auf dem er rittlings gesessen hatte, und betrachtete den rostroten Himmel, der sich über den westlichen Horizont spannte. Hinter ihm ragte die Sierra, die das Tal gen Osten begrenzte und jetzt in der Abendsonne glühte, wie ein purpurner Monolith in den Himmel. Die reglose Luft lag drückend über dem Land, und nur das Zirpen der Grillen, das Gezwitscher der Vögel und das gelegentliche Quaken eines Frosches unterbrachen die Stille.

In weniger als einer Stunde würde es dunkel sein, der Himmel übersät mit Sternen, deren Licht flimmern würde in der warmen Luft, die von der aufgeheizten Erde aufstieg.

Nächte wie diese machten die Männer streitlustig und entfachten in den Liebenden eine archaische Begierde. Getrieben von primitivem Verlangen, entflohen die Paare ihren stickigen Häusern und Wohnungen, und bei den Männern, die Streit suchten, genügte ein schräger Blick oder ein falsches Wort, um die aufgestaute Kampflust zu entladen.

Eine alte, vertraute Sehnsucht überfiel Michael, die mit den Jahren immer stärker und zugleich diffuser geworden war. Manchmal war dieses Gefühl so überwältigend, daß er sich ihm nur wehrlos ergeben konnte. Tagelang spürte er dann nichts als eine sein ganzes Wesen durchdringende Leere, die weder Arbeit noch Freunde auszufüllen vermochten. Und dann verschwand dieses Sehnen, dieser Hunger nach etwas, das er nicht beschreiben konnte, ganz plötzlich, und es ging ihm wieder gut. Doch selbst in diesen Ruhepausen konnte Michael nicht vergessen, daß es nur eine Frage der Zeit war, bis ihn der nächste Gefühlssturm ergreifen würde.

Damit seine Gedanken nicht in Richtungen abschweiften, die ihm unangenehm waren, konzentrierte er sich auf den Grund seines Hierseins. Die Bauarbeiten an dem neuen Ausstellungsraum hatten seit seinem letzten Besuch vor zwei Wochen erstaunliche Fortschritte gemacht. Vor drei Wochen erst hatte der Bautrupp, den er angeheuert hatte, mit dem Ausheben und Gießen des Fundaments begonnen, und jetzt standen schon alle Mauern, die später noch mit Holz verkleidet werden sollten.

Da die Edelstahlfässer bereits eingebaut waren, die neuen Pressen in der kommenden Woche eingerichtet werden sollten und die automatische Flaschenabfüllanlage noch im Winter in Betrieb gehen sollte, konnte die Winzerei schon einige Monate früher als geplant ihre Produktion aufnehmen.

Am Nachmittag hatte Michael Vorstellungsgespräche mit den Bewerbern für die Posten der Kellermeister geführt, die den Zweigbetrieb eigenständig leiten sollten, sobald sich alles eingespielt hatte. Amado wollte, daß sich Michael anschließend wieder ganz auf seine Arbeit in der Napa-Valley-Kellerei konzentrierte.

Der Erfolg von Elizabeth' Werbekampagne hatte alle Erwartungen übertroffen. Die Nachfrage nach Montoya-Weinen war so gestiegen, daß in den Regalen der großen Einkaufszentren kaum mehr eine Flasche zu finden war. Wo auch immer Amado hinging, und wenn er nur durch St. Helena spazierte, überall wurde er von Passanten angesprochen, die ihn um eine Weinempfehlung baten, einen Zettel oder eine alte Tankquittung aus der Tasche zogen und ein Autogramm von ihm wollten. In der Kellerei wurde der Führer jetzt immer wieder gefragt, ob er nicht Amado suchen könnte, damit er den Kunden die Flasche Wein signierte, die sie gerade erstanden hatten.

Daß die Geschäfte so gut liefen, veranlaßte Amado zu noch hemmungsloseren neuen Expansionsplänen. Er hatte sich nochmals im Norden umgesehen und die Gegend um das Dry Creek Valley genauer ins Auge gefaßt. Michael sandte jedesmal ein stilles Dankgebet gen Himmel, wenn Amado nach einer solchen Besichtigungstour enttäuscht nach Hause zurückkehrte.

Obwohl es aufregend war, den Erfolgsboom von Montoya Wines mitzuerleben, hegte Michael immer noch heimliche

Zweifel. Amado, der seine Entscheidungen früher immer kühl und besonnen getroffen hatte, handelte in letzter Zeit hektisch und unüberlegt. Er verlor schneller die Geduld mit seinen Arbeitern und brauchte länger, bis er sich dafür entschuldigen konnte. Als Michael in der vergangenen Woche wieder einmal ihr altes Streitthema angeschnitten hatte, daß die Qualität unter einem so schnellen Wachstum leiden müsse, hatte ihn Amado zum erstenmal in all den Jahren angebrüllt, daß er ihn nicht um seinen Rat gebeten habe und sehr gut darauf verzichten könne.

Michael ließ seinen Blick wieder über den Horizont schweifen, wo er an einer langsam nahenden Staubwolke haftenblieb. Die Winzerei lag etliche Meilen von der Interstate entfernt, und das letzte Stück der Zufahrtsstraße war noch nicht asphaltiert. Die tonnenschweren Lastwagen, die in den vergangenen Monaten hier ständig hin und her gefahren waren, hatten den Straßenbelag in eine braune Staubschicht verwandelt, die bei der geringsten Luftbewegung aufwirbelte. Doch diese Staubwolke hatte ein Wagen verursacht – ein weißer Mercedes.

Elizabeth' weißer Mercedes.

Michael schirmte seine Augen mit einer Hand gegen das blendende Scheinwerferlicht ab und setzte sich bequemer auf dem Balken zurecht, um abzuwarten, was Elizabeth vorhatte. Falls sie ihn suchte, würde sie seinen Laster sehen und anhalten. Wenn sie auf dem Weg ins Büro war, würde sie weiterfahren.

Sie tat weder das eine noch das andere, sondern nahm die Abzweigung, die zu den rückwärtigen Gebäuden der Winzerei führte, wo der Nachtwächter mit einem Hund in einem Wohnwagen lebte. Er hörte die Wagentür zuschlagen. Einige Minuten späten sah er sie auf den Rohbau zusteuern. Er wollte ihr schon etwas zurufen, überlegte dann aber, daß eine Stimme aus der Düsternis sie sicherlich zu Tode erschrecken würde. Deshalb wartete er lieber ab, bis sie seinen

Laster entdecken und merken würde, daß sie nicht allein war.

Doch sie ging nicht außen um die Baustelle herum, wie er erwartet hatte, sondern stieg über Rohre, Ziegelhaufen und Leitern hinweg, kletterte durch die Öffnung in der halbfertigen Mauer ins Innere des Rohbaus und blieb genau unter ihm stehen.

Im fahlen Licht der rasch hereinbrechenden Dämmerung konnte er ihr Gesicht kaum erkennen, bemerkte aber doch, daß irgend etwas mit ihr nicht stimmte.

Das verrieten ihm ihre hängenden Schultern, ihre sonderbare Kopfhaltung und ihr Gang, der nicht wie sonst elastisch und selbstbewußt war, sondern schleichend und mechanisch wirkte.

Dann sah er, wie sie die Hände vors Gesicht schlug, und hörte ihr unterdrücktes Schluchzen.

Sein erster Gedanke galt Amado. Es mußte etwas Schreckliches passiert sein, und sie war gekommen, um ihm Bescheid zu geben. Logisch war dieser Gedanke nicht, aber Angst schaltet die Ratio aus. Michael stützte sich auf seine Arme, schwang sich herum und sprang.

Zu Tode erschrocken, stieß Elizabeth einen gellenden Schrei aus und taumelte rückwärts. Aus Angst, sie könnte auf eines der losen Bretter treten und in den Keller durchbrechen, versuchte er, sie am Arm festzuhalten. Panisch schlug sie um sich und traf ihn im Gesicht und an der Brust.

»Ich bin's – Michael!«, rief er und breitete zum Zeichen seiner Friedfertigkeit die Arme aus. »Es tut mir leid! Ich wollte Sie wirklich nicht erschrecken.«

»Sie Mistkerl!« Er wich zurück und konnte ihren gezielten Schlag gerade noch mit seiner Rechten abwehren. »Hätten Sie sich nicht anders bemerkbar machen können?«

»Ich dachte, Sie hätten meinen Laster draußen gesehen.«

Er kam einen Schritt näher, sie machte einen Schritt zurück.

»Bleiben Sie mir bloß vom Hals.«

»Gern, sobald Sie mir gesagt haben, was mit Ihnen los ist.«

»Nichts.«

»So sah das aber eben nicht aus.«

»Das geht Sie nichts an.«

»Ist etwas mit Amado passiert?«

»Nein... Amado geht es gut.« Sie drehte ihm den Rücken zu. »Bitte, Michael, lassen Sie mich allein.«

»He, jeder Mensch braucht dann und wann einen guten Freund. Sogar Sie.«

»Ich gehöre nicht zu den Leuten, die ihre Probleme auf dem Buckel anderer abladen.«

Ungeachtet ihrer Worte ging er um sie herum und nahm sie in den Arm, damit sie sich an seiner Schulter ausweinen konnte. Das war das wenigste, was man von einem guten Freund erwarten konnte. Sie blieb stocksteif stehen, stieß ihn aber auch nicht weg.

»Das hilft auch nichts.«

Ihre Stimme war nur ein Wispern, so leise, daß er den Kopf beugen mußte, um sie verstehen zu können. Ihr Haar duftete nach Parfüm. Unabsichtlich berührten seine Lippen ihre Stirn. Sie drehte den Kopf zur Seite, und ihr Atem streifte seine Wange. Und dann bewegte sie sich nicht mehr. Ihr Gesicht war nur eine Handbreit von dem seinen entfernt. Er konnte die feuchte Spur ihrer Tränen erkennen, und die Traurigkeit, die sich in ihren Augen spiegelte, rührte ihn. Im nächsten Augenblick spürte er nur noch das Verlangen, ihren Kummer mit ihr zu teilen, ihr ihre Sorgen abzunehmen und sie zu trösten.

Ohne die Folgen zu bedenken, ließ er seinen Gefühlen freien Lauf und küßte sie. Bei der ersten Berührung ihrer Lippen preßte sie den Mund zusammen und hielt ihn fest geschlossen. Doch in dem Augenblick, da ihm die Ungeheuerlichkeit seines Tuns bewußt wurde, öffneten sich ihre Lippen, und sie erwiderte seinen Kuß mit einer Leidenschaft, unter der all seine Bedenken zerstoben.

Sie schlang ihre Arme um seinen Nacken; er umfaßte ihre Taille. In stummer Verzweiflung preßte sie sich an ihn. Die Hitze, die ihr Körper ausstrahlte, war mindestens so stark wie ihr Verlangen, und Michael war nun nicht mehr in der Lage, sich gegen das eine oder das andere zu wehren. Seine Hände wanderten von ihrer Taille aufwärts und wieder hinab zu ihren Hüften. Ganz gleich, wo und wie er sie berührte, bei jedem Kontakt mit ihrer Haut brannten seine Finger wie Feuer.

So schnell, wie es über sie gekommen war, war es auch wieder vorbei. Unvermittelt drückte Elizabeth ihre Hände gegen seine Brust und schob ihn von sich weg. »Mein Gott, Michael«, sagte sie atemlos. »Was haben wir getan?«

Er mußte sich ungeheuer beherrschen, sie nicht wieder an sich zu ziehen. »Ich weiß es nicht«, gab er zurück. Er wollte nicht darüber nachdenken, wer sie war und was gerade zwischen ihnen passiert war. Und am allerwenigsten wollte er jetzt an Amado denken und an dessen Enttäuschung, wenn er je davon erfahren sollte.

Elizabeth wich noch einen Schritt zurück. »Es war meine Schuld. Ich hätte niemals …«

»Nein, stop. So darfst du nicht denken.« Er konnte es nicht zulassen, daß sie sich die Schuld für etwas gab, das er schon seit Monaten hatte tun wollen, wie ihm gerade klargeworden war. Er hatte geglaubt, Susan habe ihn in letzter Zeit immer wieder in seinen Träumen verfolgt, aber er hatte sich geirrt. Bei dieser Erkenntnis wurde ihm übel.

Mit zitternden Händen strich sich Elizabeth eine Strähne aus der Stirn und verschränkte dann die Arme vor der Brust. »Wir müssen vergessen, was gerade geschehen ist«, preßte sie mit bebender Stimme hervor. »Es war ein schrecklicher Fehler.«

Er konnte ihr nur zustimmen. Irgend etwas anderes zu

glauben wäre töricht gewesen – und gefährlich. »Ich kann zwar so tun, als wäre das nicht passiert, aber ob ich es vergessen kann, weiß ich nicht.«

»Amado wird es nie erfahren, wenn wir darüber schweigen.«

»Um Himmels willen, Elizabeth. Ich möchte Amado doch genauso wenig verletzen wie du.«

»Dann versprich mir, daß du darüber schweigen wirst.«

Er verstand nicht mehr, was in ihm vorging. Woher kam dieses übermächtige Verlangen, für etwas zu kämpfen, das ihm nicht gehörte? Wie konnte er nur soviel Schmerz über den Verlust von etwas empfinden, das er nie besessen hatte? »Ich verspreche es.«

Sie nickte. »Ich glaube, du gehst jetzt besser. Oh, nein, das ist nicht fair. Ich werde gehen.«

Aber er konnte sie nicht einfach so weggehen lassen. Noch nicht. Wenn sie es je schaffen wollten, diesen Augenblick zu vergessen, brauchten sie etwas Zeit, um ihre Beziehung zu normalisieren, damit sie sich bei ihrer nächsten Begegnung an Worte erinnern konnten, die sie ausgetauscht hatten – und nicht nur an die Küsse. »Warum bist du eigentlich hier?« Der anklagende Ton seiner Frage war ihm nicht entgangen. Sanfter fügte er hinzu: »Ich dachte, du wolltest nach San Francisco fahren?«

»Da war ich auch, aber dann habe ich meine Pläne geändert. Und heimgefahren bin ich deshalb nicht, weil ich ein wenig allein sein wollte, um nachzudenken.«

»Worüber denn?«

»Das ist unwichtig.«

»Du und Amado, habt ihr ...?« Was war nur in ihn gefahren? Wollte er wirklich hören, daß es zwischen den beiden nicht so lief, wie es sollte?

»Probleme, meinst du?«

»Nun ja, ich frage nur, weil ich dich noch nie so niedergeschlagen erlebt habe.«

»Es gibt eine ganze Menge, was du an mir noch nicht bemerkt hast, dank deines Sturschädels.«

Über diese giftige Antwort mußte er beinahe lachen. Das war die Elizabeth, die er kannte. »Es ist die Baby-Geschichte, hab' ich recht?«

»Die *Baby-Geschichte*? An Übersensibilität leidest du wohl nicht, wie?«

»Tut mir leid. Aber es geht mir einfach nicht in den Kopf, daß Amado so besessen von dem Gedanken ist, noch mal eine Familie zu gründen, daß er dafür eure Beziehung aufs Spiel setzt.«

»Möglich, daß du ihn nicht so gut kennst, wie du glaubst.«

So, das war es also. »Wie hat er denn darauf reagiert, als du es ihm gesagt hast?«

Sie zögerte. »Er meinte, daß ihm das nicht so wichtig sei.«

»Aber das hast du ihm nicht abgenommen.«

Wieder zögerte sie. »Er kann nicht mehr mit mir schlafen.«

Genau das hatte er nicht hören wollen. »Kann nicht oder will nicht?«

»Was macht das für einen Unterschied?«

»Aus der Sicht eines Mannes einen verdammt großen.«

»Er kann nicht.«

Eine eigenartige Mischung aus Enttäuschung und Erleichterung überkam Michael. »Vielleicht ist organisch was nicht in Ordnung. Etwas, was gar nichts mit dir zu tun hat.«

»Er war schon beim Arzt.«

»Und?«

»Der konnte nichts finden«, sagte sie leise, ging auf die Maueröffnung zu, die einmal die Eingangstür des Ausstellungsraumes werden sollte, und lehnte die Stirn gegen den bereits eingesetzten Türstock.

Michael folgte ihr. »Was ist denn passiert?«

»Hab' ich dir doch gerade erzählt.«

»Nein, ich meine, über was wolltest du hier nachdenken?«

»Amado hat mir heute morgen mitgeteilt, daß er aus unserem gemeinsamen Schlafzimmer ausziehen will.«

Michael hätte beinahe laut aufgestöhnt. »Aber das ergibt doch keinen Sinn. Ich habe Amado noch nie so glücklich erlebt wie in diesem vergangenen Jahr. Er hat dich geheiratet, weil er dich liebt, und nicht, weil er eine Zuchtstute wollte.«

»Hast du eine andere Erklärung?«

Die hatte er nicht.

»Kannst du mir noch einen Gefallen tun?« fragte sie.

»Gleich zwei auf einmal?« neckte er sie freundlich. »Ich weiß nicht. Damit stehst du verdammt tief in meiner Schuld.«

»Gut. Vergiß bitte dieses Gespräch.«

»Ich kann dir versprechen, daß ich nie ein Wort darüber verlieren werde, wenn es dir darauf ankommt.«

»Du bist ein echter Freund, Michael.«

Was war er nur für ein Idiot, auch nur eine Sekunde zu glauben, daß er für sie jemals mehr als ein Freund sein könnte. »Falls du doch irgendwann einmal darüber sprechen willst...«

»Bestimmt nicht.«

Mehr gab es im Augenblick nicht zu sagen. Er streckte ihr seine Hand entgegen. »Komm, laß uns etwas essen gehen.«

»Geh du nur. Ich bin nicht hungrig.«

»Wann hast du das letzte Mal etwas gegessen?« Es vergingen etliche Sekunden, bis sie antwortete: »Ich habe im Nut Tree eine Kleinigkeit gegessen.«

»Warum schwindelst du?«

»Das ist doch egal.«

»Du bildest dir doch nicht im Ernst ein, daß eine Hungerkur der richtige Weg ist, um Amado zurück in dein Bett zu locken, oder?«

»Ich hungere nicht.«

»Als ich dich vorhin umarmt habe, konnte ich jede einzelne deiner Rippen spüren.«

»Laß mich doch zufrieden. Du bist nicht mein Kindermädchen.«

»Aber dein Freund.«

»Dann sei so gut und laß mich jetzt allein.«

»Mach' ich. Aber erst, wenn du was gegessen hast.«

»Himmel noch mal, was muß ich denn noch tun, damit du ...« Sie unterbrach sich und seufzte resigniert. »Na schön, wenn du darauf bestehst, dann gehen wir eben essen. Aber in einen Schnellimbiß kriegst du mich nicht.«

»Das ist ein Angebot.«

Sie ging in die Hocke, um aus der Türöffnung nach unten zu springen. Michael hielt sie an der Schulter zurück.

»Laß mich vorgehen«, sagte er. Als sie zu ihm hochblickte, sah er neue Tränen in ihren Augen schimmern.

»Danke«, erwiderte sie. »Für deine Fürsorge.«

Die Bedeutung, die hinter diesen einfachen Worten lag, ging viel tiefer. »Gab es in deinem Leben so wenige Menschen, die sich um dich gesorgt haben?« fragte er auf Verdacht.

Ein trauriges Lächeln huschte über ihr Gesicht. »Das war meist meine eigene Entscheidung, Michael. Was man nicht besitzt, das kann man auch nicht verlieren.«

Alles andere hätte er erwartet, nur nicht eine derartige Antwort. »Was ist denn damals vorgefallen, daß du so gedacht hast?«

»Ach, das ist eine lange Geschichte. Eines Tages vielleicht ...«

»... erzählst du sie mir? Das glaube ich dir nicht ganz.«

»Soll ich dir was sagen? Ich merke plötzlich, daß ich doch ganz schön hungrig bin.«

Wieder hatte sie ihn aus ihrem Leben ausgesperrt. Aber in gewisser Weise war er sogar erleichtert darüber. Er sprang über die hölzerne Schwelle und hielt ihr dann die Hand entgegen, damit sie sich aufstützen konnte. »Zufällig kenne ich hier ganz in der Nähe ein erstklassiges mexikanisches Restaurant. Die Chips dort sind knackig, die Salsa schön scharf und das Bier so kalt wie nirgendwo sonst in der Stadt.«

»Ich lade dich ein.«

»Ich hoffe doch nicht, daß du von mir empörtes Protestgeschrei erwartest.«

Jetzt lachte sie wieder. »Nein, dazu kenne ich dich nun doch schon zu gut.«

Sie befanden sich wieder auf sicherem Terrain.

16

Elizabeth steuerte den Mercedes in die Auffahrt, parkte ihn im Schatten der Eiche und ließ alle Fenster herunter. Wenn sie Glück hatte und gelegentlich ein Lüftchen wehte, würde sich der Wagen nicht in einen Backofen verwandeln, bevor sie in die Winzerei zurückfuhr. Falls doch, wäre die Dusche, derentwegen sie hierhergekommen war, vergebliche Liebesmühe gewesen.

Im Aussteigen warf sie einen Blick auf ihre Armbanduhr. In genau sieben Stunden würden Amado und sie dreihundert Generalvertreter, Groß- und Einzelhändler, gute Kunden und Freunde zu einem Gourmet-Picknick in dem großen Garten bei der Kellerei empfangen. Die Zelte standen bereits, Tische und Stühle waren aufgestellt, und die Leute der Cateringfirma machten sich in der mobilen Großküche zu schaffen.

Soweit war alles nach Plan gelaufen.

Gott bewahre, wenn dem nicht so gewesen wäre – sie hatte Amado vor einer Party noch nie so aufgeregt gesehen wie heute. Mindestens ein dutzendmal hatte er Consuela erklärt, wie wichtig es sei, daß alles reibungslos vonstatten ginge.

Elizabeth benötigte weniger als zwanzig Minuten, um zu duschen und sich umzuziehen. Danach hatte sie das einigermaßen sichere Gefühl, den Tag zu überstehen, ohne wie eine Vogelscheuche auszusehen. Sie war schon fast bei der Tür, als ihr Magen sie daran erinnerte, daß sie in der ganzen Hektik vergessen hatte zu frühstücken. Sie ging zurück in die Bibliothek, um Amado in der Winzerei anzurufen und ihm zu sagen, daß sie etwas später kommen werde, aber er hob nicht ab. Auf dem Weg zur Küche steckte sie ihre Bluse in den Rock, überprüfte nochmals ihren Sitz und wäre um ein Haar mit Michael zusammengestoßen, der am Küchenbüfett stand und in der Schublade herumwühlte, in der Consuela allerlei Trödel aufbewahrte.

»Was machst du denn hier?« fragte sie unverblümt. Seit diesem verhängnisvollen Abend in Modesto vor drei Monaten fochten sie beide einen heimlichen Wettkampf aus, bei dem es darum ging, jegliches Zusammentreffen ohne die Anwesenheit Dritter zu vermeiden. Elizabeth gab jedoch die Hoffnung nicht auf, daß sich ihr Verhältnis eines Tages wieder normalisieren würde. Zumindest redete sie sich das ein. Obgleich sie sich vorgenommen hatte, gesellschaftliche Kontakte zu knüpfen, als sie nach St. Helena gezogen war, war Michael bislang ihr einziger Freund. Und da Amado sich in letzter Zeit immer mehr von ihr zurückzog, blieb ihr niemand, mit dem sie reden konnte. Etliche Male schon hatte sie den Hörer in der Hand gehabt, um Alice anzurufen, doch ihr schlechtes Gewissen ließ sie jedesmal wieder auflegen. Sie brachte es einfach nicht übers Herz, ihrer Großmutter zu gestehen, daß der Märchenprinz und seine Prinzessin, so sah Alice sie nämlich in ihrer Phantasie, nicht glücklich miteinander waren.

»Ich habe geklingelt, aber niemand hat geantwortet.«

»Das meine ich nicht. Warum bist du nicht in der Kellerei und hilfst bei den Vorbereitungen für die Party? Ich war der Meinung, daß es niemandem gelungen ist, sich vor einem Job zu drücken.«

»Oh, das ist eine lange Geschichte.« Er machte sich wieder in der Schublade zu schaffen. »Weißt du, ob ich da drin vielleicht eine Pipette finde? Ich hab' vergessen, eine mitzunehmen.«

»Wofür brauchst du denn eine Pipette?«

»Kätzchen. Fünf Stück. Die sitzen bei mir zu Hause in einer Kiste und schreien sich die Seele aus dem Leib. Das Fläschchen, das mir der Tierarzt mitgegeben hat, lehnen sie ab.«

»Wo ist ihre Mutter?«

»Die ist heute morgen unter einen Traktor gekommen«, erwiderte er und knallte frustriert die Schublade zu.

Elizabeth hatte ihren Hunger vergessen. »Wie alt sind sie denn?«

»Das weiß offenbar niemand so genau. Tony meinte, die Mutter sei vor ungefähr einer Woche hier aufgetaucht. Sie sah so verhungert aus, deshalb hätten ihr die Jungs immer die Reste von der Brotzeit gegeben.« Er riß eine andere Schublade auf, sah, daß nur Kochlöffel darin lagen, und schob sie wieder zu. »Der Tierarzt schätzt sie auf zwei bis zweieinhalb Wochen. Er glaubt zwar nicht, daß sie durchkommen, doch er gab mir ein paar Dosen Spezialmilch mit und meinte, damit könne ich es ja mal versuchen.«

»Haben sie die Augen schon offen?«

»Nur ein wenig.«

Sie überlegte, wo sie kürzlich eine Pipette gesehen hatte, und dann fiel es ihr wieder ein. Wenn Amado seine Allergien allzusehr plagten, benutzte er immer Augentropfen. »Versuche es noch mal mit der Flasche«, schlug sie vor. »Wenn ich hier nichts Passendes finde, fahre ich schnell runter zum Laden und kaufe eine Pipette.«

Ein komisches Gefühl überkam sie, als sie in Amados Schlafzimmer stand. Sie hatte es erst zweimal betreten, seit Amado dort eingezogen war – nachts, als sie es vor Einsamkeit nicht mehr in ihrem Bett ausgehalten hatte, aufgestanden und so lange im Haus herumgegeistert war, bis sie sich vor Amados Schlafzimmertür wiederfand. Wie ein Dieb war sie dann in dieses Zimmer geschlichen, hatte sich leise neben ihn aufs Laken gelegt, um ihn nicht zu wecken, weit genug entfernt, um ihn nicht zu berühren, aber nah genug, um seinen Atem zu hören. Noch vor Sonnenaufgang war sie wieder verschwunden gewesen.

Amados Augentropfen standen nicht im Badezimmerschrank, aber die anderen Medikamente, die er gegen seine Allergien einnahm, auch nicht. Sie sah in der Kommode nach und in seinem Nachttisch. Nichts. Sie wollte die Suche schon aufgeben, da entdeckte sie ganz hinten in einem Fach seines Kleiderschranks eine Schachtel. Sie nahm den Deckel ab und fand neben etlichen Tablettenröhrchen eine Pipette, die noch in Folie eingeschweißt war.

Elizabeth wußte, daß Amado peinlichst genau darauf achtete, nichts Gefährliches in Reichweite seiner Enkelkinder herumliegen zu lassen, doch sie fand, daß er die Vorsicht manchmal etwas übertrieb. Zumal Elanas Kinder, die fast hundert Meilen von hier entfernt wohnten, ohnehin höchstens zweimal im Jahr zu Besuch kamen.

Nachdem sie die Pipette in ihre Handtasche gesteckt hatte, machte sie die Schachtel zu und stellte sie genau an den Platz zurück, wo sie gestanden hatte. Sie nahm sich vor, Amado gleich zu sagen, daß sie in seinem Zimmer herumgeschnüffelt hatte.

Wenig später klopfte sie an Michaels Haustür. Da er nicht antwortete, nahm sie an, er sei mit den Kätzchen beschäftigt, und ging einfach hinein. Sie war noch nie in seinem Haus gewesen. Beim Anblick der vollgestopften Bücherregale und der wuchtigen Polstermöbel in dem eher schlicht eingerichteten Wohnzimmer mußte sie lächeln. Es waren also seine Bücher, die ihn nachts so lange wachhielten. Etwas – noch etwas –, das sie gemeinsam hatten.

Im Wohnzimmer war es aufgeräumt, aber es herrschte keine penible Ordnung, und das gefiel ihr. Die Kissen, die sich in der einen Sofaecke türmten, waren keine Dekoration, sondern erfüllten den schlichten Zweck, es sich mit einem Buch darauf bequem zu machen. Es gab eine ganze Menge Lampen in diesem Raum, und keine paßte zur anderen. Der Kamin sah aus, als würde er regelmäßig benutzt, und die Bilder an der Wand waren Originale, meist Aquarelle, die Meeresszenen darstellten.

»Ich hab' eine gefunden!«, rief Elizabeth in den angrenzenden Flur hinein, um sich bemerkbar zu machen und zu sehen, wo Michael steckte.

»Ich bin hier!«, rief er zurück.

Von dem Flur gingen drei Türen ab. »Geht es ein bißchen genauer?«

Gleich darauf erschien er in der Tür gegenüber der Treppe. Aus seinen gewölbten Händen, die er vor der Brust hielt, hörte Elizabeth ein jämmerliches Piepsen. »Gott sei Dank«, sagte er, als er die Pipette sah. »Ich war schon nahe daran, die Fingerkuppen von einem meiner Handschuhe abzuschneiden.«

Sie lachte. »Das macht man bei jungen Kälbern, Michael. Man könnte fast glauben, daß du in einer Großstadt aufgewachsen bist.«

Er übergab ihr das Kätzchen und nahm die Pipette. »Mein Vater war Farmer, nicht Ranger. Mit Tieren hatte er nichts im Sinn.«

Vorsichtig drückte sie das winzige, orangegestreifte Fellknäuel an ihre Wange. »Wie kann man nur keine Tiere mögen?«

»Er sagte immer, es sei schon genug Arbeit, seine Familie durchzufüttern, da brauche er nicht auch noch Tiere im Stall.«

Das Kätzchen preßte seine feuchte Schnauze an Elizabeth' Ohrläppchen und versuchte, daran zu nuckeln. »Wo ist denn die Milch, die der Tierarzt dir gegeben hat?«

»Im Schlafzimmer. Ich habe heute früh ausprobiert, ob sie sie von meinem Finger ablecken.«

»Dafür sind sie noch zu klein.«Frustriert über den vergeblichen Versuch mit dem Ohrläppchen, begann das Kleine wieder zu maunzen. Elizabeth legte es an ihre Halsbeuge und ging den Flur entlang. »Ist ja gut«, beruhigte sie es. »Nur noch ein paar Minuten … sch … ich weiß ja, daß du Hunger hast … ist ja schon gut.«

»Sieht aus, als hättest du so was schon öfter gemacht«, sagte Michael.

Sein hoffnungsvoller Tonfall war nicht zu überhören. »Meine Großmutter war die eigentliche Expertin. Bevor mein Großvater starb und sie die Farm verkaufen mußte, brachten ihr die Leute aus der Gegend alle verwaisten Tierkinder, die sie irgendwo aufgelesen hatten. Als ich zu ihr kam, lebte sie leider schon in der Stadt. Da hatten wir dann nur noch junge Hunde und Katzen.«

Sie ging schnurstracks in Michaels Schlafzimmer, entdeckte die Schachtel auf seinem Bett und schaute hinein. Die übrigen Kätzchen schliefen eng aneinandergekuschelt in einer Ecke. »Bei fünfen geht es schneller, wenn wir sie gemeinsam füttern. Ich fahre nachher gleich zur Apotheke und hole noch ein paar Pipetten.«

Michael füllte inzwischen die eine mit Milch. »Und was jetzt?«

Elizabeth setzte sich auf die Bettkante und hielt den Kopf des Kätzchens fest. »Steck ihm den Tropfer in den Mund und drück' dann vorsichtig oben auf den Gummi.«

Das Katzenkind reagierte sofort, schlang seine Zunge um das Pipettenende, sog daran und schluckte gierig die Milch. »Schau dir das an«, rief Michael leise.

Er klang so mit sich selbst zufrieden, daß Elizabeth lächeln mußte. »Langsam, nicht so schnell«, sagte sie.

»Das geht ja viel besser, als ich dachte.«

»Wenn sie getrunken haben, muß man ihnen eine Weile den Bauch streicheln.«

Michael sah von der Pipette auf, die er gerade nachfüllte. »Warum das denn?«

»Nun, laut meiner Großmutter schleckt eine Katzenmutter ihre Jungen nicht nur ab, um sie zu putzen, sondern in erster Linie, um ihre Verdauung anzuregen. Ich persönlich glaube, daß die Jungen dadurch auch zutraulicher und später richtige Schoßkatzen werden. Diejenigen, die sich gerne streicheln lassen, haben wohl auch fürsorgliche Mütter gehabt.«

Er mußte die Pipette noch etliche Male nachfüllen, bis das erste Junge satt war. Als Elizabeth das zweite auf dem Schoß hatte, sah Michael zu ihr auf und fragte: »Wie alt warst du, als deine Eltern starben?«

»Ich bin mit zehn zu meiner Großmutter gekommen.« Auf dieses Thema angesprochen, gab Elizabeth lieber eine ausweichende Antwort, anstatt zu lügen, besonders bei Leuten, die ihr etwas bedeuteten. Es war zwar nur eine Kleinigkeit, die nur für sie selbst wichtig war, aber es gab Zeiten, da hatte sie nicht mehr als das bißchen Aufrichtigkeit zu geben.

»Waren noch andere Autos darin verwickelt?«

»Was?«

»In den Unfall.«

»Oh... ja, es passierte spätnachts.« Als sie aufs College kam, beschlossen George Benson und ihre Großmutter, daß es einfacher und sicherer sei, nicht nur Elizabeth Prestons Namen anzunehmen, sondern auch gleich ihre ganze Geschichte.

»Es muß fürchterlich für dich gewesen sein, erst deine Eltern zu verlieren und dann auch noch alle deine Freunde, als du zu Alice gezogen bist.«

Die wenigen Einzelheiten, die er von ihr wußte, waren zu unterschiedlich, als daß sie bei einer Geschichte bleiben konnte. Ihr Verstand gebot ihr, ihm Elizabeth' Geschichte zu erzählen; doch ihr Herz drängte sie, ihm soviel wie möglich von Jenny anzuvertrauen. »Als ich klein war, sind wir sehr oft umgezogen, deshalb habe ich nie richtige Freunde gehabt. Und als ich dann bei meiner Großmutter lebte, hatte sich dieses Muster schon irgendwie festgesetzt. Mir scheint, ich bin schon mein ganzes Leben lang ein Einzelgänger gewesen.«

»So wie die Kätzchen, die nicht gestreichelt werden?«

Sie wollte nicht, daß er zuviel über ihr Wesen erfuhr. Nicht, daß sie Angst davor hatte, daß er aus diesen Informationen einen Vorteil zog, sie befürchtete vielmehr, daß zwischen ihnen eine zu starke Bindung entstehen könnte, wenn er herausfand, wer sie war. Sie spürte die starke Verlockung, einen Menschen ins Vertrauen zu ziehen, doch von dieser Möglichkeit durfte sie keinen Gebrauch machen. Nicht bei Michael. »Ja, so könnte man es ausdrükken.«

»Da steckt aber noch mehr dahinter, hab' ich recht?«

»Ja«, gab sie zu. Sie wartete, innerlich darauf gefaßt, daß etwas Dramatisches geschehen würde; aber nichts passierte. Kein Blitz, kein Donnerschlag, nicht einmal ein abschätzender Blick von Michael folgte ihrer Offenbarung.

»Aber du willst mir nicht erzählen, was es ist, stimmt's?«

Mit ihrem Rocksaum wischte sie dem grauen Kätzchen die Milch von der Schnauze, bevor sie es zurück in die Kiste setzte und sich das nächste holte, wieder ein graues, aber mit etwas längerem Fell. Ihre Beschäftigung mit den Katzen war Antwort genug.

»Du hast dich der Familie deines Vaters entfremdet, nehme ich an.«

Elizabeth mußte lachen und antwortete entgegen ihrem Vorsatz auf seine Frage: »Entfremdet, was für ein seltsamer Ausdruck.«

»Nun, halt dich daran nicht fest. Ich wollte damit eigentlich nur sagen, daß ich es eigenartig fand, daß du zu eurer Hochzeit nur Alice eingeladen hast. Du mußt doch noch andere Verwandte haben, die du noch manchmal siehst.«

»Die Familie meines Vaters hat ihn noch vor meiner Geburt enterbt. Als ich in der Highschool war, wollte ich unbedingt meine Familie kennenlernen, und Alice hat tatsächlich ein paar von ihnen ausfindig gemacht. Doch als ich mit ihnen Kontakt aufgenommen hatte, haben sie mir klargemacht, daß sie nichts mit mir zu tun haben wollten.« Das zumindest entsprach der Wahrheit.

Michael unterbrach das Füttern. »Das ist wirklich beschissen. Ich hätte nicht davon anfangen sollen. Tut mir ehrlich leid.«

»Das konntest du ja nicht wissen.«

»Aber ahnen hätte ich es können, zum Teufel noch mal. Als du mir erzählt hast, daß du keine Kinder bekommen kannst, und so reagiert hast, als ob dies das Ende der Welt sei, da war ich sehr erstaunt. Ich glaubte, daß vor allem Amado das Baby wollte. Aber das stimmt nicht, oder?«

»Wenn einen die eigenen Eltern verlassen, dann wächst man in dem Glauben heran, daß man den eigenen Kindern eines Tages eine Supermutter sein wird. Und an so einem Traum hält man leider nur zu gerne fest.«

»Ich habe noch nie darüber nachgedacht, aber ich kann mir vorstellen, daß der Tod der Eltern für ein Kind so etwas ist wie Verrat.«

Sie mußte sich irgendwie elegant aus dieser Unterhaltung ausklinken, um ihm nicht noch mehr von sich preiszugeben. Auch wollte sie nicht, daß sie sich später einmal mit Reue und Bedauern an diesen Tag erinnern müßte. »Als Kind glaubt man immer, man sei der Mittelpunkt des Universums«, sagte sie mit einer abschließenden Geste.

Michael reagierte prompt auf ihren Versuch, das Gespräch wieder in unverfänglichere Bahnen zu lenken, und meinte leichthin: »Ich wette, als kleines Mädchen hast du immer Schleifen und Rüschenkleider getragen. Ich kann mir genau vorstellen, wie du mit deinen langen Korkenzieherlocken und den großen blauen Augen kleine freche Jungs wie mich an die Wand gespielt hast.«

»Oh, da muß ich dich enttäuschen. Mit dieser Vorstellung

liegst du meilenweit daneben«, entgegnete sie und konzentrierte sich wieder auf das Katzenkind in ihrem Schoß. Michael kniete sich vor sie auf den Boden, so daß ihre Augen auf gleicher Höhe waren und sie ihn ansehen mußte. »Dann erzähl mir doch, wie du gewesen bist.«

Der Klang von Amados Stimme enthob sie einer Antwort. »Elizabeth? Michael? Seid ihr hier?«

Michael erhob sich rasch. »Wir sind im Schlafzimmer.«

Sekunden später stand Amado im Türrahmen. Er begrüßte Elizabeth mit einem Lächeln und wandte sich dann an Michael. »Ich habe geklopft, aber ihr habt mich wohl nicht gehört. Als Tony mir von den jungen Katzen erzählte, dachte ich mir schon, daß ich euch hier finden würde.«

»Ich habe vorhin versucht, dich telefonisch zu erreichen, um dir zu sagen, daß ich mich ein bißchen verspäten werde«, sagte Elizabeth. »Aber dann war ich so mit den Kätzchen beschäftigt, daß ich darüber ganz vergessen habe, dich nochmals anzurufen.«

»Das verstehe ich. Ich bin auch nur gekommen, um nachzusehen, ob du nicht irgendwo steckengeblieben bist.« Er lächelte sie herausfordernd an. »Wenn du dir endlich ein Autotelefon installieren lassen würdest ...«

Sie hatte sich bislang standhaft geweigert zu glauben, daß sie so wichtig sei, daß sie für jedermann, einschließlich Amado, rund um die Uhr erreichbar sein müßte. »Wir müssen nur noch eines füttern, dann sind wir fertig.«

»Wie geht es ihnen denn?«

Sie lächelte. »Komm her und sieh sie dir an.«

Amado hob abwehrend die Hand. »Nein, danke, selbst aus dieser Entfernung spüre ich schon ...«

»Du bist auch gegen Katzen allergisch?« fragte sie enttäuscht.

»Katzenhaare sind am schlimmsten.«

»Das tut mir leid, Amado«, sagte Michael. »Das hast du mir nie gesagt. Ich hatte keine Ahnung davon.«

»Wenn sie hier bei dir sind, habe ich damit keine Probleme. Ich glaube, ich überlasse euch jetzt wieder eurer Arbeit und kümmere mich um die meine.«

»Wo finde ich dich denn, wenn ich hier fertig bin?«

Er zögerte ein wenig mit der Antwort. »Du brauchst nicht nach mir zu suchen. Ich wollte heute vormittag hier nur alles schnell erledigt wissen, weil ich heute nachmittag einen Termin in Santa Rosa habe.«

»Soll ich noch etwas Bestimmtes tun, während du weg bist?« Sie wußte zwar schon, was er antworten würde, wollte aber trotzdem gefragt haben. Da Consuela seit zehn Jahren Amados Partys organisierte, war sie auf diesem Gebiet der absolute Profi. Und diese Position wollte Elizabeth ihr auch nicht streitig machen.

»Consuela hat alles unter Kontrolle, wie sie mir versicherte. Aber falls du etwas Zeit hast, könntest du einmal nachsehen, ob im Cottage alles für die Gäste bereit ist.«

»Du hast mir gar nicht gesagt, daß wir Übernachtungsbesuch haben.«

»Elana und Edgar konnten es schließlich doch noch einrichten zu kommen.«

Seit ihrer unerfreulichen Begegnung mit Edgar in Amados Apartment hatte sie weder ihn noch Elana wiedergesehen. »Gut, sobald ich hier fertig bin, gehe ich rüber und sehe nach dem Rechten.«

Amado nickte. »Bis später dann.«

Michael brachte Amado zur Tür, während Elizabeth aufstand, um das Kätzchen in die Schachtel zurückzulegen und sich die letzte hungrige Seele vorzunehmen. Doch die restlichen vier hatten sich inzwischen wieder so eng in eine Ecke gequetscht, daß sie Mühe hatte, das herauszufinden, das noch nichts bekommen hatte. Als sie schließlich das kleinste aus dem Wurf in der Hand hielt, verschlug es ihr vor Überraschung beinahe die Sprache.

»*Howard!*« Sie hielt das Kleine hoch und studierte sein

Gesichtchen. Das konnte doch nicht wahr sein, dachte sie und fuhr mit den Fingern prüfend an seinem Schwanz entlang, in der festen Überzeugung, den kleinen Knubbel nicht zu spüren, den Howard am Schwanzende hatte. Doch er war da. Sie drückte das Fellbündel an ihre Wange und schloß die Augen. »Du bist zurückgekommen, stimmt's?« Sie streichelte mit der Fingerspitze über sein Köpfchen. »Es tut mir leid, dir das sagen zu müssen, mein lieber Howard, aber diesmal hast du Pech gehabt, fürchte ich. Ich kann dich nicht mit nach Hause nehmen.«

Michael kam ins Schlafzimmer zurück. »Fertig?«

Es überraschte sie nicht, daß der wiedergeborene Howard eher freudlos an der Pipette sog und nach der zweiten Füllung seinen Kopf zur Seite drehte und nichts mehr trinken wollte.

»Glaubst du, er ist krank?« fragte Michael besorgt.

»Er ist wahrscheinlich nur fix und fertig vom vielen Maunzen.« Sie wollte sich nicht lächerlich machen, indem sie Michael erzählte, daß ihr alter Howard auch immer ein schlechter Esser gewesen war.

Michael streichelte dem Kleinen vorsichtig über den Rücken und hob dann das kleine Köpfchen an. »Es fällt mir nicht leicht, das zu sagen, besonders nicht vor ihm«, begann er, nachdem er sich den kleinen Kater genauer angesehen hatte. »Aber es gibt keinen Grund, die Wahrheit zu beschönigen.« Seine Stimme war nur mehr ein Flüstern. »Dieses Exemplar hier ist mit Abstand das häßlichste von allen. Der sieht ja nicht aus wie eine Katze, sondern eher wie eine magersüchtige Fledermaus. Für den einen Platz zu finden wird sicherlich nicht einfach sein.«

»Ach, das verwächst sich noch«, meinte sie im Brustton der Überzeugung.

Jetzt sah Michael Elizabeth zum erstenmal richtig an, seit er zurückgekommen war. »Hast du was?«

»Wieso, was sollte ich denn haben?«

»Ich weiß nicht.« Er musterte sie genauer. »Es ist wegen dem kleinen Kater hier«, gab sie schließlich zu. »Er erinnert mich so stark an den Kater, den ich einmal hatte. Oder genauer gesagt, umgekehrt. Der mich hatte.«

»Möchtest du darüber reden?«

Elizabeth stöhnte. »Du und Lucy. Ihr solltet Charles Schulz fragen, ob er nicht einen Job für euch hat.«

»Das würde nicht funktionieren. Für einen Nickel gibt Lucy jedem einen guten Ratschlag. Ich bin da etwas wählerischer.«

Ihr Herz veranstaltete einen kleinen Freudentanz, als sie in Michaels Augen blickte. Unwillkürlich war ihre Erinnerung an das wunderbare Gefühl, von ihm umarmt zu werden, zurückgekehrt. Sie tat so, als würde sie sich bequemer hinsetzen, und rückte ein Stück von ihm ab. »Ich zeig' dir, wie du mit Howard umgehen mußt, und dann kannst du dich weiter um die anderen kümmern. Ich fahre inzwischen rasch zur Apotheke und hole noch eine Pipette.«

»Howard? Ich nehme an, so hieß auch dein Kater.«

»So habe ich ihn jedenfalls genannt, was aber nicht heißt, daß er jemals auf seinen Namen reagiert oder gehört hätte, wenn ich ihn rief.«

Nachdem sie Howards Bäuchlein ausgiebig massiert hatten, setzte ihn Michael wieder zu seinen Geschwistern in die Schachtel und begleitete Elizabeth zur Tür.

»Bist du sicher, daß du heute nacht allein mit dieser Bande fertig wirst?« fragte sie.

»Zweifelst du an meiner Geschicklichkeit oder an meinen mütterlichen Instinkten?«

»Ich habe nur gerade überlegt, daß du nicht viel Schlaf finden wirst, da du sie alle zwei Stunden füttern mußt.«

Michael schnitt eine Grimasse. »Der Tierarzt hat mir nichts davon gesagt, daß man sie alle zwei Stunden ...«

»Das habe ich mir schon gedacht.« Sie trat auf die Veranda hinaus. »Ich hätte sie dir gerne heute nacht abgenommen, aber ich weiß momentan nicht, wohin damit. Amado ist ja allergisch gegen Katzen, und das Cottage ist besetzt. Elana und Edgar bleiben über Nacht. Wenn die beiden wieder weg sind, können wir uns gerne abwechseln. Aber bis dahin…«

»Wir kommen schon zurecht. Soviel Arbeit kann das nicht sein.«

Elizabeth lächelte wissend. »Morgen früh sprechen wir uns wieder.«

Amado kam früher als erwartet zurück, und so hatten sie noch eine halbe Stunde Zeit, bevor sie zur Kellerei aufbrechen mußten. Er kam zu ihrem Schlafzimmer und blieb in der Tür stehen.

»Komm herein«, forderte sie ihn auf.

Bei ihrem Anblick lächelte er. »Du siehst bezaubernd aus. Wie immer.«

»Vielen Dank.« Das Abendkleid, das sie für die Party ausgewählt hatte, war ein Bob-Mackie-Modell, butterblumengelb, knielang und einfach, aber elegant geschnitten. Sie mochte die Art, wie das Kleid fiel und wie es sich ihren Bewegungen anpaßte, ohne sie einzuengen. »Alice hat mir beim Aussuchen geholfen. Sie war überzeugt, daß dir die Farbe gefallen würde.«

»Ja, sie hat genau meinen Geschmack getroffen«, sagte er und blieb, das Kinn auf eine Hand gestützt, vor ihr stehen und sah sie prüfend an. »Aber ich glaube, da fehlt noch eine Kleinigkeit«, fügte er geheimnisvoll hinzu. »Warte einen Augenblick. Ich bin gleich zurück.«

Als er wiederkam, hielt er ein kleines Päckchen in der Hand. Es war in Goldpapier verpackt, und in der Schleife steckte eine Orchidee. »Herzlichen Glückwunsch«, sagte er und reichte ihr das Päckchen.

Elizabeth' Gesicht verlor jegliche Farbe, während sie verzweifelt versuchte, sich an das heutige Datum zu erinnern.

»Aber es ist doch noch nicht der …« Großer Gott, sollte sie tatsächlich diesen Tag vergessen haben? »Nein, heute doch nicht.«

»Ich wußte, daß ich dich nur dann würde überraschen können, wenn wir schon früher feierten.«

»Also feiern wir mit dieser Party unseren Hochzeitstag?«

Er wirkte sehr zufrieden mit sich. »Wie ich sehe, ist mir die Überraschung gelungen.«

»Und wie, das kann ich dir versichern«, gab sie zu.

»Mach doch dein Geschenk auf.«

Sie fuhr mit dem Zeigefinger unter das Goldpapier und löste den Klebestreifen. Es war eine Schmuckschatulle, das erkannte sie sofort. Der Gedanke an das, was sie darin vorfinden mochte, löste bei ihr keine echte Freude aus. Sie konnte weder die Ohrringe tragen, die Amado ihr zu Weihnachten geschenkt hatte, noch das Kollier, das sie am Valentinstag in einem Strauß roter Rosen gefunden hatte, oder den Ring, den er in ihrer Geburtstagstorte versteckt hatte, ohne sich dabei wie eine wandelnde Reklame für De Beers vorzukommen. »Amado, das war doch nicht nötig. Ich hätte mich genauso …«

Amado strahlte vor lauter Vorfreude. »Nun sieh doch erst mal nach, was drin ist, Elizabeth, bevor du weitersprichst.«

Widerwillig drückte sie auf den Verschlußknopf. Was sie sah, als der Deckel aufschnappte, war noch schlimmer, als sie erwartet hatte. Viel schlimmer. Sie starrte den funkelnden Solitär an und versuchte, sich die passenden Dankesworte zurechtzulegen. Es gab Länder in der Dritten Welt, deren Jahresbudget sicherlich weit unter der Summe lag, die Amado für diesen Smaragd hingeblättert haben mußte – ganz zu schweigen von der Fassung aus Brillanten und der schweren, massiven Goldkette, die ebenfalls mit Brillanten besetzt war. »Ich bin sprachlos.« Mehr wußte sie im Augenblick nicht dazu zu sagen, aber es war zumindest die Wahrheit.

»Darf ich sie dir umlegen?« – »Bitte. Ich glaube nicht, daß ich im Moment selbst dazu in der Lage wäre.« Mit geschickten Handgriffen schloß er das Kollier in ihrem Nakken. Die Steine fühlten sich kühl an auf ihrer Haut. Und schwer.

»Jetzt laß dich ansehen«, sagte er und drehte sie herum.

Zögernd tastete sie nach dem Smaragd. Das war die Sorte Juwelen, die Filmstars zu tragen pflegten, aber kein Schmuck für die Tochter von Bill und Anne Cavanaugh. Als nächstes kam ihr die Bemerkung in den Sinn, die Elana am Weihnachtstag gemacht hatte, als sie die neuen Ohrringe getragen hatte. Genau den Moment abpassend, als sie an ihnen vorüberging, hatte Elana Edgar zugeflüstert: »Es ist zwar ein abgedroschenes Klischee, aber trotzdem wahr, fürchte ich. Das einzige, was Männer von kleinen Jungs unterscheidet, ist der Preis ihres Spielzeugs. Schade, daß Daddy nichts ausgesucht hat, von dem wir alle was haben, eine Jacht zum Beispiel oder ein Privatflugzeug.«

Ein Lächeln zuckte in Elizabeth' Mundwinkeln, als sie überlegte, welchen Kommentar Elana wohl zu diesem Schmuckstück abgeben würde. »Und?« drängte sie Amado.

Er schüttelte in gespielter Enttäuschung den Kopf, doch das spitzbübische Lächeln seiner Augen verriet ihn. »Du stiehlst dem Stück die Schau, Elizabeth. Es kann gegen dich nicht bestehen. Ich finde, wir sollten es zurückgeben.«

Mit schmerzlicher Genauigkeit tauchte vor Elizabeth' innerem Auge plötzlich das Bild von jenem Amado auf, den sie geheiratet hatte. Lag dieser Tag tatsächlich erst ein Jahr zurück? Nur zu gerne hätte sie dieses Kollier dafür gegeben, ihn wieder so zu sehen, wie er damals war, und wenn es auch nur für eine Nacht wäre. Seinen Vorschlag beantwortete sie mit einem herausfordernden Blick. »Du willst mir doch bloß das Kollier wieder abluchsen. Ich weiß schon, warum die Paragraphen über Besitzrecht neun Zehntel unseres Gesetzbuches füllen.«

Er machte einen Schritt auf sie zu, und einen Moment lang dachte sie wirklich, er würde sie umarmen und küssen. Für die Dauer eines Herzschlags glaubte sie, daß dieser seit drei Monaten währende Alptraum nun endlich vorüber sei.

Ihre Hoffnung bewahrheitete sich zum Teil. Er küßte sie tatsächlich. Doch seine Lippen berührten nur ihre Wange, nicht ihren Mund. Bemüht, ihre Enttäuschung zu verbergen, sagte sie nur: »Ich danke dir, Amado.« Die Freude, die sie nicht empfand, konnte sie auch nicht ausdrücken. Deshalb fügte sie wahrheitsgemäß hinzu: »Das ist das schönste Geschenk, das ich je bekommen habe.«

»Es war mir ein Vergnügen, Elizabeth.«

Bevor er sich ganz abwenden konnte, entdeckte sie in seinen Augen dieselbe Traurigkeit, die auch sie verspürte. Sie unternahm den zaghaften Versuch, ihn daraufhin anzusprechen, doch als er sich wieder ihr zuwandte, sah sie, daß er die Zugbrücke wieder hochgezogen und sie ausgesperrt hatte.

»Sollen wir gehen?« fragte er.

»Wir müssen darüber sprechen, was mit uns geschehen ist, Amado.« Es war kein günstiger Zeitpunkt für eine Aussprache, das wußte sie, aber es mußte einfach heraus.

»Ja«, erwiderte er. »Aber nicht heute abend.«

»Meinst du das im Ernst?«

Statt einer Antwort sah er ihr eine ganze Weile lang in die Augen, und dann, als habe er bei dem Kampf, der in seinem Inneren tobte, die Waffen gestreckt, beugte er sich vor und küßte sie. Diesmal trafen sich ihre Lippen. Diesmal hielt er keine Gefühle zurück, sondern zeigte ihr, daß er sie ebensosehr begehrte wie sie ihn. Eine Feuersbrunst raste durch ihre Venen. Sie öffnete ihre Lippen, ihr Kuß wurde leidenschaftlicher, und ihr Körper preßte sich gegen den seinen. Doch so schnell dieser Sinnestaumel begonnen hatte, so schnell war er auch wieder vorbei.

»Niemand wird uns vermissen, wenn wir etwas später kommen«, flüsterte sie lockend.

Amado lächelte und hielt sie weiterhin umschlungen. »Irgendwann und irgendwo muß ich dich durch eine wunderbare Tat verdient haben. Deine Geduld und dein Verständnis geben mir unendlich viel Kraft.«

Dieses Kompliment war liebevoll gesagt und gewiß ehrlich gemeint, doch im Augenblick hatte sie etwas ganz anderes hören wollen. »Ich habe mich so nach dir gesehnt, Amado.«

»Ich werde immer für dich dasein, solange du mich willst.«

»Dann wird es für ewig sein.«

Er küßte sie auf die Stirn. »Mögen diese Worte von deinen Lippen direkt in Gottes Ohr gelangen, meine geliebte Elizabeth.«

17

Ohne den Mond war es schwierig, das Ende des Horizonts zu erkennen und auszumachen, wo die Sterne aufhörten und die Lichter im Tal begannen. Elizabeth schob die Ärmel ihres Sweatshirts über die Ellbogen und ließ sich von ihren himmelwärts gerichteten Gedanken entführen, glücklich darüber, daß diese sie für eine kurze Weile ablenkten von den Fragen, die sie quälten. Dann wandte sie sich von der Verandabrüstung ab und beschloß, durch einen kleinen Spaziergang für die nötige Bettschwere zu sorgen. Da fiel ihr ein, daß im Cottage ja Elana und Edgar übernachteten. Um halb drei Uhr morgens lagen sie wahrscheinlich in tiefem Schlaf, aber sie wollte nicht riskieren, daß einer der beiden vielleicht doch noch wach war und sie allein im Garten herumspazieren sah. Deshalb setzte sie sich in einen der Liegestühle, die auf der Veranda standen, und lauschte dem Zirpen der Grillen. Nach einer Weile zog sie die Beine hoch und lehnte die Stirn gegen ihre Knie.

Übereinstimmend hatten die Gäste ihr versichert, daß dies die gelungenste Party der Saison gewesen sei. Amado hatte keine Kosten gescheut – Beluga-Kaviar, frischer Lachs aus Alaska, Steaks aus Nebraska, Torten und Konfekt aus Stanford Court und zur musikalischen Untermalung ein Streichquartett des Symphonieorchesters von San Francisco. Sie schauderte bei dem Gedanken, was die Cateringfirma allein für das Essen pro Gast berechnen mochte. Und das mal dreihundert.

Es waren nicht so sehr die Kosten, die sie störten, sondern diese unglaubliche Verschwendung. In solchen gesellschaftlichen Kreisen war es üblich, mehr auf sein Gewicht zu achten als die Spezialitäten zu genießen, die man zu sich nahm. Wie immer war auch an diesem Abend mehr Essen in die Mülltonne gewandert als verzehrt worden. Jeden Abend mußte die eine Hälfte der Menschheit hungrig zu Bett gehen, während die andere Hälfte im Überfluß lebte.

Und wozu das alles?

Amado hatte ihr mit dieser Party eine Freude machen wollen, doch sie wäre über ein nettes Abendessen im kleinen Kreis sehr viel glücklicher gewesen. Ein verborgener Hinweis, daß sie anschließend in Amados Bett willkommen wäre, hätte ihr weitaus mehr bedeutet als sein Versprechen, mit ihr für zwei Wochen nach Frankreich zu reisen.

Nachdem er sie den ganzen Abend über verwöhnt und mit unverhohlener Leidenschaft angesehen hatte, waren sie vor einer Stunde nach Hause gekommen. Amado hatte sie zu ihrer Schlafzimmertür gebracht, auf die Stirn geküßt und ihr eine gute Nacht gewünscht. Um ihn noch eine Weile bei sich zu halten, hatte sie ihn an das Gespräch erinnert, das sie noch führen wollten. Doch er hatte sich mit der Ausrede entschuldigt, er habe am nächsten Morgen eine wichtige Besprechung und brauche deshalb seinen Schlaf.

Elizabeth war verwirrt und verletzt gewesen und hatte sich alle Mühe gegeben, ihm keine Szene zu machen. Nicht, daß sie nicht bereit gewesen wäre, bei einem derartigen Auftritt ihr Bestes zu eben, wenn sie sich etwas davon versprochen hätte. Aber die Angst, daß ein emotionaler Ausbruch sie nur noch weiter voneinander entfernen würde, hatte sie davon abgehalten.

Doch ihre Gefühle waren an diesem Abend weit über Angst hinausgegangen. Ohne daß ihr dies bewußt geworden wäre, hatte sich ihr Stolz zu Wort gemeldet. Was, wenn sie sich dazu hätte hinreißen lassen, ihm zu sagen, wie sie sich wirklich fühlte? Was, wenn sie sogar so weit gegangen wäre, ihn darum zu bitten, mit ihr zu schlafen? Und was, wenn Amado als der leidenschaftliche Mann, der er in Wirklichkeit war, ihrer Bitte tatsächlich nachgekommen wäre und wieder versagt hätte? Ihrer beider Hoffnung, daß sich mit der Zeit alles von selbst regeln würde, wäre wie eine Seifenblase zerplatzt.

Sie erhob sich aus dem Liegestuhl und trat wieder an die Brüstung. Sie war erfüllt von nervöser Energie, jede Faser ihres Körpers war zum Zerreißen gespannt. Aber anstatt wieder über das Tal zu blicken, drehte sie sich um und starrte auf das Haus.

Was war nur schiefgelaufen? Es mußte mehr sein als nur der Umstand, daß sie keine Kinder bekommen konnte. Hatte sie nicht alles getan, um sich seiner Welt und seinem Leben anzupassen? Er schmückte sie wie einen Christbaum. Er versicherte ihr immer wieder, wie sehr er sie liebe. Manchmal, wie an diesem Abend, verhielt er sich sogar so, als begehre er sie immer noch, aber er konnte oder wollte nicht mit ihr schlafen.

Sie vermißte diese sexuelle Intimität mehr, als sie es für möglich gehalten hätte.

Sie fühlte sich so einsam.

Ganz allmählich wurde Michael gewahr, wie etwas Warmes, Feuchtes gegen sein Kinn stupste. Er stöhnte verschlafen und drehte seinen Kopf auf die andere Seite. Das Kätzchen folgte ihm. »Ich hab' dich doch gerade erst gefüttert«, brummte er. »Schlaf weiter.«

»Es will doch etwas ganz anderes«, sagte Elizabeth. Er riß die Augen auf. Das schwarze Kätzchen stand mit den Vorderpfoten auf seiner Wange, und sein Bauch lag auf seinem Mund. Er blinzelte sich den Schlaf aus den Augen, während er den pelzigen Störenfried neben sich aufs Kopfkissen setzte. »Elizabeth?«

»Ich bin hier drüben«, antwortete sie.

Und dann sah er sie. In einem grauen Jogginganzug, der ihr etliche Nummern zu groß war, stand sie neben der Tür, die Schachtel mit den Katzen in der Hand. »Was machst du hier?«

»Ich war noch wach, und als ich sah, daß bei dir Licht brennt, dachte ich mir, du seist gerade bei der Raubtierfütterung und könntest Hilfe gebrauchen.« Sie zuckte entschuldigend die Schultern. »Und da du auf mein Klopfen nicht geantwortet hast, nahm ich an, du könntest im Moment nicht aufstehen, und bin einfach reingekommen. Weißt du, du solltest dir wirklich mal eine Türklingel zulegen.« Sie stellte die Schachtel mit den Kätzchen vorsichtig auf den Boden, wartete einen Moment, ob sie aufwachen würden, und wandte sich, als sie sich nicht rührten, wieder Michael zu. »Entschuldige, daß ich mich wie ein Dieb hereingeschlichen habe.«

Michael gähnte, blinzelte mehrmals und rieb sich die Augen. Er war versucht, sich wieder in den außergewöhnlich klaren Traum zurückfallen zu lassen, der, wenn er es genau betrachtete, viel realistischer war als die Szene, die sich gerade hier abspielte – Elizabeth mitten in der Nacht in seinem Schlafzimmer. »Wie lange bist du denn schon hier?«

»Weiß nicht genau. Vielleicht eine halbe Stunde. So tief, wie du geschlafen hast, habe ich gedacht, daß du nicht aufwachen würdest, wenn ich mir die Kätzchen hole und sie nebenan füttere. Ich hätte dir dann einen Zettel hingelegt, daß ich da war.«

Howard pirschte sich wieder an und versuchte, an Michael hochzukrabbeln. Als er glücklich auf seiner behaarten Brust angelangt war, steckte er sein Näschen in das vermeintliche Fell und gab schnüffelnde und schmatzende Geräusche von sich. »Da wirst du kein Glück haben.«

»Soll ich ihn nehmen?«

Michael hob das Katerchen hoch, setzte sich auf und lehnte sich mit dem Rücken gegen das Kopfende des Bettes, sorgsam darauf bedacht, daß ihm das Leintuch nicht von den Hüften rutschte. »Nein, nicht nötig. Das haben wir beide heute nacht schon ein paarmal durchexerziert.« Er setzte Howard auf seine Schulter, und keine drei Sekunden später hatte dieser sich in der Kuhle hinter Michaels Schlüsselbein einmal um sich selbst gedreht und sich dann so eingerichtet, daß sein Köpfchen unter dessen Kinn zu liegen kam.

»Das sieht man«, lächelte sie.

»Was wolltest du denn wirklich hier?«

Seine Frage ließ ihr Lächeln erlöschen. »Ich sagte dir doch, ich sah Licht und …«

»Ja, ich weiß schon, du wolltest mir helfen.«

»Hör zu, wenn du nicht willst, daß ich hierherkomme, dann brauchst du es nur zu sagen.«

Hinter dem Trotz, den sie zur Schau stellte, spürte Michael eine gewisse Verletztheit. Irgend etwas ging hier vor. Aber was? Die Frage lag ihm schon auf der Zunge, doch im letzten Moment fiel ihm ein, daß sie bestimmt aufstehen und nie mehr wiederkommen würde, wenn er jetzt weiterbohrte. »Nein, ich wundere mich nur, daß es tatsächlich Menschen gibt, die mitten in der Nacht aufstehen, wenn es nicht unbedingt sein muß.«

Offenbar akzeptierte sie seine Erklärung. »Ich konnte nicht schlafen.«

»Zuviel Aufregung vielleicht?« fragte er, um ihr den Rückzug auf sicheren Boden zu erleichtern.

Ihr Blick bewies ihm, daß sie seine Absicht bemerkt hatte und ihm dafür dankbar war.

Sie lehnte sich mit der Schulter an den Türpfosten. »Die Party war gelungen, nicht wahr?«

»Die beste, die seit Jahren hier in der Gegend gestiegen ist.«

»Also, soll ich Howard noch schnell füttern, bevor ich gehe?«

»Nein, laß nur. Ich kümmere mich schon um ihn.« Als sie sich zum Gehen wandte, setzte er hinzu: »Erstaunlich, wie schnell sich die Kleinen an die Pipette gewöhnt haben. Sobald sie die Milch nur riechen, geraten sie völlig aus dem Häuschen.« Weshalb versuchte er, sie hier mit allen Mitteln festzuhalten? Er wußte, daß er das nicht tun sollte, und doch konnte er nicht anders. »Ich muß ihnen gar nicht mehr helfen, im Gegenteil, ich muß eher zusehen, daß sie der Pipette nicht hinterherkriechen, wenn ich sie auffülle.«

Es entstand eine längere Pause. Als sie dann zu sprechen begann, verschleierte ein seltsam abwesender Blick ihre Augen. »Mir ist gerade etwas eingefallen, an das ich schon ewig nicht mehr gedacht hatte.« Ihre Stimme klang belegt. »Als kleines Mädchen habe ich einmal in dem Haus, in dem wir damals wohnten, ein Kätzchen gefunden.« Überraschung und Verwunderung über diese so unverhofft zurückgekehrte Erinnerung spiegelten sich in ihren Augen. »Es war schwarz-weiß-rot gefleckt und hatte weiße Pfoten. Mein Vater hatte mir verboten, es zu behalten, aber ich brachte es nicht übers Herz, es wieder wegzubringen. Wann immer ich mich unbeobachtet fühlte, brachte ich ihm etwas zu fressen. Eines Nachts dann war es schrecklich kalt draußen… ich hatte Angst, es würde erfrieren. Als alle schliefen, habe ich mich heimlich aus dem Haus geschlichen und das Kätzchen in mein Bett geholt.« Fröstelnd verschränkte sie die Arme vor der Brust. »Es sollte nur für diese eine Nacht sein.«

Michael hätte gerne etwas dazu gesagt, zögerte jedoch aus Angst, sie dadurch aus ihrer Erinnerung zu reißen. Da sie völlig in ihren Gedanken zu versinken schien, drängte er vorsichtig: »Und was geschah dann?«

Mehrere Male schüttelte sie den Kopf, als wollte sie ein unliebsames Bild loswerden. »Das Kätzchen begann zu maunzen. Ich versuchte, es zu beruhigen, aber es hatte wohl Hunger. Und dann kam mein Vater herein und sah das Kätzchen in meinem Bett.« Wieder vergingen einige Sekunden, bis sie mit flacher Stimme weitersprach. »Er brüllte mich an und sagte, wenn uns jetzt die bösen Männer fänden und alle unsere Freunde umbrächten, dann sei das allein meine Schuld.«

Böse Männer, die ihre Freunde umbrächten? Welcher Vater würde seiner kleinen Tochter mit so etwas drohen? Michael sah Elizabeth eindringlich an. Sie wirkte beinahe so, als wäre sie wieder das kleine Mädchen von damals. »Mußtest du das Kätzchen wieder rausbringen?«

Anstatt ihm zu antworten, nahm sie eine Haarsträhne und drehte sie um ihren Zeigefinger. Als ob ihre Beine sie nicht länger trügen, sank sie langsam zu Boden und blieb dort mit angezogenen Knien sitzen.

Michael hatte das unbestimmte Gefühl, daß er gar nicht hören wollte, was jetzt kommen würde. Als Elizabeth schließlich mit ihrer Geschichte fortfuhr, sprach sie so leise, daß er sich anstrengen mußte, um sie zu verstehen.

»Er sagte, er müsse mir jetzt eine Lektion erteilen ... eine sehr, sehr wichtige. Ich müsse endlich lernen, daß schreckliche Dinge passieren könnten, wenn ich mich nicht an die Regeln hielte. Dann zwang er mich, mein Kopfkissen auf das Kätzchen zu legen und es so lange draufzudrücken, bis das Kätzchen zu maunzen aufhörte. Es würde dann einschlafen, sagte er mir. Ich habe ihm das wohl nicht geglaubt, denn er mußte meine Hände auf dem Kissen festhalten.«

Angesichts dieser Grausamkeit lief Michael ein Schauer über den Rücken. »Wie alt warst du denn damals?«

Sie runzelte die Stirn. »Ich weiß nicht genau. Vier oder fünf vielleicht. Ich glaube, es war, als wir in Boston lebten.« Sie saß regungslos auf dem Boden und starrte auf die gegenüberliegende Wand. »Oder vielleicht war es auch in New York. Es ist schon so lange her. Trotzdem, wie hatte ich das nur vergessen können!«

Sie war wieder in eine Welt eingetaucht, zu der Michael keinen Zugang hatte. »Ich habe mal gelesen, daß Kinder einen angeborenen Verdrängungsmechanismus haben, der immer dann einsetzt, wenn etwas in ihrem Leben so schlimm wird, daß sie es nicht mehr ertragen können.«

»Mein Gott, was habe ich wohl sonst noch alles vergessen?«

»Bist du sicher, daß du das wirklich wissen willst?« fragte er mitfühlend.

»Wahrscheinlich nicht«, gab sie zu.

»War dein Vater krank?« So eine Kindheit hatte er wahrlich nicht mit ihr verbunden.

»Ich glaube nicht … Ach, meinst du, er hat das getan, weil er psychische Probleme hatte?«

»Das würde sein seltsames Verhalten erklären.«

»Er und meine Mutter haben Drogen genommen, aber das haben eigentlich alle Leute getan, bei denen wir gewohnt haben. Und die konnten doch nicht alle verrückt gewesen sein.«

Jetzt verstand Michael überhaupt nichts mehr. Nichts von dem, was er gerade erfahren hatte, paßte im mindesten zu der Elizabeth, die er aus Amados Erzählungen kannte. »Ihr seid wohl oft umgezogen, wenn ich das richtig verstanden habe?«

»Alle paar Monate. Aber es gab auch eine Zeit, da haben wir jeden Tag bei anderen Leuten gewohnt.«

Er merkte, daß er nicht zu direkt fragen durfte, da sie ihn sonst abblocken und nichts mehr sagen würde. Eigentlich wollte er wissen, vor wem oder was ihr Vater damals auf der

Flucht gewesen war. Doch statt dessen fragte er: »Seid ihr auch noch so oft umgezogen, als du später in der Schule warst?«

»Ich bin damals nicht zur Schule gegangen. Erst als ich zu meiner Großmutter kam.«

»Wie hast du ...«

»Meine Mutter oder eine der Frauen, mit denen wir zusammenwohnten, hat mich unterrichtet.«

»War dein Vater Vertreter?« Die Dummheit und Naivität seiner Frage tat ihm, kaum daß er sie ausgesprochen hatte, innerlich weh.

Elizabeth starrte ihn verständnislos an. »Vertreter?«

»Ich meine nur, weil ihr dauernd umgezogen seid.«

Sie rieb sich nervös die Stirn. »Warum tue ich das nur? Ich habe noch nie mit jemandem über meine Familie gesprochen. Ich verstehe gar nicht, warum ich dir das alles erzähle.«

»Freunde sprechen nun mal miteinander über ihre Vergangenheit«, schlug er ihr als Antwort vor.

»Du hörst mir nicht genau zu, Michael.« Ihre Stimme klang ziemlich verzweifelt. »Wenn ich sage, ich habe noch nie mit jemandem über meine Familie gesprochen, dann meine ich damit auch *noch nie*.«

»Vielleicht liegt das an den jungen Kätzchen hier?«

Sie umschlang ihre Knie noch fester und kauerte sich noch mehr zusammen. »Ist das in Ordnung?«

»Was soll in Ordnung sein?«

»Daß ich dir das alles erzählt habe. Himmel, ich bin so schrecklich durcheinander. Was ist nur los mit mir?«

»Wovor hast du Angst, Elizabeth?«

Sie rang mit der Antwort, als befände sie sich in einem heftigen Zwiespalt. »Soll ich dir die Wahrheit sagen?«

»Aber sicher.«

»Wenn du erfährst, wer ich wirklich bin, werden wir keine Freunde mehr sein.«

»Das ist doch Unsinn.« – »Ich weiß, wovon ich spreche. Es wäre nicht das erste Mal. Das ist mir schon etliche Male so gegangen.«

Michael hob Howard von seiner Schulter und legte ihn wieder aufs Kopfkissen. Dann angelte er sich seine Jeans vom Fußende des Bettes, zog sie an und setzte sich neben Elizabeth auf den Fußboden. Zunächst hatte er Hemmungen, sie zu berühren, aus Furcht vor dem starken Bedürfnis, sie zu trösten, das er plötzlich spürte und das dabei war, die Oberhand zu gewinnen. Doch als er sie dann von der Seite betrachtete, war es völlig gleichgültig, was er wollte oder nicht wollte. Er legte seinen Arm um sie und zog sie zu sich heran.

»Was immer du mir über dich erzählst, wird nichts daran ändern, daß ich dich mag«, sagte er.

»Und was ist, wenn ich dir sage, daß ich eine Massenmörderin bin?«

»Bist du das?«

»Nein.«

»Über diesen Punkt können wir die ganze Nacht diskutieren. Aber solange du kein Vertrauen zu mir hast und mir nicht erzählst, was dich bedrückt, wird keiner von uns beiden dem anderen beweisen können, daß er mit seiner Behauptung recht hat.« Und dann fiel ihm noch etwas ein. »Oder glaubst du vielleicht, daß ich das, was du mir erzählen möchtest, nicht für mich behalten kann?«

Sie gab ihm keine Antwort.

»Jetzt ist die Reihe an dir, Elizabeth. Ich werde nicht versuchen, dich zu etwas zu überreden, das du nicht willst.«

Mehr zu sich selbst als zu ihm sagte sie: »Es gibt so viel zu verlieren und so wenig zu gewinnen.«

»Dann behalte dein Geheimnis lieber für dich. Wir tun einfach so, als wäre nichts passiert, und vergessen diese Nacht.«

»Könntest du das wirklich?«

Die Erkenntnis, daß er bereit war, nahezu alles für sie zu tun, erschreckte ihn ein wenig. »Ja«, antwortete er dennoch, ohne zu zögern.

Es vergingen etliche Minuten, ohne daß einer der beiden sprach. Schließlich fragte Elizabeth: »Hast du jemals die Namen Anne und Bill Cavanaugh gehört?«

Die Namen kamen ihm bekannt vor, doch er wußte im Augenblick nichts damit anzufangen. »Ich glaube schon, aber ich kann sie momentan nicht einordnen.«

»Die beiden waren Mitglieder einer militanten Vereinigung, die in den Siebzigern Militärbasen bombardiert und Banken ausgeraubt hat.«

»Ja, jetzt erinnere ich mich. Hat es nicht bei einem ihrer Anschläge mehrere Tote gegeben, weil die Bombe früher als geplant explodierte?«

Sie nickte.

»Willst du damit sagen, daß Anne und Bill Cavanaugh deine Eltern waren?«

»Meine biologischen Eltern. Als ich zehn war, haben sie mich zu meiner Großmutter gebracht. Abgesehen von einigen wenigen Glückwunschkarten, die Monate nach meinem Geburtstag eintrafen, habe ich nie wieder von ihnen gehört. Bis zu ihrer Verhaftung wußte ich nicht einmal, daß sie in Kalifornien lebten.«

Er legte seine Wange auf ihren Scheitel und schloß die Augen, wie um den Schmerz aufzuhalten, den er in ihrer Stimme hörte. »Die Geschichte mit deinen Eltern muß der größte Skandal gewesen sein, den Farmingham je erlebt hat.«

»Ach, es waren nicht nur die Leute in Farmingham. Als die Presse mitbekam, daß es da noch eine Home-Story auszuschlachten gab, strömten die Reporter aus allen Ecken des Landes in die Stadt. Sie verfolgten mich auf Schritt und Tritt. Und als sie endlich wieder abgereist waren und die Gerüchte sich allmählich auf andere Opfer konzentrierten, da wurden meine Eltern bei einem Fluchtversuch erschossen, und alles ging von vorne los.«

»Klar, daß du deinen Namen ändern wolltest.«

»Ich habe aber noch viel mehr geändert.«

»Was immer es auch war, das ist längst vorbei. Es spielt keine Rolle mehr. Himmel, wenn man uns für alles verantwortlich machen würde, was wir als Kinder getan haben, dann säßen wir heute alle hinter Gittern.« Plötzlich kam ihm Amados Version ihrer Vergangenheit in den Sinn. »Weiß Amado davon? Ist er deshalb ...«

»Ich habe ihm nie auch nur ein Wort davon erzählt. Und du darfst das auch nicht tun. Das mußt du mir versprechen.«

»Ich verspreche es dir.«

Das schien sie zu beruhigen. Sie machte Anstalten, sich zu erheben. »Sobald Edgar und Elana abgereist sind, ziehe ich ins Cottage, und dann können wir uns nachts mit dem Füttern abwechseln. Ich kann in letzter Zeit ohnehin nicht sonderlich gut schlafen.«

Sie befanden sich wieder auf sicherem Boden, so als hätte es die letzte halbe Stunde nicht gegeben. »Und dann wird Amado sauer auf mich sein, weil ich dich in den kostbaren Nachtstunden zum Katzenfüttern bestelle. Nein, vielen Dank. Da spiel' ich lieber weiter den Einzelkämpfer.«

»Amado wird gar nicht merken, daß ich nicht da bin.«

Es dauerte einige Augenblicke, bis Michael richtig begriff, was sie gesagt hatte. Er sackte zusammen, als hätte ihm jemand einen Schlag in die Magengrube verpaßt. »Er schläft immer noch nicht mit dir? Nicht einmal heute nacht?«

»Michael, über dieses Thema möchte ich mit dir nicht sprechen. Das wäre nicht fair Amado gegenüber.«

»Aber er hat dich doch den ganzen Abend über mit seinen Blicken förmlich verschlungen. Gütiger Himmel, was hat er denn gemacht, als ihr nach Hause gekommen seid? Sich brav mit einem Gutenachtkuß vor deiner Schlafzimmertür verabschiedet und dann in seine Gemächer zurückgezogen?«

Sie machte nochmals den Ansatz aufzustehen, doch diesmal hielt er sie zurück. Als sie versuchte, an ihm vorbeizugehen, hielt er sie am Arm fest. Jetzt wurde sie wütend und brüllte: »Es geht dich doch einen feuchten Kehricht an, was Amado und ich tun oder nicht! Warum interessiert dich das überhaupt?«

So, jetzt war es soweit. Er hätte irgend etwas Unverfängliches von wegen Freundschaft oder so erwidern können, doch das hätte sie ihm nur geglaubt, weil sie genau das hören wollte. Sie hatte ihm so viel Vertrauen entgegengebracht und ihm die ganze Wahrheit über sich erzählt. Warum sollte er jetzt mit seiner Wahrheit hinter dem Berg halten? »Komm schon, Elizabeth. Du bist doch eine kluge Frau. Diese Frage kannst du dir selbst beantworten.«

Er stand gefährlich nahe vor einem emotionalen Abgrund. Die Erde unter ihm bröckelte schon Stück für Stück ab. Wenn er jetzt stürzte, gab es keine Rettung mehr, kein Zurück. »Ich glaube ... nein, ich *weiß* es ... ich liebe dich.«

Elizabeth schoß das Blut in die Wangen, und sie wandte so abrupt den Kopf ab, als wollte sie einem Schlag ausweichen. »Nein, das darfst du nicht. Das laß' ich nicht zu.«

»Es ist schon passiert. Und es gibt verdammt noch mal nichts, was du dagegen tun könntest.« Seine innere Anspannung ließ ein wenig nach. »Und es gibt auch nichts, was ich dagegen tun könnte.«

»Aber du begreifst nicht ...«

Mit einer Gewißheit, die ihm den Atem verschlug, begriff er plötzlich sehr genau. »Seit wann weißt du es?«

»Ich wußte es nicht. Nicht bis zu diesem Augenblick. Sonst wäre ich niemals hierhergekommen.«

Michael gab ihren Arm frei und ließ sich mit dem Rücken gegen die Wand fallen. Sein ganzes Leben hatte er darauf gewartet, daß die Frau, die er liebte, ihm sagen würde, daß auch sie ihn liebte. Das hätte der schönste Augenblick seines Lebens werden sollen. Welch ein Irrtum – es war der schrecklichste Augenblick, den er je erlebt hatte. Wie sollte er sich darüber freuen oder sich je verzeihen, daß er sich in die Frau seines besten Freundes verliebt hatte? Auf Menschen wie ihn, die sich eines so gemeinen Verrates schuldig gemacht hatten, wartete in der Hölle gewiß ein Platz ganz nahe am Fegefeuer.

18

Die restlichen Stunden der Nacht lag Elizabeth wach und beobachtete, wie sich der Himmel langsam violett färbte. Sobald die ersten zaghaften Sonnenstrahlen am Horizont erschienen und den neuen Tag ankündigten, stand sie auf und ging unter die Dusche. Als Amado am Frühstückstisch erschien, erwartete sie ihn bereits.

Entschlossen, zumindest den äußeren Anschein einer normalen Beziehung wiederherzustellen, erhob sie sich lächelnd, um ihn mit einem Kuß zu begrüßen. Er hielt ihr die Wange hin, doch Elizabeth nahm zärtlich sein Kinn und küßte ihn auf die Lippen. Diese Intimität, die sie so beherzt einforderte, erstaunte ihn, und er war ein wenig unsicher, wie er darauf reagieren sollte.

Sie schob seinen Stuhl für ihn zurück und fragte: »Hast du gut geschlafen?«

»Wie ein Baby«, erwiderte er. »Und du?«

»Nicht sehr gut«, gab sie zu.

»Hast du Kummer?«

Sie bewunderte ihn, mit welcher Selbstverständlichkeit er so tat, als stünde mit ihrer Beziehung alles zum besten. »Ich kann meine Gedanken nicht so einfach abschalten. Ich grüble die ganze Zeit darüber nach, was mit uns geschehen ist.«

Amado schielte in Richtung Küche, wo Consuela mit dem Frühstücksgeschirr klapperte. »Ich glaube nicht, daß dies der geeignete Moment und Ort ist, um darüber zu ...«

»Ich laß' mich nicht länger abwimmeln, Amado. Dazu sind mir unsere Ehe und unser Zusammenleben zu wichtig.« Sie ging um den Tisch herum, um ihren angestammten Platz ihm gegenüber einzunehmen, überlegte es sich dann aber anders, setzte sich auf den freien Stuhl neben dem seinen und rückte noch ein wenig näher an ihn heran. »Ich möchte, daß wir am Wochenende gemeinsam wegfahren.«

Er runzelte die Stirn und griff nach seiner Zeitung. »Das geht leider nicht, Elizabeth. Da kommen einige ...«

»Hör auf, Amado. Deine wichtigste Aufgabe im Augenblick sind wir beide.«

»Es tut mir leid. Unter anderen Umständen würde ich sehr gerne mit dir wegfahren, aber die Herren, die am Wochenende kommen wollen, sind gute Freunde, die ich auf meiner Frankreichreise kennengelernt habe. Es wäre ausgesprochen unhöflich, wenn ich nicht hier wäre, um sie zu begrüßen.«

»Du hast mir gar nicht erzählt, daß du Gäste erwartest. Wie lange bleiben sie denn?«

»Nur einen Tag. Ihr Besuch ist rein geschäftlich.«

»Gut, dann eben das nächste Wochenende.«

Er nahm ihre Hand und drückte sie sanft. »Du weißt doch, was um diese Jahreszeit bei uns los ist.«

»Ein Nein werde ich nicht akzeptieren, Amado.«

Als ihre Blicke sich trafen, erkannte Elizabeth ehrliches Bedauern in seinen Augen. »Ich fürchte, diesmal wirst du es wohl müssen.«

»Ich bitte dich darum.« Kaum hatte sie das ausgesprochen, ärgerte sie sich, daß er sie dazu gebracht hatte, um etwas zu betteln.

Consuela kam mit dem Frühstückstablett herein, und Amado ließ Elizabeth' Hand los. »Wir werden ein andermal darüber sprechen«, sagte er.

»So wie über deinen Auszug aus unserem Schlafzimmer?«

Er warf ihr einen strengen, mißbilligenden Blick zu. »Ich sagte, ein andermal.«

»Guten Morgen!«, rief ihnen Consuela munter zu. »Wie es aussieht, steht uns heute wieder ein heißer Tag bevor.« Sie stellte das Tablett auf den Tisch und begann aufzutragen.

Elizabeth schob ihren Stuhl zurück. Bei dem Gedanken, jetzt etwas essen zu müssen, revoltierte ihr Magen. »Vielen Dank, Consuela, aber ich habe heute morgen keinen Appetit.«

»Aber Sie müssen doch etwas essen.«

»Später vielleicht.«

Consuela wandte sich an Amado. »Und wie ist es mit Ihnen? Sind Sie auch nicht hungrig?«

Amado schlug die Zeitung auf und legte sie neben seinen Teller. »Ganz im Gegenteil. Mein Appetit ist ausgezeichnet heute morgen.«

Seine Antwort war für Elizabeth wie ein Schlag ins Gesicht.

Es wurde August, dann September, und Elizabeth begrüßte die vielfältigen Vorbereitungen und die gespannte Erwartung der bevorstehenden Ernte, als wären ihre Gebete erhört worden: Die Arbeit half ihr zu vergessen, daß sie sich in den besten Freund und einzigen Vertrauten ihres Ehemannes verliebt hatte. Sie stürzte sich in die Arbeit, die sie an den Tagen, die Michael in St. Helena verbrachte, möglichst nach San Francisco verlegte und umgekehrt nach St. Helena, wenn Michael in Modesto beschäftigt war. Jeden Morgen erwachte sie in der Hoffnung, daß es genauso möglich sein müßte, ihn nicht mehr zu lieben, wie es möglich gewesen war, sich in ihn zu verlieben. Irgendwie würde sie schon einen Weg finden, ihre Gefühle für Michael zum Schweigen zu bringen. Alles, was sie dazu brauchte, war Zeit – und ein wenig Mithilfe von Amado.

Da sie erkannt hatte, daß sie die Werbekampagne nicht mehr allein leiten konnte, verhandelte sie mit verschiedenen Agenturen und streckte ihre Fühler sogar bis Portland und

Los Angeles aus. Schließlich fiel ihre Wahl doch auf eine Agentur ganz in ihrer Nähe, Smith & Nobles größtem Konkurrenten in Nordkalifornien, die Firma J. P. Hawkins & Co. in San Francisco.

Der Wechsel von den verschiedenen Werbespezialisten, mit denen sie bislang gearbeitet hatte, zu einer einzigen Agentur nahm mehr Zeit in Anspruch als erwartet, denn Elizabeth wollte absolut sichergehen, daß die Kampagne reibungslos lief, bevor sie das Zepter aus der Hand gab. Ob ein Schuldgefühl oder echtes Interesse sie veranlaßte, mehr Zeit mit Amado zu verbringen, war ihr gleich – sie war entschlossen, ihre Ehe zu retten.

Sie und Michael kümmerten sich auch weiterhin gemeinsam um die Aufzucht der Katzenbabys, wechselten sich ab, wenn beide in der Stadt waren, und übernahmen den ganzen Dienst, wenn einer von ihnen auswärts zu tun hatte. Wann immer es nötig war, Informationen auszutauschen, verständigten sie sich mittels verschlüsselter Notizen. Durch eine dieser Nachrichten erfuhr Elizabeth auch, daß Michael inzwischen Plätze für die Katzen gefunden hatte und ihre neuen Besitzer sie in der letzten Septemberwoche abholen wollten.

Vom Verstand her hatte sie gewußt, daß der Tag kommen würde, da sie sich von den Kleinen trennen mußte; doch ihr Gefühl sträubte sich gegen den bevorstehenden Verlust. So versuchte sie, für die besagte Woche eine Reihe von Meetings in San Francisco zu arrangieren, um weit weg zu sein, wenn die Katzen abgeholt wurden. Nach zwei Tagen jedoch merkte sie, daß dies ein sinnloses Unterfangen war, und fuhr wieder nach Hause.

Kurz nach ihrer Rückkehr sah sie Michael in seinem Pickup die Auffahrt hochkommen und machte ihm ein Zeichen anzuhalten. Er setzte den Laster neben ihren Wagen und kurbelte das Seitenfenster herunter.

Mit belegter Stimme fragte Elizabeth: »Sind sie weg?«

»Gerade eben ist das letzte abgeholt worden.« Er stützte seinen Ellbogen auf den Fensterholm und wich ihrem Blick aus. »Mit Howard gab es ein kleines Problem«, fuhr er dann fort. »Er hat die Frau gebissen, die ihn nehmen wollte.«

Das überraschte Elizabeth nicht. Howard war nicht der Typ, der sich leicht an einen neuen Besitzer gewöhnt. Er brauchte jemanden mit der Geduld eines Anglers und dem Verständnis und dem Herz einer Lieblingstante. »Wie ... warum?«

Michael quittierte ihre Frage mit einem kurzen, verächtlichen Lachen. »Sie besaß doch tatsächlich die Frechheit, Howard streicheln zu wollen.«

»Schlief er gerade?«

Jetzt sah er sie an. »Nein, er saß auf der Sofalehne.«

Eigentlich wollte sie gar nicht wissen, was dann passiert war, doch am Ende siegte ihre Neugierde. »Und, hat sie seine unfreundliche Reaktion verstanden?«

»Hättest du?«

»Aber sie wird ihn doch gut behandeln, oder?«

»Wenn du hiergeblieben wärst, anstatt nach San Francisco zu flüchten, müßtest du jetzt nicht fragen.« Er fuhr sich mit der Hand durchs Haar und legte sie dann aufs Lenkrad. »Entschuldige, das war nicht nett von mir. Ich verspreche dir, daß diese Dame ihm nichts zuleide tun wird.«

»Wie kannst du dir da so sicher sein?«

»Weil ich ihr den Kater ausgeredet habe. Wir haben mit Howard zu lange gewartet, Elizabeth. Aber was ihn betrifft, er hat ein Zuhause.« Michael unterbrach sich für einen Moment und fuhr dann fort: »Nach reiflicher Überlegung bin ich zu dem Schluß gekommen, daß ich ihn genausogut selbst behalten kann.«

Tränen der Dankbarkeit schossen Elizabeth in die Augen. »Was ist der wahre Grund für deine Entscheidung, Michael?« Das war eine ziemlich dumme Frage – es ging nicht um das Warum, sondern allein darum, *daß* er ihn behalten hatte.

»Weil ich ein Idiot bin.« Er senkte seinen Blick und stieß einen tiefen Seufzer aus. Dann sah er ihr direkt in die Augen. »Und weil ich weiß, wie sehr du an Howard hängst.«

Elizabeth wollte sich bei ihm bedanken, doch sie brachte kein Wort heraus.

»Außerdem nahm ich an, daß es dir nichts ausmacht, mit ihm im Cottage zu wohnen, wenn ich mal nicht da bin. Natürlich kannst du ihn auch sonst jederzeit nehmen. Wann immer du willst.«

Sie wünschte, sie hätte Michael sagen können, daß nach dem Verlust ihrer Freundschaft Howard für sie der letzte Rettungsanker war. Und obwohl sie gewußt hatte, daß seine Wochen hier gezählt waren und ihr dann noch einmal das Herz brechen würde, hatte sie sich für diesen Augenblick des Abschieds emotional gewappnet. Ihr war bewußt, daß sie Howard benutzt hatte, um die Einsamkeit auszufüllen, die sie quälte und die niemals mehr nachzulassen schien. Er war ein Lückenbüßer – aber sie hatte sonst niemanden. Aber das alles konnte man dem, den man zu vergessen suchte, nicht anvertrauen. Also sagte sie schlicht: »Danke.«

Michael legte den ersten Gang ein und ließ den Laster anrollen. »Gern geschehen.«

Der September ging ins Land, und es wurde Oktober. Es war die betriebsamste Zeit des Jahres in einer Weinkellerei, in der jede Hand gebraucht wurde und die Belegschaft oft bis spät in die Nacht arbeitete. Ende Oktober dann begannen die Vorbereitungen für den Winter, und es kehrte wieder eine gewisse Ruhe ein. Die Traktoren pflügten durch die Felder und öffneten die ausgelaugte Erde für die abschließende Düngung und den kommenden Regen. Dies war in den Weinbergen die letzte Arbeit des Jahres. Sobald diese abgeschlossen war, wurden die Traktoren und die anderen Gerätschaften für den Winter eingemottet und fröhliche Grillfeste für die Arbeiter veranstaltet. Elizabeth und Amado führten ihr gemeinsames Leben, als hielten sie sich streng an einen Ratgeber für eheliche Normalität. Bei jedem Frühstück, jedem Abendessen wechselten sie dieselben Höflichkeitsfloskeln oder geringfügig abweichende Varianten. Sie behandelten sich mit ausgesuchter Freundlichkeit, privat sowie im Beisein anderer, und spielten auf Partys das verliebte Ehepaar.

In der Winzerei machte der Wein in den Edelstahlfässern die letzte Gärungsphase durch, während die Holzfässer vorbereitet wurden, in die der Wein anschließend umgefüllt wurde. Diese waren aus unterschiedlichen Hölzern gefertigt, ein weiterer Teil der Experimente, die Michael anstellte, um eine Geschmacksverfeinerung zu erreichen, die Elizabeth niemals würde schmecken können, die jedoch Zukunft und Ruf der Montoya-Spitzenweine bestimmen würde.

Im November setzte der Regen ein. Zwei Wochen vor Thanksgiving erklärte Amado plötzlich, daß er diesen Feiertag zu einem großen Familientreffen nutzen wolle. Als Felicia ihm mitteilte, daß sie unmöglich kommen könne, setzte sich Amado am nächsten Morgen ins Flugzeug und flog nach New York, um sie umzustimmen.

Das Flugzeug landete nur wenige Sekunden, bevor in New York der erste große Schneesturm der Saison losbrach. Die Limousine, die ihn am Airport abholen sollte, traf mit erheblicher Verspätung ein, und dann dauerte es Stunden, bis sich der Wagen durch das Schneechaos zurück in die Stadt gekämpft hatte. Es war bereits zehn Uhr, als er schließlich an Felicias Wohnungstür klingelte.

Sie war nicht sonderlich erfreut, ihn zu sehen.

»Was machst du denn hier?« fragte sie anstelle einer Begrüßung.

»Wenn der Berg nicht zum Propheten kommt...« Er nahm den Koffer in die andere Hand. »Kann ich reinkommen?«

»Du hast die Absicht, hier zu übernachten?«

»Nur heute, Felicia. Ich dachte, das wäre wahrscheinlich am einfachsten so.«

Widerwillig trat sie zur Seite und ließ ihn eintreten. »Wenn du gekommen bist, um mich zu überreden, Thanksgiving bei dir in St. Helena zu verbringen, dann kannst du dir deine Worte sparen. Ich sagte dir bereits am Telefon, daß ich schon andere Pläne habe und nicht gewillt bin, sie zu ändern.«

Amado warf einen Blick in die Wohnung, während Felicia noch hinter ihm stand. Die wenigen Möbel waren alle im spanischen Stil gehalten. Über dem Kaminsims hing Sophias Porträt, das er anläßlich ihres ersten Hochzeitstages hatte malen lassen. An der einen Wand der geräumigen Diele stand ein schmales, langes Tischchen, auf dem, einem Altar gleich, zwei brennende Kerzen eine Reihe Fotografien von Sophia rahmten.

Amado spürte, wie ihm das Blut aus dem Gesicht wich. Ihm war immer bewußt gewesen, wie nahe Felicia ihrer Mutter stand, aber daß diese Zuneigung so weit ging, hatte er nicht geahnt. Wie konnte er hoffen, es mit einer Frau aufnehmen zu können, die ihrer liebenden Tochter noch so präsent war? Welche Chance hatte er, seine Sicht der Dinge darzustellen, die Felicia nur aus den Erzählungen ihrer Mutter kannte, ohne diese als Lügnerin abzustempeln?

Er stellte seinen Koffer vor der Wohnzimmertür ab und ging hinüber zum Kamin, um das Porträt aus der Nähe zu betrachten. Eine Flut von Erinnerungen schwappte über ihn hinweg. Damals waren Sophia und er noch glücklich gewesen oder hatten sich zumindest für glücklich gehalten.

Einige Augenblicke blieb er vor dem Porträt stehen, dann trat er zurück und setzte sich auf die schwarze Ledercouch. Er hatte gehofft, nach einer einleitenden Plauderei auf den Grund seines Besuches zusteuern zu können, doch Felicia ließ ihn spüren, daß jeglicher Versuch, mit ihr Smalltalk zu machen, ihre Irritation über sein Kommen nur noch verstärken würde. »Deine Mutter war eine wunderschöne Frau. Du siehst ihr sehr ähnlich.«

Felicia ging nun selbst zum Kamin, berührte den Rahmen des Bildes an der unteren Kante und rückte es überflüssigerweise gerade – eine Geste, die unmißverständlich die Besitzverhältnisse klarstellte. »Ich bin ihrem Vater dankbar, daß er so weitsichtig war, dieses Bild von ihr malen zu lassen, als sie noch in Spanien lebte.« Damit drehte sie sich auf dem Absatz um und durchbohrte Amado förmlich mit ihrem Blick. »Sonst hätten Elana und ich nie erfahren, wie sie aussah, als sie noch glücklich war.«

»José hat mit diesem Porträt überhaupt nichts zu tun«, berichtigte sie Amado.

»Ach ja? Und wer hat dann ...«

»Sieh dir den Hintergrund an, Felicia – das Fenster, das Bild an der Wand –, das ist das Cottage in unserem Weinberg.«

Mit vor Ungläubigkeit geweiteten Augen wirbelte sie herum und betrachtete das Porträt noch einmal. »Das ist reiner Zufall«, entschied sie.

»Wer hat dir denn erzählt, daß José dieses Bild hätte malen lassen?«

»Meine Mutter.«

Ein kleiner Hoffnungsschimmer erhellte Amados Miene. Jetzt bot sich ihm vielleicht die Möglichkeit, seine Tochter davon zu überzeugen, daß er nicht das skrupellose Monster war, als das ihn Sophia immer dargestellt hatte. »Ich habe dieses Porträt für José malen lassen, als Andenken an den ersten Hochzeitstag seiner Tochter. Wenn du genau hinsiehst, dann kannst du ihren Ehering ...«

»Ja, sie hat mir von diesem Ring erzählt. Es ist ein Familienerbstück.«

»Und wie hat sie den Rest erklärt?«

»Danach habe ich sie nie gefragt«, gab Felicia zu. »Aber ich bin sicher, daß es dafür eine logische ...«

»Selbstverständlich gibt es die – die Wahrheit.« Ihre Augen wurden schmal und funkelten vor Wut. »Ich dulde nicht, daß jemand in meiner Wohnung schlecht über meine Mutter spricht. Und du am allerwenigsten.«

Die bittere Wut, die aus ihrer Stimme sprach, ließ Amado innerlich zusammenzucken, aber er steckte nicht zurück. Das hatte er in der Vergangenheit viel zu oft getan. »Und warum ich am allerwenigsten?«

»Nach all dem, was du ihr angetan hast, hast du jegliches Recht verloren, was sie betrifft. Selbst das Recht, über sie zu sprechen.«

Da war sie wieder, die Anschuldigung, die sie schon seit Jahren gegen ihn erhob. »Was genau habe ich ihr denn angeblich angetan?«

»Sie hat sich wegen dir das Leben genommen.«

Die Gehässigkeit, mit der sie diese Anschuldigung ausstieß, machte ihn für einen Augenblick sprachlos.

Seine Verwirrung zauberte einen triumphalen Glanz in Felicias Augen. »Du wußtest doch, daß sie kein eigenes Geld besaß und mittellos gewesen wäre, wenn du die Unterhaltszahlungen mit unserer Volljährigkeit eingestellt hättest. Aber hat dich das etwa gekümmert?« Diese Frage wurde von einem bitteren Lachen begleitet. »Du hast es nicht einmal für nötig erachtet, sie anzurufen oder ihr zu schreiben, um zu hören, wie sie zurechtkommt, als du aufgehört hast zu ...«

»Sophia und ich, wir haben uns nie scheiden lassen, deshalb hat es auch nie irgendwelche Unterhaltszahlungen gegeben. Ich habe ihr jeden Monat genügend Geld überwiesen. Damit konnte sie sehr gut für sich sorgen und für ihre halbe Familie in Spanien ebenfalls.« Er stand auf und machte einige Schritte auf sie zu. »Wer, glaubst du, ist für die Beerdigungskosten aufgekommen?«

Felicia wich vor ihm zurück. »Damit hast du doch nur dein schlechtes Gewissen beruhigt.«

»Ich hatte keinen Grund, mich in irgendeiner Weise schuldig zu fühlen. Deine Mutter hat mich verlassen, nicht umgekehrt.«

»Ja, weil du sie dazu gezwungen hast.«

»Und wie habe ich das angestellt?«

»Du hast ihr versprochen, sie zu lieben und für sie zu sorgen, und dann hast du sie nach Kalifornien gebracht und nicht mehr beachtet. Du wußtest, daß sie kein Wort Englisch sprach und sich hier isoliert fühlen mußte, aber das war dir egal. Vielleicht hat es dir sogar gefallen. Dich hat nur interessiert, daß du jemanden hattest, der das Haus in Ordnung hielt und deine Kinder großzog, damit du dich deiner verfluchten Kellerei widmen konntest. Es muß dich schier um den Verstand gebracht haben, daß sie dich verließ, bevor sie dir einen Sohn geboren hatte.«

»Hast du dich niemals gefragt, warum ich in all den Jahren nicht wieder geheiratet habe, wenn mir ein Sohn so wichtig war? Und das, obwohl wir angeblich geschieden waren, wie deine Mutter dir weisgemacht hat.«

»Du bist doch Katholik. Du hättest gar nicht wieder heiraten können.«

Felicia hatte auf alles eine Antwort parat. Sophia war ihr eine gute Lehrmeisterin gewesen. »Wenn ich dir beweisen kann, daß ich ihr noch wenige Tage vor ihrem Tod einen Scheck geschickt habe, den sie gegengezeichnet und eingelöst hat, würdest du dir dann meine Darstellung der Geschichte wenigstens anhören?«

»Du kannst mir beweisen, was du willst, ich werde meine Ansicht nicht ändern.«

»Wenn das so ist, kannst du mir ja ruhig zuhören.«

»Du hast doch all die Jahre gewußt, wie ich über dich denke. Woher kommt dein plötzliches Interesse, Unstimmigkeiten zu bereinigen und Schönwetter zu machen?«

Genau diese Frage hatte er erwartet und sich darauf vorbereitet. »Wenn ein Mann sich den Sechzig nähert, kann er sich nicht mehr einreden, daß die Zeit sein größter Freund sei. In den Jahren, die mir hoffentlich noch bleiben, möchte ich noch einiges tun. Und unser Verhältnis zu klären ist mir von all diesen Dingen am wichtigsten.«

Felicia biß sich auf die Unterlippe, während sie ihren Vater musterte. »In Ordnung«, sagte sie schließlich. »Ich fliege mit dir zurück, aber nur, wenn Elana auch kommt.«

Amado glaubte keine Sekunde daran, daß sie auch nur eines seiner Argumente überzeugt hatte. Nach Napa Valley trieb sie letztlich nur ihre Gier. Nachdem nun auch Elizabeth zur Familie gehörte, war es klar, daß der Kuchen eines Tages nicht mehr allein zwischen ihr und Elana aufgeteilt werden würde. Und Felicia war – was immer sie sonst noch sein mochte – eine pragmatische Frau. Gleichgültig, wie groß oder klein ihr verbleibender Anteil an seinem Besitz sein mochte, sie würde auf keinen Cent davon verzichten.

19

Am Montag vor Thanksgiving fegte ein heftiger Gewittersturm über das Napa Valley, der Äste von den Bäumen riß und Straßen und Felder unter Wasser setzte. Da zu Hause niemand auf sie wartete, beschloß Elizabeth, in aller Ruhe in ihrem Büro weiterzuarbeiten, nachdem die übrige Belegschaft die Kellerei verlassen hatte. Um neun Uhr abends erinnerte sie ihr Magen daran, daß es Zeit wurde, Feierabend zu machen.

Sie hatte schon über die Hälfte ihres Heimwegs zurückgelegt, als ihr hinter einer Kurve ein umgestürzter Baum den Weg versperrte. Sie trat mit aller Kraft auf die Bremse, und für einige Sekunden hatte es den Anschein, als könne sie dem Hindernis noch ausweichen und den Wagen auf der Straße halten. Doch dann verloren die Hinterräder in einer großen Pfütze den Kontakt zur Fahrbahn, drehten durch, das Heck des Wagens geriet ins Schleudern und brach aus. Wie in Zeitlupe drehte sich Elizabeth' Mercedes um die eigene Achse, so daß die Lichtkegel der Scheinwerfer über die Stämme der wuchtigen Eichen streiften, die die Straße säumten. Der Wagen rutschte vom Asphalt auf das gekieste Bankett und dann weiter in einen matschigen Acker, wo er zum Stehen kam.

Elizabeth wartete eine Weile, bis ihr Herz wieder ruhiger schlug, und versuchte dann, den Wagen wieder auf die Straße zu fahren. Doch das war ein sinnloses Unterfangen. Bei jedem Versuch gruben sich die Räder nur noch tiefer in den Schlamm.

Eine Stunde später stand Elizabeth wieder vor dem Bürogebäude der Kellerei. Sie betrat den Empfangsraum und blieb verwundert stehen, als sie Licht in dem Korridor sah, der zum Labor führte. »Wer ist da?« rief sie. Falls sie das Licht nicht versehentlich hatte brennen lassen, mußte in der Zwischenzeit jemand hereingekommen sein.

Michael erschien im Flur. »Was ist denn mit dir passiert?«

»Da lag ein Baum quer über der Straße…«

»Mein Gott, bist du verletzt?«

»Nein, ich konnte noch ausweichen, aber jetzt steckt mein Auto im Schlamm fest.« Sie schaute an sich herunter. Sie war naß bis auf die Haut, und ihr Mantel und ihr dicker Wollpullover zerrten wie Bleiwesten an ihren Schultern. »Ich bin den ganzen Weg zu Fuß zurückgelaufen.« Sie sah wieder zu ihm hoch.

Durch die offene Tür wehte ein kalter Wind herein, der sie erschaudern ließ. »Ich brauche einen Abschleppwagen.«

»Und trockene Klamotten.« Er machte ein paar Schritte auf sie zu, hielt dann aber inne, unsicher, ob ihr seine Gegenwart willkommen war.

»Ich glaube, wir sollten auch Bescheid sagen, daß auf der Straße ein umgestürzter Baum liegt.«

Michael ging nun doch näher zu ihr und zog seine Jacke aus. »Hier, zieh das an.« Sie entledigte sich ihres Mantels, zögerte einen Moment und zog auch den Pullover aus. Die wohlige Wärme seiner dicken Jacke tat ihr gut. »Was zum Teufel hast du überhaupt in einer solchen Nacht da draußen herumzurennen?«

Seine Bemerkung ärgerte sie. »Was heißt hier ›herumrennen‹? Ich war auf dem Weg nach Hause, wenn du nichts dagegen hast.«

»Das wäre alles nicht passiert, wenn du nach Hause gefahren wärst, als es an der Zeit war.«

Die durch die erzwungene Nähe entstandene Spannung entlud sich in ihrem plötzlichen Wutausbruch. »Als es *an der Zeit war*? Ich wußte gar nicht …«

»Vergiß es«, unterbrach er sie. »Unsinnig, darüber zu streiten.« Er drehte sich um und ging um die Empfangstheke. Mit dem Rücken zu ihr blätterte er das Telefonverzeichnis durch und nahm den Hörer ab.

Nachdem er das Problem geschildert und – nach kurzer Rücksprache mit Elizabeth – den genauen Standort ihres Wagens durchgegeben hatte, legte er wieder auf. »Die Dame von der Auftragsannahme schickt jemanden vorbei, aber sie meinte, es könne noch etwas dauern. Wegen des Sturms sind alle Abschleppwagen im Einsatz.«

»Du brauchst hier nicht mit mir zu warten.« Sie versuchte, ihre Bemerkung unverfänglich klingen zu lassen, obwohl sie wußte, daß dies vergebliche Liebesmühe war.

»Wo ist denn Amado?«

»Er ist heute morgen nach New York geflogen.«

»Na, ob das was bringt?« Michael ging ans Fenster und starrte betont interessiert in die Dunkelheit. »Ich wette, Felicia bringt Amado so weit, daß er sich wünscht, nie von Thanksgiving gehört zu haben.«

Sie sprachen wieder in völlig normalem Tonfall miteinander, so als hätte dieser Wortwechsel nie stattgefunden, als hätte der Gewittersturm draußen die Spannung verursacht – und nicht der Gefühlssturm, der zwischen ihnen tobte.

»Es ist reine Zeitverschwendung, ihn umstimmen zu

wollen. Was er sich in den Kopf gesetzt hat, zieht er auch durch.«

Er drehte sich um und sah Elizabeth an. Sie fing seinen Blick auf; die Luft zwischen ihnen knisterte vor gespannter Erwartung. Absichtlich unterbrach Elizabeth den Blickkontakt und ging zur Empfangstheke. »Ich würde am liebsten eine andere Firma anrufen. Wenn die nicht bald kommen, dann ... dann sehe ich mich schon die ganze Nacht hier hocken«, beendete sie ihren Satz mit leiser Stimme.

»Ich werde mich darum kümmern.«

»Das ist nicht nötig. Ich kann ...«

»Himmel noch mal, Elizabeth. Das hat überhaupt nichts mit dir zu tun. Das Gleiche würde ich für jeden anderen auch tun.«

Sie zwang sich, nicht auf seinen Ärger zu reagieren. »So meinte ich das nicht. Ich dachte bloß, du hättest vielleicht noch eine Verabredung heute abend. Du unternimmst doch meistens etwas, wenn du in der Stadt bist.«

»Woher weißt du das denn so genau?«

»Ich sehe dich wegfahren ...«

»Und wartest hinter der Gardine, bis ich wieder heimkomme?«

»Wenn du glaubst, daß ich dir nachspioniere, dann bist du im Irrtum. Ich mache mir nur ...«

»Was? Sorgen um mich?« Er ging auf sie zu und blieb erst weniger als eine Armlänge vor ihr stehen. Sie wich einen Schritt zurück. »Oder willst du damit sagen, daß du nicht schlafen kannst, weil du dir Gedanken machst, mit wem ich den Abend verbringe und was ich so treibe?«

»Und wenn dem so wäre?« schoß sie zurück. »So, fühlst du dich jetzt besser, nachdem ich das gesagt habe?«

»*Nichts*, was ich höre, tue, sage oder vorgebe zu glauben, ändert etwas an meinem Gefühlszustand.«

Die Qual, die aus diesen Worten sprach, schnitt ihr wie ein Messer in die Brust. »Ich weiß«, murmelte sie.

»Ich habe mich mit anderen Frauen getroffen, aber immer nur dich in ihnen gesehen. Du hast nie in meinem Bett gelegen, und doch fühlt es sich leer an, wenn ich aufwache und du nicht neben mir liegst. Ich habe dir alles über mich erzählt, angefangen von meiner Kindheit, wie ich als kleiner Knirps in einen rostigen Nagel getreten und anschließend im Krankenhaus gelandet bin. Ich habe dir erzählt, was ich empfand, als ich später zusehen mußte, wie mein großer Bruder das Land bestellte, das ich mir so sehr gewünscht hatte – und du hast kein Wort davon gehört.«

»Dann erzähl es mir jetzt.«

»Wozu?«

Ihre Streitlust erlosch. »Weil ich dich liebe, Michael.«

Er zuckte zurück, als hätte sie ihn geschlagen. »Warum sagst du mir das jetzt? Es hat sich doch nichts geändert.«

»Weil es die Wahrheit ist und weil es mir entsetzlich weh tut, sie noch länger für mich zu behalten.«

Sie hob eine Hand, um sein Gesicht zu berühren, doch er hielt sie fest. Einen Herzschlag lang glaubte sie, er würde sie zurückstoßen. Doch dann senkte er den Kopf und preßte seine Lippen in ihre Hand.

»Ich habe jeden Tag aufs neue gehofft, daß es endlich besser würde. Aber die Hoffnungen sind aufgebraucht. Für immer. Es gibt keine mehr.«

»Und nichts hat sich geändert«, wiederholte er. »Wir können so nicht weitermachen, Elizabeth.«

»Wir haben doch keine andere Wahl. Was sollen wir denn tun?«

Er zog sie in seine Arme. »Verdammt, wenn ich das nur wüßte.«

Sie ließ ihren Kopf an seine Brust sinken; die Schläge seines Herzens dröhnten in ihrem Ohr. »Erzähl mir von deiner Kindheit.« Sie legte den Kopf in den Nacken und sah ihm in die Augen. »Erzähl mir von deinem Bruder.« Ihre Stimme zitterte leicht. »Erzähl mir, wovon du nachts träumst.«

»Ich träume von dir... immer nur von dir...« Die Scheinwerferkegel eines Wagens huschten am Fenster vorbei. Elizabeth schlang ihre Arme fester um Michaels Nacken, so als wollte sie ihn nie mehr loslassen.

»Der Abschleppwagen«, sagte er.

»Ich dachte, es würde noch eine Weile dauern.«

»Sie haben dich wahrscheinlich ganz oben auf die Liste gesetzt.« Er ließ die Arme sinken. »Amados Frau zu sein bringt eben gewisse Privilegien mit sich.«

Widerwillig löste sie sich von ihm. Ohne seine stützenden Arme fühlte sie sich schwach und ausgelaugt.

Michael beugte sich noch einmal vor und hauchte ihr einen Kuß auf die Schläfe. »Fahr du mit meinem Wagen. Wenn du die Abkürzung über Hendersons Grundstück nimmst, müßtest du hinter dem umgestürzten Baum wieder auf die Straße gelangen. Ich fahre mit dem Abschleppwagen mit und kümmere mich um den Mercedes.«

Die Tür ging auf, und ein großer, vollbärtiger Mann trat ein. »Hat hier jemand einen Abschleppwagen bestellt?«

»Ich komme sofort raus«, sagte Michael und tauschte mit Elizabeth die Wagenschlüssel. »Bist du okay?«

Auf diese Frage hin hätte sie beinahe laut aufgelacht. *Nein*, hätte sie am liebsten geschrien, *bin ich nicht! Jetzt nicht! Und niemals mehr!* »Ja», sagte sie. »Alles in Ordnung.«

20

Der Regen hatte eine Zeitlang aufgehört, doch er setzte mit unverminderter Kraft wieder ein, als der Abschleppwagen Amados Anwesen erreichte und Michael samt Mercedes absetzte. Michael ging aufs Haus zu, um Elizabeth zu sagen, daß ihr Wagen wieder da sei, aber kurz vor der Eingangstreppe hielt er inne und überlegte, ob er sie in dieser Nacht wirklich noch einmal sehen wollte. Je länger er versuchte, die Notwendigkeit, sie aufzusuchen, sein Verlangen, sie zu sehen, und die Tatsache, daß Amado in New York und damit die Barriere verschwunden war, die sie voneinander trennte, gegeneinander abzuwägen, desto verschwommener wurden seine Gedanken. Am Ende gelangte er zu dem Entschluß, daß es besser für sie beide sei, wenn er jetzt direkt zu sich nach Hause ging und sie von dort aus anrief.

Er rannte die Auffahrt zurück, den Kopf zwischen die Schultern gezogen, um sich gegen die peitschenden Sturmböen und den strömenden Regen zu schützen. Als er an der Eiche in seinem Vorgarten ankam, sah er, daß in seinem Wohnzimmer Licht brannte.

Bei dem Gedanken, daß Elizabeth womöglich in seinem Haus auf ihn wartete, krampfte sich sein Magen zusammen.

Und wenn nicht? Was, wenn sie nur nach Howard gesehen und anschließend das Licht angelassen hatte, damit er nicht in ein dunkles Haus kam?

Dann, zum Teufel auch, würde er sie aufsuchen.

Dieses eine Mal in seinem Leben würde er mit voller Absicht das Falsche tun. Er war es so satt, einen Kampf auszufechten, der ihn Nacht für Nacht wachhielt und den zu verlieren er sich sehnlichst wünschte.

Er trat auf die Veranda und entledigte sich in Windeseile des Regenumhangs, den er von der Winzerei mitgenommen hatte. Als sein Blick auf seine schlammbedeckten Stiefel fiel, verfluchte er diese weitere Verzögerung. Schließlich stand seinem verzweifelten Verlangen, herauszufinden, ob Elizabeth tatsächlich in seinem Haus auf ihn wartete, außer seiner Angst nichts mehr im Wege.

Er öffnete die Tür und sah sie sofort. Mit untergeschlagenen Beinen saß sie in dem Sessel vor dem Kamin; Howard lag auf ihrem Schoß. Sie trug dasselbe graue, ausgeleierte Sweatshirt wie in der Nacht, als sie zum erstenmal in sein Haus gekommen war.

In dem Blick, den sie ihm zuwarf, spiegelten sich Unsicherheit und Verletzlichkeit. Doch bevor er genauer hinsehen konnte, hatte sie ihre Augen wieder gesenkt und deutete auf Howard. »Entschuldige. Ich wollte eigentlich schon weg sein, bevor du kommst. Ich hole nur schnell meinen Mantel und mache mich dann sofort auf den …«

»Nein, ich möchte nicht, daß du gehst. Noch nicht.« Er zog die Tür hinter sich zu. So oft hatte er sich vorgestellt, wie sie hier auf ihn wartete, daß er jetzt, da seine Phantasien endlich Wirklichkeit geworden waren, den Anblick genießen wollte, und zwar im vollen Bewußtsein der Konsequenzen und der Reue, die unweigerlich folgen würden.

Elizabeth hob Howard von ihrem Schoß und stand auf. Nervös strich sie sich eine Strähne aus dem Gesicht. Ihr Haar war immer noch feucht vom Regen.

Ein eisernes Band schien Michael die Brust zuzuschnüren, so daß er kaum atmen konnte. Er durchquerte den Raum und blieb dicht vor ihr stehen. Langsam hob er eine Hand und berührte ihre Wange.

Im ersten Moment wich sie ein wenig zurück, stieß dann einen resignierten Seufzer aus und sank in seine Arme. »Küß mich«, flüsterte sie. »Bitte, nur einmal.«

Und er küßte sie, behutsam zunächst, dann aber mit ungezügelter Leidenschaft. Sie tastete mit ihrer Zunge nach seiner, und er erwiderte ihr Drängen, ihr wildes, hemmungsloses Begehren.

Er bedeckte die samtene Haut ihres Halsansatzes mit Küssen. Die Hitze, die von ihrem Körper ausging, hüllte ihn ein wie ein unsichtbarer Nebel.

Seine Finger vergruben sich in ihrem Haar, er drückte ihren Kopf zurück und zwang sie, ihn anzusehen. »Ich will mehr als das.«

Sie hielt seinem glühenden Blick stand. »Wir sind schon viel zu weit gegangen. Der nächste Schritt würde alles nur noch schwieriger machen.«

»Das ist mir egal.« – »Heute vielleicht. Aber was ist mit morgen?«

»Was kümmert mich morgen.«

»Deine Liebe zu mir hat schon dein vertrautes Verhältnis zu Amado gestört. Was wird erst geschehen, wenn …«

Er brachte sie mit einem beinahe brutalen Kuß zum Schweigen. »Nicht heute nacht, Elizabeth«, murmelte er. »Das ist unsere Nacht.«

Sie antwortete mit einem leisen Stöhnen und streckte die Waffen. »Ich liebe dich«, sagte sie. Und dann, als sei dies der einzige Augenblick in ihrem Leben, in dem sie ihm ihre Liebe gestehen konnte, wiederholte sie diese Worte wieder und wieder.

Michael hatte sich geschworen, daß er nach Susan keiner Frau mehr erlauben würde, sein Lebensinhalt zu werden. Doch sosehr er sich dagegen gewehrt hatte, Elizabeth hatte dennoch einen Weg gefunden, seine Schutzmauer zu durchdringen.

Woher hätte er das wissen, wie hätte er ahnen können, was Elizabeth ihm bedeuten würde, als sie am Arm seines besten Freundes in sein Leben trat – des Mannes, der ihn wie den Sohn behandelte, der ihm versagt geblieben war?

Verzweifelt versuchte er, diese Gedanken zu verscheuchen, die ihn zu ihrem Gefangenen machten. Er sah Elizabeth an. Es war, als könne sie seine Gedanken lesen.

»Wir können es nicht tun, nicht wahr?« Bedauern und Kummer schwangen in ihrer Stimme mit, aber auch Bereitschaft zu verzichten.

»Nicht, wenn wir hinterher so tun müssen, als ob nichts geschehen wäre. Das schaffen wir nicht.«

»Ich kann ihn nicht verlassen, Michael.«

»Ich weiß.«

»Amado hat das nicht verdient.«

»Erinnerst du dich an unser Gespräch auf der Rückfahrt von Modesto, als du mir sagtest, ich würde schon merken, wenn ich mich in die richtige Frau verliebt habe, weil ich dann Glocken klingeln höre?«

»Ja.«

»Ich habe es dir nie erzählt, aber die Glocken haben genau in dem Augenblick angefangen zu läuten, als du mir das Stück Apfel angeboten hast. Wenn das Radio nicht so laut gewesen wäre, hätte ich das Läuten schon damals gehört. Aber ich wollte es wohl auch nicht hören.«

Elizabeth wurde schweigsam und nachdenklich. Mit einem kummervollen Seufzer sagte sie dann: »Ich kann mich noch an etwas anderes erinnern, über das wir gesprochen haben, Michael – über dich und verheiratete Frauen.«

Er zog sie näher zu sich heran und drückte ihr einen Kuß auf die Schläfe. Sein Verstand rebellierte gegen die Notwendigkeit, ihr Handeln an der Realität zu messen. »Nicht jetzt, Elizabeth.«

»Wird denn je Zeit dafür sein?«

Erst jetzt merkte er, daß sie weinte. Um sich gegen das zu schützen, was kommen mußte, hatte sie dem, was soeben zwischen ihnen geschehen war, bereits den Rücken zugekehrt. Sie konnten sich noch eine Zeitlang etwas vormachen, aber es gab keinen Ausweg. »Ich will keine Affäre mit dir haben, Elizabeth. Nicht mit dir. Ich will dich ganz für mich haben.«

»Was bleibt uns dann übrig?«

Er war sich nicht sicher, ob sie ihn auf die Probe stellte oder wirklich das Naheliegende nicht sah. »Du könntest Amado verlassen.«

»Ja.« Sie beugte den Kopf zurück und sah ihm direkt in die Augen. »Aber könntest du das?«

Diese Frage ließ ihn betroffen innehalten. Jenseits aller Hypothesen hatte sie bloßgelegt, was er bisher nicht hatte sehen wollen. Amado mochte vielleicht über den Verlust seiner Frau oder seines besten Freundes hinwegkommen. Aber wenn er beide gleichzeitig verlor? Und aneinander? Konnten sie das dem Mann antun, den sie beide liebten?

»Ich glaube es nicht«, beantwortete sie ihre eigene Frage. »Aber es muß doch eine Lösung geben.«

Sie machte einen Schritt von ihm weg. »Das ist sie jedenfalls nicht.«

Jeder Teil seines Ichs drängte ihn, ihr zu sagen, daß sie sich irrte. Seine Gefühle schrien gegen diese Ungerechtigkeit an. Sein Herz wurde schwer und schmerzte. Er streckte seine Hände nach ihr aus und zog sie wieder an sich. »Wenn es für uns kein Morgen gibt, dann laß uns wenigstens diese Nacht zusammen verbringen.«

»Wenn ich bleibe, werde ich nur noch mehr quälende Erinnerungen haben. Du wirst mir Dinge sagen, die ich nicht mehr vergessen kann, und Dinge mit mir tun, die mich nachts nicht mehr schlafen lassen.«

»Du kannst dich nicht vor mir schützen. Ich bin hier, Elizabeth. Ich bin ein Teil deines Lebens. Du mußt einen Weg finden, dich mit meiner Person zu arrangieren.«

Es war nicht fair von ihm, ihr seine Angst und Bitterkeit aufzubürden, aber er war an einem Punkt jenseits der Fairneß angelangt. Er war verzweifelt. Er wollte, daß sie eine Antwort auf die Frage fand, für die es keine Antwort gab. Und ohne diese Antwort würde sein Leben leer sein, selbst der Hoffnung beraubt, die ihn aufrecht gehalten hatte, bevor er ihr begegnet war.

Elizabeth wischte sich mit dem Handrücken die Tränen ab. »Ich liebe dich, Michael. Zum Teufel, aber ich wünschte, ich wäre dir nie begegnet.«

21

Immer wieder ließ Elizabeth den langen Strang seidig schimmernder Mikimoto-Perlen durch ihre Finger gleiten. Diese Kette war Amados Weihnachtsgeschenk, das er ihr am Morgen überreicht hatte. Sie hatte Überraschung und Freude gemimt, genau wie bei seinen anderen sündhaft teuren Geschenken.

Jeden Morgen erwachte sie in der Hoffnung, der vor ihr liegende Tag möge ein wenig leichter zu ertragen sein als der vergangene, ihr Schuldgefühl und ihre Reue etwas von der zermürbenden Schärfe verlieren und ihr Herz sich nicht mehr wie zerbrochen anfühlen.

Die konstante Wachsamkeit, die erforderlich war, um ihre wahren Gefühle vor Amado zu verbergen, nahm ihr nahezu alle Energie. Es gab Momente, da ein Lächeln von ihr erwartet wurde und sie am liebsten laut losgeheult hätte, weil es soviel Überwindung kostete, dieses Lächeln auf ihre Lippen zu zwingen. Am meisten schmerzte sie der gehetzte Blick in den Augen von Michael, der früher so oft ein Lied geträllert oder fröhlich vor sich hin gepfiffen hatte und nun nur noch in nachdenklichem Schweigen durch die Winzerei schlich. Auch wenn er Amado nicht absichtlich aus dem Weg ging, glaubte sie doch eine subtile Veränderung im Verhalten der beiden Freunde zu erkennen.

Amado war besorgt über Michaels verändertes Benehmen, und eines Abends hatte er Elizabeth anvertraut, daß er fürchte, Michael habe Liebeskummer oder ernste Probleme mit einer Frau. Elizabeth wußte nicht, ob sie darüber lachen oder weinen sollte.

Genauso war es ihr ergangen, als er ihr die Perlenkette überreichte. Er hatte ihr erklärt, daß sie viel besser zu dem Kleid paßte, das sie für die Weihnachtsparty bei den Hendersons ausgewählt hatte, als die Smaragde, die er ihr zum ersten Hochzeitstag geschenkt hatte. Sie hingegen war davon überzeugt gewesen, daß er ihr die Kette nur deshalb schon am Weihnachtsmorgen in der Abgeschiedenheit ihres Schlafzimmers überreicht hatte, weil er die neidischen Reaktionen seiner Töchter fürchtete, und daß seine modischen Überlegungen nur ein Vorwand gewesen waren.

Nach einem letzten prüfenden Blick in den Spiegel mußte

sie zugeben, daß die Perlen mit dem kräftigen Rot ihres Kleides tatsächlich wunderbar harmonierten. Elizabeth verließ ihr Schlafzimmer, um Amado aufzusuchen und ihm das zu sagen. Doch zuerst begegnete sie Felicia.

»Die ist wohl neu?« Felicia stellte ihr Mineralwasserglas auf dem nächststehenden Tischchen ab, griff Elizabeth ohne Hemmungen ans Dekolleté, nahm die Kette und wog die Perlen abschätzend in der Hand. »Gütiger Himmel, sag bloß nicht, daß die echt sind!« Sie hob die Kette noch höher und ließ sie plötzlich los. Während sie sich zu ihrem Wasserglas hinabbeugte, murmelte sie: »Wie verdient man sich nur so ein kostbares Geschenk?«

Auch wenn Felicia ihr diesen Gefallen sicher nicht absichtlich tat, mußte sich Elizabeth eines Lächelns erwehren – so willkommen war ihr diese Ablenkung von ihren Gedanken. Ungeniert musterte sie Amados älteste Tochter, ließ ihren Blick langsam an ihr herabgleiten, von ihrem exakt geschnittenen, kinnlangen Haar bis zu ihren Füßen, die sie in eine Nummer zu kleine Pumps gezwängt hatte. »Man muß nur« – nun grinste sie breit und zwinkerte ihr vertraulich zu – »eine gute Rückenmassage beherrschen.« Sie hob ihre Hände, wackelte mit den Fingern und drehte sie so, daß Felicia der Ring nicht entgehen konnte, den Amado ihr zur Feier der eingebrachten Ernte geschenkt hatte. »Fingerspitzengefühl muß man haben, das ist alles.«

Felicia war es offenbar nicht gewöhnt, mit ihren eigenen Waffen geschlagen zu werden. »Du bist ordinär. Und gewöhnlich. Ich werde nie begreifen, was mein Vater an dir findet.«

Ihre Bemühungen, Amado vor dem Schmerz zu bewahren, den er empfinden würde, wenn er von ihrem Verhältnis zu Michael erführe, hatten Elizabeth zwar seelisch und körperlich ausgelaugt. Dennoch war sie nicht bereit, Felicias Attacke schweigend hinzunehmen. Es war schon lange an der Zeit, daß ihr jemand Paroli bot und sagte, was für ein

Biest sie war und wie sehr sie ihren Vater mit den bissigen Bemerkungen kränkte, die ihr so leicht über die Lippen kamen. »Vielleicht war Amado einsam und hat in mir einen Menschen gefunden, den er nicht auf Knien anflehen muß, ihn einmal zu besuchen.«

Felicia fuhr sich mit der Hand über ihr Kleid und zupfte einen imaginären Fussel ab. »Ich lebe mein eigenes Leben. Ich kann nicht ständig Gewehr bei Fuß stehen und alles fallen lassen, wenn mein Herr Vater glaubt, seine familiären Anwandlungen ausleben zu müssen.«

»Gewehr bei Fuß? In den fünf Jahren vor unserer Hochzeit hast du gerade mal zwei Wochen in seinem Haus verbracht.«

Felicia ging sofort zur Verteidigung über. »Er hat kein Recht, mehr von mir zu erwarten. Uns verbindet nichts mehr. Und dieser Platz hier ist so ... so hinterwäldlerisch« – sie schnitt eine Grimasse –, »so provinziell.«

»Während die Ostküste den Inbegriff der Kultiviertheit darstellt, wie? Sag mal, Felicia, denken die Alteingesessenen auch so wie du, oder nur die Zugezogenen?« Elizabeth hatte Frauen wie Felicia bei Smith & Noble zur Genüge kennengelernt. Diese Damen waren so eingenommen von sich, daß sie nicht einmal merkten, wie sich alle Welt hinter ihrem Rücken über sie lustig machte.

»Na, komm schon, Elizabeth, selbst dir muß doch aufgefallen sein, wie spießig diese Gegend ist.«

Elizabeth lächelte. »Selbst mir Kleinstadtpflanze, meinst du wohl? Ich glaube, jetzt bin ich beleidigt. Oder vielleicht doch nicht. Könntest du mir vielleicht die Jahre positiv anrechnen, die ich in San Francisco verbracht habe? Klar, das ist nicht New York, aber da Elana und Edgar dort leben, muß es doch irgendwelche Vorzüge haben.«

Felicia stellte ihr Glas wieder ab. »Den Versuch, mit dir ein normales Gespräch zu führen, hätte ich mir sparen können.«

»Warum? Weil ich deines Vaters Wein trinke und er mir auch noch schmeckt? Oder weil ich Schnecken verabscheue und Mineralwasser für snobistisch halte? Oder etwa, weil ich meine Garderobe bei Westküsten-Designern einkaufe?«

»Auch der begnadetste Pariser Couturier könnte deinen Wald-und-Wiesen-Geschmack nicht kaschieren. Du bist einfach unfähig, die feinen Unterschiede im Leben zu erkennen, geschweige denn sie zu schätzen.«

»Wie schade – und ich hatte so gehofft, du würdest mich eines Tages in das Geheimnis des Savoir-vivre einweihen.«

Felicia grinste höhnisch. »Da gehe ich lieber Scheiße schaufeln.«

Elizabeth warf den Kopf in den Nacken und lachte laut und herzhaft. »Felicia, das war wunderbar. Was hast du nur für eine kultivierte Ausdrucksweise. Vielleicht gibt es ja doch noch Hoffnung für uns.«

Amado betrat das Wohnzimmer, und sogleich erschien ein zufriedenes Lächeln auf seinem Gesicht. »Es freut mich zu sehen, daß ihr beide euch so blendend versteht. Genau das hatte ich mir erhofft, wenn ihr erst einmal Gelegenheit hättet, etwas mehr Zeit miteinander zu verbringen.«

Elizabeth ging auf ihn zu, nahm seinen Arm und küßte ihn auf die Wange. Sie brachte es nicht übers Herz, ihm die Wahrheit zu sagen. »Wir geben uns alle Mühe, Amado.« Sie warf Felicia einen durchdringenden Blick zu. »Nicht wahr?«

»Ja, wirklich.« Felicia hob ihr Glas und prostete ihrem Vater zu. »Ich hatte ja keine Ahnung, daß Weihnachten auf dem Land so lustig sein kann.«

Amado nahm Elizabeth' Hand. »Bist du fertig?«

»Ich muß nur noch rasch meinen Mantel und meine Handtasche holen.«

»Gut, inzwischen sehe ich nach, ob Michael auch soweit ist.«

Sie spürte, wie ihr das Blut aus dem Gesicht wich. »Du hast mir gar nicht gesagt, daß Michael auch mitkommt.« Sie beide wußten, daß sie jedesmal, wenn sie mit Amado zusammenwaren, Gefahr liefen, daß ein Blick, eine Geste ihm verriet, was sie füreinander empfanden.

Er sah sie erstaunt an. »Warum überrascht dich das so?«

»Genau das bewundere ich an diesem Haushalt«, ließ sich Felicia vernehmen, und ihre Stimme troff vor Sarkasmus. »Hier gibt es keine Klassenunterschiede. Die Angestellten speisen mit dem Boß an einem Tisch.«

Elizabeth ließ sich nicht ablenken. »Ich wundere mich nur, weil er in letzter Zeit so selten mit uns ausgegangen ist. Er schien immer anderweitig beschäftigt zu sein.«

»Ich habe ihn gebeten mitzukommen«, räumte Amado ein. »Ich dachte, Felicia freut sich über seine Begleitung.«

»Soll das heißen, daß er mir den ganzen Abend über am Rockzipfel hängt? Ich hätte es wirklich sehr begrüßt, wenn du mich vorher gefragt hättest.«

Amado drückte den Rücken durch. »Michael ist in der Lage, sich um sich selbst zu kümmern. Trotzdem werde ich nicht dulden, daß du unhöflich zu ihm bist.«

»Unter diesen Umständen würde Michael es vielleicht doch vorziehen, zu Hause zu bleiben«, sagte Elizabeth.

»Das glaube ich nicht«, sagte Amado. »Bestimmt ist er schon fertig angezogen und wartet auf uns.«

»Außerdem wollen wir doch nicht, daß er das Geld für den geliehenen Frack umsonst investiert hat, nicht wahr?« meinte Felicia.

Sichtlich verstimmt entschuldigte sich Amado, um Michael Bescheid zu sagen, daß sie fertig seien. Sobald er außer Hörweite war, wandte sich Elizabeth an Felicia. »Eines muß ich dir lassen«, sagte sie. »Ich habe bisher noch niemanden kennengelernt, der so mutig seine Meinung kundtut wie du. Man könnte fast annehmen, du seist davon überzeugt, daß die Jahre, da dein Vater Kinder zeugen kann, schon hinter ihm liegen.«

»Du kannst mir keine Angst einjagen. Ich werde immer

die Erstgeborene sein. Und falls dir das entgangen sein sollte – solche Dinge sind für einen Mann wie meinen Vater sehr wichtig.«

»Erstgeborene *Tochter*, ganz richtig«, sagte Elizabeth. Sie wartete, ob sich ihr schlechtes Gewissen regen würde, aber sie fühlte nichts als Befriedigung darüber, daß Felicia zum erstenmal in ihrer Gegenwart sprachlos war.

Die Hendersons veranstalteten ihre alljährliche Weihnachtsparty in dem hundertjährigen viktorianischen Gutshaus, das sie zu einer Weinprobierstube umgebaut hatten, die gleichzeitig als Ausstellungs- und Verkaufsraum diente. Die Gästeliste las sich wie ein *Who's who* der kalifornischen Weinerzeuger und -händler.

Elizabeth hängte sich bei Amado ein, als sie den ehemaligen Ballsaal betraten. Der Raum war festlich mit Girlanden aus roten und goldenen Weihnachtskugeln geschmückt. Die für den Abend engagierte Musikkapelle spielte ein buntes Potpourri aus Pop- und Countrymusik, das immer wieder wechselnde Gruppen von Paaren auf die Tanzfläche lockte.

Den ganzen Abend hatte Elizabeth erfolglos versucht, Amado zu einem Tanz zu überreden. Schließlich erklärte er ihr, daß seine Weigerung nichts mit der, wie er zugab, unterhaltsamen Musik zu tun habe, sondern einfach damit, daß er sich die Hüfte verrenkt habe. Sie hatte ihn daraufhin aufmerksam beobachtet, und obwohl er nicht zu hinken schien, stellte sie doch fest, daß er ungewöhnlich erschöpft wirkte.

Nun beugte sie sich zu ihm und fragte leise: »Kannst du mir sagen, was ich hier eigentlich esse?«

Er musterte das Canapé, das sie ihm hinhielt. »Sieht aus wie die Bisonwurst, die Barbara vor einigen Jahren auf ihrer Weihnachtsparty serviert hat.«

Elizabeth verzog das Gesicht. »Dann hat sie sich aber gut gehalten.«

Amado lachte. »Das soll nicht heißen, daß es dieselbe Wurst war.«

»Ich dachte, Bisons dürfen nicht gejagt werden. Stehen sie nicht auf der Liste der vom Aussterben bedrohten Tiere?« Im Augenwinkel sah sie Michael von der Tanzfläche her auf sich zukommen.

Sie wagte einen längeren Blick in seine Richtung. Ihr Herz schlug einige Takte schneller. Niemand, der Michael je im Frack gesehen hatte, würde auf die Idee verfallen, dieser könnte geliehen sein. Dafür umschloß er seine breiten Schultern und schmalen Hüften zu perfekt.

»Entschuldigt die Unterbrechung«, wandte sich Michael an Amado und vermied geflissentlich jeglichen Blickkontakt mit Elizabeth. »Ich wollte nur sagen, daß ich nicht mit euch zurückfahre.«

»Das habe ich mir schon gedacht«, erwiderte Amado. »Mir ist Janet Williams' Blick nicht entgangen, als sie dich hier auftauchen sah.«

»Weit gefehlt«, korrigierte ihn Michael. »Ich bin nur in letzter Zeit nicht sonderlich in Partystimmung. Ich hätte erst gar nicht mitkommen sollen.«

»Wie kommst du denn nach Hause?«

»Mit den Bickers.«

Nach einigen Sekunden verlegenen Schweigens fragte Amado: »Ist es wegen Felicia? Hat sie was zu dir gesagt?«

Michael runzelte die Stirn, durch die Frage offenbar verwirrt. »Ich habe sie den ganzen Abend über kaum gesehen.«

»Es war ein Fehler, sie schon so bald nach dem letzten Mal wieder einzuladen. Ich hätte mich mit ihrem Besuch an Thanksgiving zufriedengeben sollen.«

Jetzt sah Michael Elizabeth an. Sein Blick verriet ihr, daß er nach einer Erklärung für Amados Frage suchte.

»Felicia hatte keine rechte Lust, uns auf diese Party zu begleiten«, sagte sie. »Amado befürchtete deshalb, daß sie ihren Ärger vielleicht an dir ausgelassen hat.«

»Ich sollte sie mal suchen und fragen, ob alles in Ordnung ist«, überlegte Amado laut. »Falls sie auch heimgehen möchte, könntest du sie mitnehmen, wenn es dir nichts ausmacht.«

»Selbstverständlich.« Michaels Antwort war höflich, aber begeistert klang sie nicht.

Im Gehen wandte sich Amado noch einmal an Elizabeth. »Würdest du Michael Gesellschaft leisten, solange ich mich nach Felicia umsehe?«

»Soll ich dir nicht suchen helfen?« fragte Elizabeth.

»Ja, sie braucht mir wirklich nicht Gesellschaft zu leisten«, sagte Michael nahezu gleichzeitig.

»Es wäre mir ehrlich gesagt lieber, wenn Elizabeth solange hierbliebe. Ich möchte sie nicht unnötig mit Felicias schlechter Stimmung konfrontieren.« Er legte Michael eine Hand auf die Schulter. »Elizabeth wollte schon den ganzen Abend einmal tanzen. Würdest du vielleicht für mich einspringen?«

»So ein Mauerblümchen bin ich nun auch wieder nicht, daß du mir einen Tanzpartner organisieren mußt, Amado«, fuhr Elizabeth ihm über den Mund. »Ich kann mir ganz gut selbst einen suchen.«

Amado war von diesem unerwarteten Angriff wie vor den Kopf geschlagen. »Aber, Elizabeth, so habe ich das doch nicht gemeint. Ich dachte nur, daß Michael vielleicht doch noch in Partystimmung kommt, wenn er mit dir das Tanzbein schwingt.«

Michael sah Elizabeth unbefangen an und reichte ihr galant den Arm. »Wer weiß, vielleicht ist das gar keine schlechte Idee.«

Amado bedachte die beiden mit einem wohlwollenden Lächeln und entschuldigte sich.

Elizabeth wartete, bis er den Saal verlassen hatte. »Ich kann nicht, Michael«, sagte sie dann.

Er ignorierte ihren Protest und geleitete sie auf die Tanzfläche. Als sie ihre Hand auf seine Schulter legte, berührten ihre Fingerspitzen unabsichtlich seinen Nacken. Sofort zuckte ihre Hand zurück, als hätte sie sich verbrannt. Ihr Pulsschlag hämmerte so laut in ihren Ohren, daß sie Mühe hatte, die Musik zu hören. Doch da Michael ein ausgezeichneter Tänzer war, sah es so aus, als bewegten sie sich mühelos über das Parkett.

»Ich habe die ganze Zeit davon geträumt, dich wieder in den Armen zu halten.«

»Bitte, erzähl mir so was nicht.«

»Ich habe gehofft, mein Schuldgefühl würde es mir leichter machen, ohne dich zu leben.«

»Glaubst du wirklich, daß es für uns jemals leichter wird?« Das war keine Frage, eher ein Hilfeschrei. Wann immer ihre Körper sich berührten, schienen Flammen aufzulodern. Sein Eau de Cologne reizte ihre Augen. Als sie versuchte, dagegen anzublinzeln, rollte ihr eine Träne über die Wange. Sie lehnte die Stirn an sein Brust, verbarg ihr Gesicht und unterdrückte ein Schluchzen, das in ihrer Kehle aufstieg.

Um ihre Fassung ringend, verpaßte sie einen Schritt und wäre beinahe gestolpert. Michael zog sie enger an sich heran. Warm drang sein Atem durch ihr Haar. Ihre Knie wurden weich. Den Tanz konnte sie unmöglich bis zum Ende durchstehen. Auch sie hatte davon geträumt, wieder in Michaels Armen zu liegen, aber nicht an einem Ort, wo jeder, dem daran gelegen war, ihr Geheimnis erraten und Amado bemitleiden würde.

Plötzlich überfiel sie Panik. »Ich muß raus hier, Michael. Sofort.«

Kommentarlos führte er sie in die Eingangshalle, wartete, bis sie allein waren, und öffnete dann die Tür. Elizabeth trat in die kalte Nacht hinaus und sog gierig die klare Luft ein. Sie blieben im Schatten stehen und sprachen immer noch kein Wort. Nach einer Weile hob Michael eine Hand und berührte ihre Brust, genau an der Stelle, wo die Perlen schimmerten. Elizabeth legte ihre Hand über die seine. »Wenn du mich noch länger so anfaßt, kann ich dort nicht mehr hineingehen, ohne daß Amado merkt, daß mit uns etwas nicht stimmt.«

»Ich wollte mir doch nur deine Kette ansehen«, erwiderte er. »Sie ist wunderschön.«

Sie wußte genau, was er damit meinte. »Und teuer. Ein Luxus, um den ich nicht gebeten habe und der mir nichts bedeutet.«

»Aber sie steht dir. Du siehst damit aus, als seist du dazu geboren, teuren Schmuck und extravagante Abendroben zu tragen.«

»Aber du und ich, wir beide wissen, daß das nicht stimmt.«

Das Schweigen, das daraufhin entstand, schien eine Ewigkeit zu dauern. Als Michael dann anfing zu sprechen, klangen seine Stimme ruhig und gefaßt und seine Worte unmißverständlich und abschließend: »Ich kann so nicht weitermachen, Elizabeth.«

Die kalte Nachtluft drang langsam durch den samtenen Stoff ihres Abendkleides und kühlte das letzte bißchen Hitze ab. »Ich sage mir Tag für Tag, daß es mit der Zeit leichter werden wird. Vielleicht haben wir nicht genug …«

»Nach dem, was gerade geschehen ist, habe ich den Glauben, daß unser Zusammenleben jemals wieder erträglich wird, endgültig verloren. Ich kann mir nicht vorstellen, daß ich dich irgendwann einmal ansehen könnte ohne das Gefühl, von meinem Verlangen nach dir innerlich zerfressen zu werden.«

Er benahm sich, als gebe es eine Alternative, als wisse er eine Antwort auf die Frage, die zu stellen beide bislang nicht den Mut gefunden hatten. »Es hat sich doch nichts verändert, Michael.«

»Und es wird sich auch nichts ändern. Niemals. Deshalb habe ich beschlossen zu gehen.«

»Glaubst du, daß es einen Unterschied macht, wenn du in Modesto lebst?« So weh es auch tat, ihm jeden Tag zu begegnen, so unerträglich war der Gedanke, daß er nicht mehr in ihrer Nähe sein würde.

Zögernd hob er eine Hand, um sie zu berühren, doch dann ließ er sie wieder fallen. »Ich wollte damit nicht sagen, daß ich nach Modesto gehe.«

Ein eisiger Schauer durchfuhr sie. »Wohin dann?«

»Irgendwohin. Weit weg. Nach Frankreich vielleicht oder nach Australien. Ich weiß es noch nicht.«

»Aber das ist doch nicht dein Ernst?« Sie begann zu zittern. Nicht vor Kälte, sondern vor Angst. »Was soll ich denn ohne dich machen?«

»Ich kann nicht bleiben, Elizabeth. So zu leben bringt mich um.«

Verzweifelt suchte sie nach Worten, die ihn aufzuhalten vermochten, die ein Versprechen enthielten oder zumindest Hoffnung weckten. Doch diese Worte gab es nicht. »Wann?« fragte sie.

»Das habe ich noch nicht entschieden.«

»Amado wird dich nicht gehen lassen.«

»Er wird keine Wahl haben.«

»Aber er liebt dich.« *Und ich auch!* Eine Zukunft ohne ihn war einfach unvorstellbar.

»Warum wehrst du dich so dagegen? Du weißt so gut wie ich, daß das der einzige Ausweg ist. Du hast selbst gesagt, daß wir so nicht weiterleben können.«

Der Schmerz, der ihre Brust umklammerte, ließ sie kaum atmen. »Ich könnte mit dir gehen«, wisperte sie.

Er neigte den Kopf und brachte sein Ohr näher an ihre Lippen. »Was hast du gesagt?«

Eine spontane Regung – die Angst, ihn zu verlieren – hatte diese Worte geformt und über ihre Lippen gebracht. Doch die Vorstellung, mit ihm fortzugehen, Amado tatsächlich zu verlassen, und der Gedanke an das Leid, das sie ihm dadurch zufügen würde, waren viel zu neu für sie, viel zu beunruhigend, als daß sie diese Worte nochmals hätte aussprechen können. »Laß mir etwas Zeit, Michael.«

»Damit du dich an die Idee gewöhnen kannst, daß ich gehe?« Sein Schmerz schlug in Wut um. »Ich mag ja einige Macken haben, Elizabeth, aber ein Masochist bin ich nicht.«

»Bitte. Nur noch ein paar Wochen.« Irgendwie würde sie einen Weg finden, um Amado die Wahrheit zu sagen, und zwar so, daß er nicht daran zerbrach.

22

Am Neujahrstag fuhr Elizabeth mit Amado nach San Francisco, um Felicia zum Flughafen zu bringen. Auf dem Heimweg, so hoffte sie, würde sie vielleicht endlich die Gelegenheit finden, um Amado so schonend wie möglich darauf vorzubereiten, daß sie entschlossen war, ihn zu verlassen. Doch als sie auf die Schnellstraße einbogen, überraschte Amado sie mit dem Vorschlag, die Nacht in San Francisco zu verbringen und eine Theateraufführung zu besuchen. Zuerst wollte sie seinen Vorschlag ablehnen, doch dann brachte sie es nicht übers Herz, ihm diesen letzten Gefallen abzuschlagen. In ihrem Inneren nährte sie immer noch die winzige Hoffnung, daß sich doch noch ein Weg finden würde, mit Michael zu leben, ohne Amados Stolz zu verletzen.

Am späten Freitag abend kehrten sie nach Hause zurück. Samstag morgen begegnete sie Michael in der Kellerei. Er wirkte verstört und übernächtigt. »Ich kann nicht länger warten«, sagte er ganz ruhig. Und das war keine Drohung, sondern eine Feststellung.

»Ich brauche nur noch ein kleines bißchen Zeit«, versicherte sie ihm.

»Wozu? Was können Tage oder Wochen an unserer Situation ändern?«

»Ich weiß es auch nicht.« Er senkte den Blick und starrte auf den Boden. »Du machst dir doch selbst etwas vor, Elizabeth. Es wird kein Wunder geschehen, verlaß dich drauf.«

Später an diesem Abend sahen Elizabeth und Amado im Wohnzimmer die Nachrichten im Fernsehen, als Consuela hereinkam, um sich zu verabschieden. Elizabeth wartete noch, bis sie Consuelas Wagen die Auffahrt entlangfahren hörte, und sagte dann: »Amado, es gibt etwas, worüber ich mit dir sprechen möchte.«

Er wandte seinen Blick vom Fernseher ab und drehte sich zu ihr um. Ein kleines Zucken, so als habe er Schmerzen, begleitete seine Bewegung. Abwesend rieb er sich die Brust. »Soll ich den Fernseher abstellen?«

Sein Verhalten erschien ihr auf einmal sonderbar. »Ist irgendwas mit dir nicht in Ordnung?« fragte sie deshalb.

Er winkte ab. »Entweder werde ich alt und meine Konstitution läßt nach, oder Consuela gibt neuerdings mehr Chili in ihre Eintöpfe als sonst.«

»Ich werde sie morgen gleich darauf ansprechen«, erwiderte sie beflissen und realisierte im gleichen Augenblick, wie hinterhältig ihm diese Antwort erscheinen mußte, sobald sie ihm mitgeteilt hatte, daß sie ihn verlassen würde. Aber gesagt war gesagt. Doch schlimmer war, daß der Gesprächsanfang, den sie so sorgfältig geplant hatte, nun verpatzt war und sie ins Schwimmen geriet. Wie leitete man von überwürzten Eintöpfen zum Thema Scheidung über?

»Entschuldige mich einen Augenblick«, sagte Amado unvermittelt und erhob sich aus seinem Sessel. »Ich sollte vielleicht rasch etwas für meinen Magen nehmen, bevor er mich die ganze Nacht auf Trab hält.«

»Seit wann hast du denn schon Probleme mit deinem Magen?« Wann würde sie aufhören, sich als seine Ehefrau zu fühlen? Würde diesem Zugehörigkeits- und Verantwortungsgefühl irgendwann eine plötzlich Veränderung ein

Ende setzen, oder würde es ein langer, schmerzhafter Ablösungsprozeß werden? »Warst du schon beim Arzt?«

»Ja. Aber der meinte, das seien ganz gewöhnliche Alterserscheinungen.« Ein schnelles, sarkastisches Grinsen huschte über seine Lippen. »Soweit ich es bis jetzt beurteilen kann, würde ich niemandem empfehlen, alt zu werden.«

Nachdem Amado das Wohnzimmer verlassen hatte, versuchte Elizabeth, sich auf den Wetterbericht zu konzentrieren. Irgendwie fand sie es angemessen, daß Regen angekündigt wurde. Amado bei strahlendem Sonnenschein zu verlassen war ein Bild, das in ihrer Vorstellung ohnehin nie existiert hatte.

Nach dem Wetter folgten die Sportnachrichten und anschließend ein Bericht über einen Mann, der sein Haus aus mit Beton gefüllten Konservendosen erbaute. Als Amado nach diesem Beitrag noch immer nicht zurückgekehrt war, stand Elizabeth beunruhigt auf, um nach ihm zu sehen. Sie fand ihn in seinem Bett, den Oberkörper auf einen dicken Berg Kissen gebettet.

»Amado? Bist du in Ordnung?«

Er öffnete die Augen und versuchte sich aufzusetzen. Doch ihm fehlte die Kraft, und er sank zurück auf die Kissen.

Sie trat an sein Bett. Er war ganz grau im Gesicht, und auf seiner Stirn und seiner Oberlippe lag ein dünner Schweißfilm. Eine Welle der Angst überschwemmte sie. »Was ist los? Was ist mit dir?«

»Nichts«, erwiderte er.

»Amado, ich habe doch Augen im Kopf. Ich sehe ...«

»Das geht gleich vorbei. Das ist immer so.« Er griff nach ihrer Hand, um sie zu beruhigen.

»Was zum Teufel soll das heißen?« Als sie merkte, wie schwer er um Atem rang, verwandelte sich ihre Angst in Panik.

»Manchmal brauchen die Tabletten länger, bis sie wirken.«

»Seit wann nimmst du denn Medikamente?« Plötzlich fiel es ihr wie Schuppen von den Augen. Sie erinnerte sich an die Schachtel, in der sie damals die Pipette gefunden hatte. Ihr wurde übel. Verdammt, ihr hätte doch auffallen müssen, daß er nicht all diese Medikamente nur wegen seiner Allergien einnehmen konnte.

»Seit ich diese Herzbeschwerden habe.«

»*Herzbeschwerden?*«

»Entschuldige. Ich wollte nicht, daß du es auf diesem Wege erfährst.«

Mit einem Mal fügten sich die Puzzleteile zu einem klaren Bild zusammen. So viele Dinge fanden jetzt eine Erklärung – seine Kurzatmigkeit, die ihm in letzter Zeit manchmal zu schaffen machte und die er als Folge mangelnder Bewegung abzutun pflegte; die Schmerzen in der Brust, der Kissenberg in seinem Bett. Auch seine verzweifelten Bemühungen um ein besseres Verhältnis zu seinen Töchtern ergaben nun einen Sinn.

»Wie lange weißt du schon, daß mit deinem Herzen etwas nicht stimmt?« fragte sie.

»Ich habe es erst einige Monate nach unserer Hochzeit erfahren.« Er ließ ihre Hand los und bedeutete ihr mit einer Geste, sich neben ihn aufs Bett zu setzen. »Du mußt mir glauben, daß ich dich niemals in diese Situation gebracht hätte, wenn ich schon vorher davon gewußt hätte.«

Da sie fürchtete, er könnte sich noch beengter fühlen, wenn sie so dicht neben ihm saß, zog sie sich einen Stuhl heran und setzte sich an sein Bett. Dann, als erinnerte sie sich wieder daran, legte sie ihre Hand zurück in die seine. Sie war völlig durcheinander. Um ihrer Verwirrung irgendwie Herr zu werden, flüchtete sie sich in praktische Fragen.

»Was sagen denn die Ärzte?«

»Du weißt doch, wie die sind. Es ist nun mal ihr Job ...«

»Bitte tu mir das nicht an, Amado. Nie wieder. Ich habe ein Recht darauf zu wissen, was mit dir los ist.« Ein dicker

Kloß formte sich in ihrer Kehle. »Verdammt noch mal, du bist schließlich mein Mann.«

»Mit medizinischen Erklärungen ist dir auch nicht geholfen, Elizabeth. Hinter diesen Ausdrücken verstecken sich die Ärzte doch nur, wenn sie einem sagen müßten, daß man nicht mehr lange zu leben hat. Für uns beide ist einzig und allein wichtig zu wissen, daß mein Herz immer schwächer wird und man nichts dagegen tun kann.«

»Du hättest dich mir von Anfang an anvertrauen sollen, Amado.«

»Vielleicht, aber versteh doch, ich habe dir bei unserer Hochzeit versprochen, dich glücklich zu machen. Wie hätte ich da, noch kein Jahr später, mein Versprechen zurücknehmen können?«

»Du wußtest doch von nichts.« Ihr Verstand kämpfte verzweifelt darum, ihre Gedanken zu ordnen, doch die Gefühle, die in ihr aufwallten, machten sich selbständig und entzogen sich jeglicher Kontrolle. Amado sollte sterben? Das konnte doch nicht sein. Er war immer so stark, voller Energie und Lebenslust. Sie beugte sich zu ihm herab und führte seine Hand an ihre Wange.

»Du bist das einzige, was mich am Leben erhält, Elizabeth. Ohne dich an meiner Seite hätte ich schon längst aufgegeben.«

Seine Worte legten sich wie ein stählernes Band um ihre Brust. Sie hatte Mühe zu atmen. »Das ist zuviel der Ehre. Du hast doch auch noch deine Töchter und Enkelkinder und …«

»… und Michael und Consuela und Dutzende von Freunden, die alle sehr traurig wären, wenn ich nicht mehr unter ihnen weilte«, führte er ihren Satz zu Ende. »Aber sie sind nicht du.« Er streckte sich, um seinen Brustkorb zu dehnen und sich dadurch das Atmen zu erleichtern. Dann entspannte er sich wieder. »Ich hatte ein erfülltes Leben, Elizabeth. Mich bekümmert nur, daß uns beiden nicht mehr

Zeit füreinander geblieben ist. Dich zu verlassen wird die schwerste Aufgabe sein, die ich je meistern mußte.«

»*Bitte sprich nicht so.*« Sie ertrug es nicht – noch lange nicht –, wenn er so schicksalsergeben von etwas so Undenkbarem sprach.

»Ich hätte offen mit dir über die Nebenwirkungen dieser Medikamente reden sollen«, fuhr er fort. »Doch statt dessen habe ich dich im Glauben gelassen, daß mein Entschluß, aus unserem gemeinsamen Schlafzimmer auszuziehen, deine Schuld war.«

»Die Medikamente? Was haben die denn damit zu tun?«

»Ihretwegen konnte ich nicht mehr mit dir schlafen. Bei manchen Männern beeinträchtigen sie die Potenz. Und zu denen gehöre ich leider. Ich habe dir nichts davon gesagt, weil ich immer noch auf ein anderes Medikament hoffte. Oder darauf, daß eine Besserung eintreten würde, ich die Dosis verringern und dir wieder ein vollwertiger Ehemann sein könnte.«

Wie elend sie sich jetzt fühlte! Hätte er mit ihr über seine Krankheit gesprochen, wie anders wäre alles verlaufen. »Ich wünschte wirklich, du hättest mehr Vertrauen zu mir gehabt.«

»Mein Schweigen hat nichts damit zu tun, daß ich dir nicht vertraue, Elizabeth. Ich habe lange darüber nachgedacht, bis mir schließlich der Grund für mein Schweigen klargeworden ist: Ich hatte Angst, dich zu verlieren. Ich glaubte, solange es noch Hoffnung gibt, würdest du bei mir bleiben.«

»Hast du tatsächlich geglaubt, daß ich dich nur der guten Zeiten wegen geheiratet habe und dich in schlechten Zeiten im Stich lassen würde?« Mit dieser Frage und den Konsequenzen, die sie beinhaltete, hatte sie leise, aber endgültig die Tür verschlossen, die zu einem gemeinsamen Leben mit Michael geführt hätte. Dies zu wissen erfüllte sie mit einem Gefühl tiefen Friedens.

»Die guten Zeiten hätten nicht so schnell vorübergehen sollen.«

»Bist du absolut sicher, daß es keine Heilung gibt? Hast du einen Spezialisten konsultiert?«

Er lächelte. »Ich bin von Pontius zu Pilatus gelaufen. Glaubst du im Ernst, daß ich dich kampflos aufgeben würde?«

Jetzt erinnerte sie sich wieder an die vielen Male, da sie ihn in Modesto nicht hatte erreichen können, an die Nachmittage in der Winzerei, wo ihn niemand gesehen und sie angenommen hatte, er halte sich bei Nachbarn auf, um mit ihnen über die Ernte zu sprechen.

»Und? Was haben sie gesagt?«

Er zögerte einen Augenblick. »Daß eine Herztransplantation mein einzige Chance sei.«

Der Gedanke verstörte sie. Ihr war bewußt, daß die Erfolgsquote bei derartigen Transplantationen in den letzten zehn Jahren erheblich gestiegen war, doch das war noch lange keine Garantie. »Und wann soll die stattfinden?«

»Ich habe abgelehnt.«

»Aber ich verstehe nicht. Wenn das deine einzige Chance...«

»Ich bin sechzig Jahre alt, Elizabeth. Wenn ich körperlich gesund wäre, hätte ich noch einige gute und produktive Jahre vor mir. Aber die Krankheit hat auch meine Lunge und meine Nieren in Mitleidenschaft gezogen. Wie könnte ich also guten Gewissens ein Herz für mich beanspruchen, auf das so viele andere Menschen dringend warten?«

»Aber wie kommst du darauf, daß das Leben anderer wertvoller sei als deines? Außerdem, wenn du ein neues, gesundes Herz bekämst, würde das nicht auch die Funktion der Nieren und Lunge wiederherstellen?«

Er schloß die Augen und wirkte mit einem Mal sehr erschöpft. Als er sie wieder öffnete, blieb sein Blick an der Zimmerdecke haften. »Als ich in der Klinik war, um eine Gewebeanalyse durchführen zu lassen, traf ich eine junge Frau, die aus demselben Grund dort war wie ich. Sie hat drei Töchter und erzählte mir, wie sie diese darauf vorbereite, ohne sie weiterzuleben, falls sie sterben sollte, bevor ein geeignetes Spenderherz zur Verfügung stehe. Als ich einwandte, daß sie ihre Töchter vielleicht unnötigerweise mit dieser furchtbaren Möglichkeit konfrontiere, berichtete sie mir von einem achtzehnjährigen Jungen, den sie im Jahr zuvor in dieser Klinik kennengelernt hatte: Er starb, während er auf ein neues Herz wartete. Und das ist kein Einzelfall. Es gibt viele solcher Schicksale.« Er löste seinen Blick von der Decke und sah ihr direkt in die Augen. »Verstehst du jetzt?«

Da wußte sie, daß sie ihn von seinem Entschluß niemals würde abbringen können, was auch immer sie sagen oder anstellen mochte. »Das sollte ich, ja«, erwiderte sie. »Deine Selbstlosigkeit war einer der Gründe, weshalb ich mich in dich verliebt habe.«

»Bist du einverstanden, daß wir von nun an nicht mehr über dieses Thema sprechen?«

Es war sinnlos, mit ihm darüber zu diskutieren. »Wenn du es so möchtest.«

Sein fester Griff, mit dem er ihre Hand gehalten hatte, wurde schwächer. Er ließ seinen Kopf zurück auf die Kissen sinken und schloß wieder die Augen. Nach einer Weile sagte er mit leiser Stimme: »Ist es dir recht, wenn wir unser Gespräch morgen früh fortsetzen?«

»Bist du in Ordnung?« Dabei dachte sie an die vielen Male, da Amado in letzter Zeit plötzlich verschwunden war, an die angeblichen Besprechungen und an die späten Mittagessen mit anderen Weinbauern. Er mußte sich irgendwohin zurückgezogen haben, um sich auszuruhen und neue Kräfte zu sammeln, damit sie nicht merkte, in welchem Zustand er war.

»Ich bin nur müde. Es war ein langer Tag.«

»Kann ich noch etwas für dich tun?«

»Nein, danke, ich habe alles, was ich brauche.«

Sie stand auf. Die Anstrengung, die Tränen zurückzuhalten, die ihr in den Augen brannten, schnürte ihr die Kehle zusammen. Er würde nicht wollen, daß sie weinte. »Es tut mir leid, Amado.«

»Das muß es nicht. Gott war immer gut zu mir. Auch jetzt. Bevor er mich hat wissen lassen, daß ich sterben muß, hat er mir dich geschenkt.«

Sie würde alles daransetzen, damit Amado niemals herausfand, daß sie nicht die Frau war, für die er sie hielt. Mehr konnte sie ihm nicht mehr geben. Sie beugte sich über ihn und berührte seine Stirn sanft mit ihren Lippen. »Ich sehe noch mal nach dir, bevor ich zu Bett gehe.«

»Ich liebe dich, Elizabeth.«

»Und ich liebe dich, Amado.« Was machte es schon, daß die Liebe, die sie für ihren Mann empfand, nicht die war, die die Dichter in ihren Versen besangen? Zumindest war sie nicht länger gezwungen, eine Entscheidung zu fällen – die hatte bereits ein anderer für sie getroffen.

Die Uhr schlug Mitternacht. Elizabeth ging in ihrem Schlafzimmer auf und ab und grübelte darüber nach, was sie Michael sagen und wie sie es ihm sagen sollte. Sie hoffte inständig, daß ihr die richtigen Worte noch zufliegen würden, wenn sie nur lange genug wartete. Ein Teil von ihr, ihre feige Seite, bestand darauf, daß es gar nicht ihre Aufgabe war, Michael über Amados Zustand zu informieren. Doch so einleuchtend die Argumente, die ihr durch den Kopf gingen, auch waren, letztlich konnte sie sich nicht davon überzeugen, daß sie richtig handelte, wenn sie Michael Amados Krankheit verschwieg. Er brauchte Michaels Zuneigung ebensosehr wie das Gefühl, sich auf ihn und seine Mitarbeit verlassen zu können.

Ihre Überlegungen schweiften in die verschiedensten Richtungen, aber nur, um sich am Ende auf einen einzigen Punkt zu konzentrieren: Es gab keine passenden Worte, um

Michael die Wahrheit über Amado zu sagen – sowenig wie vorhin, als sie Amado hatte erklären wollen, daß sie ihn verlassen werde.

Leise schlüpfte sie aus der Haustür, hinaus in den dichten Nebel, der den Hügel herabgekrochen war und nun die Häuser wie weiße Watte umhüllte. Sie war schon auf der unteren Treppenstufe angekommen, als eine innere Stimme ihr befahl, keinen Schritt weiterzugehen. Sie konnte Michael ohnehin nur so wenig geben, und eine weitere Nacht ungestörten Schlafes erschien ihr plötzlich wie ein kostbares Geschenk. Sie machte auf dem Absatz kehrt und schlich ins Haus zurück. Vor Amados Schlafzimmertür blieb sie kurz stehen, lauschte, und nachdem sie sich vergewissert hatte, daß er ruhig schlief, begab sie sich wieder in ihr Zimmer.

Als Elizabeth am nächsten Morgen um halb sieben an der Rückseite von Michaels Haus vorbeiging, um die Zeitung aus dem Briefkasten zu holen, sah sie, daß sein Lastwagen nicht mehr unter der Eiche stand. Sie wunderte sich zwar, daß er schon so frühzeitig in die Kellerei aufgebrochen war, doch ihre Überlegungen, wie sie Amado in weniger als fünf Minuten am Frühstückstisch gegenübertreten sollte, nahmen sie so in Anspruch, daß sie Michaels Abwesenheit keine weitere Beachtung schenkte. Wie gerne hätte sie sich in die Normalität des Alltags geflüchtet, doch sie mußte einen Weg finden, Amado ohne Mitleid in den Augen anzusehen, ohne Kummer in der Stimme mit ihm zu sprechen und jeden neuen Tag mit ihm zu beginnen, ohne sich die bange Frage zu stellen, ob es vielleicht ihr letzter sein würde.

Amado hielt ihr bereits die Tür auf, als sie zum Haus zurückkehrte. »Ich sehe keine Veranlassung, daß du jetzt morgens die Zeitung hereinholst«, tadelte er sie.

»Ich war schon fertig und dachte mir …«

»… daß du mir den Gang abnehmen könntest.«

Sie stellte sich auf die Zehenspitzen und gab ihm einen Kuß auf die Wange. »So etwas Ähnliches, ja.«

»Siehst du, genau deshalb habe ich so lange mit der Wahrheit hinterm Berg gehalten, Elizabeth. Ich wollte einfach nicht, daß du mich behandelst wie einen Invaliden.« Der Ärger in seiner Stimme war nicht zu überhören. »Diese Zeiten kommen noch früh genug. Bis dahin laß mich bitte leben, wie ich bisher gelebt habe. Tu mir diesen kleinen Gefallen, ja?«

Elizabeth wich einen Schritt zurück. »Verzeih mir. Ich wollte doch nur...«

»Ich weiß.« Seine Stimme wurde weicher. »Ich hatte ja schon monatelang Zeit, mich an den Gedanken zu gewöhnen, du dagegen erst wenige Stunden. Komm herein, ich möchte dir etwas zeigen.«

Sie folgte ihm in sein Büro und wartete schweigend, bis er einen Ordner aus seinem Schreibtisch geholt hatte. Als sie sah, daß er Musterentwürfe für neue Flaschenetiketten enthielt, war sie erstaunt und erleichtert zugleich – hatte sie doch etwas ganz anderes erwartet, das mit Amados Gesundheitszustand zusammenhing. Sie war ihm dankbar dafür, daß er offenbar entschlossen war, weiterhin den Schein der Normalität zu wahren, denn sie brauchte Zeit, um sich mit der veränderten Situation auseinanderzusetzen und zu akzeptieren, was geschehen war, bevor sie ihren Entschluß in die Tat umsetzen konnte.

Wichtiger noch war, Michael die Wahrheit zu sagen – und dann einen Weg zu finden, um sich emotional von ihm zu lösen. Das mußte sein, obwohl sie wußte, daß er sie, sobald er die Wahrheit erfahren hatte, ebensosehr brauchen würde, wie Amado sie brauchte, um auf seinem Sterbeweg nicht allein zu sein.

Als Elizabeth später an diesem Morgen in ihr Büro fuhr, hielt sie auf dem Parkplatz Ausschau nach Michaels Wagen, konnte ihn aber nirgends entdecken. Eine seltsame Ahnung beschlich sie, die sie jedoch sofort als eine Art Paranoia abtat. Im gleichen Augenblick redete sie sich ein, daß es gewiß eine logische Erklärung für seine Abwesenheit gab.

Um zehn Uhr rief Amado sie an und teilte ihr mit, daß er sich entschlossen habe, den Tag freizunehmen, da er etliche private Dinge zu erledigen habe und sich vor der Party bei den Robertsons, zu der sie am Abend eingeladen waren, noch ein wenig ausruhen wolle. Sie spielte kurz mit dem Gedanken, ihn nach Michael zu fragen, nahm dann jedoch davon Abstand. Er brauchte nicht zu wissen, daß sie ihn suchte.

Als die Mittagszeit vorüber, Michael immer noch nicht in der Winzerei aufgetaucht war und auch keine Nachricht hinterlassen hatte, legte Elizabeth ihre Arbeit beiseite und machte sich auf die Suche nach ihm. Keiner der Mitarbeiter in der Kellerei oder im Weinberg hatte ihn an diesem Tag gesehen oder von ihm gehört. Kurz entschlossen rief sie in Modesto an. Aber auch dort hatte ihn niemand gesehen.

Schließlich fuhr sie nach Hause, um nachzusehen, ob er vielleicht in der Zwischenzeit zurückgekehrt war. Sein Laster parkte nicht hinter dem Haus, doch sie wollte es jetzt genau wissen. Schon aus einigen Schritten Entfernung leuchtete ihr das weiße Stück Papier, das im Briefkasten steckte, entgegen. Ihre bange Vorahnung verstärkte sich, als sie die Haustür erreichte und sah, daß der Umschlag ihren Namen trug.

Elizabeth,

verzeih mir, ich habe es ehrlich versucht, aber ich konnte nicht länger bleiben. Wir wußten die ganze Zeit über, daß sich nichts an unserer Situation ändern würde, auch wenn wir noch so lange warten.

Indem ich mich in Dich verliebte, habe ich es zugelassen, wieder die Nummer zwei zu sein, obwohl ich mir geschworen hatte, nie wieder diese Rolle zu spielen. Wenn jemand die Schuld an der ganzen Sache trägt, dann ich. Ich hätte es besser wissen müssen.

Für Amado habe ich in der Kellerei einen Brief hinterlegt, der, wie ich hoffe, mein Weggehen ausreichend erklärt. Obwohl ich mir vorgenommen hatte, Amado meinen Entschluß persönlich mitzuteilen, habe ich es dann doch nicht übers Herz gebracht. So hart dieser Weg auch scheinen mag, ich konnte nicht anders.
Michael

PS Howard habe ich mitgenommen. Er schien nicht sonderlich begeistert über unsere Abreise gewesen zu sein, aber ich war es ja ebensowenig. So gesehen geben wir doch ein tolles Paar ab, findest du nicht?

Sie lehnte die Stirn gegen das kühle Glas, schloß die Augen und ließ den Schmerz kommen. Er umarmte sie wie ein alter Freund, in der sicheren Gewißheit, willkommen zu sein. Und dann weinte sie, laut und hemmungslos, über das ungerechte Schicksal, das ihr beide Männer nahm, Amado und Michael.

»Elizabeth?«

Der Klang von Amados Stimme ließ sie herumfahren. Er kam über die Auffahrt auf Michaels Haus zu. Sie atmete tief durch und blinzelte sich die Tränen aus den Augen. Dann ließ sie rasch den Briefumschlag in ihren Jackentasche verschwinden und ging ihm entgegen.

»Ich glaube nicht, daß Michael schon zu Hause ist«, sagte er, als sie vor ihm stand. »Zumindest habe ich ihn nicht gesehen.«

In Elizabeth' Kopf drehte sich alles. Sie wußte nicht, was sie sagen sollte. So viel Kummer, so viele Schmerzen tobten in ihrem Inneren, jene, die sie erlitten hatte, und jene, die sie ihm nun zufügen mußte. »Er ist fortgegangen, Amado.«

»Ja, ich weiß.« Seine Worte kamen so langsam, als spreche er in einer fremden Sprache. »Hast du in der Kellerei nachgefragt?«

»Dort ist er auch nicht.« Sie versuchte zu lächeln, um dem

Satz, den sie gleich aussprechen mußte, die Härte zu nehmen, aber ihre Lippen blieben starr. »Er hat uns verlassen.«

Der beschwichtigende Ausdruck in Amados Augen erlosch. »Was soll das heißen?«

In diesem Moment wünschte sie sich weit fort von hier, wäre am liebsten auf der Stelle losgerannt, irgendwohin, so weit sie ihre Füße trugen, um sich dann irgendwo zu verstecken. »Michael hat beschlossen, daß es für ihn an der Zeit sei, sich zu verändern.« Eine frische Brise wehte durch den Garten. Elizabeth verschränkte die Arme vor der Brust. Wenn diese Böe sie doch einfach mit sich forttrüge. »Ich schätze, wir müssen uns nach einem neuen Kellermeister umsehen. Wenn ich daran denke, wieviel Mühe wir hatten, einen geeigneten für Modesto zu finden, steht uns eine ...«

Amado machte einen Schritt auf sie zu und hielt sie an den Schultern fest, als fürchte er, sie würde umfallen. »Bist du okay?«

»Aber ja. Warum fragst du?«

Er zögerte. Sein angespannter Gesichtsausdruck ließ den Gewissenskampf erahnen, den er gerade mit sich ausfocht. Schließlich seufzte er, atmete einmal tief durch und zog Elizabeth entschlossen an sich. »Du brauchst dich nicht mehr zu verstellen. Es ist meine Schuld. Ich wußte, daß es so kommen mußte. Verdammt, ich glaube, ich habe es sogar forciert.«

Es dauerte eine Weile, bis sie die Bedeutung seiner Worte begriff. »Was meinst du damit, daß du wußtest, daß es so kommt? Und was hast du forciert?«

»Komm mit ins Haus. Ich habe dir einiges zu erzählen.«

Mit einer entschlossenen Bewegung wand sie sich aus seiner Umarmung. »Nein, Amado. Ich will es sofort wissen, Hier und jetzt.«

Er trat von einem Fuß auf den anderen. Man sah, daß es ihm nicht leichtfiel weiterzusprechen. »Du mußt verstehen, wie schwierig das für mich ist.«

»Du wußtest also, was zwischen Michael und mir vorging, hab' ich recht?« Eigentlich konnte sie kaum glauben, was sie sagte, doch ihr Verstand spann den Faden gnadenlos weiter. »Mein Gott, jetzt wird mir auf einmal klar, was es mit all diesen Fahrten nach Modesto auf sich hatte. Du hast es absichtlich so arrangiert, daß Michael und ich allein waren.«

Er hob die Hände in einer hilflosen, um Verständnis bittenden Geste. Ich wollte doch nur nicht, daß du nach meinem Tod ganz allein dastehst.«

Ein häßlicher Verdacht stieg in ihr auf und hatte seinen Weg über ihre Lippen schon gefunden, kaum daß Amado zu Ende gesprochen hatte. Ihr Magen krampfte sich zusammen. »Hast du dabei wirklich an mich gedacht, Amado, oder an deine geliebte Winzerei?«

»Glaub mir, ich hatte niemals die Absicht, dir damit weh zu tun. Du weißt doch, daß ich Michael immer als meinen ...«

Da zog Elizabeth den Brief aus ihrer Tasche und warf ihn Amado vor die Füße. »Hast du überhaupt den Schimmer einer Ahnung, durch welche Hölle du uns beide mit deinen Manipulationen getrieben hast?«

»Wie hätte ich wissen können, daß ihr euch so schnell ineinander verliebt?«

»Wenn du mich gleich zu Anfang in deinen Zeitplan eingeweiht hättest, dann hätte ich diesen Moment selbstverständlich etwas hinausgeschoben, wenn dir damit gedient gewesen wäre.«

»Du mißt meiner Rolle zuviel Bedeutung bei. Zugegeben, ich hatte es so arrangiert, daß Michael und du viel Zeit miteinander verbringt, und auch gehofft, daß ihr euch schließlich doch ...« – er bückte sich, um den Umschlag aufzuheben – »... finden würdet.« Als er Michaels Brief zu Ende gelesen hatte, wurde er kreidebleich. »Mein Gott, wie konnte ich das nur vergessen?« flüsterte er.

Ein leiser Windhauch trug seine Worte an ihr Ohr. »Was denn, Amado?« Er wirkte plötzlich so verloren, so einsam, daß ihre Wut sich in Angst verwandelte. »Was hast du vergessen?«

Er hob den Blick und sah sie an. »Daß er sich wieder als Nummer zwei fühlen mußte. Bitte, Elizabeth, glaube mir. Ich hätte niemals...« Er stöhnte laut auf. »Wie konnte ich das nur vergessen?«

»Jetzt kann ich dir gar nicht mehr folgen.«

Amado wandte sich von ihr ab und starrte über das Tal hinweg in die Ferne. »Hat er dir nie von Susan und seinem Bruder erzählt?«

Obwohl Amado direkt neben ihr stand, hatte sich Elizabeth noch nie in ihrem Leben so allein gefühlt wie in diesem Augenblick. Eines Tages würde sie ihn bitten, ihr die Geschichte von Susan und Michaels Bruder zu erzählen, aber nicht heute.

Dazu war es noch zu früh. Im Moment füllte ihr eigener Schmerz jede Faser ihres Körpers aus. Irgendwann einmal würde sie auch für Michaels Kummer Platz haben. Aber jetzt noch nicht.

Aus welchem Grund auch immer – Liebe oder Loyalität oder Pflichtbewußtsein –, sie und Amado würden zusammenbleiben, bis der Tod sie trennte. Sie suchte seine Hand. »Du solltest nicht ohne Jacke hier draußen herumstehen«, sagte sie und spürte, daß die Zärtlichkeit und Fürsorge, die aus ihrer Stimme klangen, nicht gespielt waren. »Laß uns zurück ins Haus gehen.«

Seine Finger schlossen sich fest um ihre Hand. »Ich habe mir nicht nur um den Weinberg und die Kellerei Sorgen gemacht, Elizabeth. Dein Glück lag mir ebenso am Herzen.«

Um wieviel leichter wäre das alles zu ertragen, wenn sie seine Worte anzweifeln könnte, dachte sie und fühlte eine unendliche Trauer in sich aufsteigen. Aber sie glaubte ihm. »Das weiß ich, Amado.«

23

»Das ist einfach nicht fair«, sagte Alice. »Weder ihm noch dir gegenüber. Ihr habt euch doch eben erst gefunden.«

»Wenn ich mich darauf einließe, über die Gerechtigkeit dessen nachzugrübeln, was gerade mit Amado geschieht, dann wäre ich nicht mehr in der Lage, noch irgend etwas anderes zu tun.« Elizabeth hielt sich den Telefonhörer an das andere Ohr und lehnte sich in ihrem Stuhl zurück. Als ihr Blick auf den Stapel unerledigter Post fiel, den sie noch aufarbeiten mußte, drehte sie sich weg und starrte die Wand an.

»Möchtest du wirklich nicht, daß ich komme? In einer Stunde könnte ich gepackt haben und im Bus sitzen.«

»Das ist lieb von dir, Großmama, aber ich möchte dich nicht jetzt schon in Anspruch nehmen. Das spare ich mir lieber für später auf.«

»Du mußt mich nicht schonen wie zerbrechliches chinesisches Porzellan, Elizabeth. Es gibt keinen Grund, warum ich nicht...«

»Wenn du jetzt schon kommst, dann hat Amado überhaupt keine Möglichkeit mehr, so zu tun, als ob er nicht krank wäre. Selbst an guten Tagen nicht, verstehst du?«

»Natürlich. Daran hätte ich selber denken müssen. Weißt du, ich fühle mich nur so hilflos.«

Elizabeth griff abwesend nach dem Telefonkabel und wickelte es sich um die Finger. »Mir geht es genauso.«

»Wann wird er es Felicia und Elana sagen?«

»Die sind gerade mit ihm oben im Haus. Felicia mußte er förmlich an den Haaren hierherziehen.«

»Was glaubst du, wie werden sie es aufnehmen?«

»Ehrlich gesagt, ich habe keine Ahnung.«

»Wäre es nicht schön, wenn sie die Zeit, die Amado noch bleibt, dazu nutzen würden, eine bessere Beziehung zu ihm aufzubauen? Ich denke mir, dann hätte das Ganze vielleicht doch noch etwas Gutes.«

»Das habe ich mir auch schon überlegt, aber ich weiß nicht, ob das überhaupt möglich ist. Selbst wenn Felicia und Elana nach allem, was geschehen ist, plötzlich doch noch liebevolle Gefühle für ihren Vater entwickeln würden, wie könnte Amado darauf vertrauen, daß sie auch echt sind?«

Es entstand eine kurze Pause, bevor Alice antwortete: »Er wird glauben, was er glauben möchte. Und wem steht es zu, darüber zu urteilen, ob das gut ist oder nicht?«

Dagegen gab es nichts zu sagen. Elizabeth erinnerte sich an zu viele Gelegenheiten, da ihre Phantasie die Wirklichkeit verdrängt und ihr dadurch das tägliche Leben leichter gemacht hatte.

»Versprich mir aber, daß du mich sofort verständigst, wenn es Amado schlechter geht«, fuhr Alice fort. »Und denk immer daran, daß einem nichts genommen wird, ohne daß man etwas anderes dafür bekommt. Es ist schwer, jeden Tag in dem Bewußtsein zu beginnen, daß man bald sterben muß, aber andererseits gibt einem das auch die Möglichkeit, Dinge richtigzustellen – seine Angelegenheiten in Ordnung zu bringen, wenn du so willst. Betrachte dies als Geschenk, Elizabeth.«

»Ich liebe dich, Großmama.«

Sie unterhielten sich noch eine Weile und versprachen, bald wieder zu telefonieren, bevor sie sich verabschiedeten. Tränen verschleierten Elizabeth' Blick, als sie den Hörer zurück auf die Gabel legte. Sie wußte nie, aus welchem Hinterhalt der nächste Angriff in ihrem täglichen Kampf mit Kummer und Leid kommen würde. Manchmal bescherte ihr ein schwieriges Problem, das sie im Rahmen ihrer Arbeit zu lösen hatte, ein paar Stunden Frieden. Doch dann konnte schon ein einziger verirrter Gedanke diesen Frieden zerstören und das ganze Gewicht der ungewissen Zukunft auf sie niederstürzen lassen.

Eine Träne löste sich aus ihrem Augenwinkel. Elizabeth saß ganz still da und spürte dem Weg nach, den die Träne über ihre Wange beschrieb. Ein Teil von ihr distanzierte sich von dem Schmerz, der diese Träne auf den Weg geschickt hatte, und warnte sie, daß dieser einen noch sehr viele folgen würden.

Wieder verließ sie ein Mensch, den sie liebte. Sie konnte ob dieser Ungerechtigkeit losbrüllen oder Amok laufen, fluchen oder die Fäuste gen Himmel erheben, oder sich in ihre Arbeit flüchten.

Doch was immer sie tat, ändern würde sich dadurch nichts.

Amado würde bald sterben. Und wenn es soweit war, dann würde ein Teil von ihr mit ihm sterben.

»Wie lange hast du noch?« fragte Felicia.

Amado veränderte seine Sitzposition, so daß seine Lungen freier atmen konnten. Die Schroffheit dieser Frage verletzte ihn nicht; im Gegenteil war er erleichtert, daß sie nicht versuchte, ihn mit geheucheltem Mitgefühl zu täuschen. »Vielleicht ein paar Monate, vielleicht auch noch ein Jahr oder mehr. Das kann niemand so genau voraussagen.«

Elana warf Felicia einen nervösen Blick zu und stammelte dann: »Bist du… geht es dir im Moment gut? Ich meine, können wir irgend etwas für dich tun?«

»Nein«, erklärte er. »Alles, was getan werden kann, wird getan.«

Felicia stand auf und trat ans Fenster. Sie schob die Vorhänge beiseite und starrte hinaus. Mit dem Rücken zu Amado fragte sie: »Warum hast du uns dann heute hierherbestellt? Hättest du uns das nicht auch telefonisch mitteilen können?«

»*Felicia!*« fuhr Elana sie entrüstet an. »Wie kannst du nur so was sagen?«

Felicia wirbelte herum und funkelte ihre Schwester an. »Wenn du nur ein einziges Mal in deinem Leben ehrlich wärst, müßtest du zugeben, daß du genau das gleiche gedacht hast. Seit wann besprechen wir in unserer Familie denn etwas gemeinsam?«

»Das hier ist doch wohl etwas anderes«, schoß Elana zurück.

»Warum denn? Weil Vater stirbt und uns braucht? Wo war er denn, als Mutter ihn gebraucht hätte? Ach, genau, wo warst du damals überhaupt?«

»Felicia, ich bitte dich, tu deiner Schwester das nicht an«, sagte Amado und unterstrich seine Worte mit einer flehenden Geste. »Du mußt endlich lernen loszulassen. Was sie getan hat…«

»Aus deinem Mund will ich kein Wort über meine Mutter hören«, fauchte Felicia. »Dazu hast du verdammt noch mal kein Recht.«

»Warum hörst du ihn nicht wenigstens an, Felicia?« Elana warf Amado einen Blick zu. »Siehst du denn nicht, daß er todkrank ist? Das ist unsere letzte Chance, eine Familie zu sein.«

Felicias Kopf schnellte zurück, als hätte Elana sie ins Gesicht geschlagen. Ihr Blick wurde starr und wanderte von ihrem Vater zu ihrer Schwester. Sie fuhr sich verlegen durchs Haar und kniff dann nachdenklich die Augen zusammen. »Ich… es tut mir leid. Ich weiß nicht, was in mich gefahren ist. Es muß der Schock gewesen sein… deine Krankheit, Vater.«

Amado war sich auf einmal gar nicht mehr sicher, was er sich von diesem Treffen erwartet hatte; diese Wendung jedenfalls nicht. Felicias Lächeln hatte etwas von dem bedauernden Mitgefühl eines Abteilungsleiters, der seinem Untergebenen die Kündigung überreichte. Und Elanas erschrockener Blick, so mutmaßte Amado, rührte wohl eher von dem allgemeinen Unbehagen her, das man angesichts des Todes empfindet, als von der Aussicht, den Vater zu verlieren.

»Ich will nicht in dem Wissen sterben, daß zwischen uns noch unausgesprochene Dinge stehen«, erklärte Amado. »Bestimmt wollt ihr mich das eine oder andere noch fragen, möglicherweise über Ereignisse aus eurer Kindheit, bevor ihr mit eurer Mutter nach Spanien gezogen seid. Wenn ich nicht mehr bin, kann euch diese Fragen niemand mehr beantworten.«

»Woher willst du denn wissen, wie wir als Kinder waren?« fragte Felicia. »Du warst doch nie zu Hause.«

Amado quittierte ihre bissige Äußerung mit einem bedächtigen Kopfnicken. Wenn es auch nur zu ihrem Vorteil gewesen wäre, es gelang ihr einfach nicht, ihre Bitterkeit zu überwinden. »Ich habe hart für mein Ziel gearbeitet, die besten Trauben anzubauen und den besten Wein daraus zu machen. Das hat mein Vater von mir erwartet. Daß mich das meine Familie kosten würde, habe ich nicht geahnt. Damals hat man an so etwas gar nicht gedacht.«

»Heißt das, daß du es heute anders machen würdest?« hakte Felicia nach.

»Ja, heute würde ich alles tun, um dich und deine Schwester nicht zu verlieren.« Amado forschte in ihren Augen nach einem Hinweis, ob seine Antwort irgendeinen Eindruck bei ihr hinterlassen hatte, doch Felicia starrte schon wieder aus dem Fenster und grenzte sich mit dieser Geste ostentativ von ihm ab.

Indem sie die Arme vor der Brust kreuzte, unterstrich sie noch unmißverständlicher ihre Position. »Und Mutter?«

»Ich sagte doch, ich würde alles in meiner Macht Stehende tun, um meine Familie zu erhalten«, wiederholte er.

Sie fuhr herum. »Soll das heißen, du bedauerst, wie du sie damals behandelt hast?«

»Mehr, als ich sagen kann.« Die Interpretation seiner Worte überließ er ihr.

»Was sollen wir denn deiner Meinung nach tun, um wieder eine Familie zu werden?« Felicias Worte klangen versöhnlich, doch ihre Körpersprache verriet kontrollierte Zurückhaltung.

Vor der Ankunft seiner Töchter an diesem Morgen hatte

Amado sich selbst ermahnt, seine Erwartungen nicht zu hoch anzusetzen. Er hatte Elizabeth' Bedenken gespürt, sie in ihrem Blick gelesen, mit dem sie ihn beim Frühstück angesehen hatte, und in ihrer Stimme wahrgenommen, als sie ihm angeboten hatte, nicht ins Büro zu gehen, sondern bei ihm zu bleiben. Doch weder Elizabeth' Signale noch seine eigenen Ermahnungen hatten es vermocht, ihn auf diese Enttäuschung vorzubereiten: Selbst die Endgültigkeit seines baldigen Ablebens reichte nicht aus, um eine Verbindung zu Felicia herzustellen. Und ohne Felicia würde er auch bei Elana kaum eine Chance haben. »Ich hatte gehofft, wir könnten etwas mehr Zeit miteinander verbringen, um uns wieder besser kennenzulernen.«

Felicia warf Elana einen raschen Seitenblick zu. »Ich denke, wir können es einrichten, uns von jetzt ab regelmäßig zu sehen, nicht wahr, Elana?«

Der plötzliche Gesinnungswandel ihrer Schwester traf Elana völlig unvorbereitet. »Aber sicher. Das wäre auch in meinem Sinn.«

Eigentlich hätte Amado jetzt ein wenig triumphieren können, doch diese Antwort hinterließ bei ihm nur ein Gefühl der Leere.

Das Schiff, auf dem Michael den Pazifik überquerte, stürzte in ein tiefes Wellental und zwang ihn, sich an den Tauen, die die Segel in Position hielten, festzuklammern. Gleichzeitig wanderte sein Blick zu der Stelle, an der Howard eben noch gesessen und sich geputzt hatte. Dieser jedoch quittierte seinen besorgten Gesichtsausdruck mit einem selbstgefälligen Blinzeln und wandte sich wieder der Pflege seiner Vorderpfoten zu.

Seit drei Wochen befanden sie sich nun schon auf hoher See, doch Michael beherrschte noch immer nicht den berühmten Seemannsgang. Jeremy Andrews, der etwas exzentrische Kapitän, der bereit gewesen war, Michael gegen eine angemessene Unkostenbeteiligung nach Australien mitzunehmen, hatte ihm versichert, daß sich auch bei ihm die Standfestigkeit schon noch einstellen werde. Das sei nur eine Frage der Zeit, meinte er.

Und war Zeit nicht etwas, über das Michael in Hülle und Fülle verfügte?

Es gab nicht viele Menschen, die von sich behaupten konnten, nirgendwohin zu müssen und von niemandem erwartet zu werden. Noch nie zuvor hatte Michael dieses Gefühl der absoluten Freiheit und Unabhängigkeit erfahren. Und vielleicht würde er dieses Gefühl eines Tages sogar genießen können.

Jetzt erhob sich Howard, streckte sich ausgiebig und stolzierte auf Michael zu. Dann blieb er vor ihm stehen, stellte sich mit den Vorderpfoten auf dessen Füße und ließ ein klägliches Maunzen hören. Michael nahm ihn hoch, setzte ihn auf seine Schulter und drückte seine Wange gegen Howards weiches schwarzes Fell.

»Genieße den Augenblick, mein Freund«, murmelte er. »Nichts ist für ewig.« Der Nachsatz war eher an seine eigene Adresse gerichtet.

In jener Nacht, als Michael sich in seinen Laster gesetzt hatte und zum letzten Mal aus dem Napa Valley herausgefahren war, hatte er keine Ahnung gehabt, wohin er gehen sollte. Er wußte nur, daß er weg mußte. Und zwar sofort. Zunächst war er nach Osten gefahren, Richtung Yellowstone-Park, dem Traumziel seiner Kindheit. In Winnemucca hatte er jedoch spontan die Richtung geändert, war nach Norden weitergefahren, um dann in Idaho ebenso unvermittelt nach Westen abzubiegen, bis er schließlich in Seattle gelandet war. Ein Besuch auf den Docks, die Bereitschaft, mit anzupacken und beim Beladen des schönsten Segelschiffes zu helfen, das er je gesehen hatte, ein zufälliges Tischgespräch bei saftigen Lachssteaks – und auf einmal war er hier, nur wenige Seemeilen vor Hawaii.

Er hatte Kalifornien in der Hoffnung verlassen, irgendwo seinen Schmerz auskurieren zu können, obwohl er wußte, daß es gegen diese Art von Schmerz kein Heilmittel gab.

In der Welt herumzuziehen war vielleicht nicht gerade die Lösung, doch in seinem momentanen Zustand schien ihm Bewegung immer noch heilsamer zu sein als Stillstand. Er wurde einfach das Gefühl nicht los, daß ihn alles, was er hinter sich gelassen hatte, alles, wovor er geflüchtet war, auf der Stelle einholen würde, sobald er stehenblieb, und sei es auch nur für eine Minute. Und er war noch nicht imstande, damit umzugehen.

Solange er keinen Weg gefunden hatte, mit dem zu leben, was er verloren hatte, mußte er weiterziehen.

Und wenn diese Reise ewig dauern sollte... wen kümmerte das schon.

24

St. Helena – März 1990

In dem schwarzen Kostüm, das sie bereits vor acht Monaten für den Tag gekauft hatte, da sie endgültig von Amado Abschied nehmen mußte, stand Elizabeth oben am Eingang zu den Weingärten. Die Überlegung, wie schrecklich es sein müßte, noch kurz vor der Beerdigung durch die Geschäfte zu hetzen, um etwas Passendes für diesen traurigen Anlaß auszuwählen, war ihr damals klug und praktisch erschienen. Doch dieses Kostüm hatte sich als seelische Belastung erwiesen, als ständiges, unerbittliches Mahnmal, das ganz hinten im Kleiderschrank hing und darauf wartete, seine Anschaffung zu rechtfertigen.

Die langen Monate des Wartens waren für Elizabeth in vielerlei Hinsicht schwierig und anstrengend gewesen. Tagsüber fanden immer wieder strategische Konferenzen statt, durch die Amado sich langsam aus seiner Rolle als Chef der Winzerei und als Sprecher für Montoya Wines zurückziehen konnte; und in den Nächten mußte sie mitansehen, wie Amado langsam, aber unaufhaltsam zum Schatten des Mannes wurde, den sie auf der Weihnachtsfeier von Smith & Nobles kennengelernt hatte. Nach reiflicher Überlegung war Elizabeth zu dem Entschluß gelangt, daß es angesichts der Umstände sinnvoller sei, anstatt eine gänzlich neue Kampagne zu entwerfen, die bestehende mit Amado als Sprecher schrittweise abzubauen und die Anzeigen in immer größeren Abständen erscheinen zu lassen, bis sie schließlich ganz aus den Zeitungen, dem Rundfunk und vom Fernsehschirm verschwinden würden. Später wollte sie die Marktposition von Montoya Wines überdenken und ein neues Marketingkonzept ausarbeiten lassen.

Ihr war bewußt, daß sie damit riskierte, die ursprünglichen Marktanteile unwiderruflich zu verlieren. Doch dieses Problem legte sie einstweilen in der Schublade mit dem Vermerk »Zur späteren Erledigung« ab. Angesichts der Tatsache, daß sie nun immer mehr Zeit an Amados Krankenbett verbringen mußte, konnte sie im Augenblick für Montoya Wines nicht mehr tun.

Wie erwartet gab Amado sich nicht so einfach geschlagen. Selbst als es dem Ende zuging und ihn jeder Atemzug mehr Anstrengung kostete als der vorherige, kämpfte er weiterhin um jeden neuen Tag. Wie oft hatte sie nachts vor seiner Tür gestanden, ihn keuchend um Atem ringen gehört und insgeheim gebeten, doch endlich loszulassen und seinem so oft zitierten Glaubensgrundsatz zu vertrauen, daß sie sich nach diesem Leben an einem anderen Ort wiedersehen würden.

Am Ende dann, als sein ausgelaugter Körper vor seiner Willenskraft kapitulierte, war er aus einem tiefen Schlaf erwacht, um sich von ihr mit offenen Augen, bei klarem Verstand und mit einer geflüsterten Liebeserklärung zu verabschieden.

Nach der Beerdigung, wenn alle Trauergäste heimgegangen wären, wollte sie noch einmal ganz allein für sich von Amado Abschied nehmen und die Flasche Merlot öffnen, die er für ihren zehnten Hochzeitstag beiseite gelegt hatte. Im Kamin wollte sie dann ein Feuer entzünden, den Wein aus dem Lalique-Glas trinken, mit dem er damals auf ihre Verlobung angestoßen hatte, und es dann in die Flammen werfen. Das Trauerkostüm wollte sie zusammen mit Amados gesamter Garderobe einer gemeinnützigen Institution zukommen lassen, irgendwo weit weg von St. Helena.

Sie sah sich noch ein letztes Mal um, bevor sie sich auf den Weg zurück zum Haus begab, wo die Limousine bereits auf sie wartete. Ihr Blick streifte die knorrigen Stümpfe der Rebstöcke, während sie vorsichtig auf den Fußballen balancierte, um nicht mit den hohen Absätzen in der weichen Erde zu versinken. Hätte Amado seinen Weinberg in diesem Jahr noch besuchen können, sicher hätte er sich lobend darüber ausgesprochen, wie gut die Beschneider, die sie angeheuert hatte, den Weinstöcken gelauscht hatten. Vor allem wäre er stolz auf ihre Fähigkeit gewesen, die Arbeit, die sie getan hatten, zu beurteilen und einzuschätzen.

Sie warf einen Blick auf die Rolex an ihrem Handgelenk, die er ihr zu ihrem diesjährigen Geburtstag geschenkt hatte. In diesen letzten Monaten hatte er ein beinahe kindisches Vergnügen entwickelt, sie mit sündhaft teuren Schmuckstücken zu verwöhnen, und sich gegen alle ihre Proteste taub gestellt. Amado hatte sie geliebt, ohne sie jemals richtig gekannt zu haben. Sie war für ihn die Frau gewesen, die er sich immer gewünscht und die ihm jeden Traum erfüllt hatte, mit einer Ausnahme – ihm den ersehnten Sohn zu schenken.

In einer halben Stunde würde sie vor der völlig überfüllten Kirche ihren Freunden gegenüberstehen und sich alle Mühe geben, die Menge nicht nach dem Menschen zu durchforsten, von dem sie tief in ihrem Herzen wußte, daß er nicht dasein würde. Auch wenn Michael von Amados Tod rechtzeitig genug erfahren haben sollte, würde er an der Beerdigung nicht teilnehmen, das wußte sie intuitiv. Dem Begräbnis fernzubleiben, sich selbst das Recht zu verweigern, Amado ein letztes Lebewohl zu sagen, war in seinen Augen nur eine gerechte Strafe für die Sünde, die er glaubte, an seinem besten Freund begangen zu haben.

Andererseits konnte er aber auch so weit weg sein, daß ihn die Nachricht nicht erreicht hatte. Wenn er nicht wieder in der Weinbranche arbeitete, konnte es Monate dauern, bis die traurige Kunde zu ihm drang. Doch gleichgültig, wann und wo Michael von Amados Tod erfuhr, ein Teil von ihm würde ebenfalls sterben.

Elizabeth drehte sich um und stieg den Hügel hinauf. Oben auf der Veranda sah sie Alice und Consuela stehen, die offenbar auf sie warteten. Selbst aus der Entfernung konnte sie den besorgten Ausdruck auf ihren Gesichtern erkennen. Sie wollte sich bemühen, ihnen das Gefühl zu geben, daß mit ihr alles in Ordnung war. Und bald würde sie ihnen und allen anderen beweisen, daß sie nicht nur über genug Stärke und Ehrgeiz verfügte, da weiterzumachen, wo Amado aufgehört hatte, sondern dieser Aufgabe auch gewachsen war. Von allen Geschenken, die Amado ihr im vergangenen Jahr gemacht hatte, war die Vermittlung seines Wissens für sie das allerwertvollste gewesen.

Ihr Geschenk, mit dem sie sich revanchiert hatte, war das Versprechen gewesen, die Winzerei ohne ihn weiterzuführen und seinen Traum für ihn zu verwirklichen.

Zwei Wochen nach der Beerdigung fand in Napa die Testamentseröffnung statt. Außer Elizabeth und dem Notar hatten sich nur noch Elana und Edgar in dem mahagonigetäfelten Anwaltsbüro eingefunden. Die langjährigen Angestellten, die Amado in seinem Letzten Willen bedacht wissen wollte, hatten von ihm vorbereitete, handgeschriebene Dankesbriefe erhalten, denen jeweils ein von ihm persönlich unterzeichneter Scheck beilag. Felicia hatte Elana zu ihrer Vertreterin bestimmt und davon Abstand genommen, selbst der Verlesung beizuwohnen, da sie im letzten Jahr ohnehin schon so viel Zeit in Kalifornien verbracht habe und es einfach zuviel verlangt sei, zweimal in einem Monat diese weite Reise zu machen.

Die Verlesung des dreiseitigen, maschinengeschriebenen Dokuments brachte keine Überraschung. Alles war so, wie es Amado vor seinem Tod angekündigt hatte. Am Ende der Eröffnung erhob sich Elizabeth, hängte sich die Bally-Tasche über die Schulter und reichte James Webster, dem Familienanwalt, die Hand. »Vielen Dank, Jim«, sagte sie. »Amado bat mich, Ihnen zu sagen, daß er Ihre Bemühungen sehr zu schätzen wisse.«

James Webster nahm ihre Hand in beide Hände und erwiderte ihren Blick mit dem Ausdruck tiefsten Mitgefühls. »Wenn ich in Zukunft irgend etwas für Sie tun kann...«

Elana, dicht gefolgt von Edgar, drängte sich an Elizabeth vorbei und stellte sich Jim in den Weg, als dieser hinter seinem Schreibtisch hervorkommen wollte. »Verzeihen Sie bitte die Unterbrechung«, sagte sie mit einer Stimme, die keinen Zweifel daran ließ, daß sie mit dieser Entschuldigung nur der Form Genüge tat. »Aber Edgar und ich haben heute nachmittag noch einen anderen Termin in der Stadt. Ich möchte Sie nicht im unklaren darüber lassen, daß ich einen Anwalt beauftragt habe, die Interessen meiner Schwester und meine eigenen in dieser Sache zu vertreten. Sein Name ist Sanders Mitchell – vielleicht haben Sie schon von ihm gehört?« Sie ließ ein kurzes, überhebliches Lachen hören. »Was sage ich? Er ist Ihnen gewiß bekannt. Na, jedenfalls soll ich Ihnen mitteilen, daß sich seine Kanzlei in der kommenden Woche mit Ihnen in Verbindung setzen wird.«

Jim runzelte die Stirn. »Einen zweiten Anwalt einzuschalten steht Ihnen selbstverständlich frei, verursacht jedoch auch zusätzliche Kosten. Wenn Sie irgendwelche Fragen haben sollten, bin ich gerne bereit, diese zu beantworten. Der Letzte Wille Ihres Vaters ist relativ eindeutig. Und ich kann Ihnen versichern, daß damit alles rechtens und in Ordnung ist.«

»Es war nicht meine Idee, Mr. Mitchell anzuheuern, was nicht heißen soll, daß ich damit nicht einverstanden bin. Felicia hat darauf bestanden, uns von einem eigenen Anwalt vertreten zu lassen.«

Elanas versteckte Anspielung stieß Jim offenbar doch ein wenig vor den Kopf. »Ihr Herr Vater war ein gerechter und großzügiger Mann, Mrs. Sullivan. Es täte mir sehr leid, wenn Sie sich …« Er hielt einen Augenblick inne, um seine Gedanken zu sammeln, bevor er fortfuhr: »Verzeihen Sie mir. Sie sind natürlich berechtigt, in dieser Angelegenheit so zu verfahren, wie es Ihren Vorstellungen entspricht. Wenn Ihnen damit gedient ist, werde ich gleich morgen früh Mr. Mitchells Kanzlei eine Abschrift des Testaments zukommen lassen.«

Felicias Strategie überraschte Elizabeth keineswegs. Wäre Amado noch ein wenig mehr Zeit geblieben und hätte er nicht am Ende – einfach weil er ihr glauben wollte – Felicias Beteuerungen für bare Münze genommen, sie hätte ihn von ihrem späten Sinneswandel nie überzeugen können. In ihrem Bemühen, sich das Vertrauen ihres Vaters zu erschleichen, war sie äußerst klug vorgegangen, wissend, daß er sie niemals ernst genommen hätte, wenn sie ihre gefühlsmäßige Kehrtwendung zu schnell ausgeführt hätte. Felicias Anstrengungen hatten sich bezahlt gemacht – stand doch ihre Habgier ihrer Gehässigkeit in nichts nach. Allerdings schien sie nicht zu wissen, wie lange und wie hart Amado und Jim gemeinsam an der Formulierung des Testamentes gearbeitet hatten. Es gab keine Lücken, keine rechtlichen Formfehler. Sie und Elana verschwendeten nur Zeit und Geld, wenn sie danach suchten.

»Wir unterhalten uns später, Jim«, erklärte Elizabeth.

»Bleiben Sie doch«, erwiderte er. »Es dauert nicht mehr lange.«

»Tut mir leid«, sagte sie. »Alice wartet auf mich. Ich habe ihr versprochen, sie vom Einkaufen abzuholen.«

Es hatte zu regnen begonnen, als Elizabeth auf den Parkplatz des Einkaufscenters einbog, wo Alice unter der Markise eines Cafés stand und ihr zuwinkte.

»Na, wie lief es?« fragte sie, noch während sie ihre Pakete auf den Rücksitz warf und auf der Beifahrerseite Platz nahm.

»Wie erwartet«, antwortete Elizabeth. »Es gab keinerlei überraschende Zusatzklauseln, wenn du das meinst.«

»Eigentlich dachte ich mehr an Elana und Edgar. Ich hoffe, daß die beiden dir die Sache nicht noch schwerer gemacht haben, als sie ohnehin für dich ist.«

Elizabeth griff nach der Hand ihrer Großmutter und drückte sie dankbar. »Es ist schön, daß du bei mir bist, und es tut so gut, deine Liebe zu spüren.« Als Alice darauf nicht sofort antwortete, warf ihr Elizabeth einen fragenden Blick zu. »Was ist denn?«

»Ich denke gerade nach ... eigentlich hält mich ja nichts in Farmingham.«

»Aha?« Sie hatte geahnt, daß so etwas kommen würde. Alice hatte ihre Bedenken bezüglich Elizabeth' Entschluß, die Winzerei allein weiterzuführen, nicht verheimlichen können. »Willst du dich doch endlich zur Ruhe setzen? Gut, mit Protesten von meiner Seite darfst du aber nicht rechnen.« Sie mußte an einer roten Ampel halten und konnte Alice nun direkt ansehen. »Aber was wird dann aus deinen Freunden? Was die betrifft, hat sich ja soweit nichts geändert, Großmama. Wenn du zu mir ziehst, mußt du sie wohl oder übel alle aufgeben, wenn wir nicht Gefahr laufen wollen, daß einer von ihnen die Wahrheit über mich herausfindet.«

»Wieso? Das bedeutet doch nicht, daß ich sie nicht ab und zu besuchen kann.«

»Und was passiert, wenn einer von ihnen sich zu einem Gegenbesuch ansagt?«

»In diesem Fall wird mir schon etwas Passendes einfallen.«

»Ich liebe dich, Großmama, und weiß deine Fürsorge zu schätzen, glaube mir. Aber ich werde es nicht zulassen, daß du wegen mir dein gewohntes Leben aufgibst.«

Sie hatten bereits etliche Meilen zurückgelegt, bevor Alice das entstandene Schweigen brach. »Ich wünschte, dein Großvater hätte dich noch gekannt.«

»Ich auch. Aber wie kommst du ausgerechnet jetzt auf ihn?«

»Ach, weißt du, man denkt über eine Sache nach, und dann machen sich die Gedanken selbständig und hüpfen von einem Thema zum nächsten.«

Elizabeth wußte genau, daß ihre Großmutter sich gerade daran erinnerte, wie sie damals versucht hatte, ihre Farm alleine weiterzuführen, und diese Situation nun mit der ihren verglich. Die Belastung war die gleiche, ob Farmbetrieb oder Weinkellerei. Wenn sie Alice' Bedenken zerstreuen könnte, würde diese sich vielleicht weniger unter Druck gesetzt fühlen, Farmingham zu verlassen.

»Wie lange hast du gebraucht, um zu dem Entschluß zu gelangen, die Farm nach seinem Tod aufzugeben?«

Alice schien über diese Frage sehr erstaunt zu sein. »Das hatte ich doch gar nicht selbst zu entscheiden. Ich dachte, das wüßtest du. Die Bank hat sofort ihre Hand darauf gelegt. Es wurde ziemlich bald eine Versteigerung anberaumt, doch die erbrachte gerade mal genug, um die Schulden zu decken. Du hast doch nicht im Ernst geglaubt, daß ich nur bedienen gegangen bin, weil mir die Arbeit soviel Spaß gemacht hat?«

»Du hast ja nie darüber gesprochen.«

»Ach, das waren auch Zeiten, an die ich mich nicht besonders gern erinnere. Im Leben muß man manchmal einfach tun, was getan werden muß. Wenn Klagen die Arbeit leichter machen würde, wäre ich sofort dabei, Felicia ihren Anteil streitig zu machen. Aber so ist es eben nicht.«

»Du konntest es dir damals im Grunde gar nicht leisten, mich auch noch durchzufüttern, stimmt's? Aber du hast nie ein Wort darüber verloren. Warum nicht?«

»Als ich dich zum ersten Mal sah, wußte ich sofort, daß du meinem Leben wieder einen Sinn geben würdest. Und deshalb war mir das Geld völlig gleichgültig.«

Elizabeth hatte den Schmerz darüber, daß ihre Eltern sie verlassen hatten, nie von der Freude trennen können, die sie bei der ersten Begegnung mit ihrer Großmutter empfunden hatte. Die Erinnerung an diesen Tag löste auch nach so vielen Jahren immer noch widersprüchliche Gefühle in ihr aus. Scheinbar zusammenhanglos fragte sie: »Hast du Großvater geliebt?«

Alice konnte Elizabeth' Gedankensprung mühelos folgen. »Ja, aber wie sehr, das wurde mir erst so richtig bewußt, als er tot war. Und manchmal ist das Bedauern, das ich darüber empfinde, ebenso schwer zu ertragen wie die Einsamkeit.«

»Bevor ich Amado begegnete, hatte ich keine Vorstellung davon, daß es so viele verschiedene Arten der Liebe zwischen Mann und Frau geben kann.« Beinahe hätte sie hinzugefügt, sie hätte auch niemals geglaubt, daß es möglich sei, zwei Männer gleichzeitig zu lieben. Aber das behielt sie lieber für sich. Es würde Alice nur noch mehr Kopfzerbrechen bereiten, wenn sie wüßte, daß ihre Enkeltochter nicht nur den Verlust eines Mannes zu ertragen hatte.

25

Die erste Pressung der Saison stand bevor. Hektische Betriebsamkeit erfüllte die Winzerei, und die gespannte Erwartung – gemischt mit einem Gefühl der Erleichterung, daß der Besitzerwechsel so reibungslos vonstatten gegangen war und alle Angestellten ihre Jobs behalten hatten – beschleunigte das allgemeine Arbeitstempo noch erheblich. Elizabeth war es nicht entgangen, daß die Mitarbeiter untereinander Wetten abgeschlossen hatten, ob sich Montoya Wines zur Erntezeit noch in privater Hand befinden würde. Und daß die Wetten dabei gegen sie standen, erfüllte sie mit sonderbarem Stolz.

Aber der Sieg war ihr nicht in den Schoß gefallen. In den vergangenen sechs Monaten hatte sie ihr ganzes Denken, all ihre Energie und Kraft auf die Führung der Winzerei konzentriert, meistens vierzehn bis fünfzehn Stunden täglich gearbeitet, und das nicht selten sieben Tage die Woche. In den wenigen freien Stunden, die ihr geblieben waren, hatte sie Sachbücher über Weinproduktion studiert und war auf etliche Details gestoßen, die ihr zu erläutern Amado vergessen hatte. Sie verschlang alles, was sie über dieses Thema finden konnte, bis ihr das Weinbauern-Vokabular so vertraut war wie einst die Werbesprache und all die technischen Ausdrücke, mit denen die Mitarbeiter in den Labors und in den Weinbergen um sich warfen, auch in ihren Ohren schließlich einen Sinn ergaben.

So manche Nacht war sie auf dem Sofa in Michaels ehemaligem Büro vor Erschöpfung eingeschlafen, eine Fachlektüre über Pilze, Beerenfäule oder Gärungsprozesse auf dem Schoß. Am frühen Morgen ging sie dann kurz nach Hause, um zu duschen und eine Kleinigkeit zu essen, und kehrte an ihren Schreibtisch zurück, bevor der erste Mitarbeiter die Winzerei betrat.

Consuela sorgte sich, daß Elizabeth sich kräftemäßig zuviel zumute. Jedesmal, wenn Alice anrief, brachte Consuela das Gespräch irgendwie auf den Punkt, daß es »im Leben außer Arbeit noch andere Dinge gibt«. Selbst Tony Reynolds, der ruhig und unauffällig beinahe ebenso viele Stunden in der Kellerei verbrachte wie sie, fand es nötig, sie hin und wieder mit der Bemerkung zu necken, daß zu viel Arbeit und zu wenig Vergnügen den Geist ruiniere. Elizabeth hörte sich die gutgemeinten Ratschläge geduldig an, versprach, in

Zukunft ein wenig kürzerzutreten, bedankte sich für seine Fürsorglichkeit und machte sich wieder an die Arbeit.

Dabei war es keineswegs so, daß Elizabeth die Besorgnis der anderen nicht verstanden oder nicht zu schätzen gewußt hätte. Ihre Weigerung, die gutgemeinten Ratschläge anzunehmen, rührte vielmehr von ihrem hohen Anspruch her, stets dort zu sein, wo es die Arbeit von ihr verlangte. Sie stand mitten in dem Prozeß, sich ein neues Leben aufzubauen, ein erfülltes, lohnenswertes Leben, und sich einen Freiraum zu schaffen, um auf nichts und niemanden angewiesen zu sein.

Einen Monat nach Amados Tod hatte sie damit begonnen, sich nach einem neuen Chefkellermeister umzusehen, da Amado es strikt abgelehnt hatte, diese Position nach Michaels Weggang neu zu besetzen. Sie hatte gut ein Dutzend Männer interviewt, und auch etliche Frauen, sich aber für niemanden entscheiden können. David Robertson, der ihr anfangs eine ganze Reihe hochqualifizierter Fachkräfte geschickt hatte, gab seine Bemühungen nach einer Weile wieder auf, da sich ihm – wie er sagte – der Verdacht aufdränge, daß sie nicht eher ruhen werde, bis sie einen zweiten Michael gefunden habe. Und da es einen solchen nicht gebe, verschwende sie nur jedermanns Zeit. Sein Vorwurf traf den Kern der Sache, und zwar so exakt, daß Elizabeth sich vornahm, beim nächsten Anwärter mehr Objektivität walten zu lassen.

Ein halbes Jahr lang wirtschaftete die Winzerei nun schon ohne Amados führende Hand. Am Morgen eines jener klaren Septembertage, die am Nachmittag brütend heiß zu werden versprachen, klopfte es an Elizabeth' Bürotür. »Es ist offen«, rief sie.

Tony Reynolds steckte seinen Kopf zur Tür herein, ein strahlendes Lächeln im Gesicht. »Sie sollten mal rauskommen und einen Blick auf die Brix-Testergebnisse werfen, die gerade mit der Post gekommen sind.«

»Sind sie so gut?«

»Jack hat mir aufgetragen, Ihnen nichts zu verraten. Sie sollten selbst sehen.«

Endlich, dachte Elizabeth glücklich, bezog man sie in den Produktionsablauf mit ein. Für sie war das ein großer Erfolg, denn das Familien- und Zusammengehörigkeitsgefühl, das Amado unter seinen Angestellten so gefördert hatte, hatten diese bei ihrer Betriebsübernahme nicht automatisch auf sie übertragen. Durch dezente und weniger dezente Hinweise hatten die Angestellten ihr klargemacht, daß sie sich ihre Loyalität und ihren Respekt erst erarbeiten müsse.

Sie war schon fast aus der Tür, als ein Gespräch auf ihrer Privatleitung hereinkam. Sie ging zum Schreibtisch zurück, griff nach dem Hörer und sagte zu Tony: »Einen Augenblick noch, ich muß nur rasch den Anrufer abwimmeln, wer auch immer er sein mag.«

Tony nickte. »Ist gut. Ich bin draußen.«

Sie winkte ihm kurz zu und meldete sich dann: »Elizabeth Montoya.«

»Elizabeth, hier ist Jim.«

»Hallo, Jim, was kann ich für Sie tun?« In den Monaten nach Amados Tod war Jim Webster ihr nicht nur als Anwalt, sondern auch als guter Freund zur Seite gestanden.

»Sie klingen ja so fröhlich heute morgen.«

»Sie dafür gar nicht. Was gibt es denn?«

»Ich fürchte, ich habe eine unangenehme Nachricht für Sie. Könnten Sie am Nachmittag in meine Kanzlei kommen?«

»Wenn ich doch nur ein wenig mehr Zeit hätte«, stöhnte sie. »Es täte mir verdammt gut, endlich mal ein paar Stunden aus meinem Büro rauszukommen. Können wir die Angelegenheit nicht am Telefon besprechen?«

Es folgte eine lange Pause, die nichts Gutes ahnen ließ. »Nein, eigentlich nicht. Wie wär's, wenn ich zu Ihnen käme?«

»Wann denn?«

»Heute, über Mittag?«

Sie hatte vorgehabt, den Lunch ausfallen zu lassen und durchzuarbeiten. »Ich werde Consuela bitten, uns eine Kleinigkeit zu richten. Sandwiches, ist das okay?«

»Mir ist alles recht, solange Sie mir dazu eine Flasche von diesem vorzüglichen Chardonnay kredenzen, den Sie mir letzten Monat geschickt haben.«

Der Versuch, die offenbar ernste Situation mit Heiterkeit zu überspielen, war ihm nicht recht geglückt. Elizabeth spürte, daß etwas Ernsteres im Busch sein mußte, verkniff es sich aber, ihn zu bedrängen, ihr gleich am Telefon zu sagen, was eigentlich los sei. »Einverstanden, ich gehe gleich in den Keller und sehe nach, ob sich noch ein Fläschchen findet.«

Jim kam um Punkt halb zwölf. Elizabeth war gerade draußen im Weinberg und sah dabei zu, wie eine Ladung Trauben in die Presse gefüllt wurde. Sie winkte Jim zu und entschuldigte sich dann bei dem Mann, mit dem sie sich eben unterhalten hatte.

Mit ausgestreckter Hand ging sie auf ihn zu. »Wenn es Ihre Absicht war, mich in Angst und Schrecken zu versetzen«, begrüßte sie ihn, ein strahlendes Lächeln im Gesicht für den Fall, daß sie jemand beobachtete, »dann kann ich nur sagen, herzlichen Glückwunsch. Das haben Sie wunderbar hingekriegt.«

»Verzeihen Sie mir, Elizabeth, aber das ließ sich leider nicht vermeiden. Ich wollte Sie nicht am Telefon mit dieser Neuigkeit konfrontieren, ohne mit Ihnen in Ruhe besprechen zu können, welche Alternativen wir haben.«

»Lieber Jim, wenn Sie nicht umgehend etwas gegen Ihren Weltuntergangsblick unternehmen, werden sich die Leute hier eine passende Geschichte dazu ausdenken. Die Gerüchte reifen in unserem Tal schneller als die Trauben.«

Ohne ein weiteres Wort folgte Jim Elizabeth in ihr Büro, wo sie ihm mit einem Wink bedeutete, Platz zu nehmen. Sie selbst bezog ihren Lieblingsplatz auf der Schreibtischkante, stützte sich mit beiden Händen auf und beugte sich erwartungsvoll vor. »So, schießen Sie los. Ich bin ganz Ohr.«

Jim holte tief Luft. »Felicia und Elana haben eine Offerte für ihre neunundvierzig Prozent an Montoya Wines erhalten.«

Wenn man Elizabeth gebeten hätte, eine Liste mit den Problemen aufzustellen, die möglicherweise in diesem ersten Jahr auf sie zukommen könnten, wäre dies mit Sicherheit nicht aufgeführt gewesen. Sie war wie vor den Kopf geschlagen und brachte zunächst keinen Ton heraus. Nach einer Weile erst stellte sie die naheliegende Frage: »Von wem?«

»Hicks und Brody.«

»Was? Dieser Tabakkonzern? Was wollen die denn mit einer Weinkellerei?«

»Ich habe mit Joan Walker telefoniert, einer befreundeten Börsenmaklerin, und sie gebeten, einige Nachforschungen anzustellen. Nach dem, was sie in der kurzen Zeit herausfinden konnte, trägt sich diese Unternehmensgruppe seit längerem mit dem Gedanken, in diese Richtung zu expandieren.«

»Aber wie kommen die auf die Idee, daß Montoya Wines zum Verkauf anstehen könnte?«

»Nun, wenn ich die bruchstückhaften Informationen richtig zusammengesetzt habe, dann ging die Initiative von Felicia und Elana aus. Beziehungsweise, sie haben wohl ihren Anwalt beauftragt, an Hicks und Brody heranzutreten.«

Elizabeth' anfängliche Wut verwandelte sich in Angst. »Ja, glauben Sie denn, daß die damit...«

»Ich fürchte, ja.«

»Und es gibt keine Möglichkeit, das zu verhindern?«

»Nach dem exakten Wortlaut des Testaments besitzen Sie das Vorkaufsrecht und können auf jedes Angebot eingehen.«

»In welcher Höhe bewegen sich denn ihre Preisvorstellungen?«

Seine Miene verfinsterte sich. »Anscheinend geht es um etliche Millionen mehr, als Sie flüssig haben, Elizabeth.«

Sie rutschte von der Schreibtischkante und begann nervös in ihrem Büro umherzugehen. »Wie sieht es mit dem Zahlungsziel aus? Wie lange habe ich Zeit, um die Summe aufzutreiben?«

»Amado muß wohl so etwas vorausgesehen haben, denn er hat mich extra angewiesen, in dem Testament auf die übliche Neunzig-Tage-Klausel zu verzichten.«

»Was bedeutet ...?«

»... daß das Gericht Ihnen eine angemessene Zeitspanne einräumen wird. Angesichts der Umstände werden sie die Frist sicherlich auf hundertzwanzig Tage festsetzen.«

»Nur einen Monat mehr – ich verstehe nicht, was uns das nützen könnte.«

Das Lächeln, das nun seine Miene erhellte, hatte etwas Kämpferisches. Sie war froh, Jim auf ihrer Seite zu wissen.

»Es hängt alles davon ab, wie lange wir diesen Gerichtstermin rauszögern können.«

»Also gilt die Frist nicht rückwirkend, wenn ich das richtig verstanden habe.«

»Ganz recht.«

»Mein Gott, Jim. Können Sie sich vorstellen, was passiert, wenn diese Herren von Hicks und Brody mit ihren Gewinn- und Verkaufsdiagrammen und ihren Marketingspezialisten im Schlepptau anrücken? Selbst wenn ich immer noch den ausschlaggebenden Kapitalanteil besitze und das Sagen habe, werde ich meine ganze kostbare Zeit damit vertrödeln müssen, mich mit ihnen herumzustreiten, und meine eigentliche Arbeit bleibt liegen.«

»Es gibt noch eine Alternative, über die wir bisher nicht gesprochen haben, Elizabeth. Sie müssen sich nicht zwangsläufig mit diesen Herrschaften herumplagen. Hicks und Brody würden es vorziehen, das gesamte Unternehmen aufzukaufen. Soweit ich bisher unterrichtet bin, liegt den Herren ebensowenig daran, sich mit Ihnen auseinanderzusetzen, wie das umgekehrt der Fall ist. Ihre Anwälte haben mich beauftragt, Ihnen auszurichten, daß sie gewillt sind, das Angebot, das sie Felicia und Elana vorgelegt haben, aufrechtzuerhalten und außerdem einen dicken Bonus draufzulegen, wenn Sie dafür nochmals zwei Prozent von Ihnen bekommen. Sie wären dann eine sehr, sehr wohlhabende Frau.«

»Das meinen Sie doch nicht im Ernst, oder? Das könnte ich Amado doch niemals antun.«

»Für Ihre Loyalität, Elizabeth, habe ich wirklich größtes Verständnis, doch Amado ist nicht mehr, das müssen Sie einsehen.«

»Aber ich habe ihm doch in die Hand versprochen, die Winzerei niemals zu verkaufen...«

»Es tut mir leid, Elizabeth, jemand muß Ihnen das einmal sagen, und wie es aussieht, fällt mir diese Rolle zu. Sie wissen so gut wie ich, daß Ihnen die Sache hier über den Kopf wächst. Diese Offerte bietet Ihnen eine legitime Chance, sich aus der Verantwortung zurückzuziehen, solange Sie noch Boden unter den Füßen haben. Ich werde nicht zulassen, daß Sie diese, wie es aussieht, wahrscheinlich beste Chance auf eine sichere Zukunft einem mißverstandenen Loyalitätsdenken opfern.«

Als sie zu einer Antwort ansetzen wollte, hob er abwehrend eine Hand. »Dieses alte Sprichwort, wonach man ein Riesenvermögen einsetzen muß, wenn man es im Weingeschäft zu bescheidenem Reichtum bringen will, kommt nicht von ungefähr. Daß Montoya Wines seit fünf Generationen besteht, bedeutet noch lange nicht, daß dieses Unternehmen unverwundbar ist. Ein oder zwei schlechte Jahre, und alles kann den Bach runtergehen. Und was wird dann aus Ihnen?«

»Dann gehe ich dorthin zurück, wo ich hergekommen bin – in die Werbung. Sehen Sie, ich weiß es sehr wohl zu schätzen, daß Sie versuchen, mir zu helfen, aber hier verschwenden Sie leider Ihre Zeit. Mein Entschluß steht fest, und ich bin nicht gewillt, ihn zu ändern.«

»Ich könnte Hicks und Brody dazu bringen, das eine oder andere Zugeständnis zu machen«, fuhr er fort, als habe er ihren Einwand gar nicht wahrgenommen. »Sie könnten das Haus und die übrigen Gebäude behalten. Und falls Sie sich um die Angestellten Sorgen machen, so kann im Kaufvertrag festgelegt werden, daß für die Dauer von mindestens einem Jahr keiner aus der Belegschaft entlassen werden darf. Somit hätten sie genügend Zeit, sich gegebenenfalls nach einer neuen Anstellung umzusehen.«

»Sie haben mir nicht zugehört, Jim. Lieber schließe ich persönlich die Pforten von Montoya Wines, als daß ich den Betrieb an diese Tabakfritzen verhökere.«

»Sie hören sich an wie ein eigensinniges Mädchen, dem man etwas verboten hat und das mit allen Mitteln versucht, seinen Willen doch noch durchzusetzen.« Er versank für einen Moment in nachdenkliches Schweigen, stützte sich dann mit beiden Händen auf die Armlehne seines Stuhls und erhob sich. »Wenn wir überhaupt eine Chance haben wollen, die Angelegenheit in Ihrem Sinne durchzuboxen, dann müssen Sie die knallharte Geschäftsfrau spielen. Sie müssen die Bedingungen stellen und dürfen keinen Millimeter davon abweichen.«

Elizabeth runzelte die Stirn. Sie war sich nicht ganz sicher, was sie von seiner Bemerkung halten sollte. »Wollen Sie damit andeuten, daß Sie gewillt sind, mir zu helfen?«

»Um die Wahrheit zu sagen, ich freue mich sogar darauf. Es ist schon eine ganze Weile her, seit ich das letzte Mal so einen richtig beinharten Kampf ausgefochten habe.« Er ging zur Tür. »Und ich habe das Gefühl, daß dabei einiges geboten sein wird.«

Sie folgte ihm zur Tür. »Wenn Sie wirklich so denken, Jim, dann verstehe ich aber nicht, warum Sie mit allen Mitteln versucht haben, mich zum Verkaufen zu überreden.«

»Ganz einfach. Sie bezahlen mich dafür, daß ich Ihnen die vernünftigsten Ratschläge gebe, die ich auf Lager habe. Und was wir vorhaben, fällt nicht unter diese Rubrik.«

Elizabeth wippte auf ihren Absätzen, ein erleichtertes Lächeln im Gesicht. »Ich wollte Sie nicht vergraulen.«

Er kicherte. »Aber wenn ich auf Ihr Ansinnen nicht eingegangen wäre, hätten Sie mich zum Teufel gejagt, habe ich recht?«

»Ja, und zwar im Handumdrehen.«

Ein niederträchtiges Grinsen zupfte an Jims korrekt getrimmtem Oberlippenbärtchen. »Und exakt deshalb bleibe ich an Ihrer Seite. Für Frauen, die genau wissen, was sie wollen, bin ich seit jeher am liebsten in die Schlacht gezogen. Vielleicht war ich in einem früheren Leben General in der Armee von Jeanne d'Arc, oder so etwas Ähnliches.«

»Und wie verfahren wir jetzt weiter mit Felicia?«

»Sie haben Elana vergessen.«

»Nein, aber Elana ist nur eine Marionette. In erster Linie haben wir es mit Felicia zu tun.«

»Diese Dame überlassen Sie am besten mir. Ihre Aufgabe ist es, die nötigen Geldmittel zu beschaffen.«

»Wieviel werde ich denn insgesamt brauchen?«

»Grob geschätzt würde ich sagen, etwa zehn Millionen Dollar mehr, als Sie an flüssigem Betriebskapital und Privatvermögen besitzen.«

Elizabeth stockte der Atem. Das war dreimal soviel, wie sie erwartet hatte. Wie konnte sie den Marktwert der Kellerei nur so falsch einschätzen? »Das war doch wohl ein Scherz, oder?«

»Seien Sie froh, daß das Angebot schon steht und wir nicht mit Hicks und Brody um die Wette steigern müssen.«

»Und wenn die nun ihre Meinung ändern und das Angebot erhöhen?«

»Keine Sorge, das werden sie nicht.«

»Weshalb sind Sie sich da so sicher?«

»Weil sie in dieser Angelegenheit nicht den ersten Schritt unternommen haben. Sie mögen ja auf Montoya Wines scharf sein, aber mehr auch nicht. Wenn dieses Geschäft baden geht, versuchen sie es eben mit einem anderen Objekt.«

»Wie ich sehe, haben Sie sich bereits eine Strategie zurechtgelegt.«

»Aber selbstverständlich. Ich wußte ja, daß Sie niemals verkaufen würden.«

»Bin ich so leicht zu durchschauen?«

Er legte die Hand auf die Klinke. »Nein, das nicht. Aber stur.«

»Ich dachte, Sie wollten zum Lunch bleiben.«

»Tut mir leid – zuviel zu tun.« Er grinste. »Aber die Flasche Chardonnay, die Sie mir versprochen haben, nehme ich gerne mit.«

Elizabeth holte den Wein aus dem Speisezimmer, begleitete Jim dann zu seinem Wagen und wartete, bis er abgefahren war. Bevor sie wieder in ihr Büro ging, blieb sie einen Moment im Türrahmen stehen und starrte auf ihren Schreibtisch, auf dem sich die Arbeit stapelte.

Wie sollte sie jemals zu zehn Millionen Dollar kommen? Bei dem Gedanken an diese Summe wurde ihr schwindlig. Hätte sie den wöchentlichen Gewinnkalkulationen ihres Buchhalters mehr Aufmerksamkeit geschenkt, dann würde sie jetzt nicht so dumm dastehen. Mit Sicherheit hatte sie Erbschaftssteuern für die Winzerei bezahlt, deren Höhe auf dem momentanen Marktwert des Betriebs basierte. Wieso hatte sie diese Zahlen nicht im Kopf? Anscheinend war sie doch nicht die brillante Geschäftsfrau, als die sie sich immer gesehen hatte.

26

Elizabeth klemmte sich den Telefonhörer zwischen Schulter und Ohr und griff über den Schreibtisch nach ihrem Kalender. »Wann sind die Unterlagen soweit, sagten Sie?«

Die Frau am anderen Ende der Leitung war die Rechtsanwältin eines erfolgreichen Schlagersängers aus Los Angeles, der seinen unverhofften Reichtum unbedingt in eine Winzerei stecken wollte. Welch ein Glück, daß Elizabeth zufällig eine solche zum Verkauf ausgeschrieben hatte. Da sie nun jeden Cent zweimal umdrehen mußte, hatte sie beschlossen, das Land selbst zu verkaufen und sich die Kosten für einen Makler zu sparen. Vier Wochen hatte sie sich als Frist gesetzt, und just drei Tage vor Ablauf des Monats hatte dieser Schlagerstar angerufen und sie gebeten, ihm persönlich diese Winzerei zu zeigen.

»Sobald wir zu einer Einigung über die Vertragsbedingungen gekommen sind, mache ich die Unterlagen fertig«, erwiderte die Anwältin.

»Ich sagte Ihnen doch bereits, daß die Bedingungen stehen. Melden Sie sich wieder, wenn die Verträge zur Unterschrift bereit sind; erst dann nehme ich das Grundstück vom Markt.«

»Ich kann Ihnen versichern, daß mein Klient seine Meinung nicht mehr ändern wird. Nachdem er die Kellerei nun selbst in Augenschein genommen hat, ist er absolut davon überzeugt, daß dieses Projekt genau seinen Vorstellungen entspricht.«

»Das ist ja alles ganz recht und schön, aber ich werde das Angebot dennoch erst vom Markt ziehen, wenn…«

»Würde Sie eine Vorauszahlung von zehntausend Dollar beruhigen?«

Elizabeth lachte. »Wenn Sie noch eine Null dranhängen und einen fixen Termin anzubieten haben, dann kommen wir ins Geschäft.«

»Das kann ich jetzt so am Telefon nicht entscheiden. Da muß ich mich noch einmal mit Ihnen in Verbindung setzen.«

»Der Fairneß halber sollte ich Ihnen mitteilen, daß ich heute nachmittag noch ein anderes Angebot erwarte. Wenn die Herrschaften ernsthaftes Interesse zeigen ... Was sage ich dann? Ich habe ihnen nämlich zu verstehen gegeben, daß mir mit langwierigen Verhandlungen nicht gedient ist.« Elizabeth preßte eine Hand auf die Brust, so als könnte sie die Angst, die plötzlich in ihr aufstieg, durch einen Druck von außen zurückdrängen. Wenn ihr Bluff nun danebenging? Diese Frau mochte keine Expertin für Grundstücksverkäufe sein, aber dumm war sie nicht. Und Dezember war bei Gott nicht der günstigste Monat für Grundstückstransaktionen.

»Sie erwarten gewiß nicht von mir, daß ...« Es folgte eine längere Pause. »Ach, zum Teufel«, seufzte sie schließlich resigniert. »Dann werde ich Ihrem Anwalt die unterschriebenen Verträge eben noch heute nachmittag zuschicken. Sobald Sie sie gegengezeichnet haben, können Sie über die Summe, die ich Ihnen bei Ihrer Bank hinterlege, verfügen.«

Elizabeth mußte sich zusammennehmen, um einen erleichterten Jubelschrei zu unterdrücken. »Es war mir ein Vergnügen«, sagte sie statt dessen, verabschiedete sich und legte auf. Mit einem zufriedenen Lächeln ließ sie sich in ihren Stuhl zurücksinken.

Es ging voran. Waren erst einmal Amados wertvolle Sammlung von Fabergé-Zigarettenetuis und die Remington-Bronzen versteigert, dann würde sie der benötigten Summe schon recht nahekommen. Um die Gerichts- und Anwaltskosten zu decken – und alles, was erfahrungsgemäß noch an unerwarteten Ausgaben hinzukam –, hatte sie für Ende der Woche einen Privatverkauf ihres gesamten Schmucks arrangiert. In ein oder zwei Monaten würde sie genau wissen, welchen Betrag sie bei ihrer Bank noch aufnehmen mußte, um Felicia und Elana ihren Anteil abkaufen zu können.

Und dann würde sie – Elizabeth Mary Montoya – die

Alleininhaberin von Montoya Wines sein. Nach mehr als dreißig Jahren würde sie dann endlich eine eigene Identität besitzen, die nicht mehr an einen anderen Menschen geknüpft oder von anderen abhängig war.

Erst kurz vor neun Uhr kam Elizabeth an diesem Abend nach Hause. Ihre anfängliche Überraschung darüber, daß Consuelas Wagen noch in der Auffahrt stand, hatte sich, als sie die Haustür aufsperrte, in Besorgnis verwandelt.

Sie ging geradewegs durch die Diele in den rückwärtigen Teil des Hauses. »Consuela?« rief sie.

»Hier bin ich, Elizabeth.«

Sie folgte der Stimme und fand Consuela im Wohnzimmer, vor einer wunderbar gewachsenen Blautanne stehend und damit beschäftigt, die letzten Christbaumkugeln und Weihnachtsdekorationen anzubringen. Das kleine Mädchen in Elizabeth wollte vor Entzücken in die Hände klatschen; die erwachsene Frau jedoch, die so wenige glückliche Weihnachtsfeste im Kreise einer richtigen Familie erlebt hatte, reagierte abweisend auf die schlechten Erinnerungen, die sie mit dieser Jahreszeit verband.

Als ob sie Elizabeth' Gefühle gespürt hätte, erklärte Consuela ihr behutsam: »Alice rief heute vormittag an und sagte, daß sie nun doch schon früher kommen könne. Und da Sie vielleicht nicht wollten, daß Alice sehen würde...« Sie zuckte mit den Schultern. »Ach was, ich dachte mir einfach, ich erledige das für Sie.«

Zuerst wollte Elizabeth gegen Consuelas Annahme protestieren, sie habe die Festtage absichtlich ignoriert, und sich damit herausreden, sie habe einfach keine Zeit gehabt, sich um einen Baum zu kümmern. Consuela hätte diese Ausrede auch ohne ein Wort angenommen, da sie Elizabeth' Wunsch, ihr Leben so einzurichten, wie sie es für richtig hielt, respektierte. Aber im Grunde kannten beide die Wahrheit. »Danke, Consuela, das haben Sie wirklich wunderschön gemacht. Für mich allein hätte ich nie einen Christbaum aufgestellt.«

Consuela befestigte den silbernen Anhänger, den sie in der Hand hielt, an einem der oberen Zweige. »Ich bin froh, daß Sie die Kraft gefunden haben, ganz neu zu beginnen, Elizabeth. Aber Sie dürfen sich durch Ihre Erinnerungen an das letzte Weihnachtsfest mit Amado nicht davon abhalten lassen, neue Erinnerungen zu schaffen. Man bewahrt den Verstorbenen kein gebührendes Andenken, wenn man sich aus Kummer über den Verlust kein eigenes Leben mehr gönnt.«

Unbeabsichtigt hatte Consuela mit diesen Worten Elizabeth eine Entschuldigung in den Mund gelegt, auf die sie selbst nicht gekommen wäre. »Ich dachte nur, es ist sinnlos, sich soviel Mühe zu machen, wenn niemand sich darüber freut.«

»Sind Sie denn niemand?«

»Sie wissen schon, wie ich das meine.«

Consuela stellte die leeren Schachteln zusammen. »Zu schade, daß Michael nicht hier ist«, bemerkte sie.

Die Worte dröhnten wie ein Trommelfeuer in Elizabeth' Ohr. »Wie kommen Sie denn jetzt darauf?«

»Michael liebte Weihnachten über alles. Wie ein kleiner Junge machte er schon Wochen vorher immer versteckte Andeutungen und ließ mich raten, welches Geschenk er sich für mich ausgedacht hatte. Er hätte als erster darauf bestanden, daß Sie ein neues Leben beginnen.«

Elizabeth wußte zumindest von einem Weihnachtsfest, das für Michael mit Sicherheit nicht so fröhlich verlaufen war. Die Erinnerung an jene Nacht erfüllte sie mit schmerzlicher Sehnsucht. Sie trat näher an den Baum heran und sah sich den Weihnachtsschmuck genauer an. Es waren alles liebevoll gefertigte Handarbeiten. Warum war ihr dieser hübsche Baumbehang beim letzten Weihnachtsfest nicht aufgefallen? Ein kleiner Engel erregte ihre Aufmerksamkeit. Sie nahm ihn vorsichtig in die Hand und betrachtete ihn aus der Nähe. »Woher stammt denn dieser hübsche Schmuck?«

»Amado brachte Sophia, Felicia und Elana von jeder Reise ein paar dieser Anhänger mit, auch dann noch, als Sophia mit den Mädchen nach Spanien zurückgekehrt war. Ich glaube, er hatte damals die Hoffnung nie ganz aufgegeben...«

»Wenn es aber Geschenke waren, warum...«

»...warum sind sie dann noch hier?« Consuela zuckte die Schultern. »Warum Sophia ihre Anhänger nicht mitgenommen hat, weiß ich nicht. Felicia hat ihre sicher deshalb hinterlassen, weil sie wußte, daß sie ihren Vater damit kränken würde. Elana hingegen hat jedes Weihnachten sehnsüchtig nach den Schmuckstücken geschielt, die ihr gehörten, hätte es jedoch nie gewagt, sie mit nach Hause zu nehmen und so das Mißfallen ihrer Schwester zu erregen.«

Elizabeth beschloß spontan, am Heiligdreikönigstag, wenn es an der Zeit war, den Baum abzuschmücken, alle Anhänger in eine Schachtel zu packen und Elana zu schikken. Was diese dann damit anfing, war ihre Sache. Nächstes Jahr würde sie Consuelas Rat befolgen und zum Zeichen ihres Neuanfangs eigenen Weihnachtsschmuck kaufen. Der Gedanke gefiel ihr. »Ich habe bisher noch nicht einmal Weihnachtsgirlanden besessen.«

»Jetzt schon. Im Speicher oben stapeln sich Schachteln mit Dekorationsmaterial. Michael hat immer das ganze Haus damit geschmückt.«

Würde Michael sie denn ewig verfolgen? Die Türglocke schellte. Elizabeth sah auf die Uhr. »Wer kann das denn noch sein?«

Consuela grinste und gab Elizabeth einen kleinen Stups. »Wenn Sie nicht aufmachen, werden Sie es nie erfahren.«

»Sie wissen, wer es ist, stimmt's?«

Consuela widmete sich wieder den Schachteln. »Ja, aber ich verrate es nicht.«

Einen kurzen, atemlosen Augenblick lang überließ sich Elizabeth der irrationalen Hoffnung, es könnte Michael sein, der das Fest zu Hause verbringen wollte. Sie mußte an sich halten, um nicht zur Tür zu rennen.

Doch es war nicht Michael, sondern Alice. »Großmama! Consuela hat mir gerade erzählt, daß du kommst, aber ich hatte keine Ahnung, daß es schon heute sein würde. Das ist ja eine Überraschung.« Eine Überraschung war es in der Tat, wenn auch nicht die, auf die sie insgeheim gehofft hatte.

Alice trat ein, schloß Elizabeth in die Arme und drückte sie ein wenig länger als gewöhnlich an sich. »Ich weiß, daß du im Moment viel um die Ohren hast, und deshalb wollte ich dich eigentlich nicht so überfallen. Aber weißt du, wohin ich auch in den letzten Tagen ging, überall spielten sie ›Little Drummer Boy‹, und da habe ich es einfach nicht mehr ausgehalten.«

An ihrem ersten gemeinsamen Weihnachtsfest hatte Elizabeth dieses Lied so oft gespielt, daß Alice schließlich die Kassette versteckt hatte, weil sie es nicht mehr hören konnte. Elizabeth umarmte ihre Großmutter noch einmal, besonders innig diesmal. Ihre anfängliche Enttäuschung war schon wieder vergessen. »Wenn ich gewußt hätte, daß ich dich mit diesem Lied herlocken kann, hätte ich dir schon zu Halloween die Platte geschickt.«

»Dann bist du also nicht böse, daß ich so frühzeitig hier hereinschneie?«

»Das ist das schönste Weihnachtsgeschenk, das ich mir vorstellen kann.« Im Augenwinkel sah sie Tony mit Alice' Gepäck die Auffahrt hochkommen. Consuela war gerade am Gehen.

»Alice, wie gut Sie aussehen«, begrüßte Consuela sie.

Alice schenkte ihr ein warmherziges Lächeln.

»Wo soll ich die Koffer hinbringen?« wollte Tony wissen.

»Lassen Sie sie einfach hier stehen«, sagte Elizabeth. »Ich kümmere mich später selbst darum.«

Die kalte Winterluft, die von draußen hereinwehte, beschleunigte die Verabschiedung. Consuela versprach Alice einen ausgiebigen Plausch am nächsten Nachmittag, Tony meinte zu Elizabeth, sie sähen sich dann am Morgen, und wenig später waren Alice und Elizabeth allein.

»Warum hast du mir denn nicht gesagt, daß du kommst?« fragte Elizabeth, als sie die Tür schloß. »Dann hätte ich dich abholen können.«

»Ganz einfach, weil du im Moment so viel um die Ohren hast. Und Consuela sagte, daß Tony das schon übernehmen werde.«

Da steckte doch mehr dahinter, dachte Elizabeth. »Komm, gehen wir erst mal ins Wohnzimmer. Im Kühlschrank steht noch ein Krug mit Glühwein, den mache ich uns schnell heiß.«

Als sie dann nebeneinander auf dem Sofa saßen, musterte Elizabeth ihre Großmutter eindringlich, um ihr zu zeigen, daß sie auf ihre Frage eine klare Antwort erwartete. »Also, willst du mir jetzt verraten, warum du schon so früh gekommen bist, oder muß ich dir jedes Wort aus der Nase ziehen?«

Ein schuldbewußtes Lächeln machte sich auf Alice' Gesicht breit. »Ich habe Consuela gleich gesagt, daß wir damit nicht durchkommen«, begann sie und griff nach dem Becher, den Elizabeth ihr hingestellt hatte.

»Nun, dann schieß mal los!« Als Alice nicht gleich antwortete, bohrte sie weiter. »Erzähl mir bloß nicht, daß sie findet, ich arbeite zuviel, und dich herbestellt hat, damit du mir ins Gewissen redest.«

»Ich wünschte, es wäre so einfach«, seufzte sie und machte eine Pause. Sie kostete von dem Glühwein und stellte den Becher in die Mitte des Untersetzers zurück. »Ich weiß nicht, wie ich es dir sagen soll.«

Was immer Alice auf dem Herzen haben mochte, war anscheinend so wichtig, daß sie sich nicht mit leichtfertigen Beschwichtigungen abspeisen lassen würde. »Seit wann haben wir beide es denn nötig, um den heißen Brei herumzureden?«

»Du hast ja recht, mein Kind, aber ich werde das Gefühl nicht los, daß mich das, was ich dir sagen will, eigentlich nichts angeht.«

»Es gibt nichts, was…«

»Es geht um Michael.«

Elizabeth hielt vor Schreck die Luft an. »Was ist mit Michael?« erkundigte sie sich zaghaft.

»Consuela scheint der Meinung zu sein, daß zwischen euch beiden etwas vorgefallen ist, bevor er wegging.«

»Wie kommt sie denn darauf?«

»Das spielt doch keine Rolle. Hat sie recht?«

»Ja. Aber das ist eine Sache, über die ich wirklich nicht sprechen möchte. Außerdem ist es jetzt ohnehin nicht mehr wichtig.«

Verwirrung spiegelte sich in Alice' Miene. Doch sie wollte es zunächst dabei belassen und wechselte das Thema. »Akzeptiert. Aber dann erzähl mir wenigstens, wie die Sache mit Felicia und Elana läuft.«

»Jim hat mir neulich mitgeteilt, daß er alle Möglichkeiten, den Gerichtstermin hinauszuzögern, ausgeschöpft hat und daß wir uns, wie es aussieht, auf den Januartermin einstellen müssen. Aber er schien recht zuversichtlich zu sein, daß der Richter uns die Sechs-Monate-Frist, die er beantragt hat, einräumen wird.«

»Hast du eigentlich jemals mit Felicia in aller Ruhe über die ganze Angelegenheit gesprochen?«

»Nein. Ich habe sie mehrmals angerufen, aber sie hat nie zurückgerufen.«

»Ich begreife immer noch nicht, warum sie dir das angetan hat.«

»Der Verkauf an sich hat nichts mit mir zu tun. Er ist nichts weiter als die Fortsetzung ihres erbitterten Kampfes gegen Amado. So betrachtet hätte sie gar keinen besseren Weg finden können, um sich an Amado zu rächen.«

»Sie muß ja völlig aus dem Häuschen gewesen sein, als ihr klar wurde, daß du nicht bereit bist, deinen Anteil zu verkaufen.«

»Bestimmt hatte sie geglaubt, wenn man mir erst einmal mit den Millionen vor der Nase herumwedelt, würde ich mir die Gelegenheit, mich als steinreiche Witwe zur Ruhe zu setzen, nicht entgehen lassen.«

»Dich habe ich bisher nicht gefragt, wohl aber mich selbst, warum du das Angebot abgelehnt hast.« Sie zögerte. »Vielleicht, weil dies auch Michaels Zuhause ist und du es ihm nicht nehmen möchtest, falls er doch noch...«

»Wenn Michael hätte zurückkehren wollen, wäre er zu Amados Beerdigung gekommen.« Sie nahm ihren Becher vom Tisch, schüttelte ihn ein wenig und beobachtete, wie sich die Gewürze am Boden sammelten. Sie war hin- und hergerissen, ob sie Alice die Wahrheit über Michael erzählen sollte, was sie gewiß sehr erleichtert hätte, oder alles abstreiten, weil sie sich dessen entsetzlich schämte. »Anfangs habe ich mir eingeredet, daß ich die Winzerei niemals aufgeben würde, weil ich es Amado so versprochen habe. Aber dann entdeckte ich, daß mir die Arbeit unheimlich viel Spaß macht. Zum erstenmal in meinem Leben mag ich mich selbst und akzeptiere die Person, die ich darstelle. Das ist ein so unglaublich gutes Gefühl, Großmama, daß ich nicht daran denke, mir dieses Gefühl kampflos nehmen zu lassen.«

»Das verstehe ich sehr gut. Aber hast du denn Chancen, den Kampf zu gewinnen?«

Das war eine berechtigte Frage, und Elizabeth wußte genau, weshalb Alice sie gestellt hatte. Falls sie unterläge, was würde dann aus ihr werden? Wohin sollte sie gehen? Wichtiger noch, was wäre sie ohne die Winzerei, die ihr ja ihre momentane Identität erst ermöglichte? »Ich glaube nicht, daß Felicia mich herausgefordert hätte, wenn sie gewußt hätte, wie sehr ich gefühlsmäßig mit der Winzerei verbunden bin.«

»Unterschätze sie bloß nicht, Elizabeth. Gut, dir mangelt es nicht an Entschlußkraft, aber Felicia ist die berechnendste, intriganteste Person, die mir je begegnet ist.«

»Nun, eigentlich ist das ja auch nicht verwunderlich. Amado verstand es meisterhaft, alles zu bekommen, was er wollte. Je besser ich ihn kannte, desto klarer wurde mir, daß er nie etwas zufällig oder aus einer Laune heraus tat. Anfangs habe ich mich oft gefragt, warum er die Fabergé-Sammlung und die wertvollen Bilder nicht im Verkaufsraum der Winzerei gelassen hatte, sondern sie nach unserer Hochzeit bei uns im Haus aufbewahrte. Und warum er darauf bestanden hatte, die Winzerei in Modesto auf meinen Namen umschreiben zu lassen. Aber seit Felicias Schachzug ergibt das für mich alles einen Sinn. Er muß schon lange vor seiner Krankheit mit so etwas gerechnet haben. Zielstrebig hat er darauf hingearbeitet, in mir nicht nur ein Gefühl der Wertschätzung für dieses Familienunternehmen zu wecken, sondern auch den Wunsch, es zu erhalten und weiterzuführen, und mich zudem mit den nötigen Geldmitteln versorgt, um seine Töchter gegebenenfalls auszubezahlen.«

Elizabeth hatte sich seit seinem Tod viele Gedanken über Amado und ihre Ehe gemacht, über ihre erste Begegnung und ihre stürmische Romanze. Amado mußte in ihr etwas gesehen haben, das über Liebe auf den ersten Blick weit hinausging. Er mußte ihr tiefes Bedürfnis nach Identifikation gespürt haben, ihren Wunsch, etwas für ihr Leben zu schaffen, und ihre Ausdauer erkannt haben, wenn es darum ging, eine Aufgabe zu bewältigen. Kein einziges Mal hatte er in seinen letzten Monaten davon gesprochen, wie wichtig es ihm war, das Familienunternehmen weiterzuführen. Er mußte sich nicht erst rückversichern – er wußte einfach, daß sein Traum und seine Hoffnung, diesen zu erfüllen, auch die ihren waren und daß sie alles daransetzen würde, die Montoya-Tradition zumindest um eine Generation weiterzuführen.

»Du hast den Schmuck nicht erwähnt«, fügte Alice hinzu. »Amado schien mir nicht der Typ Mann zu sein, der es nötig hatte, seine Frau mit sündhaft teuren Juwelen zu behängen.«

»Komisch, manchmal glaube ich, daß es ihm doch irgendwie Spaß gemacht hat. Zumindest hoffe ich es, denn ich habe das Gefühl, daß ich mit dem Verkauf des Schmucks eine ziemliche Schlappe erleiden werde.«

»Und was, wenn du nicht genug Geld zusammenbringst?«

»Weißt du, das überlege ich mir, wenn es soweit ist.«

»Ich könnte mein Haus verkaufen, wenn dir damit geholfen ist. Allzuviel wird es nicht einbringen, das ist mir klar, aber alles, was ich dir geben kann, gebe ich dir von Herzen gern.«

Elizabeth beugte sich vor, nahm Alice' Hand und drückte sie dankbar. Ihre Großmutter würde eine Woche lang kein Auge zumachen können, wenn sie wüßte, welch unvorstellbare Summe sie auftreiben mußte.

»Eins habe ich mir von Anfang an geschworen: Dein Haus und Urgroßmutters Porzellan sind tabu.« Sie erhob sich. »Ich könnte noch einen Becher vertragen. Wie steht es mit dir?«

Der Gang in die Küche war im Grunde nur ein Vorwand, um dem Gespräch über ihre Finanzmisere ein Ende zu setzen. Als sie mit den gefüllten Bechern zurückkehrte, wechselte sie entschlossen das Thema. »Und, wie geht es Mr. Benson?«

Alice bedeutete ihr mit einem Blick, daß sie nicht gewillt war, sich so einfach abspeisen zu lassen. »Ganz gut. Alles beim alten. Aber laß uns doch weiter über ...«

»Können wir meine Probleme für heute abend nicht ruhen lassen? Wir haben uns seit Monaten nicht gesehen, und ich denke, es gibt eine Menge anderer Dinge, über die wir uns unterhalten könnten.«

»Wir brauchen auch gar nicht zu reden. Wir können auch einfach hier sitzen und den schön geschmückten Baum bewundern.« Sie nahm den Becher und blies vorsichtig in die dampfende Flüssigkeit.

Elizabeth' Schutzwall begann zu bröckeln und machte einem Gefühl grenzenloser Einsamkeit Platz. »Ich glaube, ich möchte dir jetzt doch von Michael und mir erzählen«, sagte sie. »Ist das in Ordnung?«

»Selbstverständlich«, ermunterte sie Alice und fügte in dem fürsorglichen, alles verstehenden Tonfall hinzu, mit dem sie Elizabeth als kleines Mädchen immer getröstet hatte, wenn diese weinend aus der Schule gekommen war, weil die anderen Kinder sie wieder einmal verspottet hatten: »Du weißt doch, daß du mein ein und alles bist, was du auch tust oder getan hast.«

Mit angezogenen Knien machte es sich Elizabeth in ihrer Sofaecke bequem. Die nächste halbe Stunde erzählte sie ihrer Großmutter mal flüssig, mal abgehackt und mit etlichen Pausen, in denen sie sich sammelte, die ganze Geschichte. Von der anfänglichen Feindschaft zwischen ihr und Michael, die sich in Liebe verwandelt hatte, und davon, wie Amado sie beide auf diesem Weg geführt hatte.

»Hast du jemals herausgefunden, was damals zwischen Michaels Bruder und dieser Susan vorgefallen ist?« fragte Alice, als Elizabeth am Ende ihres Berichts angelangt war.

»Lange Zeit nicht. Ich brachte es nicht übers Herz, Amado danach zu fragen, und von sich aus hat er nicht darüber gesprochen. Eines Morgens dann, beim Frühstück, erzählte er mir, daß er Paul am Tag zuvor in der Stadt getroffen habe. Paul wußte, daß Michael weggegangen war, und fragte, ob jemand von ihm gehört habe.« Elizabeth streckte die Beine aus, schob sich ein Kissen in den Rücken und zog die Knie wieder an.

»Und?«

»Soviel ich weiß, hat niemand aus der Gegend seither

etwas von ihm gehört oder gesehen. Und falls man doch etwas über ihn weiß, so wird nicht darüber gesprochen, zumindest nicht in meiner Gegenwart.«

»Dann hat also die Begegnung mit Paul das Gespräch über Susan ausgelöst.«

»Es war, als wäre plötzlich ein Damm in Amado gebrochen. Ich glaube fast, ihm kam erst in diesem Augenblick so richtig zu Bewußtsein, was er an Michael verloren hatte, und durch das Gespräch versuchte er die ganze Sache zu verarbeiten.« Denn bei all seinen Plänen und Schachzügen hatte Amado das Wichtigste außer acht gelassen – wir furchtbar Michael unter dem Gefühl gelitten haben mußte, seinen besten Freund betrogen zu haben. Amado kannte Michaels Charakter genau. »Hätte er über die möglichen Konsequenzen seiner Manipulationen nachgedacht, so wäre er sicherlich darauf gekommen, daß Michael gar keine andere Möglichkeit hatte, als Napa Valley zu verlassen.«

»Mein Gott, wie traurig muß das für Amado und dich gewesen sein, da Michael euch beiden so viel bedeutet hat.«

Elizabeth versuchte, die Gefühle von Sehnsucht und Trauer, die in ihr aufkeimten, zu unterdrücken. »Nun, jetzt also zu Susan. Sie und Michael sind die ganze Highschool-Zeit miteinander gegangen und haben sich am Tag ihrer Abschlußfeier verlobt...« Elizabeth' Stimme wurde immer leiser, während sie die Geschichte erzählte.

»Aber Paul sollte die Farm erben«, warf Alice ein und seufzte. »Ach Gott, das habe ich schon so oft erlebt. Es ist immer das gleiche – wegen ein paar lumpigen Hektar Land brechen die glücklichsten Familien auseinander.«

»Wie Amado mir erzählte, stammte Susan aus einfachen Verhältnissen. Ihre Eltern hatten oft genug Mühe, ein warmes Abendessen auf den Tisch zu bringen. Verständlich, daß sie entschlossen war, diesem Milieu zu entfliehen. Und als es dann so aussah, als müsse Michael das College verlassen und sich irgendwo einen Job als Arbeiter suchen, da sah sie wohl ihre Felle davonschwimmen. Aber da war ja noch Paul, von dem sie wußte, daß er sie schon die ganze Schulzeit über heimlich verehrt hatte, obwohl sie mit Michael befreundet war. Also hat sie einfach …«

»… die Brüder getauscht.«

»Ja. Und so betrachtet, hat sich Michael sein Leben lang mit dem zweiten Platz begnügen müssen.« Elizabeth schwieg eine Weile. Als sie dann wieder zu sprechen begann, war ihre Stimme nur noch ein Flüstern. »Er konnte und wollte das nicht noch einmal durchmachen. Nicht einmal mir zuliebe.«

»Wenn du ihn immer noch liebst – verzeih, ich weiß, es klingt vielleicht herzlos so kurz nach Amados Tod –, dann gibt es doch keinen Grund … Ach, du weißt schon, was ich meine. Hast du dir schon einmal überlegt, ob du nicht irgendwie Kontakt zu ihm aufnehmen möchtest?«

Elizabeth zupfte nervös an den Bündchen ihrer dicken Wollsocken. »Mit diesem Gedanken schlafe ich jeden Abend ein.«

»Dann begreife ich nicht, warum du hier noch rumsitzt.«

»Ich weiß ja gar nicht, wo ich nach ihm suchen sollte. Und selbst wenn ich es wüßte, wäre ich mir nicht sicher, ob ich es wirklich will. Meine Arbeit hier macht mich glücklich, Großmama. Ich verschanze mich nicht in meinem Büro, weil ich vor etwas fliehen oder mich vor jemandem verstecken will. Nein, ich bin hier, weil ich am Ende eines arbeitsreichen Tages Befriedigung empfinde.«

»Aber wäre es nicht schöner, wenn du dieses Gefühl mit jemandem teilen könntest? Wovor hast du denn Angst, Elizabeth?«

»Das einzige zu verlieren, was mir von Michael geblieben ist.«

»Und das wäre?« – »Hoffnung.«

»Jetzt bin ich aber wirklich überrascht.« – »Warum?«

»Weil ich dich nicht als Hasenfuß kenne.« Elizabeth umschlang ihre Knie mit beiden Armen und stützte die Stirn auf.

»Ich hatte auch noch nie so viel zu verlieren«, murmelte sie.

»So sehr liebst du Michael?«

»Mehr als alles auf der Welt.«

27

Elizabeth lenkte ihren Wagen auf den Parkplatz vor der Winzerei. Es war der erste Arbeitstag im neuen Jahr, und sie war fest entschlossen, ihn trotz der Rückschläge der letzten Wochen in optimistischer Stimmung zu beginnen. Amados Fabergé-Sammlung hatte weit weniger eingebracht, als sie sich ausgerechnet hatte, und ihr Schmuck hatte nicht einmal die Hälfte des angesetzten Preises erzielt.

Die niederschmetterndste Nachricht aber war die, daß der zuständige Richter ihr nur eine dreimonatige Frist eingeräumt hatte, um die benötigte Kaufsumme aufzubringen, und nicht sechs Monate, wie Jim Webster beantragt hatte. Sanders Mitchell, der Anwalt von Felicia und Elana, hatte das Gericht davon überzeugen können, daß eine Frist von sechs Monaten angesichts der Tatsache, daß der Gerichtstermin von der gegnerischen Partei bereits um drei Monate hinausgezögert worden war, keinesfalls akzeptiert werden könne. Zu Jims Bestürzung hatte der Richter Mitchells Argumentation zugestimmt.

Kaum hatte Elizabeth die Bürotür aufgesperrt, klingelte auch schon das Telefon. »Elizabeth Montoya. Guten Morgen.«

»Ich habe es schon bei dir zu Hause versucht«, sagte Alice, ohne sich mit einer Begrüßung aufzuhalten. »Aber Consuela sagte mir, daß du schon weg bist.«

»Großmama.« Elizabeth warf einen raschen Blick auf ihre Armbanduhr. Trotz des Zeitunterschieds war es in Kansas noch sehr früh am Morgen. »Ist was passiert?«

»Ich weiß nicht recht. Vor wenigen Minuten hat mich George Benson aus dem Bett geklingelt, um mir zu sagen, daß gestern ein Mann in der Schule aufgetaucht ist und sich nach einer Elizabeth Preston erkundigt hat.«

Ein eisiger Schauer überlief Elizabeth. »Mit wem hat er denn gesprochen?«

»Außer mit George, meinst du?«

»Ja.« Eigentlich war das gleichgültig, denn jeder in der Stadt wußte von dem tragischen Unfall, der die ganze Preston-Familie ausradiert hatte. Eine Zeitspanne von fünfzehn Jahren reichte bei weitem nicht aus, um die Erinnerung an den Verlust der angesehensten Familie der Stadt auszulöschen.

»Ich weiß es nicht. George meinte, er habe es für klüger gehalten, ihn nicht zu fragen, um möglichst kein Mißtrauen in ihm zu wecken.«

»Weiß Mr. Benson, wer dieser Mann war?«

»Irgendein Privatdetektiv aus Kansas City.«

»Hat er zufällig erwähnt, in wessen Auftrag er arbeitet?«

»George hat ihn gefragt, aber er hat natürlich nichts gesagt.«

Elizabeth schluckte heftig gegen die Panik an, die ihr den Hals zuschnürte. »Welche Art von Fragen hat er denn gestellt?«

»Ach, ganz allgemeine, bis er dann von dem Unfall erfuhr.«

»Und?«

»Dann wollte er das Jahrbuch deiner Abschlußklasse sehen.«

»Hat Mr. Benson es ihm gezeigt?«

»Nein. George erklärte ihm, daß diese Bücher nicht so lange im Sekretariat aufbewahrt werden und jemand aus dem Archiv es erst heraussuchen müsse, was gut und gerne eine Woche dauern könne. Der Detektiv meinte daraufhin, daß er dann in einer Woche noch mal vorbeischauen wolle.«

»Mein Gott, es ist doch schon so lange her ... Ich habe nie geglaubt ... Elizabeth stützte den freien Arm auf den Schreibtisch, ließ die Stirn in ihre Hand sinken und schloß die Augen. Was hatte das alles zu bedeuten? Sie brauchte Zeit zum Nachdenken. Aber Zeit war im Moment ihr kostbarster Besitz.

»Ich soll dir von George ausrichten, daß du dir wegen ihm keine Sorgen zu machen brauchst. Er habe damals genau gewußt, was er tat, versicherte er mir, und habe es auch seither keine einzige Sekunde bereut.«

»Ich werde jetzt gleich Jim anrufen und ihn fragen, ob er da irgendwas tun kann.«

»Laß es mich bitte sofort wissen, wenn du etwas erfährst.«

»Ja, du auch.« Elizabeth verabschiedete sich von Alice und nahm sich dann das Telefonverzeichnis vor. Sie hatte schon die ersten Ziffern von Jims Nummer gewählt, als ihr einfiel, daß die meisten Menschen um diese Uhrzeit gerade erst aufstanden.

»*Verdammt*«, fluchte sie laut vor sich hin. »Warum muß das ausgerechnet jetzt kommen?«

Sie warf einen Blick auf den Stapel Papiere, den sie hatte bearbeiten wollen, Listen mit Versandterminen und Ertragsberechnungen der verschiedenen Anbauflächen. Wie sollte sie sich darauf im Moment konzentrieren? Andererseits wußte sie, daß sie verrückt werden würde, wenn sie sich nicht so lange ablenken konnte, bis Jim in seinem Büro war. Alles war besser, als hier herumzusitzen und zu warten.

Keine fünf Minuten später saß sie in ihrem Wagen und befand sich auf dem Weg zu Jim Websters Haus. Vielleicht würde sie ihn ja noch zu Hause antreffen. Mandy, seine

Frau, öffnete ihr die Tür, sichtlich erstaunt über diesen frühen Besuch.

»Guten Morgen, Elizabeth. Welch nette …«

»Es tut mir furchtbar leid, Mandy, daß ich um diese Uhrzeit hier hereinplatze, aber ich muß unbedingt mit Jim sprechen. Ist er zufällig noch hier?«

»Ja, er geht erst in einer Stunde ins Büro. Aber Sie brauchen sich nicht zu entschuldigen. Wir freuen uns immer, Sie zu sehen. Kommen Sie herein, wir wollten gerade frühstükken. Warum leisten Sie uns nicht Gesellschaft?«

Sie trat ein. »Vielen Dank, das ist sehr nett, aber ich habe schon gefrühstückt.«

»Dann trinken Sie wenigstens noch eine Tasse Kaffee mit uns, ja?«

»Sehr gerne, vielen Dank.«

Mandy nahm Elizabeth den Mantel ab und hängte ihn an die Garderobe. »Ich werde Margaret bitten, im Wintergarten zu decken. Man sitzt dort so angenehm am Morgen.«

Entweder hatte Mandy die Dringlichkeit in Elizabeth' Stimme überhört, oder sie wollte sie mit ihrem harmlosen Geplauder ein wenig beruhigen. Wie auch immer, Elizabeth konnte im Augenblick weder das eine noch das andere ertragen. »Mandy, ich möchte nicht unhöflich erscheinen, aber das ist kein privater Besuch.«

»Nein, gewiß nicht. Ich hätte mir denken können, daß Sie um diese Uhrzeit nicht auf einen Plausch vorbeigekommen sind. Ich werde Jim sofort holen. Wenn es Ihnen recht ist, können Sie ja inzwischen in seinem Arbeitszimmer Platz nehmen.«

»Aber Ihr Frühstück …« warf Elizabeth mit einem entschuldigenden Lächeln ein.

»Ach, daran ist Jim ohnehin nicht viel gelegen. Er ist mehr für einen ausgiebigen Brunch zu haben.« Sie deutete den Flur entlang. »Die dritte Tür rechts. Ich werde dafür sorgen, daß Sie nachher niemand stört.«

»Vielen Dank, Mandy.« Jims Arbeitszimmer war ganz genauso eingerichtet wie sein Büro in Napa. Elizabeth ging an dem ausladenden weißen Sofa vorbei und setzte sich auf den Stuhl, der vor dem Schreibtisch stand. Kurze Zeit später kam Jim mit einem Kaffee-Tablett herein. Er schenkte die zwei schweren Keramikbecher voll und sah sie dann mit einer fragend erhobenen Augenbraue an. »Ein Schuß Sahne, kein Zucker, stimmt's?«

Sie hatten bisher nur ein einziges Mal zusammen Kaffee getrunken, und das war schon Monate her. »Sie haben ein erstaunliches Gedächtnis, Jim.«

»Nein, ich bin nur ein guter Beobachter«, erwiderte er und nahm hinter seinem Schreibtisch Platz. »Und wenn ich ehrlich sein darf, gefällt mir das, was ich im Augenblick sehe, ganz und gar nicht. Was treibt Sie so früh am Morgen vor die Tür, Elizabeth? Was ist denn passiert?«

»Das ist eine lange Geschichte, Jim. Ich weiß gar nicht, wo ich anfangen soll.«

Er lehnte sich mit seiner Kaffeetasse in seinem Stuhl zurück. »Ich hasse Plattheiten, aber am besten fängt man immer von vorne an.«

Elizabeth erzählte ihm ihre ganze Lebensgeschichte. Zu Anfang verhaspelte sie sich noch öfter, erging sich in unwesentlichen Details, übersprang wichtige Punkte, auf die sie dann an späterer Stelle wieder zurückkam. Doch nach einer Weile gelang es ihr, sich von ihrer Biographie so weit zu distanzieren, daß es beinahe den Anschein hatte, als erzähle sie nicht ihre Lebensgeschichte, sondern die einer Bekannten. So fiel es ihr leichter. Jim schien genau zu merken, wann sie über eine Sache schnell hinwegzugehen versuchte, die ihr unangenehm war, und hakte sofort nach. Ansonsten ließ er sie ohne Unterbrechung erzählen und sparte sich etwaige Bemerkungen für später auf.

Als sie mit ihrer Schilderung an ebendiesem Morgen und bei dem Telefonat mit Alice angelangt war, saß Jim entspannt in seinem Ledersessel, hatte die Ellbogen auf den

Armlehnen aufgestützt und die Handflächen aneinandergelegt. Er trommelte mit seinen Zeigefingern gedankenverloren an die Unterseite seines Kinns, als er hörte, daß Elizabeth alles in ihrer Macht Stehende versuchen wolle, um George Benson und ihre Großmutter zu decken. Wenn sich herausstellen sollte, daß Felicia hinter den Nachforschungen steckte, so sagte sie, sei sie sogar bereit, die Winzerei zu verkaufen, falls es keinen anderen Weg gab, um Felicias Treiben Einhalt zu gebieten.

»Glauben Sie, daß es Felicia nur darum geht?« fragte er.

»Ich weiß es nicht. Einerseits rede ich mir ein, daß ich schon von vornherein auf alles paranoid reagiere, was Felicia anbelangt, und sie möglicherweise gar nichts damit zu tun hat. Aber andererseits, wenn nicht Felicia hinter mir herschnüffelt, wer sollte es dann sein? Und, was noch wichtiger ist, warum?«

»Könnten Sie sich vorstellen, daß diese Elizabeth Preston, nach der sich der Privatdetektiv erkundigt hat, eine ganz andere Person ist, die nur zufällig denselben Namen trägt?«

»An Zufälle glaube ich nicht.«

»Ich auch nicht«, sagte er und ließ einen tiefen Seufzer hören. »Das Vertrackte an Geheimnissen ist leider, daß sie mit der Zeit immer mehr an Bedeutung zunehmen. Und Ihr Geheimnis, Elizabeth, währt schon so lange, daß es über die Grenzen alles real Vorstellbaren hinausgewachsen ist. Aber lassen Sie uns die College-Geschichte einmal für einen Augenblick vergessen. Sie waren noch ein kleines Mädchen, als Ihre Eltern starben, nicht wahr? Welchen Einfluß hätten Sie denn auf deren Leben nehmen können? Überlegen Sie einmal genau, ohne aktives Handeln kann es doch gar keine Schuld geben.«

»So ziemlich alles, was ich über die Festnahme, die Verhandlung und den Fluchtversuch meiner Eltern weiß, habe ich in der College-Bibliothek in alten Zeitungen und Zeitschriften gelesen. Zu der Zeit, als das passierte, hat meine

Großmutter nicht zugelassen, daß ich fernsah oder Zeitung las.«

»Wenn ich mich recht entsinne, hatten die beiden nicht die geringste Chance. Der Fluchtplan war nicht gut durchdacht, und ihre Freunde ließen sie bei den ersten Anzeichen von Schwierigkeiten im Stich.«

»Alice hat mich damals soweit wie möglich vor den Reportern und Journalisten abgeschirmt. Aber die wußten natürlich, daß sie nicht vierundzwanzig Stunden am Tag um mich sein konnte, und warteten nur auf die Gelegenheit, bis sie mich einmal fünf Minuten allein ließ.« Sie verspürte plötzlich das Bedürfnis, Jim irgendwie begreiflich zu machen, wie schrecklich das alles für sie gewesen war. »Ich erinnere mich, wie mich eine Reporterin fragte, was ich empfunden hätte, als ich erfuhr, meine Mutter sei so oft in den Kopf getroffen worden, daß die Gerichtsmediziner sie nur anhand ihrer Fingerabdrücke einwandfrei identifizieren konnten.« Elizabeth hatte früher immer versucht, sich gar nicht erst vorzustellen, wie ihre Mutter ausgesehen haben mochte, aber das war genauso unmöglich, wie trocken durchs Meer zu schwimmen. Im College dann mußte sie sich dank des Zeitungsarchivs nicht länger auf ihre Vorstellungskraft verlassen. Das Polizeifoto, das ihr dort unter die Finger kam, brannte sich so unauslöschlich in ihre Erinnerung ein, daß sie das Bild heute so klar vor Augen hatte wie damals.

»Jetzt möchte ich Ihnen kurz etwas erzählen, Elizabeth. Als unser erstes Kind damals in San Francisco direkt vor unserer Haustür von einem Lastwagen überfahren wurde, habe ich gelernt, nicht mehr nach dem Warum und Weshalb eines tragischen Verlustes zu fragen. Schließlich machte ich sogar die Erfahrung, daß selbst aus den schlimmsten Schicksalsschlägen etwas Gutes entstehen kann. Ohne die Notwendigkeit, meinem Leben wieder einen Sinn zu geben, säße ich heute noch in der Rechtsabteilung dieser Schnellkochtopffirma, bei der ich damals beschäftigt war. Und Mandy ist davon überzeugt, daß unsere Ehe bei meiner damaligen Einstellung nicht lange gehalten hätte. Und wenn sie damit recht hat, wären ohne das Unglück unsere beiden jüngeren Söhne niemals geboren worden. Verstehen Sie, was ich meine?«

»Sie wollen mir damit sagen, daß ich meine Vergangenheit ruhen lassen soll.«

»Ja, außer es gibt einen Grund, an etwas festzuhalten, von dem Sie mir bislang noch nichts erzählt haben.«

»Ich halte an nichts fest, Jim. Es ist einfach da. Es verfolgt mich, wo immer ich hingehe.«

»Haben Sie Amado jemals von Ihren Eltern erzählt?«

»Nein.« Nur Michael, fügte sie im stillen hinzu.

»Und von dem Stipendium?«

Sie schüttelte den Kopf.

»Haben Sie überhaupt jemandem von Ihrer Vergangenheit erzählt?«

»Nur Ihnen.«

»Warum nur mir?«

Die Frage war so grundlegend, die Antwort so offensichtlich, daß sie im ersten Moment gar nicht wußte, was sie erwidern sollte. Nach einer Weile sagte sie dann: »Durch mein Schweigen habe ich mir die Freiheit von meiner Vergangenheit erkauft.«

»Das ist ein Irrtum, Elizabeth. Es ist genau umgekehrt. Ihr Schweigen hat Sie unfrei gemacht.«

Wie konnte sie sich ihm nur verständlich machen? »Einer der wichtigsten Grundsätze, auf dem das ganze Prinzip der Werbung beruht, lautet: Die Vorstellung ist maßgeblicher als die Wirklichkeit. Und das ist nicht nur eine Hypothese, Jim, das ist eine Tatsache. Wie ein Mensch von anderen gesehen wird, das allein zählt. Wer man wirklich ist, ist zweitrangig. In meinem Fall ist es so, daß das Bild, das meine Freunde und Bekannten heute von mir haben, meinem wirklichen Ich tatsächlich entspricht. Doch das würde sich schlagartig ändern, wenn die Wahrheit über meine Vergangenheit ans Licht käme. Die Wahrheit würde dieses Bild augenblicklich wegwischen. Ich wäre dann nur noch die Tochter eines Mörderehepaars, die man zu einer Lügnerin und Betrügerin erzogen hat.«

»Glauben Sie im Ernst, daß es irgend jemanden hier im Tal interessiert, wer Ihre Eltern waren? Immerhin ist es fünfzehn Jahre her, seit Sie von Farmingham weggegangen sind, Elizabeth. Die neugierigen Blicke und das Gerede würden doch keine Woche überdauern.«

»Nun, vielleicht nicht, wenn das alles wäre. Aber ich glaube nicht, daß die Leute hier mir die Schuld verzeihen würden, die ich selbst wissentlich auf mich geladen habe.«

Jim zog seine Augenbrauen in einer verständnislosen Geste zusammen. »Was meinen Sie denn damit?«

»Dann sage ich es Ihnen ganz offen: Ich habe Elizabeth Prestons Stipendium gestohlen. Punkt. Das ist eine Tatsache, die sich nicht beschönigen läßt. Und das Tragische daran ist, daß ich das Leben zweier unschuldiger Menschen genauso zerstöre wie mein eigenes, wenn es mir nicht bald gelingt, denjenigen zu finden, der diese Nachforschungen über mich anstellt.«

»So wie Sie mir die Sache geschildert haben, ist George Benson aber nicht ganz unschuldig an der Misere.«

»Mr. Benson hat mich auf die Idee gebracht, das ist aber auch alles. Und er ist ein großes Risiko eingegangen, indem er mir geholfen hat. Ich ganz allein habe von diesem Personentausch profitiert.«

»Viele Leute würden Sie für das, was Sie getan haben, bewundern. Und das mit Recht, wenn Sie mich fragen.«

»Aber mindestens ebenso viele würden mich als gemeine Betrügerin verurteilen. Da mache ich mir nichts vor, Jim. Selbst wenn ich einen Weg finden sollte, George Benson und meine Großmutter vor einer Bloßstellung zu bewahren, muß ich immer noch an die Winzerei denken. Wenn meine Geschichte ans Tageslicht kommen sollte, könnte ich aufgrund der schlechten Publicity den Betrieb unmöglich über Wasser halten, bis Gras über die Sache gewachsen ist.«

»Mein Gott, Elizabeth. Sie waren damals noch ein Mädchen, und in einer verzweifelten Lage obendrein.«

»Meine innere Stimme sagt mir, daß ich mit dieser Entschuldigung nicht davonkommen werde. Ich mag ja noch ein Kind gewesen sein, aber ich wußte genau, was ich tat.« Sie beugte sich vor, um ihren Kaffeebecher auf das Tablett zurückzustellen. »Hören Sie uns nur an. Wir reden gerade so, als wäre ich der Anwalt und Sie der Klient.«

»Verzeihen Sie, Elizabeth. Sie kamen hierher, um mich um Hilfe zu bitten, und nicht, um sich von mir belehren zu lassen.« Er zog eine Schublade auf und holte einen Notizblock und seinen Füller heraus. »Was genau kann ich für Sie tun?«

»Finden Sie heraus, wer diese Nachforschungen über mich anstellen läßt und warum.«

»Mein Gefühl sagt mir, daß sich das ›Warum‹ von selbst erklärt, sobald wir herausgefunden haben, wer dieser Jemand ist.«

28

Zwei Wochen nach diesem Gespräch hatte der Detektiv, den Jim beauftragt hatte herauszufinden, wer hinter den Nachforschungen steckte, noch immer kein Licht ins Dunkel gebracht. Zwischenzeitlich hatte George Benson bei Elizabeth angerufen, um ihr mitzuteilen, daß eine der Sekretärinnen das Gesuch um Aushändigung der Preston-Akte bereits bearbeitet und diese in einem frankierten und adressierten Rückumschlag an eine Postfachadresse in Chicago geschickt hatte. Die Nummer des Postfachs hatte sie jedoch nicht notiert.

Das lange Warten zehrte an Elizabeth' Nerven. Bei jedem Klingeln des Telefons begann ihr Herz zu rasen; ihre Hände zitterten, wenn sie ihre tägliche Korrespondenz in Empfang nahm und die Absender überflog. Sie fand ihre innere Ruhe erst wieder, wenn sie abends allein in ihrem Büro saß, nachdem alle Mitarbeiter nach Hause gegangen waren. Dann erst konnte sie sich einigermaßen konzentrieren und ihre Arbeit effektiv erledigen.

Nachdem sie die letzte Seite des Laborberichts aus Davis umgeblättert hatte, stellte sie fest, daß die Tabellen fehlten, die laut Charles Pinkley mitgeschickt worden waren. Sie suchte ihren Schreibtisch nach den fehlenden Seiten ab und fand statt dessen das Sandwich, das Tony ihr vom Imbißladen geholt hatte, bevor er nach Hause gegangen war.

Sie wickelte das Päckchen aus und zog eine Grimasse, als sie sah, daß es mit Pastrami belegt war. Das war nicht gerade ihr Lieblingssnack, aber sie war mittlerweile so hungrig, daß sie das nicht weiter störte. Sie nahm ein paar Münzen aus der Schreibtischschublade und ging hinüber in die Kantine, um sich ein Soda aus dem Getränkeautomaten zu ziehen.

Auf dem Rückweg in ihr Büro sah sie die Lichtkegel von Autoscheinwerfern an den Fenstern der Empfangshalle vorbeihuschen und hörte einen Wagen auf den Besucherparkplatz einbiegen. Wer mochte das wohl sein? Sie ging zur Tür, um nachzusehen.

Sie kam gerade noch rechtzeitig, um Edgar aus seinem Wagen steigen zu sehen. Mit entschlossenen Schritten steuerte er auf das Bürogebäude zu. Rasch drehte sie den Schlüssel im Schloß um und riß die Tür auf, da sie ihm nicht die Genugtuung geben wollte, sie mit einem Klingeln an die Tür zu rufen.

»Edgar, was machst ...« Sein Gesichtsausdruck ließ sie abrupt innehalten. »Du bist nicht zum Plaudern gekommen, hab' ich recht?« – »Können wir reingehen?«

»Selbstverständlich.« Sie trat einen Schritt zur Seite, und Edgar stapfte an ihr vorbei. Sie hatten sich seit Monaten nicht mehr gesehen. »Was verschafft mir die Ehre deines Besuchs?«

»Ich habe dir etwas mitgebracht.«

»Oh?« Jetzt erst bemerkte sie den großen Faltordner, den er unterm Arm trug.

»Vielleicht sollten wir besser in dein Büro gehen.«

»In Ordnung«, meinte sie leichthin, doch ihre Neugier wuchs.

Er folgte ihr und wartete, bis sie hinter ihrem Schreibtisch Platz genommen hatte, bevor er den Ordner lässig vor sie hinwarf. »So, damit sind wir quitt«, sagte er.

Elizabeth fing seinen Blick auf, doch seine Miene verriet nichts. »Ich weiß überhaupt nicht, wovon du sprichst.«

Edgar zog sich einen Stuhl heran, setzte sich und kostete ihre Verblüffung ein wenig aus, bevor er antwortete: »Ich denke schon, daß du es weißt, aber an deiner Stelle würde ich mich auch rückversichern. Na komm, mach schon auf.«

Sie nahm den Ordner, ließ die Metallklammern aufschnappen und zog den Inhalt mit spitzen Fingern heraus.

Gleich obenauf lag eine vergilbte Ausgabe der *Farmingham Daily News*, auf deren Titelseite die Schlagzeile über den tragischen Unfalltod der Preston-Familie prangte. Demnach war es also Edgar, der in ihrer Vergangenheit herumschnüffelte. Sie lehnte sich in ihrem Stuhl zurück. Es war nicht notwendig, einen Blick auf die restlichen Papiere zu verschwenden.

»Und weiter?« fragte sie.

»Wie ich schon sagte, damit sind wir quitt.«

Und plötzlich fiel es ihr wie Schuppen von den Augen. Na klar, ihr unglückseliges Zusammentreffen in Amados Apartment, darum ging es ihm. »Daß du in meiner Schuld stehen könntest, daran habe ich nie gedacht.«

»Nun, du hättest es Elana erzählen können, aber du hast

es nie getan. Warum nicht, das ist deine Angelegenheit. Ich jedenfalls hatte immer das Gefühl, ich schulde dir etwas.«

Elizabeth konnte kaum glauben, was sie da hörte. Edgar war nun wirklich der letzte Mensch, dem sie auch nur einen Funken Ehrgefühl zugetraut hätte. »Jetzt bin ich sprachlos.«

»Ich wünschte wirklich, die Sache wäre damit ausgestanden, daß sich die Unterlagen nun in deinem Besitz befinden, aber wie ich Felicia kenne, wird sie nicht eher Ruhe geben, bis sie irgendwas in Händen hat, womit sie dir schaden kann.«

»Dann hat Felicia also den Detektiv beauftragt.«

»Wer denn sonst?«

»Ich verstehe das alles nicht. Sie wird ihr Geld doch so oder so bekommen. Warum ist ihr denn so viel daran gelegen, mich derart fertigzumachen?«

»Das hat mit dir gar nichts zu tun. Ihr geht es nur um ihren Vater. Sie wird erst glücklich sein, wenn sie alles zerstört hat, was Amado geschaffen und wofür er gelebt hat. Du stehst ihr dabei einfach nur im Weg.«

»Aber warum haßt sie ihn denn so abgrundtief?«

»Hat er dir das nie erzählt?«

Sie schüttelte den Kopf. Seit Amados Tod hatte sie viele Dinge entdeckt, die er ihr verschwiegen hatte.

»In Felicias Augen ist Amado allein für den Selbstmord ihrer Mutter verantwortlich.«

»Aber das ist doch Unsinn. Sophia und Amado lebten doch schon so viele Jahre getrennt, als sie ...«

»Mit Logik kommt man da nicht weit. Sophia hat Felicias Gefühle ihrem Vater gegenüber systematisch vergiftet. Amado konnte sagen oder tun, was er wollte, es ist ihm nie gelungen, die Erinnerung an den Abend, als sie ihre Mutter tot auffand, in Felicia auszulöschen. Ich glaube, daß Sophia ihren Selbstmord inszeniert hat. Felicia hat sich geschworen, ihren Vater genauso zu verletzen, wie dieser ihrer Meinung nach ihre Mutter verletzt hat. Und Montoya Wines an Hicks und Brody zu verschachern, ist für sie genau die Art von Rache, auf die sie schon seit Jahren sinnt.«

»Aber Amado ist tot.«

»Das spielt keine Rolle. Felicia will sein Andenken und alles, wofür er gelebt und gearbeitet hat, kaputtmachen.«

»Und dazu ist ihr anscheinend jedes Mittel recht.«

»Ja. Deshalb hat Felicia mich beauftragt, Nachforschungen über dich in die Wege zu leiten.«

»Willst du damit andeuten, daß sie den Inhalt dieses Ordners noch gar nicht zu Gesicht bekommen hat?«

»Ganz genau. Sie glaubt, der Detektiv hätte bis jetzt noch nichts über dich herausgefunden. Aber lange wird sie sich bestimmt nicht hinhalten lassen. Es würde mich nicht wundern, wenn sie sich demnächst selbst mit ihm in Verbindung setzen würde. Deshalb habe ich mich ja entschlossen, gleich heute abend noch zu dir rauszufahren, um dir die Früchte seiner Arbeit zu überbringen. Wenn ich dir einen guten Rat geben darf, dann solltest du alles daransetzen, dir Felicia vom Hals zu schaffen, und zwar so schnell wie möglich. Wenn sie dieses Material erst einmal in die Finger bekommt, wird sie keine Sekunde zögern, dir einen Strick daraus zu drehen. Ich kann mir genau vorstellen, wie sie die Sache ausschlachten wird. Sie wird behaupten, du hättest Amado mit denselben unlauteren Tricks dazu gebracht, dich zu heiraten, wie du alle Welt glauben gemacht hast, du seist Elizabeth Preston. Außerdem traue ich ihr ohne weiteres zu, daß sie versuchen wird, das Testament anzufechten.«

»Wenn sie damit Erfolg haben sollte, würde Elana die Hälfte meines jetzigen Anteils bekommen …« Und was Elana gehörte, gehörte automatisch auch Edgar.

»Womit du die Frage andeuten willst, warum ich dir und nicht Felicia den Ordner gebracht habe?«

»Aber mit dem Gedanken gespielt hast du doch bestimmt, oder nicht?«

»Du wirst dich wundern, aber ich bin mit dem zufrieden,

was ich habe. Das war schon immer so.« Er grinste schelmisch. »Und das ist genau das, was Elana an mir zur Weißglut bringt.«

Elizabeth klappte den Faltordner zu. »Danke schön zu sagen wäre ein bißchen wenig, wenn ich mir vorstelle, was passieren würde, wenn das hier in die Öffentlichkeit geriete.«

»Ich weiß nicht, ob ich zu dir gekommen wäre, wenn du das Stipendium nicht zurückgezahlt hättest.«

»Woher weißt du das denn?« Sie hatte den Betrag damals als anonyme Spende überwiesen.

Das Grinsen, das auf Edgars Gesicht erschien, verriet, wie stolz er auf sich war. »Robert Sidney ist einfach der beste Mann in seiner Branche. Das einzige, was nicht in seinem Bericht über dich steht, sind Name und Adresse deines Gemüsehändlers – aber nur deshalb, weil ich nicht danach gefragt habe.«

Es war ein seltsames Gefühl für Elizabeth zu wissen, mit welcher Sorgfalt man in ihrer Vergangenheit und ihrem Privatleben herumgestochert hatte.

Edgar klopfte sich mit den Händen auf die Knie und erhob sich. »So Gott will, sehen wir uns nicht wieder, wenn diese Sache erst einmal über die Bühne ist.« An der Tür wandte er sich um: »Falls Felicia tatsächlich selber hinter die Geschichte kommt, werde ich auf alle Fälle versuchen, dich rechtzeitig zu warnen.«

»Paß auf dich auf, Edgar.«

»Aber, aber, Elizabeth. Du wirst doch jetzt wohl nicht weich werden und deine Meinung über mich ändern? Ich bin immer noch derselbe alte Schürzenjäger wie früher. Dein Glück, daß ich zufällig daran glaube, daß man seine Schulden bezahlen sollte.«

Am nächsten Morgen stand Elizabeth vor der Bank und wartete, daß die Türen aufgesperrt wurden. Sie hatte noch gestern abend, nachdem Edgar gegangen war, John Sordello, den Direktor ihrer Bank, angerufen und um diesen frühen Termin gebeten. John leitete die Bankgeschäfte für Montoya Wines bereits seit über zwanzig Jahren, und diese vertraute Beziehung erlaubte es Elizabeth, die Formalitäten beiseite zu lassen und ohne Umschweife auf den Grund ihres Besuchs zu sprechen zu kommen.

John hörte aufmerksam zu, als sie ihm erklärte, welche Summe sie benötige und wie sie diese zurückzuzahlen beabsichtige. Kurzzeitig hatte sie erwogen, ihm auch zu erklären, daß sie sich nur deshalb nicht schon früher an ihn gewandt habe, weil ihr bewußt sei, wie schlecht ihre Chancen standen, daß die Bank ihren Darlehensantrag bewillige. Aber dann dachte sie: Warum soll ich mir diese Blöße geben?

John sagte zunächst einmal gar nichts. Sie mußte sich sehr zusammennehmen, um das unangenehme Schweigen nicht mit fadenscheinigen Argumenten zu unterbrechen, etwa damit, die Bank könne sich doch glücklich schätzen, daß sie wegen des Darlehens gerade an sie herangetreten sei.

Als sich John schließlich aus den Tiefen seines Chefsessels nach vorne beugte, gab er sich betont offen und ungezwungen. »Ich entschuldige mich gleich vorab für diese Frage, aber ich habe den Eindruck, daß wir darüber sprechen sollten. Sind Sie ganz sicher, daß es nicht zu Ihrem Besten wäre, an Hicks und Brody zu verkaufen? Gemessen an der momentanen Marktlage, ist deren Angebot überaus großzügig.«

Bevor sie antworten konnte, setzte er hinzu: »Amado hat mir von Ihrem Versprechen erzählt, daß Sie nach seinem Tod das Unternehmen in seinem Sinne weiterführen werden, und mich gebeten, Sie dabei nach bestem Wissen und Gewissen zu beraten und zu unterstützen. Wenn ich ehrlich sein darf, habe ich schon damals Ihr Ansinnen, den Betrieb alleine zu leiten, für ziemlich idealistisch gehalten und meine Meinung, verzeihen Sie mir meine Offenheit, bis heute nicht revidiert. Soweit mir bekannt ist, gibt es keine andere Winzerei in der Größenordnung von Montoya Wines, die nicht mindestens zwei Kellermeister beschäftigt. Sie dagegen haben nicht einmal einen.«

In diesem Punkt konnte sie ihm nicht widersprechen, und sie nahm es ihm auch nicht übel, daß er ihre Fähigkeiten in dieser Hinsicht in Zweifel zog. Ihre Erfolgsaussichten waren gering, das war keine Frage. Jahr für Jahr gingen etliche alteingesessene Winzereien bankrott, obwohl sie von Männern geleitet wurden, die über lebenslange Erfahrung verfügten. Wie kam sie nur auf die Idee, in diesem harten Geschäft als Frau bestehen zu können, und noch dazu allein? »Ich bin bereit, als Sicherheit für das Darlehen eine Überlassungsurkunde zu unterzeichnen.«

»Aber, gnädige Frau, wie wollen Sie das denn anstellen, solange Felicia und Elana neunundvierzig Prozent besitzen?«

Sie hatte sich so mit ihrer Rolle als Firmenchefin von Montoya Wines identifiziert, daß sie die anderen beiden Eigentümer bei ihren Überlegungen überhaupt nicht ins Kalkül gezogen hatte. »Kann man da nicht etwas...«

»Leider nein. Vor ein paar Jahren hätte ich das noch irgendwie hindeichseln können, doch heutzutage werden alle Kreditanträge und Kapitaltransaktionen von unserer Zentrale genauestens überprüft, besonders, wenn es um eine derartige Summe geht. Es tut mir leid, Elizabeth, ich wünschte sehr, ich könnte Ihnen in dieser Angelegenheit helfen, aber mir sind die Hände gebunden.«

Doch Elizabeth war nicht gewillt, sich so leicht abspeisen zu lassen. »Und was wäre, wenn ich das Betriebskapital als Sicherheit für die Summe benutze, die ich brauche, um Felicia und Elana auszuzahlen? Würden Sie dann einen Überlassungsvertrag akzeptieren?«

Er dachte eine Weile nach. »Sind Sie sich überhaupt darüber im klaren, welches Risiko Sie damit eingehen?«

»Spielt es denn eine Rolle, ob ich die Winzerei an Hicks und Brody verliere oder damit bankrott gehe? Das wäre so oder so das Ende für das traditionsreiche Familienunternehmen Montoya Wines.«

»Das kann doch nicht Ihr Ernst sein – wenn Sie verkaufen, sind Sie für den Rest Ihres Lebens saniert.«

»Mag sein, aber darum geht es mir nicht. Um mir meine täglichen Brötchen zu verdienen, kann ich jederzeit zurück in die Werbebranche gehen.« Irgendwie mußte sie ihn pakken. Aber wie? »Sehen Sie, ich weiß, das klingt vielleicht abgedroschen, aber lieber gehe ich kämpfend unter. Ich kann mir nichts Grauenvolleres vorstellen als die leeren Tage einer Witwe.«

»Es gibt tausend Dinge, die Sie mit Geld ...«

Auf diese Argumentation einzugehen war reine Zeitverschwendung. »Zurück zu meiner Frage, John. Würden Sie mir das Darlehen bewilligen?«

Er kratzte sich am Kinn, während er mit seiner Entscheidung rang. »Ich bin bereit, bis zur Höhe des Betriebskapitals zu gehen, mehr ist nicht drin. Und ...«

»Ja?«

»Wenn ich den Antrag unserem Kreditausschuß vorlege, möchte ich den Herren versichern können, daß Sie einen erstklassigen Kellermeister haben, der den Laden schmeißt.« Damit erhob er sich und kam hinter seinem Schreibtisch hervor. »Vielleicht denken Sie jetzt, ich sei ein sturer Esel, aber ich hasse nichts mehr als Zwangsvollstreckungen, vor allem im Haus eines Freundes.«

Warum nur war der effektivste Weg immer der schwierigste? Sorgfältig wählte sie ihre Worte: »Morgen früh haben Sie eine Liste mit Anwärtern auf die Stelle des Chefkellermeisters von Montoya Wines auf dem Schreibtisch.«

»Wie sehr ist Ihnen denn an der Bewilligung des Kreditantrags gelegen?«

»Soll heißen?«

»Ich kann Ihnen garantieren, daß der Ausschuß jeden meiner Vorschläge akzeptieren wird, wenn ich ihnen sagen kann, daß Ihr erster Kellermeister Michael Logan heißt. Amado hat immer geschworen, daß es keinen besseren Mann als ihn gibt.«

Vor der Bank blieb Elizabeth auf dem Gehsteig stehen, blickte nachdenklich zu dem Gemüseladen auf der anderen Straßenseite hinüber und versuchte sich zu erinnern, ob es in dem Geschäft ein Telefon gab. John hätte ihr natürlich gestattet, seinen Apparat zu benutzen, doch der Anruf, den sie zu tätigen gedachte, verlangte die Anonymität eines öffentlichen Fernsprechers.

Wenn sie überhaupt darauf hoffen konnte, Michael rechtzeitig zu finden, um Felicias Schachzug zuvorzukommen, so mußte sie einen erfahrenen Mann engagieren, der sein Handwerk verstand. Sie lächelte. Nicht nur einen erfahrenen – sie brauchte den besten. Robert Sidney.

Welch wunderbare Ironie des Schicksals, wenn Felicias machiavellistische Machtspielchen sie am Ende in die glückliche Lage versetzen würden, nicht nur Michael wiederzufinden, sondern auch Montoya Wines vor dem Verkauf zu bewahren.

Amado würde stolz auf sie sein.

29

Elizabeth steuerte den Wagen, den sie in Mailand gemietet hatte, um eine weitere Haarnadelkurve, die sie immer tiefer in die Piemonter Weinberge hineinführte. Der Straßenkarte nach, die sie am Flughafen gekauft hatte, war sie immer noch etliche Kilometer von dem Dorf entfernt, in dem Michael jetzt lebte.

Es blieb ihr also noch genügend Zeit, ihr Vorhaben abzublasen, nach Hause zu fahren, ihre Anteile an Hicks und Brody zu verkaufen, aus Napa Valley zu verschwinden – und somit der Gefahr aus dem Wege zu gehen, daß ihre Vergangenheit sie am Ende doch noch einholte. Es war reiner Wahnsinn, ihre ganze Existenz für ein Darlehen aufs Spiel zu setzen. Zwei oder drei schlechte Ernten, und sie wäre restlos ruiniert, und daran würde selbst Michael als Kellermeister nichts ändern können.

Kein Mensch glaubte daran, daß sie die Winzerei würde halten können, nicht einmal ihre eigenen Angestellten. Diese gaben sich zwar redlich Mühe, ihre wahren Gefühle zu verbergen, wenn sie in der Nähe war, aber sie wußte, daß jeder einzelne von ihnen um seinen Job fürchtete, ganz gleich, ob sie den Betrieb führte oder an Hicks und Brody verkaufte.

Raffinierter als der Rest der Mannschaft hatte Tony Reynolds ihr seine Zweifel kundgetan: Scheinbar zufällig ließ er immer wieder Geschichten von Farmern und Weinbauern in ihre Unterhaltung einfließen, die sich in den Siebzigern in Napa Valley niedergelassen und von denen die meisten inzwischen wieder aufgegeben hatten.

Die Straße, der sie seit einer halben Stunde folgte, wurde auf einmal sehr schmal und zwang sie, langsamer zu fahren. Die Dämmerung war schon hereingebrochen, und bald würde es so dunkel sein, daß man leicht ein Straßenschild übersehen konnte. Im Geiste sah sie sich schon stundenlang in dieser gottverlassenen Gegend umherirren.

Es wäre vernünftiger gewesen, in Mailand zu übernachten und am nächsten Morgen aufzubrechen. Doch dann hätte sie Michael aller Wahrscheinlichkeit nach nicht mehr zu Hause angetroffen und ihn entweder suchen oder bis zum Abend auf seine Rückkehr warten müssen. Damit wäre wieder ein Tag vergangen – ein Tag voller Zweifel, ob sie richtig handelte. Wenn sie doch nur das Gefühl loswerden könnte, daß sie das bißchen Zeit, das ihr noch blieb, damit vergeudete, einem hoffnungslosen Traum nachzujagen.

Wie Robert Sidneys Recherchen ergaben, hatte sich Michael nach einem Jahr auf See schließlich in Italien niedergelassen und sich dort ein neues Leben aufgebaut. Warum hätte er auch an einen Ort zurückkehren sollen, der mit so schmerzlichen Erinnerungen verbunden war? Sie hatte sich immer eingebildet, ihn ganz gut zu kennen, doch in Wirklichkeit wußte sie wenig von ihm. Nie hatte er erwähnt, daß er die See oder das Segeln liebte. Überall hätte sie nach ihm gesucht, doch niemals auf einem der Ozeane.

Das zarte Band aus Zuversicht und Selbstvertrauen, das während der langen Reise ihre widerstrebenden Gefühle zusammengehalten hatte, war mit einem Mal zerrissen. Mit plötzlicher Klarheit erkannte sie, daß es gleichgültig war, wie verlockend ihr Angebot sein mochte: Nichts, was sie ihm geben könnte, würde ihn dazu bewegen, zu ihr zurückzukehren.

Michael öffnete die Tür des alten Bauernhauses und rief gutgelaunt: »Angelina, ich bin's.« Er zog seine Jacke aus und blieb einen Augenblick stehen, um den würzigen Duft einzuatmen, der aus der Küche in den Flur drang.

Eine gertenschlanke Frau, die sich die Hände an einem Handtuch abtrocknete und deren Wangen von der Hitze des Küchenherdes gerötet waren, kam mit einem strahlenden Lächeln auf ihn zu. »Wie war die Weinprobe?« fragte sie.

»Ein voller Erfolg. Ich glaube, daß ich Guido jetzt endlich davon überzeugt habe, die Änderung zu wagen.« Michael blickte sich suchend um. »Wo ist denn Antonio? Ich habe etwas für ihn.«

Sie warf ihm einen finsteren Blick zu und schnalzte mit der Zunge. »Wie oft muß ich Ihnen denn noch sagen, daß Sie mir den Jungen total verziehen, wenn Sie ihm dauernd etwas mitbringen?«

Michael hob in einer ergebenen Geste die Arme. »Das war das letzte Mal. Ehrenwort.«

»Ha, ha. Bevor ich Ihnen das abnehme, glaube ich noch eher der Sonne, wenn sie mir sagt, daß sie morgen nicht mehr aufgeht.«

Zu Angelinas dreijährigem Sohn nach Hause zu kommen war für Michael stets der Höhepunkt seines harten, schrecklich eintönigen Arbeitstages. »Also, wo steckt er?«

»Bei seiner Großmutter. Und läßt sich von ihr verhätscheln«, erwiderte Angelina. »Er hatte heute morgen ein wenig Fieber. Hoffentlich hat ihn sein Vater nicht mit seiner Erkältung angesteckt.«

»Warum sind Sie denn dann nicht bei ihm zu Hause geblieben?«

Lachend tastete sie hinter ihrem Rücken nach den Schürzenbändern. »Sie bräuchten wirklich eine Frau und ein eigenes Kind zum Verwöhnen.«

Michael kramte in seiner Hosentasche nach dem Hologramm, das er in Mailand für Antonio gekauft hatte. »Dazu wird es nicht kommen«, murmelte er, als er Angelina das kleine Päckchen in die Hand drückte.

»Wenn sie nur endlich einmal meine Kusine Constanzia kennenlernen wollten, würden Sie Ihre Meinung sicher schnell ändern.«

Ein Klopfen an der Tür lenkte Michael ab, so daß er Angelinas unermüdlich wiederholte Beteuerung, er und ihre Kusine seien wie füreinander geschaffen, nicht gebührend parieren konnte. In der Annahme, Liborio, Angelinas Mann, sei gekommen, um sie abzuholen, öffnete er die Haustür.

Sein freudiges Begrüßungslächeln erstarb, als er im Dämmerlicht die Person erkannte, die vor seiner Tür stand und seinen erstaunten Blick erwiderte. Elizabeth so unerwartet gegenüberzustehen war wie ein Schlag ins Gesicht. Er wich einen Schritt zurück. Am liebsten hätte er die Tür zugeknallt und das, was er soeben gesehen hatte, als Geistererscheinung abgetan. Doch kaum hatte sich dieser Gedanke geformt, wurde ihm klar, daß es dafür zu spät war. Die schmerzhafte Erinnerung an Elizabeth war in den zweieinhalb Jahren, da er sie nicht mehr gesehen hatte, keineswegs verflogen; sie hatte nur geschlummert.

Seine verstörte Reaktion ließ Elizabeth zusammenzukken. »Es tut mir leid. Ich hätte vorher anrufen sollen«, sagte sie mit einem flüchtigen Lächeln, das um Verzeihung bat. »Aber um ehrlich zu sein, ich habe befürchtet, daß du nicht hiergewesen wärst, wenn du gewußt hättest, daß ich komme.«

Michaels Blick suchte ihre unmittelbare Umgebung ab, wanderte durch den Garten und weiter zu dem Wagen, der davor parkte. Sie war allein gekommen. Dann musterte er sie von oben bis unten, nahm jede Einzelheit ihres Erscheinungsbildes in sich auf, wohl wissend, daß er wie ein Wahnsinniger handelte.

Sie hatte sich verändert. Die offensichtlichste Veränderung betraf ihr Haar – sie hatte es abgeschnitten und trug es jetzt kinnlang, wodurch es noch voller wirkte als früher. Der Abendwind spielte mit ihrem Haar, und Michael ballte seine rechte Hand zur Faust, um sich zu hindern, ihr mit den Fingern eine Locke von der Wange zu streichen. Er konnte ihr seidiges Haar förmlich auf seinen Fingerspitzen fühlen. »Weshalb bist du hier?«

Elizabeth umfaßte ihre Schultern, um sich gegen den kalten Wind zu schützen.

Oder vielleicht auch gegen den unverhohlenen Ärger in seiner Stimme? Verdammt noch mal, er hatte so erbittert darum gekämpft, diese Frau zu vergessen. Und jetzt stand sie vor ihm, so präsent wie eh und je, und er war wieder an dem Punkt angelangt, wo er angefangen hatte.

»Ich brauche deine Hilfe«, sagte sie. »Ich weiß, ich habe kein Recht, dich darum zu bitten, aber…« Ihr Blick wurde starr und heftete sich auf etwas hinter seinem Rücken. Sie sprach nicht weiter.

Michael drehte sich um, um zu sehen, was ihre Aufmerksamkeit fesselte.

Es war Angelina, die aus der Diele gekommen war, sich nun neben ihn stellte und ihn sanft mit dem Ellbogen schubste. »Was ist denn los mit Ihnen, wo bleiben Ihre Manieren«, flüsterte sie. »Es ist eiskalt da draußen. Möchten Sie Ihre Freundin nicht hereinbitten?«

Er hatte Tausende von Meilen zurückgelegt, um Elizabeth Montoya zu entfliehen. Sie hatte einfach kein Recht, hier aufzutauchen und seinen Frieden zu stören. Er wollte sie nicht in seinem Haus haben, denn er wollte sie nicht überall sehen, den Duft ihres Parfüms riechen und ihr helles Lachen hören, wenn sie wieder gegangen war.

Angelina knuffte ihn nochmals, wie eine ältere Schwester, die ihren Bruder zur Ordnung mahnt. »Schämen Sie sich, Michael. Was ist das für ein rüdes Benehmen?«

»Ich störe sicherlich beim Abendessen. Ich kann ja später noch einmal wiederkommen«, beeilte sich Elizabeth zu sagen.

Michael trat noch einen Schritt zurück. Das Licht der Lampe über dem Eingang fiel auf Elizabeth' Gesicht, und sie senkte den Kopf. Doch Michael hatte noch einen Blick auf ihre Augen erhascht und die Angst gesehen, die sich darin spiegelte. Ein unmotiviertes Triumphgefühl stieg in ihm hoch. Offenbar war es ihr genauso schwergefallen, zu ihm zu kommen, wie ihm, sie vor seiner Haustür vorzufinden.

»Michael wird bestimmt erst in einer Stunde essen«, antwortete Angelina an seiner Stelle.

In diesem Moment fuhr ein Wagen die Auffahrt hoch, so daß Elizabeth' fragender Blick in Michaels Richtung unerwidert blieb. Angelina nahm das große Wolltuch von der Garderobe und legte es sich um die Schultern. »Vielleicht sind Sie ja noch hier, wenn ich wiederkomme, und vielleicht ist Michael dann auch so freundlich, uns vorzustellen«, sagte sie zu Elizabeth.

Im Augenblick ignorierte Michael ihren ziemlich deutlichen Vorwurf, er wußte aber, daß er morgen nicht so leicht davonkommen würde. »Geben Sie Antonio einen Kuß von mir. Ich wünsche ihm gute Besserung.«

Angelina sah Elizabeth noch einmal an, wollte eigentlich etwas sagen, doch als sie Michaels Blick auffing, wußte sie, daß es klüger war zu schweigen. Sie lief zu dem wartenden Wagen, stieg ein und winkte ihnen zum Abschied zu.

»Du hast eine Haushälterin?« fragte Elizabeth, was eher wie eine Feststellung klang.

»Was hast du denn gedacht, wer Angelina ist?«

»Nun, im ersten Augenblick... Es ist viel Zeit vergangen, und an weiblicher Gesellschaft hat es dir doch nie gemangelt.«

»Die Zeiten ändern sich. Menschen manchmal auch.« Da der Schreck über ihr plötzliches Erscheinen langsam nachließ, meldete sich seine Neugier. Was hatte sie wohl den weiten Weg zu ihm geführt? Und warum gerade jetzt?

»Es war ein Fehler, heute abend hierherzukommen. Ich hätte es besser wissen müssen.«

»Soll das heißen, daß dir der frühe Morgen für Überraschungsbesuche geeigneter erscheint oder daß du gar nicht hättest kommen sollen?«

»Ich hätte bedenken sollen, daß du inzwischen in einem neuen Leben verwurzelt bist.« Mit den Fingern strähnte sie ihr windzerzaustes Haar aus dem Gesicht. »Ich habe mir oft vorgestellt, wie du jetzt lebst, Michael, aber ich hätte nie gedacht, daß du einfach wie früher weitermachen würdest.« Sie zuckte hilflos die Schultern. »Es tut mir leid. Ich meinte das nicht so abwertend, wie es vielleicht klingen mag.«

»Was hast du denn erwartet?« Warum zum Teufel lag ihm überhaupt etwas daran, vor ihr zu verbergen, durch welche Hölle er gegangen war? Was machte das jetzt noch aus?

»Bitte, Michael. Es gibt so vieles, was du nicht weißt.«

Ihre stockende Stimme erschütterte die unsichtbare Mauer,

die er als Selbstschutz um sich errichtet hatte. »Es ist wirklich kalt hier draußen. Also komm in Gottes Namen rein.«

Er führte sie ins Wohnzimmer. »Möchtest du was trinken?«

»Gerne. Etwas Warmes würde mir guttun.«

»Kaffee?«

Sie nickte.

Als er aus der Küche zurückkam, hatte sie ihre Jacke abgelegt und stand mit dem Rücken vor dem Kaminfeuer. Er stellte das Tablett auf dem Couchtisch ab, schenkte den Kaffee ein und reichte ihr eine Tasse. »Du sagtest vorhin, daß ich so vieles nicht wüßte«, nahm er das Gespräch wieder auf.

Elizabeth führte die dampfende Kaffeetasse an ihre Lippen und nahm einen kleinen Schluck. Tagelang hatte sie die Sätze eingeübt, die sie verwenden wollte, um Michael Amados Tod möglichst schonend beizubringen, aber jetzt konnte sie sich an keine einzige Formulierung erinnern. »In der Nacht, als du weggegangen bist, hat Amado mir gesagt, daß er nicht mehr lange leben wird«, sprudelte es schließlich aus ihr heraus.

Michael starrte sie aus schmalen Augenschlitzen an. »Was hast du da gesagt?«

»Es war ein Blutstau im Herzen«, erklärte sie, und ihre Stimme klang dabei ganz dünn. »Eine langsam fortschreitende, aber unheilbare Krankheit.«

»*War*? Was soll das heißen?«

Elizabeth umschloß ihre Tasse mit beiden Händen, so als wollte sie sich daran festhalten, und starrte auf die braune Flüssigkeit, da sie es nicht ertrug, den Schmerz in Michaels Augen zu sehen. Aber dann, unfähig, sich vor seinem Leid zu schützen, sah sie ihn doch an. »Er ist im Frühjahr gestorben.«

Aus Michaels Gesicht war jegliche Farbe gewichen. »Das hat mir niemand gesagt. Mein Gott, warum habe ich das nicht erfahren?« Er warf ihr einen anklagenden Blick zu, in dem sich Tränen der Wut und Verzweiflung spiegelten. »Warum hast du mir nicht …«

»Ich wußte doch nicht, wo du bist!«

»Jetzt hast du mich doch auch gefunden.«

»Ja, mit Hilfe eines Privatdetektivs.«

»Und der hat so lange gebraucht, um mich ausfindig zu machen?«

»Nein, ich habe ihn erst letzte Woche angeheuert. Ich hatte immer geglaubt, du seist absichtlich nicht zu Amados Beerdigung gekommen.« Sie stellte ihre Tasse auf das Tablett zurück und streckte ihre Hand nach seinem Arm aus. »Erst als mir der Detektiv berichtete, daß du ein Jahr auf einem Segelschiff zugebracht hast, ist mir klargeworden, daß du von Amados Tod nichts wissen konntest.«

Michael ließ sich auf einen Stuhl fallen. »All die Monate … dabei lebte er gar nicht mehr. Und wann immer ich an ihn gedacht habe, sah ich ihn kerngesund und voller Energie in der Winzerei arbeiten, euch beide …« Er schüttelte den Kopf, als wollte er diesen Gedanken loswerden. »Warum habe ich das nur nicht gewußt?«

»Du bist gegangen, bevor er krank wurde. Das einzige Anzeichen, daß mit ihm etwas nicht stimmte …« Sie biß sich auf die Zunge, aber es war zu spät.

»Was?«

Sie hätte ihn mit einer ausweichenden Antwort zufriedenstellen können, aber es hatte schon zu viele Lügen und Halbwahrheiten in ihrem Leben gegeben. Michael verdiente mehr als fadenscheinige Ausreden. Das war sie ihm schuldig. Und sich selbst auch.

Sie schwieg eine ganze Weile, stellte sich dann vor den Kamin und streckte ihre Hände aus, um sie zu wärmen. Michael den Rücken zugewandt, begann sie schließlich mit leiser, aber fester Stimme zu sprechen. Zunächst über Amados Impotenz – daß diese nichts mit ihr zu tun gehabt und er nie aufgehört hatte, sie zu lieben. Sie ließ nichts aus, mochte es auch noch so schmerzlich oder verletzend oder unangenehm sein. Sie kam auch auf die Nacht zu sprechen, als sie zu ihm gekommen war, um die Kätzchen zu füttern, und erzählte ihm, was sie ihm damals verschwiegen hatte. Sie sprach über die fatalen Manipulationen, von Felicias Doppelzüngigkeit und von Edgars ritterlichem Verhalten.

Michael hörte ihr aufmerksam zu, enthielt sich jeglichen Kommentars und unterbrach sie nur, wenn ihre Stimme so leise wurde, daß er sie nicht mehr verstehen konnte. Als sie zum Ende ihres Berichts kam, drehte sie sich zu ihm um und sah ihn an. »Seine letzten Worte galten dir. Er bat mich, dir zu sagen, daß ihm sehr leid tue, was geschehen sei.«

Eine Ewigkeit verging, während Michael dasaß und in die Flammen starrte. »Und ich habe ihm nicht einmal einen Abschiedsbrief geschrieben. Ich habe es versucht, aber nie die richtigen Worte gefunden.«

Sie selbst hatte viel Zeit gehabt, sich mit Amados Krankheit und seinem Tod auseinanderzusetzen. Für Michael dagegen war das alles neu. »Er hat deine Entscheidung verstanden.«

Jetzt sah er zu ihr hoch. »Du hast etwas ausgelassen.«

»Was meinst du?« fragte sie und kniff die Brauen zusammen.

»Den Grund, warum du gekommen bist.«

Sie griff wieder nach ihrer Tasse, doch als sie merkte, daß der Kaffee inzwischen kalt geworden war, stellte sie sie zurück. »Die Bank ist nicht bereit, mir den erforderlichen Kredit zu bewilligen, solange ich niemanden vorweisen kann, der über genügend Erfahrung verfügt, um den Betrieb zu führen.«

Michael lehnte sich in seinem Stuhl zurück. »Warum ausgerechnet ich? Es gibt doch Dutzende ...«

»John Sordello ist der Meinung, daß der Ausschuß sehr viel rascher eine positive Entscheidung fällen wird, wenn die Herren auf deine Erfahrung zählen können.«

»Dann war es also Johns Idee, mich als zusätzliche Sicherheit zu benutzen, und nicht die deine?«

Sie schluckte. »Was willst du denn hören?«

Er musterte sie mit einem langen, harten Blick. »Die Wahrheit.«

»Es war seine Idee, den besten Kellermeister zu suchen.«

»Verstehe.«

»Aber ich habe den Detektiv beauftragt, dich zu finden.«

»Wenn ich das alles richtig begriffen habe, hast du dich nur deshalb auf den weiten Weg hierher gemacht, um mir einen Job anzubieten. Soll ich mich jetzt geehrt fühlen?«

Sein Ärger verwirrte sie. »Ist es denn so schlimm, wenn jemand eine hohe Meinung von dir hat?«

»Aber nein doch. Dafür lebe ich.«

So viele Jahre lang war der Stolz ihr einziger Begleiter, ihre einzige Stütze gewesen, daß sie sich davor fürchtete, ihn über Bord zu werfen, Michael offen zu sagen, wie sie sich fühlte, und ihm den *wahren* Grund ihres Kommens zu erklären. Wenn er sie zurückwies, was blieb ihr dann? »Ich bin in großen Schwierigkeiten, Michael.«

»Ja, das glaube ich dir aufs Wort. Es muß grauenvoll für dich sein zu wissen, daß du dich in die Reihe der stinkreichen Müßiggänger einreihen mußt, wenn jetzt nicht alles so läuft, wie du es dir vorgestellt hast.«

»Du weißt genau, daß mir Geld nichts bedeutet.«

»Ach, und woher sollte ich das wissen?«

»Weil ich hier bin.«

Seine Lippen verzogen sich zu einem ironischen Lächeln. Er wiegte bedächtig seinen Kopf hin und her und starrte auf seine gefalteten Hände. »Amado wußte wirklich, was er tat, als er dich zur Frau nahm. Sein halbes Leben lang hat er versucht, in seinen Töchtern so was wie Familiensinn zu wekken, womit er leider kläglich gescheitert ist. Und dann läufst du ihm über den Weg, und nur wenige Jahre später kann er sich in der Sicherheit wiegen, daß du alles Menschenmögliche unternimmst, damit Montoya Wines nicht Hicks und Brody in die Hände fällt, und wenn es dich dein letztes Hemd kosten sollte.« Jetzt sah er sie wieder an.

»Ich tue nichts, was du an meiner Stelle nicht auch getan hättest.«

»Dann hat er ja gleich zwei Menschen gefunden, die aus demselben Holz geschnitzt sind.«

»Und, was bringt uns das?«

»Ich weiß es nicht.«

»Willst du dir mein Angebot wenigstens einmal anhören?«

»Klar, warum nicht?«

Was ihr während des langen Fluges als brillante Idee erschienen war, kam ihr plötzlich vollkommen verkehrt und sinnlos vor. Wenn Michael tatsächlich zurückkommen würde, dann nur, weil er es so wollte, nicht aber, weil sie ihm ein unwiderstehliches Angebot unterbreitet hatte. Ein Kratzen am Fenster enthob sie der Notwendigkeit, jetzt gleich die Einzelheiten ihres Angebots zu nennen, da Michael aufstand und zum Fenster ging. Sekunden später strich ein kalter Luftzug an ihren Beinen vorbei, dann folgte ein dumpfes Geräusch, als sei etwas zu Boden gefallen.

Elizabeth stockte beinahe der Atem, als sie sich umdrehte und sah, wie ein großer schwarzer Kater sich gegen Michaels Beine drückte und sich ein paarmal im Kreis drehte, bevor er den Kopf hob und zu ihr spähte. »Howard?«

Der Kater stellte die Ohren vor, als er seinen Namen hörte. Darauf, daß er sich noch an sie erinnerte, durfte sie nicht hoffen; er war damals noch so jung gewesen. Doch die einjährige Trennung hatte Elizabeth' Erinnerung an Howard nicht getrübt. So vieles, was zwischen ihr und Michael geschehen war, hatte mit Howard zu tun gehabt. »Ich hab' dir doch immer gesagt, daß aus ihm einmal ein bezaubernder Kater wird.«

Michael konnte sich der Sehnsucht, die in ihrer Stimme lag, nicht entziehen und wurde für sie wieder zu jenem

Freund, der ihr zugehört und sie verstanden hatte. »Er bevorzugt das Attribut ›gutaussehend‹. Sein männliches Ego, verstehst du?«

Howard strich noch einmal um Michaels Beine, ließ dabei aber Elizabeth nicht aus den Augen. »Ich fürchtete schon, du hättest ihn weggegeben.«

Michael lächelte. »Daran habe ich tatsächlich gedacht – ganze zehn Sekunden lang, aber dann siegte die Vernunft. Welcher normale Mensch würde sich einen Kater wie Howard antun wollen?«

Howard rieb noch einmal nachlässig seinen Kopf an Michaels Wade und kam dann mit hocherhobenem Schwanz auf Elizabeth zustolziert. Nach kurzem Zögern sprang er neben sie auf die Couch und schnüffelte an ihrer ausgestreckten Hand.

»An deiner Stelle würde ich ihn nicht streicheln«, warnte Michael. »Er kann es immer noch nicht leiden, wenn Fremde ihn anfassen.«

Obwohl er vielleicht recht damit hatte, tat ihr das Wort »Fremde« verdammt weh. Sie sah hoch und fing einen Blick von Michael auf, der rätselhaft und dunkel war. »Ich habe mir nach Amados Tod auch überlegt, ob ich mir wieder eine Katze zulegen soll«, sagte sie. »Aber... ich habe es dann doch gelassen.«

Howard wagte sich ein Stückchen näher an sie heran.

Michael kam ebenfalls näher, so als wollte er eine eventuelle Attacke seines Katers abwehren. Elizabeth war froh, daß sich Michael zu entspannen schien, seit Howard bei ihnen war. Seine Schutzmauer war noch nicht gefallen, aber sie hatte Risse bekommen.

Als ob seine Erinnerung in diesem Augenblick zurückgekehrt wäre, stieg Howard auf Elizabeth' Schoß, stellte sich auf die Hinterpfoten und stupste sie mit der Nase an die Wange. Dann rieb er seinen Kopf an ihrem Kinn und begann laut und wohlig zu schnurren.

»Das ist ja die Höhe«, sagte Michael. Sie sah ihn an, und eine schmerzliche Sehnsucht wallte in ihr auf. »Wenigstens einer von euch freut sich, daß ich gekommen bin.«

Die Zeit stand still. Schweigen. »Was willst du von mir, Elizabeth?«

Während sie mit der Hand über Howards Rücken streichelte, gestand sie ihm endlich den wahren Grund ihres Kommens. Und der hatte nichts damit zu tun, daß sie das Geheimnis ihrer Vergangenheit wahren oder Montoya Wines vor dem Verkauf retten wollte. Sie war gekommen, weil sie Michael noch genausosehr liebte wie an dem Tag, als er aus ihrem Leben verschwunden war. Zeit und räumliche Entfernung hatten sie nicht über den Verlust des Geliebten und die Sehnsucht nach ihm hinwegtrösten können – Gefühle, die ihr inzwischen so vertraut waren wie ihr eigenes Spiegelbild. »Ich will mehr, als du zu geben bereit bist, fürchte ich.«

»Woher willst du das wissen?«

Howard kuschelte sich tiefer in ihren Schoß, und als sie mit ihrer Hand an seinem Schwanz entlangstrich, spürte sie den vertrauten Knubbel.

»Warum sprichst du nicht weiter?« fragte Michael.

Verdammt, warum war sie nur so feige? Warum sagte sie ihm nicht einfach, daß sie ihn liebte? Statt dessen erwiderte sie: »Ich bin gekommen, um dir zwanzig Prozent von Montoya Wines anzubieten oder fünfhundert Acres Land, wenn du für vier Jahre den Posten als Chefkellermeister übernimmst.«

Michael stieß einen anerkennenden Pfiff aus. »Bist du sicher, daß ich das wert bin?«

»Ohne dich bekomme ich das Darlehen nicht.«

»Wie wäre es, wenn ich dir einen anderen Kellermeister besorge, den die Bank genauso akzeptiert?«

Diese Möglichkeit war ihr bisher nie in den Sinn gekommen. »Heißt das, daß du mein Angebot ablehnst?«

»Unter diesen Bedingungen schon.« Auch wenn es nicht

die Antwort war, die sie sich erhofft hatte, war es wenigstens kein klares Nein. »Welche Bedingungen stellst du?«

Michael ging in die Hocke, bis sich ihre Augen auf gleicher Höhe befanden, und sah sie dann durchdringend an. »Ich stelle keine Bedingungen. Ich will nur genau das, was ich immer schon wollte«, sagte er. »Dich.«

Ihre Lippen hatten ihre Antwort schon geformt, als sie tief in ihrem Innern Amados warnende Stimme vernahm. Um keinen Preis durfte sie zulassen, daß Michael wieder in die Rolle des Zweiten geriet. Nur ganz selten im Leben waren ein Wort oder eine Tat von ausschlaggebender Bedeutung. Ließ man einen dieser unwiederbringlichen Augenblicke aus Unachtsamkeit oder Feigheit verstreichen, so mußte man dieses Versäumnis für den Rest seiner Tage bereuen. Das durfte ihr nie mehr passieren. Ab jetzt wollte sie jeden dieser wertvollen Momente nutzen und als das Geschenk behandeln, das sie waren. »Unter einer Bedingung.«

»Und die wäre?«

»Daß du mich heiratest.«

Michaels Lächeln sagte ihr, daß er sie genau verstanden hatte. »Du stellst wirklich knallharte Bedingungen.«

Ihr Herz machte einen Satz, und plötzlich fühlte sie sich ganz leicht. »Mein Angebot steht, Michael. Ja oder nein.«

Er nahm ihre Hand, führte sie an seine Lippen und küßte sie zärtlich. Howard ließ ein mißmutiges Brummen hören, als Elizabeth ihn von ihrem Schoß schob. »Wie wär's mit Dezember?«

Die Zeit bis dahin brauchte er, um Amados Tod zu verarbeiten und um ihn zu trauern. »Dezember klingt gut«, sagte sie.

Sie schloß die Augen, um die Erinnerung an diesen Augenblick in ihr Gedächtnis einzubrennen, damit sie sich in allen schweren oder einsamen Zeiten, die vielleicht kommen mochten, daran festhalten konnte wie an einem Talisman. Als sich ihre Lider wieder hoben, blickte sie direkt in Michaels Augen.

»Du brauchst das nicht mehr zu tun«, sagte er. »Das hier ist wirklich.« Er legte seine Hand in ihren Nacken und zog sie an sich. Als sich ihre Lippen berührten, öffnete sie ihren Mund und ließ seine Zunge sie tasten, spüren und schmekken. Der Gedanke, sein Leben wieder mit ihr teilen zu können, machte ihn benommen. »Und für immer«, murmelte er und küßte sie wieder.